LOVEC

CRAFT

Tradução para a língua portuguesa
© Ramon Mapa, 2017

Ilustrações
© Walter Pax, 2017

Créditos imagens
© Howard P. Lovecraft collection. Brown Digital Repository. Brown University Library.
https://repository.library.brown.edu
© The Robert Bloch Estate

Agradecimentos especiais
aos funcionários da John Hay Library, na Brown University, e aos funcionários do Providence Athenaeum, em especial a Morgan Ross

Diretor Editorial
Christiano Menezes

Diretor Comercial
Chico de Assis

Diretor de Novos Negócios
Marcel Souto Maior

Diretora de Estratégia Editorial
Raquel Moritz

Gerente de Marca
Arthur Moraes

Editor
Bruno Dorigatti

Capa e Projeto Gráfico
Retina 78

Coordenador de Diagramação
Sergio Chaves

Revisão
Ana Kronemberger
floresta
Retina Conteúdo

Finalização
Sandro Tagliamento

Marketing Estratégico
Ag. Mandíbula

Impressão e Acabamento
Gráfica Geográfica

DADOS INTERNACIONAIS DE CATALOGAÇÃO NA PUBLICAÇÃO (CIP)
Angélica Ilacqua CRB-8/7057

Lovecraft, H. P. (Howard Phillips), 1890-1937
    H.P. Lovecraft : medo clássico / H.P. Lovecraft ; ilustrador Walter Pax ; tradução de Ramon Mapa da Silva. — Rio de Janeiro : DarkSide Books, 2017.
    416 p. : il.

    ISBN: 978-85-9454-079-9 (Cosmic Edition)
            978-85-9454-078-2 (Miskatonic Edition)

    1. Ficção norte-americana 2. Terror
    I. Título II. Pax, Walter III. Silva, Ramon Mapa da

17-1544   CDD 813

Índices para catálogo sistemático:
1. Ficção norte-americana : contos

[2017, 2024]
Todos os direitos desta edição reservados à
DarkSide® *Entretenimento* LTDA.
Rua General Roca, 935/504 — Tijuca
20521-071 — Rio de Janeiro — RJ — Brasil
www.darksidebooks.com

LOVECRAFT
MEDO CLÁSSICO VOLUME I

---
tradução e notas
RAMON MAPA
---
ilustrações
WALTER PAX
---
ilustrações complementares
ROBERT BLOCH

DARKSIDE

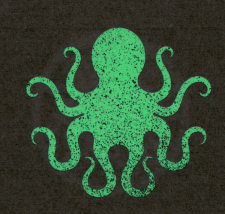

SUMÁRIO

DARKSIDE

INTRODUÇÃO DARKSIDE 11

01. DAGON 21
02. A CIDADE SEM NOME 31
03. HERBERT WEST: REANIMATOR 51
04. O DEPOIMENTO DE RANDOLPH CARTER 91
05. O CÃO DE CAÇA 103
06. O CHAMADO DE CTHULHU 117
07. NAS MONTANHAS DA LOUCURA 157
08. A SOMBRA VINDA DO TEMPO 285
09. A HISTÓRIA DO NECRONOMICON 363

LOVECRAFT E A CULTURA POP 370
EDGAR ALLAN POE & H.P. LOVECRAFT 378
SEGUINDO OS PASSOS DE
HOWARD PHILLIPS EM PROVIDENCE 388
ORIGENS - ANOTAÇÕES
RARAS E INÉDITAS 396

```
H.P.Lovecraft,
66 Barnes St.,
Providence, R.I.
```

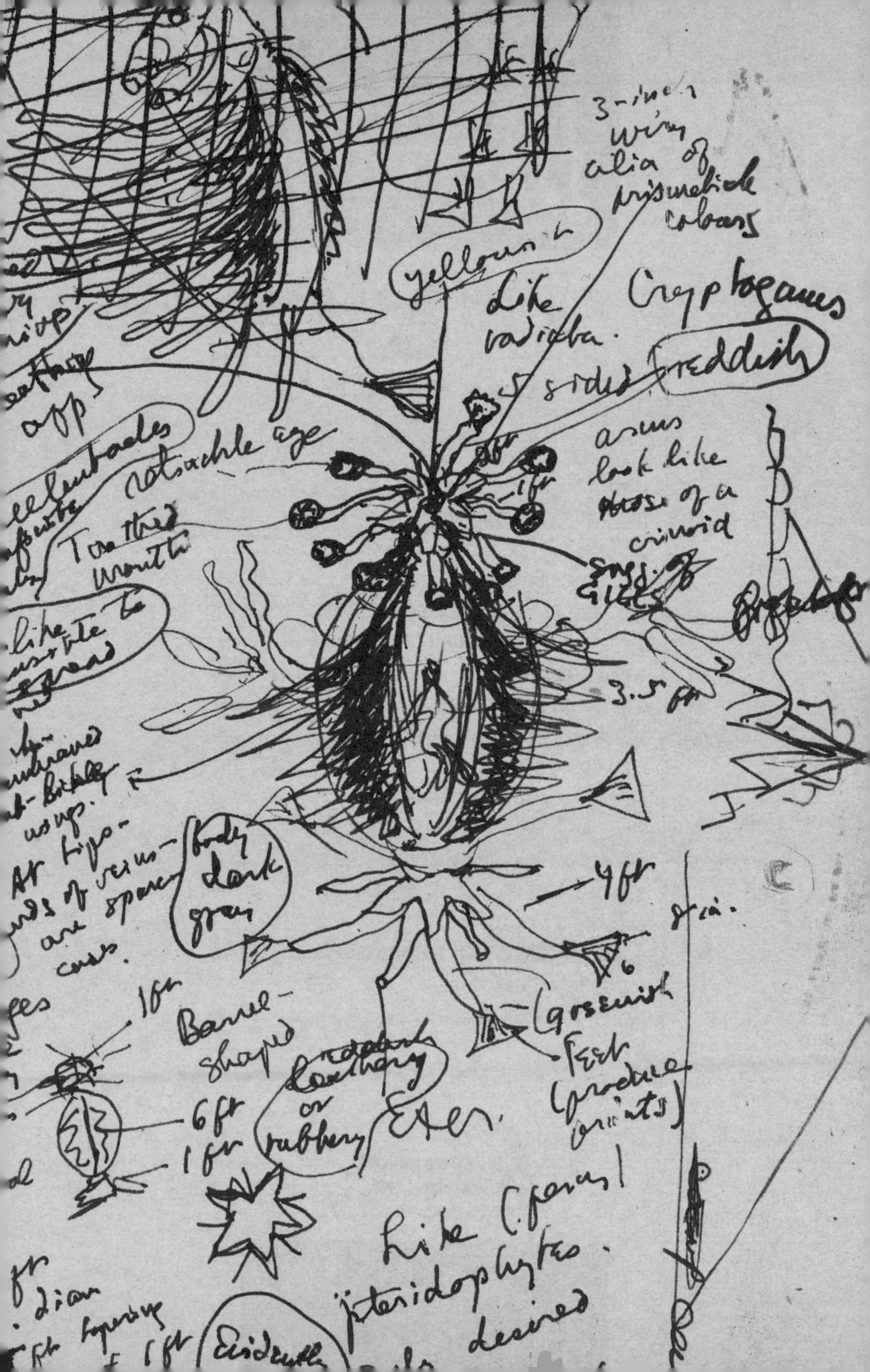

yellowish
Like radiata
Cryptogames
reddish
sides
arms look like those of a crinoid
Toothed mouth
3.5 ft
4 ft
dark gray
Barrel-shaped
6 ft
1 ft
leathery or rubbery
Elder
feet
pteridophytes
desired

Introdução DarkSide

por Ramon Mapa — 2017 — DarkSide Books

Em qualquer época ou idioma, encontram-se evidências da influência de Howard Phillips Lovecraft, e poucos foram tão bem-sucedidos na tarefa de pensar o impensável quanto ele. Seus contos, do mais simples ao mais complexo, são flertes assustadores com dimensões distantes e entidades bizarras, que deslocam violentamente o foco do leitor de sua vida cotidiana para o estranho e o indizível. Talvez resida aí o poder hipnotizante de Lovecraft. Há algo verdadeiramente perturbador em suas histórias, algo que conseguimos perceber, mas não definir. O autor nos envolve num jogo nada lúdico com o desconhecido, no qual seus personagens são joguetes que perdem a sanidade ao encarar um cosmos frio e impessoal, habitado por seres que a mente humana é incapaz de alcançar ou compreender.

Lovecraft, contudo, experimentou apenas um relativo sucesso em vida. Seus trabalhos foram publicados somente em revistas *pulp*, que reuniam de forma sensacionalista e espalhafatosa autores de talento consideravelmente inferior, com raras e grandiosas exceções, como Clark Ashton Smith, Robert E. Howard e, claro, H.P. Lovecraft. As publicações garantiam um rendimento modesto a Lovecraft, que sobreviveu durante anos prestando serviços de *ghost writer*, revisão e datilografia para autores iniciantes.

A fama de Lovecraft veio tardiamente, mas chegou com força e continua aumentando. De fato, a onipresença do cavalheiro de Providence na cultura pop é, no mínimo, impressionante e irônica, levando em conta que, em vida, seus leitores se resumiam, além do seu círculo de amigos – que Lovecraft mantinha através de um dos epistolários mais impressionantes de que se tem notícia –, aos consumidores de *Weird Tales* e outras publicações baratas. Hoje, Lovecraft está no cinema, nas histórias em quadrinhos, na TV, nos videogames, nos RPGS, na música e, é claro, na literatura. Se pensarmos nos nomes que definiram a literatura fantástica e de terror nos últimos trinta anos — Neil Gaiman, China Miéville, Clive Barker, Alan Moore, Stephen King, George R.R. Martin e Thomas Ligotti, para citar apenas alguns —, todos têm em comum o fato de que, em algum momento, já orbitaram o planeta Lovecraft.

Mas, assim como as investigações de seus personagens, ler Lovecraft exige cuidados. Há pelo menos dois preconceitos que precisam ser abandonados antes de nos aventurarmos na leitura. O primeiro, e mais evidente, afirma que o autor da Nova Inglaterra é repetitivo e monolítico, escrevendo uma porção de histórias de monstros e nada mais. Não poderia existir nada mais falso. Por mais clichê que isso possa parecer, não é errado dizer que temos vários Lovecrafts para conhecer. Há o Lovecraft do horror cósmico, dos *mythos* de Cthulhu, mas há um Lovecraft dos ciclos das Dreamlands, um Lovecraft gótico, um Lovecraft ensaísta e quase filosófico, um Lovecraft epistolar, e assim por diante.

Outra má compreensão que assombra a obra do autor é a ideia de que ele seria um escritor muito criativo, porém tecnicamente limitado, que apelava para adjetivações e arcaísmos a fim de disfarçar tais limitações. É inegável que Lovecraft tem muitos vícios como escritor, mas ele os explora conscientemente para gerar o desconforto e a angústia que seus contos carregam. Os adjetivos, que em muitas passagens parecem se empilhar até o infinito, cumprem o papel de minar internamente as extensas descrições de Lovecraft. O monstro é descrito como inominável, blasfemo, ciclópico e hediondo, uma descrição que nada descreve. E isso é maravilhoso.

Em relação aos arcaísmos, estes são um dispositivo dos mais interessantes na obra de Lovecraft. A sensação de alienação e frio distanciamento presente nos contos é potencializada pelo uso de termos antigos e estranhos, como são antigas e estranhas as entidades que permeiam as histórias. Em virtude dos arcaísmos, é possível que, durante a leitura de Lovecraft, tenhamos a sensação de estar lendo um texto ainda mais antigo, escrito nos séculos XVIII ou XIX, embora os arcaísmos componham um emprego muito moderno e até experimental da linguagem. Esse recurso cria uma sensação de deslocamento temporal do conto. Temos a impressão de que Lovecraft seria um escritor pelo menos um século anterior aos autores que o influenciaram, como Lord Dunsany ou Robert W. Chambers, e que possuíam um estilo mais fluido e sofisticado. Os arcaísmos emprestam um estranhamento, o *weird*, à própria forma e ritmo dos contos, e não apenas ao conteúdo de sua narrativa.

Lovecraft também brinca com a linguagem de forma radicalmente moderna. Não só ao criar nomes estranhos para seu panteão antinatural — Azathoth, Nyarlathotep, Yog-Sothoth, o impronunciável Cthulhu e outros que parecem ter sempre existido como membros de alguma mitologia natural historicamente estabelecida —, mas também na arcana glossolalia que aparece em alguns contos, como no clássico cântico "Ia ia Cthulhu fhtagn", que é lançado contra todo o pano de fundo de uma normalidade quase científica e bastante racional criada por Lovecraft para aumentar o contraste e o incômodo de suas histórias.

Os contos que compõem a antologia que você tem em mãos oferecem um panorama que engloba toda a diversidade da obra lovecraftiana, como se conjurasse Yog-Sothoth, simultaneamente a chave e a porta para essa dimensão permeada de insanidade. É bem difícil destacar um conto entre os escolhidos, mas é importante comentar alguns deles.

"Dagon" é um verdadeiro triunfo do gênero de história curta. Não se trata apenas do conto que reuniu, pela primeira vez, os elementos que tornariam Lovecraft famoso, lançando as bases para o horror e para o pessimismo cósmico do autor, mas é uma história muito bem estruturada e verdadeiramente apavorante. O conto, que narra as descobertas macabras de um militar preso em uma estranha ilha recém-surgida do fundo do mar, se desenrola em um ritmo tenso e opressor, apresentando um dos clímax mais imitados de toda a literatura fantástica.

O "Cão de Caça" é um conto gótico em que Lovecraft realiza, ao mesmo tempo, uma homenagem a Edgar Allan Poe, um de seus heróis literários, e uma paródia de seus escritos. A adjetivação repetida à monotonia para descrever o cenário que recebe os atos dos amigos carniceiros dita o ritmo para a reviravolta ao final, fazendo com que o leitor, absorvido pela atmosfera lúgubre e sepulcral, quase sinta o cheiro da terra de um cemitério. Sem mencionar que nesse conto temos a primeira aparição do *Necronomicon*, o livro dos mortos de autoria do árabe louco Abdul Alhazred, que ocuparia um lugar central nos *mythos* lovecraftianos.

"O Chamado de Cthulhu" traz o monstro mais famoso de Lovecraft, o sumo sacerdote dos Grandes Antigos que repousa na submersa cidade de R'lyeh até que os planetas confluam em um alinhamento blasfemo. O conto é uma obra-prima por várias razões. O que se desenrola não é uma tradicional investigação policial, por exemplo, mas uma reunião quase acadêmica e quase jornalística de uma série de elementos que conduzem à descoberta fatal. A maneira com que Cthulhu acessa em seu sono os sensitivos, o uso das descrições que criam uma imagética toda particular, a própria descoberta da cidade de R'lyeh com sua arquitetura estranha e mutante. Enfim, é um conto dos mais ricos da literatura de horror. O cosmicismo de Lovecraft ganha, aqui, a sofisticação e a maturidade que marcariam trabalhos como *Nas Montanhas da Loucura* e "A Cor que Caiu do Céu". Este conto ajuda a firmar o tentáculo como o signo lovecraftiano por excelência. Muitos autores e histórias ruins recebem o predicativo de "lovecraftiano" apenas pela presença de um eventual tentáculo.

Nas Montanhas da Loucura constitui o maior esforço de Lovecraft em reunir ficção científica e horror numa mesma história. A descoberta das agourentas criaturas de cabeça estrelada, narrada com um rigor quase documental, é concluída por passagens absolutamente claustrofóbicas e angustiantes que inspirariam um sem-número de filmes de terror, tais como *O Enigma de Outro Mundo* (1982), de John Carpenter, e *Alien, o Oitavo Passageiro* (1979), de Ridley Scott. Foram esses os filmes que também tornaram famoso o conto "Herbert West: Reanimator". Ainda que o próprio Lovecraft não tenha enxergado muitos méritos literários na história do médico que cria um soro capaz de reviver os mortos, esse conto em seis partes pode ser considerado uma das primeiras — senão a primeira — grandes histórias de zumbis de toda a literatura. Além disso, o texto equilibra, como poucos, horror e humor negro, resultando em um conto que, sem muitas pretensões, é muito divertido.

"A História do *Necronomicon*" é um pequeno ensaio ficcional em que Lovecraft narra a urdidura do livro maldito e sua circulação através da história em traduções polêmicas e espúrias. São alguns parágrafos que carregam momentos muito imaginativos e que tornam o tomo macabro mais interessante do que um simples objeto de cena ou um mote para uma história qualquer. O argentino Jorge Luis Borges faria o mesmo com livros e outros objetos que mobiliavam seus contos. É difícil afirmar que Borges teria sido influenciado por Lovecraft, mas não custa lembrar que o portenho dedicou um conto ao autor, "There are More Things", publicado na obra *O Livro de Areia* (1975).

Na década de 1920, quando a criatividade de Lovecraft parecia inesgotável e boa parte de seus melhores trabalhos ganhou forma, o mundo e os Estados Unidos passavam por mudanças radicais que definiriam os rumos de todo o século. A Primeira Guerra Mundial levou uma devastação sem precedentes para a Europa, o que alteraria a balança de poder mundial. A Revolução Russa de 1917 ainda era uma incógnita, mas fazia tremer a elite e a ordem tradicional do restante do mundo. Nos Estados Unidos, um desenvolvimento espetacular da imprensa tanto profissional como amadora — com as quais Lovecraft contribuiria com bem mais do que simples entusiasmo — ajudou a reformular todas as relações sociais, construindo uma nova identidade para um país profundamente afetado por uma ordem mundial que emergia violenta e desenfreada. A nação americana também recebeu um influxo migratório impressionante, com pessoas oriundas da Ásia, da África e dos países europeus mais afetados pela guerra. Para um branco tradicionalista com vãs pretensões aristocráticas como Lovecraft, esse era um cenário de pesadelos. Não é à toa que seus personagens perdem a razão quando se deparam com o desconhecido e o estranho. Todos os dias a imprensa oferecia para o jovem Howard Phillips a ameaça do desconhecido, na forma de chineses, negros, poloneses, mexicanos e de um estrato homossexual da sociedade americana que não via razão para se esconder e que sofreria violentas perseguições poucos anos depois. O choque de Lovecraft ao descobrir que Providence, com sua arquitetura peculiar preservada e seus sete montes, não era o centro do mundo se equipara ao de seus personagens quando se dão conta de que o homem não é o centro do universo. Em muitos sentidos, Lovecraft tentou lidar, por meio de sua ficção, com o escândalo de um mundo que se mostrava assustadoramente complexo. É o caos que rasteja, é Azathoth. Com sua mitologia artificial, o autor representa a indiferença e a onipotência de uma realidade muito além de qualquer compreensão, como provavelmente o mundo real lhe parecia naquela década turbulenta. Innsmouth é um mundo, é o mundo.

A ficção de Lovecraft seria capaz de nos auxiliar a compreender a complexidade daquele período histórico? E quanto ao nosso período histórico que, é bem provável, ultrapassa em estranheza e complexida-de a década de vinte do século passado? É difícil dizer. Mas uma coi-sa é certa: você, leitor, está prestes a se deparar com a mais blasfema reunião de coisas que não deveria existir, com o mais hediondo pan-teão já concebido pela mente humana, com bestiários loucos, cósmicos e selvagens, e com humanos cuja indiferença em relação à vida rivaliza com a desses seres ancestrais. Yog-Sothoth está aqui. Ele é a chave. Ele é a porta. E essa passagem se abre agora, leitor. Entrar é por sua conta.

Minas Gerais
Primavera cósmica de 2017

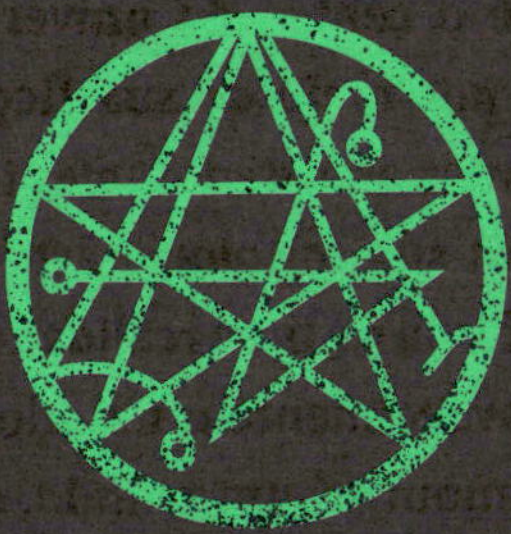

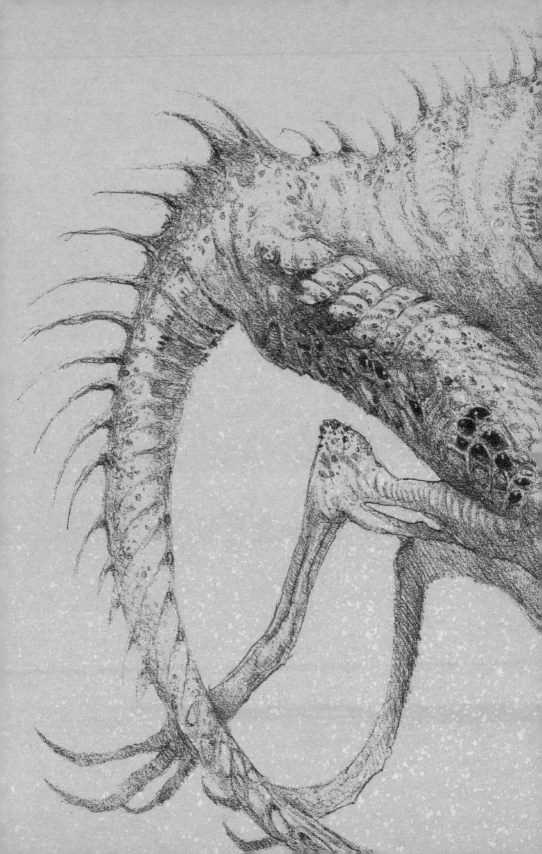

Dagon

H.P. Lovecraft • 1919 – The Vagrant • 1923 – Weird Tales

Escrevo isto sob uma pressão mental considerável, já que, à noite, não mais existirei.[1] Sem um centavo e ao fim de meu suprimento de drogas, que é a única coisa que mantém a vida suportável, não posso mais aguentar a tortura; e deverei lançar-me da janela desse sótão para a rua esquálida abaixo. Não pense que, por ser escravizado pela morfina, seja eu um débil ou um degenerado. Depois de ter lido essas páginas mal rascunhadas, talvez você deduza, ainda que nunca saiba completamente, por que eu devo merecer esquecimento ou morte.

Em uma das partes mais abertas e menos frequentadas do amplo Pacífico, a embarcação da qual eu era supervisor de carga foi vítima de um cruzador marítimo alemão. A Grande Guerra estava, então, bem em seu

---

1   Publicado pela primeira vez em novembro de 1919, na revista *The Vagrant* 11. Em 1923, o conto foi republicado na *Weird Tales* 2, n. 3. [As notas são do Tradutor.]

início, e as forças marítimas do Huno[2] não haviam afundado completamente em sua degradação final; assim, nossa nave se tornou um prêmio legítimo, enquanto nós, membros da tripulação, fomos tratados com toda justeza e consideração que nos eram devidas como prisioneiros navais. De fato, a disciplina de nossos captores era tão liberal que, passados cinco dias de nossa captura, eu consegui escapar sozinho em um pequeno bote com água e provisões que durariam um bom tempo.

Quando finalmente me encontrei à deriva e livre, não tinha nada além de uma pequena ideia do meu entorno. Como nunca havia sido um navegador competente, podia apenas deduzir vagamente pelo sol e pelas estrelas que eu me encontrava, de alguma forma, ao sul do Equador. Da longitude nada sabia, e não havia nenhuma ilha ou costa à vista. O tempo permanecia bom, e por dias incontáveis vaguei sem rumo sob o sol escaldante; esperando por um navio de passagem ou para ser lançado às margens de alguma terra habitável. Mas nem navio nem terra surgiram, e comecei a me desesperar em minha solidão sobre a pesada vastidão de um azul inquebrantável.

A mudança se deu enquanto eu dormia. Dos detalhes eu nunca saberei; meu sono, ainda que problemático e infestado de sonhos, foi ininterrupto. Quando finalmente despertei, me descobri meio sugado pela imundície viscosa de um infernal lodo negro que se estendia sobre mim em ondulações monótonas, tão longe quanto eu podia ver, e no qual meu barco jazia aterrado a alguma distância.

Embora seja possível imaginar que minha sensação inicial teria sido de espanto diante de uma mudança de cenário tão prodigiosa e inesperada, em realidade eu estava mais horrorizado que atônito; pois havia no ar e no solo putrefato uma qualidade sinistra que me enregelava o âmago. A região estava pútrida com as carcaças de peixes em decomposição e de outras coisas menos descritíveis que vi irrompendo da lama imunda da planície sem-fim. Talvez eu não devesse esperar transmitir em meras palavras a hediondez indizível que pode

---

2   O Kaiser Guilherme II comparou as forças alemãs aos hunos sob o comando de Átila quando da Rebelião dos Boxers. Durante a Primeira Guerra Mundial, a propaganda aliada se referia aos alemães como hunos. Na primeira publicação do conto, o narrador faz referência às forças do "Kaiser", e não do "Huno".

habitar o silêncio absoluto e a imensidão estéril. Não havia nada para ouvir ou ver, exceto uma vasta extensão de lodo negro; ademais, a perfeita completude da calmaria e homogeneidade da paisagem me oprimiam com um medo nauseante.

O sol ardia, baixando de um céu que me parecia quase negro em sua crueldade sem nuvens; como se refletisse o brejo escurecido sob meus pés. Enquanto rastejava para o barco encalhado, percebi que apenas uma teoria poderia explicar minha posição. Por causa de uma erupção vulcânica sem precedentes, uma porção do solo oceânico deve ter sido lançada à superfície, expondo regiões que por inumeráveis milhões de anos jazeram escondidas nas insondáveis profundezas aquosas. Tão grande era a extensão da nova terra que se erguera sob mim que eu não podia detectar o mais débil ruído do oceano crescente, ainda que esforçasse ao máximo os meus ouvidos. Nem havia qualquer ave marinha para rapinar as coisas mortas.

Por várias horas permaneci sentado, pensando ou cismando, no barco que jazia de lado e lançava uma leve sombra enquanto o sol se movia pelo céu. Conforme o dia avançava, o solo perdeu um pouco de sua viscosidade e parecia suficientemente seco para os propósitos de uma viagem de curto período. Aquela noite eu dormi, mas pouco, e no dia seguinte preparei uma mochila com alimento e água, arranjos para uma jornada por terra em busca do mar desaparecido e de um possível resgate.

Na terceira manhã encontrei o solo seco o bastante para que pudesse caminhar sem dificuldade. O odor de peixe era enlouquecedor; mas eu estava muito preocupado com coisas mais graves para me importar com um mal tão menor e me lancei audaciosamente rumo a um destino desconhecido. Durante o dia inteiro segui firmemente na direção oeste, guiado por um pico que se erguia mais alto que qualquer outra elevação no deserto ambulante. Naquela noite acampei e no dia seguinte continuei viajando em direção ao monte, embora o objeto parecesse pouco mais próximo de quando o vi pela primeira vez. Na quarta noite alcancei a base do monte, que se revelou muito mais alto do que parecera à distância; um vale interposto que se lançava em um relevo mais nítido a partir da superfície geral. Cansado demais para escalar, dormi na sombra do morro.

Não sei por que meus sonhos foram tão selvagens aquela noite; mas antes que a lua decadente e fantasticamente gibosa se erguesse sobre a planície oriental, acordei suando frio, determinado a não mais dormir. As visões que experimentei foram demais para que pudesse suportá-las novamente. E sob o brilho da lua percebi o quão imprudente eu fora por viajar durante o dia. Sem o brilho do sol abrasador, minha jornada teria me custado menos energia; de fato, agora me sentia bem capaz de realizar a subida que havia me dissuadido durante o pôr do sol. Pegando minha mochila, parti para a crista da elevação.

Já disse que a monotonia inquebrantável da planície ambulante era para mim uma fonte de vago horror; mas acredito que meu horror tenha sido maior quando ganhei o topo do monte e olhei para o outro lado, para dentro de um poço ou cânion imensurável, cujos recessos negros a lua ainda não havia se erguido o suficiente para iluminar. Sentia-me no limite do mundo; espreitando pela borda um caos insondável de noite eterna. Em meu terror correram curiosas reminiscências do *Paraíso Perdido*[3] e da hedionda escalada de Satã pelos disformes reinos da escuridão.

Enquanto a lua escalava mais alto no céu, comecei a perceber que as encostas do vale não eram tão perpendiculares quanto eu imaginara. Rebordos e protuberâncias de rocha ofereciam apoios para uma descida muito fácil, e, depois de algumas poucas centenas de metros, o declive se tornava bastante gradual. Instigado por um impulso que não posso analisar de forma definitiva, desci pelas rochas e parei na encosta mais gentil logo abaixo, mirando as profundezas estígias onde nenhuma luz jamais penetrara.

De uma só vez, minha atenção foi capturada por um objeto vasto e singular na encosta oposta, que se erguia em degraus cerca de noventa metros à minha frente; um objeto que reluzia alvamente nos raios há pouco lançados pela lua ascendente. Era apenas uma peça gigante

---

3   Referência ao poema épico de John Milton.

de pedra, logo me convenci; mas eu estava consciente de uma impressão distinta de que seu contorno e posição não eram apenas uma obra da natureza. Um escrutínio mais próximo me preencheu de sensações que não consigo expressar; pois, apesar de sua enorme magnitude e de sua localização em um abismo adormecido no fundo do mar desde que o mundo era jovem, percebi, para além de qualquer dúvida, que o objeto estranho era um monólito bem formado cujo volume massivo conhecera o labor e talvez a adoração de criaturas pensantes.

Confuso e aterrorizado, embora não sem uma certa sensação de deleite de cientista ou arqueólogo, examinei meus arredores mais de perto. A lua, agora próxima de seu zênite, brilhou estranha e vividamente sobre as alturas imponentes que cercavam o abismo, revelando um vasto corpo de água que corria no fundo, fluindo para fora da vista em ambas as direções e quase lambendo meus pés enquanto eu permanecia na encosta. Através do abismo, as ondulações lavavam a base do ciclópico monólito, em cuja superfície eu agora percebia tanto inscrições quanto esculturas rudes. A escritura era em um sistema de hieróglifos desconhecido por mim, diferente de tudo o que eu já vira em livros; consistindo, em sua maior parte, de símbolos aquáticos estilizados, tais como peixes, enguias, polvos, crustáceos, moluscos, baleias e coisas do tipo. Diversos caracteres representavam obviamente coisas marinhas desconhecidas pelo mundo moderno, mas cujas formas em decomposição eu observara na planície que se erguera do oceano.

Era o entalhe pictórico, contudo, que mais me enfeitiçava. Plenamente visível através da água interveniente, em virtude de enorme tamanho, havia uma sequência de baixos-relevos cujos temas teriam despertado a inveja de um Doré. Acredito que aquelas coisas deveriam retratar homens — pelo menos, certo tipo de homens; embora as criaturas fossem retratadas se portando como peixes nas águas de algum grotão marinho, ou prestando tributo a algum altar monolítico que também parecia estar sob as ondas. De suas faces e formas não ouso falar detalhadamente; sua mera lembrança me faz desvanecer. Grotescas além da imaginação de um Poe ou Bulwer, elas eram amaldiçoadamente humanas em seus contornos gerais, embora tivessem mãos e pés com membranas, lábios chocantemente largos e flácidos, olhos túrgidos e vítreos, além de outras características menos agradáveis à lembrança. Elas pareciam ter sido mal cinzeladas, fora de proporção em relação ao cenário de fundo, o que era bastante curioso, pois uma delas podia ser vista no ato de matar uma baleia, cuja representação era apenas um pouco maior que a própria criatura. Notei, como disse, seu estranho tamanho e o quão grotescas eram; mas em um momento decidi que não passavam dos deuses imaginários de alguma primitiva tribo de pescadores e navegadores; alguma tribo cujo último descendente pereceu eras antes do nascimento do primeiro ancestral do homem de Piltdown ou do homem de Neanderthal. Assombrado por esse vislumbre inesperado de um passado além da concepção do mais ousado antropólogo, permaneci pensativo enquanto a lua lançava estranhos reflexos no canal silencioso diante de mim.

Então, de repente, eu vi. Com apenas uma leve agitação para marcar sua ascensão até a superfície, a coisa deslizou para fora das águas escuras. Tão vasto quanto Polifemo[4] e horrendo, ele dardejou, como um estupendo monstro de pesadelos, contra o monólito, sobre o qual lançou seus gigantescos braços escamosos, enquanto curvava a cabeça hedionda e dava vazão a certos sons compassados. Naquele momento, pensei ter ficado louco.

De minha subida frenética da encosta e do monte, de minha jornada delirante de volta ao bote encalhado, pouco me recordo. Acredito ter cantado muito e gargalhado estranhamente quando me via incapaz de cantar. Tenho lembranças indistintas de uma grande tempestade pouco tempo depois de ter alcançado o bote; de qualquer forma, sei que ouvi o ribombar de trovões e outros tons que a natureza profere apenas em seus humores mais selvagens.

Quando emergi das sombras, encontrava-me em um hospital de San Francisco; fui levado por um capitão de um navio norte-americano que interceptara meu bote em alto-mar. Em meu delírio, muito falei, mas descobri que às minhas palavras foi dada escassa atenção. Sobre

---

4 Polifemo era um dos ciclopes e filho de Poseidon. É famoso o episódio da *Odisseia* em que Ulisses, feito prisioneiro por Polifemo, consegue cegá-lo e logra escapar.

qualquer sublevação de terra no Pacífico, meus salvadores nada sabiam; nem julguei necessário insistir a respeito de algo em que, eu sabia, eles não poderiam acreditar. Uma vez procurei um celebrado etnologista e o encantei com questões peculiares sobre a antiga lenda filisteia de Dagon,[5] o deus-peixe; mas, logo percebendo que ele era convencional para além de qualquer esperança, não publiquei minhas perguntas.

Durante a noite, especialmente quando a lua é gibosa e minguante, é quando eu vejo a coisa. Tentei morfina; mas a droga conferiu apenas uma calma passageira e me atraiu para suas garras como um escravo desesperado. Agora, então, chego ao fim de tudo, tendo escrito um relatório completo para informar ou divertir meus companheiros. Frequentemente me pergunto se tudo não poderia ter sido um puro fantasma — um simples arrepio febril enquanto eu jazia delirante e em insolação no bote aberto após minha fuga do navio de guerra alemão. É o que me pergunto, mas sempre vem até mim uma visão hediondamente vívida em resposta. Não posso pensar no mar profundo sem estremecer com a visão das coisas inomináveis que podem estar, neste exato momento, rastejando e chafurdando em seu leito enlameado, adorando seus antigos ídolos de pedra e entalhando seus detestáveis semelhantes em obeliscos submarinos de granito molhado. Sonho com o dia em que eles se erguerão sobre os vagalhões para arrastar com suas garras apodrecidas os remanescentes de uma humanidade patética e exaurida pela guerra — um dia em que a terra afunde, e que o negro solo oceânico se eleve em meio ao pandemônio universal.

O fim está próximo. Ouço um barulho à porta, como se um enorme corpo escorregadio investisse contra ela. Ele não pode me encontrar. Deus, *aquela mão*! A janela! A janela!

---

5   Em Samuel, livro I, capítulo 5, os filisteus tomam a Arca da Aliança dos hebreus e a guardam no templo de Dagon. Contudo, a estátua do deus filisteu amanhece caída e então sem mãos ou cabeça. Em hebraico, Dagon significa "pequeno peixe". Sua figura era representada como um homem que apresentava a forma de peixe da cintura para baixo.

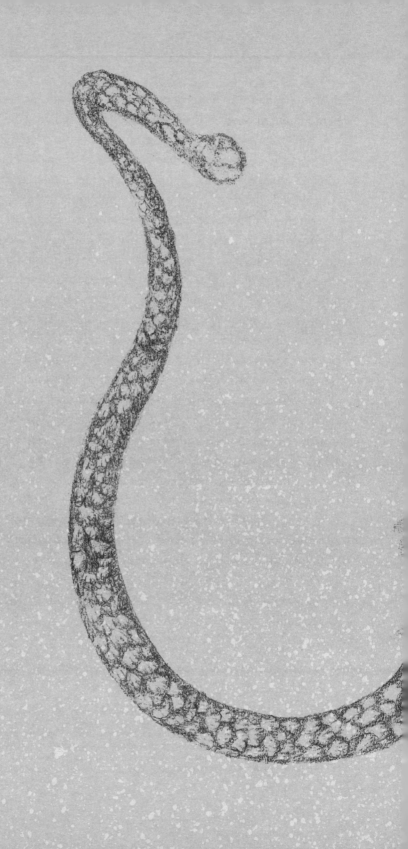

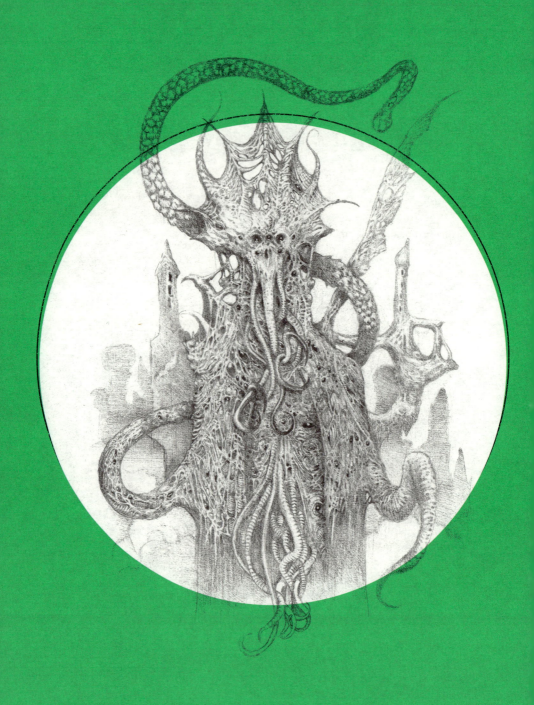

A Cidade Sem Nome

H.P. Lovecraft • 1921 – Wolverine • 1938 – Weird Tales

Ao me aproximar da cidade sem nome, soube que era amaldiçoada.[1] Viajava sob a lua, por um vale ressecado e terrível, e ao longe a vi assomando estranhamente sobre as areias como as partes de um cadáver podem emergir de uma cova malfeita. O medo falava através das pedras desgastadas pelas eras dessa vetusta sobrevivente do dilúvio, essa bisavó da mais antiga das pirâmides; e uma aura invisível me repelia, forçando a me afastar dos segredos antigos e sinistros que homem algum deveria ver e os quais nenhum outro homem ousara presenciar.

Remota no deserto da Arábia, jaz a cidade sem nome, em ruínas e silenciosa, suas paredes baixas quase ocultas pelas areias de eras incontáveis. Ela já devia estar aqui quando as primeiras pedras de

---

[1] Publicado pela primeira vez em novembro de 1921, na revista *Wolverine* 11. Em novembro de 1938, o conto foi republicado na *Weird Tales* 32.

Mênfis[2] foram assentadas e quando os tijolos da Babilônia ainda nem haviam sido cozidos. Não há lenda tão antiga que a nomeie, ou que relembre que um dia já foi viva; mas ela é mencionada em sussurros ao redor de fogueiras de acampamentos e murmurada por anciãs nas tendas dos xeiques, de forma que todas as tribos a evitam sem saber totalmente o porquê. Foi com esse lugar que Abdul Alhazred, o poeta louco, sonhou certa noite, antes de entoar seu dístico inexplicável:

> Morto não está o que pode eternamente jazer,
> E com éons estranhos até a morte pode morrer.

Eu deveria saber que os árabes tinham boas razões para evitar a cidade sem nome, a cidade narrada em histórias antigas, embora jamais tenha sido vista por nenhum homem vivo, mas ainda assim os desafiei e penetrei o inexplorado deserto com meu camelo. Somente eu a vi, e por isso nenhuma outra face carrega marcas tão hediondas de medo como a minha; por isso nenhum outro homem estremece tão horrivelmente quando o vento da noite chacoalha as janelas. Quando me deparei com ela na calmaria fantasmagórica de um sono infinito, ela olhou para mim, gélida sob os raios de uma lua fria em meio ao calor do deserto. E, ao retribuir seu olhar, esqueci meu triunfo por encontrá-la e me detive com meu camelo para esperar a aurora.

Esperei por horas, até que o leste ficasse cinza e as estrelas se esvaíssem, e que o cinza se tornasse uma luz rósea contornada de ouro. Ouvi um gemido e vi uma tempestade de areia se movendo entre as pedras antigas, embora o céu estivesse limpo e a vastidão do deserto, calma. Então, subitamente, sobre a orla distante do céu, veio a borda flamejante do sol, que podia ser vista através da pequena tempestade de areia que desaparecia, e em meu estado febril imaginei que, de alguma profundeza remota, emergia o irromper de uma música metálica para saudar o feroz disco tal como Memnon o saúda dos bancos de

---

2   Mênfis era uma cidade do Antigo Egito, antiga capital de Aneb-Hetch, primeiro nome do Baixo Egito. Suas ruínas localizam-se próximo à cidade atual de Helwan, ao sul da capital do país, Cairo.

areia do Nilo. Meus ouvidos rangeram e minha imaginação fervilhava enquanto conduzia meu camelo lentamente através da areia até aquele emudecido lugar de pedra; aquele lugar por demais antigo para que Egito ou Meroé possam se lembrar; aquele lugar que apenas eu, entre os vivos, pude ver.

Dentro e fora das fundações informes das casas e praças por onde perambulei, jamais encontrei qualquer entalhe ou inscrição que falasse a respeito daqueles homens, se homens eram, que construíram essa cidade e habitaram em seu interior há tanto tempo atrás. A antiguidade do local era mórbida, e eu tentava encontrar algum sinal ou dispositivo que provasse que a cidade fora, de fato, construída por humanos. Havia certas *proporções* e *dimensões* nas ruínas que não me agradavam. Trazia comigo várias ferramentas e escavei bastante entre as paredes dos edifícios obliterados; mas o progresso era lento e nada significativo foi revelado. Quando a noite e a lua voltaram, senti um vento gélido que trouxe um medo renovado, de modo que não ousei permanecer na cidade. E enquanto eu deixava as antigas paredes para dormir, uma pequena tempestade de areia que se formava atrás de mim suspirava, soprando sobre as pedras acinzentadas, ainda que a lua estivesse brilhante e a maior parte do deserto permanecesse calma.

Acordei com a aurora, despertando de um cortejo de sonhos horríveis, meus ouvidos tilintando como se um carrilhão ressoasse. Vi o sol se elevando avermelhado através das últimas rajadas de uma pequena tempestade de areia que pairava sobre a cidade sem nome e notei a quietude do restante da paisagem. Uma vez mais me aventurei no interior daquelas ruínas meditabundas que inchavam sob a areia como um ogro embaixo de um lençol, e novamente escavei em vão, buscando relíquias da raça esquecida. Ao meio-dia descansei e à tarde passei muito tempo acompanhando as paredes e as ruas de outrora e os contornos dos prédios quase esvaecidos. Percebi que a cidade fora realmente poderosa e me perguntei qual teria sido a fonte de suas grandezas. Para mim mesmo tracei todos os esplendores de uma era tão distante que nem mesmo a Caldeia poderia recordá-la e pensei em Sarnath, a Condenada, que ficava na terra de Mnar quando a humanidade ainda era jovem, e em Ib, que foi esculpida em pedra cinza antes que essa humanidade existisse.

Subitamente cheguei a um lugar onde o leito rochoso assomava rígido entre a areia, formando um penhasco baixo; e aqui, em deleite, vi o que parecia prometer outros traços do povo antediluviano. Entalhadas rudemente na face do penhasco, estavam as fachadas inconfundíveis de diversas casas e templos de pedra pequenos e baixos, cujos interiores preservariam vários segredos de eras por demais remotas, impossíveis de calcular, embora as tempestades de areia tivessem apagado há muito tempo quaisquer entalhes que possam ter existido em seu exterior.

Todas as escuras aberturas que se encontravam próximas eram muito baixas e estavam obstruídas pela areia, mas limpei uma delas com minha pá e rastejei, adentrando-a, carregando uma tocha para revelar quaisquer mistérios que o lugar poderia conter. Quando estava lá dentro, percebi que a caverna era, na verdade, um templo e observei claros sinais da raça que ali vivera e cultuara antes que o deserto fosse um deserto. Altares primitivos, pilares, nichos, todos curiosamente baixos, não estavam ausentes; e embora não tenha visto nenhuma escultura ou afresco, havia muitas pedras singulares, moldadas em símbolos por meios artificiais. A pouca altura da câmara cinzelada era muito estranha, pois dificilmente eu conseguiria mais do que me erguer sobre os joelhos, mas a área era tão grande que minha tocha revelava apenas uma parte de cada vez. Estremeci estranhamente em alguns dos cantos mais distantes, pois certos altares e pedras sugeriam esquecidos ritos de natureza terrível, revoltante e inexplicável, levando-me a questionar sobre o tipo de homens que poderiam ter construído e frequentado tal templo. Quando vi tudo o que o lugar continha, rastejei de volta para fora, ávido por encontrar o que os outros templos poderiam revelar.

Agora a noite havia se aproximado, mas as coisas tangíveis que eu vira tornaram a curiosidade mais forte que o medo, então, não fugi das longas sombras projetadas pela lua que tanto me apavoraram quando vi a cidade sem nome pela primeira vez. No crepúsculo, limpei outra abertura e com uma nova tocha engatinhei para dentro, encontrando mais pedras vagas e símbolos, mas nada mais definido do que o outro templo continha. O cômodo era tão baixo quanto o primeiro, mas bem menos amplo, terminando em uma passagem muito estreita, repleta de santuários obscuros e crípticos. Esquadrinhava esses santuários quando os ruídos do vento e do meu camelo lá fora irromperam através da calmaria e me obrigaram a sair para averiguar o que poderia ter assustado o animal.

A lua brilhava vivamente sobre as ruínas primevas, iluminando uma densa nuvem de areia que parecia soprada por um vento forte que, no entanto, esmorecia, oriundo de algum ponto do penhasco à minha frente. Eu sabia que fora esse vento gélido e arenoso que perturbara o camelo, e estava prestes a conduzi-lo para um lugar com melhor abrigo quando, por acaso, olhei de relance e percebi que não havia vento sobre o penhasco. Isso me impressionou e fiquei temeroso novamente, mas me lembrei de imediato dos repentinos ventos locais que eu contemplara e ouvira antes na aurora e durante o crepúsculo, julgando ser algo normal. Decidi que vinha de alguma fissura na rocha que conduzia a alguma caverna e observei a areia irrequieta para traçar um caminho até sua fonte; logo percebi que ele vinha do orifício negro de um templo a uma longa distância ao sul, quase fora de visão. Contra a sufocante nuvem de areia, me arrastei em direção a esse templo, que, conforme eu me aproximava, se mostrava maior que os demais, revelando uma passagem bem menos obstruída pela areia compacta. Teria entrado não fosse a terrível força do vento gelado, que quase extinguiu minha tocha. Ele soprava enlouquecido pela porta negra, suspirando de forma impressionante à medida que irritava a areia e se espalhava por entre as estranhas ruínas. Logo esmaeceu e a areia foi ficando mais e mais calma, até que, por fim, tudo se encontrava novamente em repouso; mas uma presença parecia espreitar em meio às pedras espectrais da cidade, e quando contemplei a lua ela parecia tremer como se espelhada em águas inquietas. Eu estava com mais medo do que conseguiria explicar, mas não o suficiente para ignorar minha sede por descobertas; então, assim que o vento se acalmou o bastante, fui em direção à câmara escura de onde ele soprava.

Esse templo, como eu imaginara do lado de fora, era maior do que aqueles que eu havia visitado antes; e era, presumivelmente, uma caverna natural, já que conduzia ventos vindos de algum lugar além. Aqui eu podia ficar bem ereto, mas percebi que as pedras e altares eram tão baixos quanto os dos outros templos. Nas paredes e no teto contemplei, pela primeira vez, alguns traços da arte pictórica da raça antiga, curiosas estrias encaracoladas de tinta que já quase tinham se apagado ou desmoronado; e em dois dos altares vi, com excitação crescente, um labirinto de entalhes curvilíneos bem-feitos. Ao segurar minha tocha no alto, pareceu-me que a forma do teto era regular demais para ser natural e me perguntei no que os escultores de pedra pré-históricos poderiam ter trabalhado inicialmente. Sua habilidade em engenharia deve ter sido vasta.

Então uma centelha mais brilhante da chama fantástica revelou o que eu buscava: a abertura para os abismos remotos por onde o vento repentino soprara; e esmoreci quando percebi que se tratava de uma porta pequena e claramente artificial cinzelada na rocha sólida. Enfiei minha tocha pela abertura, contemplando um túnel negro com um teto baixo que se arqueava sobre um rude lance de degraus descendentes, muito pequenos e numerosos. Eu veria sempre esses degraus em meus sonhos, pois saberia o que eles significavam. À época eu mal poderia chamá-los de degraus ou considerá-los meros apoios para os pés em uma descida íngreme. Minha mente girava com loucas ideias, e as palavras e avisos dos profetas árabes pareciam flutuar através do deserto de terras que os homens conhecem em direção à cidade sem nome, a qual os homens não ousam conhecer. Hesitei ainda por um momento antes de avançar pelo portal e começar a descer, cautelosamente, pela passagem íngreme, primeiro os pés, como se estivesse descendo uma escadaria.

Apenas nos terríveis fantasmas das drogas ou do delírio, qualquer outro homem poderia experimentar uma descida como a minha. A passagem estreita conduzia infinitamente para baixo, como um hediondo poço assombrado, e a tocha que eu erguia sobre minha cabeça não era capaz de iluminar as profundezas desconhecidas em cuja direção eu rastejava. Perdi a noção das horas e esqueci de consultar meu relógio, embora tenha me apavorado ao pensar na distância que deveria ter atravessado. Houve mudanças de direção e inclinação, e cheguei a uma longa e baixa passagem de nível, onde precisei me contorcer no piso de pedra com os pés à frente, segurando minha tocha com o braço estendido por cima da cabeça. O lugar não era alto o bastante para que eu pudesse ficar ajoelhado. Depois havia mais degraus íngremes, e eu ainda descia interminavelmente quando minha tocha vacilante apagou. Não creio que tenha percebido na hora, pois quando me dei conta ainda a erguia como se estivesse acesa. Encontrava-me bastante desequilibrado por aquele impulso em direção ao estranho e ao desconhecido, que me fizera um nômade sobre a terra e um frequentador de sítios proibidos.

Em meio à escuridão, fragmentos de meu precioso tesouro de saber demoníaco relampejaram em minha mente; frases de Alhazred, o árabe louco, parágrafos dos pesadelos apócrifos de Damáscio[3] e linhas infames da delirante *Image du Monde*, de Gautier de Metz.[4] Repetia extratos esquisitos e murmurava sobre Afrasiab[5] e os demônios que flutuaram com ele para o Oxus; depois, cantando repetidamente uma frase de um dos contos de lorde Dunsany[6] — "o apagado negror do abismo". Quando a descida estava espetacularmente íngreme, recitei algo de Thomas Moore,[7] cantarolando até sentir medo de recitar mais:

---

3 Damáscio foi um filósofo nascido em Damasco, por volta do ano 458. Escreveu comentários a respeito das obras de Platão e textos sobre metafísica, sendo que a maior parte de sua obra não sobreviveu até os dias atuais. Por seu paganismo, foi perseguido por Justiniano.

4 Padre e poeta francês, Gautier de Metz foi um dos primeiros a desenvolver a teoria de que a Terra seria esférica. *Image du Monde*, publicado por volta de 1246, trazia ainda a localização do Paraíso em algum lugar da Ásia, além de uma série de conceitos de astrologia, cosmologia, estética e ética.

5 Rei mítico da Ásia Central.

6 Edward John Plunkett Dunsany (1878-1957), escritor anglo-irlandês muito admirado por Lovecraft. Desenvolveu uma mitologia própria e suas histórias, muito líricas e poéticas, traziam diversas referências oníricas e mitológicas.

7 Poeta irlandês, 1779-1852. O trecho citado pertence ao poema "Alciphron", publicado em 1839.

Um tanque de escuridão, negro
Como negros são os caldeirões das bruxas quando cheios
De drogas lunares destiladas em eclipses
Inclinando-me para ver se era possível passar
No fundo do abismo, eu vi, tão baixo
Quanto pode a visão explorar
As faces lisas como vidro,
Como se tingidas
Com aquele enegrecido breu que o Trono da Morte
Lança sobre sua viscosa margem.

O tempo praticamente deixara de existir quando meus pés novamente sentiram o nível do chão, encontrando-me em um lugar levemente mais alto que os cômodos dos dois templos menores, agora tão incalculavelmente acima de minha cabeça. Não podia ficar em pé, mas era capaz de me ajoelhar, e na escuridão eu me retorcia e rastejava para lá e para cá, aleatoriamente. Logo soube que me encontrava em uma passagem estreita cujas paredes eram tomadas por caixas de madeira com a parte frontal de vidro. Naquele lugar paleozoico e abismal senti tanto a madeira polida quanto a superfície vítrea e me arrepiei diante das possíveis implicações. As caixas estavam, aparentemente, dispostas em intervalos regulares ao longo de cada lado da passagem e eram oblongas e horizontais, hediondamente parecidas com caixões em seu formato e tamanho. Ao tentar mover duas ou três a fim de examiná--las mais detidamente, descobri que estavam firmemente presas.

Percebi que a passagem era longa, então, cambaleando, me lancei rapidamente numa corrida rastejante que teria parecido horrível se algum olho tivesse me visto na escuridão; cruzando de lado a lado ocasionalmente para reconhecer meus arredores e me certificar de que as paredes e filas de caixas continuavam a se estender. O homem é tão acostumado a pensar visualmente que quase me esqueci da escuridão e imaginei o corredor infinito de madeira e vidro, em sua monotonia cravejada de arrebites, como se pudesse vê-lo. E então, num momento de emoção indescritível, eu o vi.

Não sou capaz de precisar o momento em que minha fantasia emergiu em uma visão real; mas ali, logo adiante, encontrava-se um brilho gradual, e eu repentinamente soube que havia distinguido a tênue silhueta de um corredor e das caixas, revelada por alguma fosforescência subterrânea desconhecida. Por um átimo, tudo era exatamente como eu imaginara, pois o brilho era bem fraco; mas conforme eu, aos tropeços, seguia mecanicamente em direção à luz mais forte, percebi que minha imaginação não fora nada além de débil. Esse salão não era uma relíquia rústica como os templos na cidade acima, mas um monumento da arte mais magnífica e exótica. Desenhos e quadros ricos, vívidos e ousadamente fantásticos formavam um esquema contínuo de pinturas murais cujas linhas e cores estavam além de qualquer descrição. As caixas, de uma singular madeira dourada, tinham tampas de um vidro estranho e guardavam as formas mumificadas de criaturas tão grotescas que poderiam superar os mais caóticos sonhos humanos.

Formar qualquer ideia a respeito dessas monstruosidades é impossível. Faziam o tipo reptiliano, com os contornos corporais sugerindo por vezes o crocodilo, por vezes a foca, porém mais frequentemente não lembravam nada de que os naturalistas ou paleontólogos já ouviram falar. Em tamanho, se assemelhavam a um homem pequeno, e suas pernas dianteiras traziam pés delicados e evidentemente flexíveis como mãos e dedos humanos. Mas o mais estranho eram suas cabeças, cujo contorno violava todos os princípios biológicos conhecidos. Essas coisas não podiam ser bem comparadas a nada — em um instante, pensei em comparações tão diversas quanto o gato, o sapo-boi, o mítico sátiro e o ser humano. Nem o próprio Jove[8] teria tido tão colossal e protuberante testa, entretanto os chifres e a ausência de nariz, bem como a mandíbula de aligátor, faziam aquelas coisas transcenderem quaisquer categorias estabelecidas. Debati por um tempo sobre a realidade das múmias, quase suspeitando que elas fossem ídolos artificiais; mas logo decidi que elas eram, de fato, alguma espécie paleógena que vivera quando a cidade sem nome ainda estava viva. Para

8   Um dos nomes de Júpiter, rei dos deuses na mitologia romana.

coroar o seu grotesco, a maior parte daquelas criaturas estava lindamente envolta no mais suntuoso dos tecidos e generosamente enfeitada com ornamentos de ouro, joias e desconhecidos metais brilhantes.

A importância dessas criaturas rastejantes deve ter sido vasta, pois elas ocupavam o primeiro lugar entre os desenhos fantásticos nos afrescos das paredes e do teto. Com habilidade sem igual, o artista as ilustrou em seu próprio mundo, onde elas possuíam cidades e jardins planejados para acolher suas dimensões; e não pude evitar pensar que sua história pictórica era alegórica, retratando talvez o progresso da raça que os idolatrava. Essas criaturas, eu disse a mim mesmo, eram, para os homens da cidade sem nome, o que a loba significava para Roma, ou o que alguma fera totêmica representa para uma tribo indígena.

Retendo essa visão, era possível traçar rudemente um maravilhoso épico sobre a cidade sem nome; o conto de uma poderosa metrópole costeira que governou o mundo antes que a África surgisse das ondas, e de suas batalhas enquanto o mar recuava e o deserto rastejava sobre o vale fértil em que se situava. Vi suas guerras e triunfos, suas questões e derrotas, e então o momento após sua terrível luta contra o deserto, quando milhares de seus nativos — representados aqui alegoricamente como répteis grotescos — foram levados a esculpir maravilhosamente seu caminho através das rochas, em direção a um outro mundo vaticinado por seus profetas. Era tudo vividamente estranho e realista, e sua conexão com a incrível descida por mim empreendida era inegável. Reconhecia até mesmo as passagens.

Enquanto rastejava pelo corredor em direção à luz mais brilhante, vi estágios tardios do épico retratado — o êxodo da raça que habitara a cidade sem nome e o vale ao redor que durou dez milhões de anos; a raça cujas almas foram oprimidas quando abandonaram os cenários conhecidos por seus corpos desde que eles se assentaram como nômades na juventude da terra, perfurando na rocha virgem aqueles santuários primitivos que jamais deixaram de adorar. Agora que a luz melhorara, pude estudar as imagens mais de perto e, lembrando-me de que os répteis estranhos deviam ser representações dos homens desconhecidos, ponderei a respeito dos costumes da cidade sem nome. Muitas coisas eram peculiares e inexplicáveis. A civilização, que incluía um alfabeto escrito, parecia ter se elevado a uma ordem mais alta do que aquelas imensuráveis civilizações posteriores do Egito e da Caldeia, porém haviam omissões curiosas. Não fui capaz, por exemplo, de encontrar imagens que representassem mortes ou costumes fúnebres, exceto aquelas que retratavam guerras, violência e pragas; e me questionei sobre a aparente resistência em relação à morte natural. Era como se um ideal de imortalidade terrena tivesse sido fomentado como uma cálida ilusão.

Ainda mais perto do fim da passagem, estavam pintadas cenas extremamente pitorescas e extravagantes; visões contrastantes da cidade sem nome em sua deserção e crescente ruína, e do novo e estranho reino paradisíaco em direção ao qual a raça escavara seu caminho através da pedra. Nessas visões a cidade e o vale deserto eram mostrados sempre à luz da lua, um nimbo dourado pairando sobre as paredes caídas, e quase revelando a esplêndida perfeição dos tempos antigos, retratados pelo artista de maneira espectral e elusiva. As cenas paradisíacas eram quase extravagantes demais para se fazer acreditar; retratavam um mundo oculto de dia eterno repleto de gloriosas cidades e morros etéreos e vales. Ao final, pensei ter visto sinais de um anticlímax artístico. As pinturas eram menos técnicas e bem mais bizarras do que a mais estranha das cenas anteriores. Pareciam registrar uma lenta decadência da antiga estirpe, junto a uma crescente ferocidade em relação ao mundo exterior do qual foram expulsos pelo deserto. As formas das pessoas — representadas sempre como os répteis sagrados — pareciam se esvaecer gradualmente, enquanto seus espíritos, que eram retratados pairando sobre as ruínas ao luar, aumentavam proporcionalmente. Sacerdotes raquíticos, representados como répteis em túnicas ornamentadas, amaldiçoavam o ar superior e todo aquele que o respirava; e uma terrível cena final revelava um homem de aparência primitiva, talvez um pioneiro da antiga Irem, a Cidade dos Pilares, feito em pedaços pelos membros da antiga raça. Lembro-me de como os árabes temiam a cidade sem nome e fiquei feliz em perceber que, além daquele ponto, as paredes cinzentas e o teto estavam bloqueados.

Enquanto observava o espetáculo da história mural, ia me aproximando cada vez mais do fim do salão de teto rebaixado, ciente de um grande portão do qual vinha toda a fosforescência luminosa. Rastejando por ele, berrei em um espanto transcendente diante do que jazia além; pois, em vez de outras câmaras mais brilhantes, havia apenas um vazio ilimitado de uma fulgurância uniforme, tal como se poderia imaginar ao contemplar, do cume do monte Everest, o mar de névoa iluminada pelo sol. Atrás de mim havia uma passagem tão apertada que eu não conseguia permanecer em pé; e adiante, um infinito de subterrânea refulgência.

Na passagem para o abismo, havia o topo de um íngreme lance de degraus — pequenos e numerosos degraus como aqueles das passagens escuras que atravessei —, mas, após alguns metros, os vapores brilhantes já cercavam tudo. Escancarada contra a parede esquerda da passagem, estava uma maciça porta de bronze, incrivelmente grossa e decorada com baixos-relevos fantásticos, a qual, se fechada, afastaria todo o mundo interior de luz das criptas e passagens de pedra. Olhei para os degraus e por um momento não ousei testá-los. Toquei a porta de bronze aberta, mas não consegui movê-la. Então desabei no chão de pedra, minha mente inflamada por reflexos prodigiosos que nem mesmo uma exaustão mortal poderia banir.

Enquanto permaneci deitado com os olhos fechados, livre para ponderar, muitas coisas que eu notara superficialmente nos afrescos retornaram à minha mente com um significado novo e terrível — cenas representando a cidade sem nome em seu apogeu, a vegetação do vale ao redor e as terras distantes com as quais os comerciantes negociavam. A alegoria das criaturas rastejantes me confundia com sua proeminência universal, e muito me espantava que ela pudesse ter sido seguida tão de perto em uma história pictórica de tal importância. Nos afrescos a cidade sem nome retratada em proporções adequadas aos répteis. Questionava-me a respeito de suas proporções e magnitudes reais e refleti por um momento sobre certas estranhezas captadas nas ruínas. Pensei curiosamente sobre o quão baixo eram os templos primevos e o corredor subterrâneo, que foram, sem dúvida, escavados em deferência às deidades reptilianas; ainda que isso obrigasse os fiéis a rastejar. Talvez os próprios ritos envolvessem o rastejar, como maneira de imitar as criaturas. Nenhuma teoria religiosa, contudo, poderia explicar facilmente por que as passagens de nível naquela incrível descida tinham que ser tão baixas quanto os templos — ou até mais baixas, já que, em uma delas, não era possível sequer ajoelhar. Enquanto pensava nas criaturas rastejantes, cujas hediondas formas mumificadas estavam tão próximas de mim, senti uma nova onda de pavor. Associações mentais são curiosas, e me encolhi com a ideia de que, exceto pelo pobre homem primitivo despedaçado na última pintura, a única forma humana em meio a tantas relíquias e símbolos da vida primordial era a minha.

Mas como sempre em minha estranha e vagante existência, a curiosidade logo afastou o medo; pois o abismo luminoso e o que ele poderia conter representavam um problema digno do maior explorador. Que um mundo estranho de mistério jazia no fundo daquele lance de degraus particularmente pequenos, eu não podia duvidar, e esperava encontrar ali aquelas memórias humanas que o corredor pintado falhara em conceder. Os afrescos retratavam cidades incríveis, além de vales em seu reino inferior, e minha fantasia habitava nas ruínas ricas e colossais que me esperavam.

Meus medos, de fato, se relacionavam mais ao passado que ao futuro. Nem mesmo o horror físico de minha posição naquele corredor apertado de répteis mortos e afrescos antediluvianos, quilômetros abaixo do mundo que eu conhecia e encarado por outro mundo de luz arcana e névoa, poderia se equiparar ao pavor letal que senti com a antiguidade abismal da cena e de seu espírito. Uma antiguidade, tão vasta que seria vão mensurar, parecia espreitar das pedras primais e dos templos escavados nas rochas da cidade sem nome, enquanto o último dos mapas impressionantes retratado nos afrescos revelava oceanos e continentes esquecidos pelo homem, com alguns contornos vagamente familiares apenas aqui e ali. Do que ocorrera nas eras geológicas desde que as pinturas cessaram e a raça odiosa sucumbira, ressentida, à decadência, homem algum pode dizer. A vida abundava nessas cavernas e no luminoso reino além; agora eu estava sozinho com relíquias vívidas e estremecia ao pensar nas eras incontáveis durante as quais essas relíquias mantiveram uma vigília silenciosa e erma.

Subitamente adveio outro assomo daquele medo agudo que me tomava intermitentemente desde que me deparei, pela primeira vez, com o terrível vale e a cidade sem nome sob uma lua fria, e, a despeito de minha exaustão, me encontrei tentando assumir freneticamente uma postura sentada enquanto olhava para trás, através do corredor negro em direção aos túneis que conduziam ao mundo exterior. Minhas sensações eram muito parecidas com aquelas que me fizeram evitar a cidade sem nome durante a noite e tão inexplicáveis quanto pungentes. Em outro momento, entretanto, fui tomado por um choque ainda maior na forma de um som definido — o primeiro que rompera o completo silêncio daquelas profundezas tumulares. Foi um gemido profundo e baixo, como o de um distante tropel de espíritos condenados, vindo da direção que eu contemplava. Seu volume cresceu rapidamente, até que logo reverberava diretamente através da passagem baixa, e ao mesmo tempo tomei consciência de uma crescente corrente de ar frio que parecia fluir dos túneis e da cidade acima. O toque desse ar pareceu restaurar meu equilíbrio, pois instantaneamente me lembrei das rajadas repentinas que se ergueram ao redor da boca do abismo a cada nascer e pôr do sol, uma das quais, efetivamente, me revelara os túneis ocultos. Olhei para o meu relógio e me dei conta de que o amanhecer estava próximo, então me preparei para resistir ao vendaval que soprava em direção ao interior de seu lar cavernoso, assim como, ao anoitecer, soprava para fora. Novamente meu medo esvaeceu, já que um fenômeno natural tende a dispersar as cismas em relação ao desconhecido.

Cada vez mais louco soprava o arrepiante vento noturno, gemendo no golfo dentro da terra. Deixei-me cair novamente, agarrando inutilmente o chão com medo de ser varrido para dentro do portão aberto até o abismo fosforescente. Não esperava tamanha fúria e enquanto tomava consciência de que realmente meu corpo escorregava em direção ao abismo, fui tomado por mil novos terrores de apreensão e imaginação. A malignidade da rajada despertou delírios incríveis; estremecendo, uma vez mais me comparei com a única imagem humana naquele corredor pavoroso, o homem feito em pedaços pela raça sem nome, pois, no arranhar hostil das correntes rodopiantes, parecia espreitar uma ira vingativa, tanto mais forte por ser largamente impotente. Penso ter gritado freneticamente próximo do fim — eu estava quase louco —, mas, se o fiz, meus gritos se perderam na babel de ventos raivosos e uivantes que nascia do inferno. Tentei rastejar contra a torrente invisível, mas não pude nem mesmo me segurar enquanto era empurrado lenta e inexoravelmente para o mundo desconhecido. Finalmente a razão deve ter se rompido totalmente, pois me vi balbuciando, repetidamente, o dístico inexplicável do árabe louco Alhazred, que sonhou com a cidade sem nome:

> Morto não está o que pode eternamente jazer,
> E com estranhos éons até a morte pode morrer.

Apenas os soturnos e meditabundos deuses do deserto sabem o que efetivamente ocorreu — que lutas e contorções indescritíveis suportei no escuro ou se Abadom[9] me guiara de volta à vida, durante a qual devo sempre me lembrar e estremecer diante do vento noturno, até que o esquecimento — ou algo pior — venha me reclamar. Monstruosa, antinatural, colossal foi a coisa — muito além de todas as ideias humanas dignas de crença, exceto nas primeiras horas desgraçadas da manhã, quando não se pode dormir.

Dissera que a fúria do sopro veloz era infernal — arquidemoníaca — e que suas vozes eram hediondas, carregando as más contidas vilanias da eternidade desolada. Naquele momento aquelas vozes, enquanto ainda caóticas à minha frente, pareciam, para o meu cérebro convulso, tomar formas articuladas atrás de mim; e lá embaixo, na

---

9 Termo em hebraico que significa "destruição" ou "ruína". É um anjo que aparece no Apocalipse liderando um enxame de gafanhotos — é ele quem possui a chave do poço sem fundo por onde saem essas criaturas. Também é o nome atribuído a um abismo infinito, que parece ser a referência adotada por Lovecraft.

cova de antiguidades de inumeráveis éons extintos, léguas abaixo do alvorescente mundo dos homens, ouvi o praguejar e o rosnar espectrais de inimigos em línguas estranhas. Voltando-me, vislumbrei, delineado contra o éter luminoso do abismo, o que não podia ser visto na penumbra do corredor — uma horda pesadelar de demônios em rápidos movimentos; odiosamente distorcidos, paramentados grotescamente, semitransparentes; demônios de uma raça que homem algum poderia confundir — os répteis rastejantes da cidade sem nome.

E enquanto o vento se extinguia, eu era mergulhado na escuridão povoada por assombrações das entranhas terrestres; atrás da última das criaturas a grande porta de bronze ressoou, fechando com um dobrar ensurdecedor de música metálica cujas reverberações se expandiram até o mundo distante para saudar o sol nascente como Memnon o saúda desde os bancos de areia do Nilo.

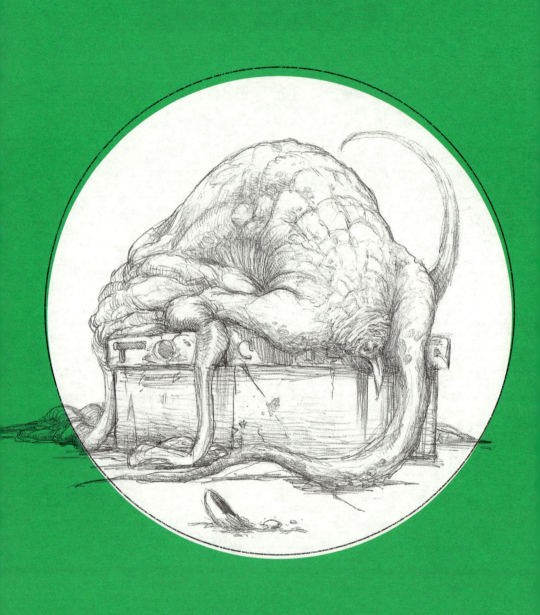

Herbert West Reanimator

H.P. Lovecraft • 1922 — Home Brew • 1942-1943 — Weird Tales

*Estar morto,
estar verdadeiramente morto,
deve ser glorioso.
Há coisas bem piores do que
a morte à espera do homem.*

— Conde Drácula —[1]

---

1   Citação retirada de *Drácula* (1931), dirigido por Tod Browning. Nesse longa-metragem, o vampiro foi interpretado pelo húngaro Béla Lugosi.

1. Da escuridão[2]

Sobre Herbert West, que foi meu amigo na universidade e no pós-vida, posso falar apenas com extremo terror. Esse terror não se deve totalmente à aparência sinistra de seu desaparecimento recente, mas foi engendrado por toda a natureza do trabalho de sua vida e começou a ganhar uma forma mais grave há mais de dezessete anos, quando estávamos no terceiro ano de nosso curso na escola de medicina da Universidade Miskatonic,[3] em Arkham. Enquanto ele esteve comigo, a maravilha e o diabolismo de seus experimentos me fascinavam extremamente, e eu era sua companhia mais próxima. Agora que ele se foi e o feitiço se quebrou, o medo verdadeiro é maior. Memórias e possibilidades são ainda mais hediondas que realidades.

O primeiro incidente horrível de nosso relacionamento foi o maior choque que já experimentei, e é com relutância que aqui o reproduzo. Como eu disse, o episódio ocorreu quando estávamos na escola de medicina, onde West já havia se tornado conhecido por suas teorias loucas sobre a natureza da morte e a possibilidade de superá-la artificialmente. Suas ideias, que eram amplamente ridicularizadas pela faculdade e por seus colegas de curso, se prendiam à natureza essencialmente mecanicista da vida; e envolviam os meios de operar a maquinaria orgânica da humanidade através de ação química calculada, após a falha do processo natural. Em seus experimentos com vários soros de animação, ele maltratou e feriu um número imenso de coelhos, porquinhos-da-índia, gatos, cães e macacos, até se tornar a maior inconveniência para a faculdade. Várias vezes ele obtivera de fato sinais de vida em animais supostamente mortos; em muitos casos, sinais violentos; mas logo ele percebeu que o aperfeiçoamento desse processo, se fosse algo realmente possível, demandaria necessariamente

---

2 "Herbert West: Reanimator" é uma história em seis partes, publicada espaçadamente a partir de 1922. A primeira parte veio à tona na *Home Brew* 1, sendo republicada na *Weird Tales* 36, n. 4, em 1942, após a morte de Lovecraft.

3 A Universidade Miskatonic é citada em vários contos, como "A Sombra Vinda do Tempo", "A Cor que Caiu do Céu" e "O Horror de Dunwich", sendo, como o *Necronomicon*, uma parte fundamental da mitologia lovecraftiana. A primeira menção à Miskatonic apareceu em "Herbert West: Reanimator".

uma vida inteira de pesquisas. Da mesma forma ficou claro que, como a mesma solução nunca funcionava do mesmo jeito em espécies orgânicas diferentes, ele precisaria de cobaias humanas para obter progressos distintos e mais especializados. Foi nesse ponto que pela primeira vez ele entrou em conflito com as autoridades universitárias, sendo afastado de experimentos futuros por ninguém menos dignitário que o próprio decano da escola de medicina — o culto e benevolente dr. Allan Halsey, cujo trabalho com o comportamento dos perturbados é lembrado por todos os velhos residentes de Arkham.

Sempre fui excepcionalmente tolerante em relação às investigações de West, e frequentemente discutíamos suas teorias, cujas ramificações e corolários eram quase infinitos. Defendendo, com Haeckel,[4] que toda vida é um processo químico e físico, e que a chamada "alma" é um mito, meu amigo acreditava que a reanimação artificial dos mortos dependeria apenas da condição de seus tecidos; e que, a menos que a verdadeira decomposição tenha se instalado, um corpo completamente equipado com órgãos poderia, com as medidas adequadas, ser novamente colocado nessa forma peculiar conhecida como vida. West compreendia totalmente que a vida física ou intelectual poderia ser debilitada por qualquer leve deterioração das células cerebrais sensitivas causada até mesmo por um curto período em estado de morte. De início, tinha esperanças de encontrar um reagente que restauraria a vitalidade antes do verdadeiro advento da morte, e apenas os repetidos fracassos com as cobaias animais puderam lhe revelar que os impulsos da vida natural e da artificial são incompatíveis. Então ele procurou o extremo frescor em seus espécimes, injetando suas soluções no sangue imediatamente após a extinção da vida. Fora essa circunstância que tornou os professores tão descuidadamente céticos, pois eles sabiam que a verdadeira morte não ocorrera em nenhum dos casos. Eles não se detiveram para analisar a questão de perto e de forma razoável.

Não muito tempo depois que seu trabalho foi interditado pela faculdade, West me confidenciou sua resolução de conseguir, por algum

---

4 Ernst Haeckel (1834-1919), biólogo alemão. Foi um evolucionista de tendências darwinistas, responsável pela teoria da *Urschleim*, ou "lama primordial", da qual toda a vida teria evoluído.

meio, corpos humanos frescos, pretendendo prosseguir em segredo com os experimentos que ele não poderia mais realizar abertamente. Ouvi-lo enquanto discutia formas e meios era bastante apavorante, pois, na faculdade, jamais precisamos procurar espécimes por nós mesmos. Sempre que o necrotério se provava inadequado, dois negros locais cumpriam essa função, sendo raramente questionados. West era então um jovem baixo e esguio, usava óculos e tinha traços delicados, cabelo amarelo, pálidos olhos azuis e uma voz suave, e era bizarro ouvi-lo comparando as vantagens do cemitério da Christchurch e do cemitério de indigentes. Finalmente nos decidimos pelo cemitério de indigentes porque praticamente todo corpo em Christchurch era embalsamado — algo obviamente desastroso para as pesquisas de West.

Nessa época eu era seu assistente ativo e interessado, e o ajudava a tomar todas as suas decisões, não apenas a respeito da fonte dos corpos, mas também em relação à escolha de um local adequado para seu trabalho macabro. Fui eu que sugeri a deserta fazenda Chapman, localizada além de Meadow Hill, onde instalamos uma sala de operações e um laboratório, ambos encortinados para ocultar nossos feitos da meia-noite. O local era distante de qualquer estrada e não podia ser visto de qualquer outra casa, contudo precauções não eram menos necessárias, pois os rumores de luzes estranhas, ocasionalmente iniciados por andarilhos noturnos, logo fariam recair o desastre sobre nossa empreitada. Concordamos em mencionar a coisa toda como um laboratório químico se fôssemos descobertos. Gradualmente equipamos nosso refúgio científico com materiais comprados em Boston ou emprestados sem alarde da universidade — materiais cuidadosamente tornados irreconhecíveis, a não ser para os olhos de um perito — e conseguimos pás e picaretas para os vários enterros que teríamos que fazer no porão. Na universidade usávamos um incinerador, mas o aparato era caro demais para nosso laboratório não autorizado. Corpos eram sempre um inconveniente — mesmo o menor porquinho-da-índia dos experimentos levemente clandestinos realizados no quarto de West no pensionato.

Como carniceiros, acompanhávamos os obituários locais, pois nossos espécimes demandavam qualidades particulares. Buscávamos cadáveres enterrados logo após a morte e sem qualquer preservação artificial; de preferência, livres de doenças deformantes e, certamente, com todos os órgãos presentes. Nossas melhores esperanças eram as vítimas de acidentes. Por muitas semanas não encontramos nada adequado; ainda que tenhamos contatado o necrotério e as autoridades hospitalares, ostensivamente em nome de interesses da universidade, tão frequentemente quanto possível sem levantar suspeitas. Descobrimos que a universidade tinha a preferência em todos os casos, e assim foi necessário permanecer em Arkham durante o verão, quando apenas alguns cursos eram ministrados. Contudo, por fim, a sorte nos favoreceu; pois um dia ficamos sabendo de um caso quase ideal no cemitério de indigentes; um jovem e musculoso operário afogado na manhã anterior no lago Sumner, que foi enterrado com os recursos da cidade sem atraso ou embalsamento. Naquela tarde encontramos a nova cova e combinamos que começaríamos o trabalho logo após a meia-noite.

Realizamos uma tarefa repulsiva na obscura madrugada, mesmo que na época carecêssemos de um horror especial a cemitérios, o qual viria à tona em experiências posteriores. Carregávamos pás e lamparinas a óleo, pois, embora lanternas elétricas já estivessem disponíveis, esses aparelhos não eram tão satisfatórios quanto os atuais dispositivos de tungstênio. O processo de escavação era lento e sórdido — poderia ter sido repulsivamente poético se fôssemos artistas, e não cientistas — e ficamos felizes quando nossas pás atingiram a madeira. Quando o caixão de pinho foi completamente descoberto, West desceu e afastou a tampa, arrastando para fora e depois erguendo seu conteúdo. Alcancei e puxei com dificuldade o conteúdo da cova, e então trabalhamos arduamente para restaurar a aparência anterior do local. A situação nos deixou muito nervosos, especialmente a forma rígida e a expressão vazia de nosso primeiro troféu, mas conseguimos remover todos os traços de nossa visita. Quando lançamos a última pá de terra, acomodamos o espécime num saco de linho e partimos para a velha fazenda Chapman, localizada além de Meadow Hill.

Em uma mesa de dissecação improvisada na antiga fazenda, sob a luz de uma poderosa lâmpada de acetileno, o espécime não apresentava uma aparência muito espectral. Teria sido um jovem robusto e aparentemente sem imaginação, do tipo inteiramente plebeu — compleição larga, olhos acinzentados e cabelo castanho —, de saúde animalesca sem sutilezas psicológicas, e tivera provavelmente processos vitais dos tipos mais simples e saudáveis. Agora, com os olhos fechados, parecia mais adormecido do que morto; contudo um breve exame pericial de meu amigo não deixou dúvidas a respeito da situação. Tínhamos, finalmente, aquilo pelo que West sempre ansiara — um morto real e ideal, pronto para a solução preparada, de acordo com os cálculos mais cuidadosos e teorias, para uso humano. De nossa parte, a tensão se tornara muito grande. Sabíamos que era muito escassa a chance de ocorrer qualquer coisa parecida com um completo sucesso e não podíamos evitar temores hediondos em relação aos possíveis resultados grotescos da animação parcial. Estávamos especialmente apreensivos com a mente e os impulsos da criatura, pois, no lapso que se segue à morte, algumas das células cerebrais mais delicadas poderiam ter se deteriorado. De meu lado, ainda mantinha algumas ideias curiosas a respeito da tradicional "alma" do homem e sentia um temor reverencial diante dos segredos que poderiam ser contados por alguém que retornasse dos mortos. Perguntava-me quais visões aquele jovem plácido tivera em esferas inacessíveis, e o que ele seria capaz de relatar se sua vida fosse completamente restaurada. Mas minha veneração não era absoluta, já que na maior parte do tempo eu compartilhava o materialismo de meu amigo. Ele estava mais calmo do que eu enquanto forçava uma grande quantidade de seu fluido através de uma veia do braço do cadáver, imediatamente atando bem firme a incisão.

A espera foi excruciante, mas West nunca desanimou. De tempos em tempos, ele colocava seu estetoscópio no espécime, suportando filosoficamente os resultados negativos. Após mais ou menos três quartos de hora sem o menor sinal de vida, ele declarou, desapontado, que o soro era inadequado, mas que estava determinado a tirar o máximo proveito daquela oportunidade, testando uma mudança na fórmula antes de descartar seu pavoroso prêmio. Naquela tarde havíamos escavado uma cova no porão e a preencheríamos ao amanhecer — pois, embora tivéssemos instalado uma trava na casa, queríamos afastar até o mais remoto dos riscos de que nossa prática carniceira fosse descoberta. Além disso, o corpo não estaria nem próximo de fresco na noite seguinte. Assim, levando a solitária lâmpada de acetileno para o laboratório adjacente, deixamos nosso hóspede silencioso sobre a laje no escuro e concentramos toda a nossa energia no preparo de um novo soro; West supervisionava os pesos e as medidas com um cuidado quase fanático.

O horrível evento foi bastante repentino e completamente inesperado. Eu transferia alguma coisa de um tubo de ensaio para outro, e West estava ocupado sobre um queimador a álcool que fazia as vezes de um bico de Bunsen naquele prédio sem gás encanado, quando o que nós deixamos no quarto escuro emitiu a sucessão mais apavorante e demoníaca de gritos que qualquer um de nós jamais ouvira. O caos de sons infernais não teria sido mais intolerável se o próprio poço dos infernos tivesse se aberto para libertar a agonia dos condenados, pois, concentrados em uma cacofonia inconcebível, estavam contidos todo o terror celeste e o desespero inatural da natureza animada. Não poderia ter sido humano — não pertence ao homem a produção de tais ruídos — e sem pensar sequer uma vez em nosso recente empreendimento ou em nossa possível descoberta, West e eu saltamos a janela mais próxima como animais desabalados; revirando tubos, lâmpadas e pipetas e mergulhando loucamente no abismo estrelado da noite rural. Acredito que gritamos para nós mesmos enquanto, aos tropeços, seguíamos freneticamente em direção à cidade, entretanto, no momento em que alcançamos seus arredores, adotamos uma aparência controlada — apenas o suficiente para parecermos ébrios tardios voltando para casa depois de uma farra.

Não nos separamos, mas conseguimos chegar ao quarto de West, onde sussurramos com agitação até a aurora. Mas então nos acalmamos um pouco com teorias racionais e planos de investigação, e assim poderíamos dormir durante o dia — ignorando as aulas. Mas naquela tarde duas matérias no jornal, que não guardavam nenhuma relação entre si, novamente tornaram o sono algo impossível. A velha casa da fazenda Chapman fora queimada inexplicavelmente, sendo reduzida a um monte amorfo de cinzas; o que atribuímos à lâmpada caída. E mais: houve uma tentativa de violação de uma cova nova no cemitério de indigentes, como se alguém tivesse escavado inutilmente a terra, dispensando as pás. Isso foi algo impossível de compreender, pois havíamos coberto a cova com muito cuidado.

E, durante dezessete anos após esses acontecimentos, West olharia frequentemente sobre seu ombro, afirmando que ouvia leves passos atrás dele. E agora ele desapareceu.

II. O demônio da praga[5]

Nunca esquecerei aquele verão hediondo há dezesseis anos, quando, tal qual um asqueroso *ifrit*[6] dos salões de Iblis,[7] a febre tifoide correu lasciva por Arkham. É por causa desse flagelo satânico que a maioria das pessoas se recorda daquele ano, pois o verdadeiro terror pairava com asas de morcego sobre as pilhas de caixões nas tumbas do cemitério da Christchurch; ainda que, para mim, havia um terror maior naquele tempo — um horror que apenas eu conheço, agora que Herbert West desapareceu.

West e eu fazíamos trabalhos de pós-graduação nas classes de verão da escola de medicina da Universidade Miskatonic, e meu amigo conquistara uma ampla notoriedade em virtude de seus experimentos relacionados à revivificação dos mortos. Após o abate científico de incontáveis animais de pequeno porte, o trabalho aberrante foi interrompido ostensivamente por ordens de nosso cético decano, o dr. Allan Halsey; contudo, West continuou a realizar certos testes secretos em seu sombrio quarto no pensionato, e em uma ocasião terrível

---

5   Publicada pela primeira vez na *Home Brew* I, n. 2, em 1922
    e reimpressa na *Weird Tales* 36, n. 5, em 1942.
6   Os *ifrit* são *djinn* ou demônios da cultura persa. São considerados filhos de Iblis.
7   Iblis, Íblis ou Eblis é o pai de todos os demônios e lidera o tormento sofrido
    pelas almas dos pecadores. Iblis era representado como a figura oposta,
    o adversário de Deus, talvez a primeira personificação de Satã.

e inesquecível levou um corpo humano de sua cova no cemitério de indigentes até uma fazenda abandonada além de Meadow Hill.

Eu estava com ele nessa ocasião odiosa e vi quando injetou, naquelas veias inertes, o elixir que supunha ser capaz de restaurar, de alguma forma, os processos químicos e físicos da vida. Terminou horrivelmente — em um delírio de medo que gradualmente atribuímos aos nossos próprios nervos sobrecarregados — e depois disso West nunca conseguiu se livrar da enlouquecedora sensação de estar sendo assombrado e perseguido. O corpo não estava fresco o suficiente; obviamente, para que sejam restaurados os atributos mentais normais, um corpo deve estar realmente bastante fresco; e um incêndio na velha casa nos poupou de enterrar a coisa. Seria melhor se pudéssemos saber que ela estava debaixo da terra.

Depois daquela experiência, West abandonou suas pesquisas por algum tempo; mas o zelo do cientista nato voltou lentamente, mais uma vez ele se tornou inoportuno para a faculdade, solicitando o uso da sala de dissecação e de espécimes humanos frescos para o trabalho que ele considerava de imperativa importância. Seus pedidos, entretanto, foram completamente em vão; já que a decisão do dr. Halsey foi inflexível, e todos os outros professores endossaram o veredicto de seu líder. Na radical teoria da reanimação eles nada viam além dos delírios imaturos de um jovem entusiasmado cuja forma esguia, o cabelo amarelo, os olhos azuis envoltos por óculos e a voz suave não ofereciam nenhuma sugestão do poder sobrenatural — e quase diabólico — que o frio cérebro em seu interior possuía. Posso ver agora como ele era então — e me arrepio. Seu rosto ficou mais severo, mas não envelheceu. E agora o manicômio Sefton sofreu um revés e West desapareceu.

West discordou violentamente do dr. Halsey próximo ao fim de nosso prazo para a graduação em uma disputa verbal da qual ele saiu mais desacreditado que nosso gentil decano no quesito cortesia. Ele tinha a impressão de estar sendo desnecessária e irracionalmente retardado em um trabalho de suprema relevância; um trabalho que ele poderia, é claro, conduzir por meios próprios anos mais tarde, mas o qual gostaria de iniciar enquanto ainda tivesse à disposição as excepcionais instalações da universidade. Que os anciões presos à tradição ignorariam seus resultados singulares obtidos com os animais e que continuariam negando a possibilidade de reanimação, era algo inexpressivelmente revoltante e quase incompreensível para o temperamento lógico do jovem West. Apenas uma maior maturidade poderia ajudá-lo a compreender as limitações mentais crônicas do tipo "professor doutor" — o produto de patéticas gerações de puritanismo; agradável, consciencioso e por vezes gentil e amigável, embora sempre estreito, intolerante, preso aos costumes e carente de perspectiva. A idade era mais caridosa para esses personagens incompletos, mas de alma elevada, cujo pior vício, em realidade, era a timidez, e os quais, por fim, eram punidos com o ridículo geral por seus pecados intelectuais — pecados tais como o ptolemaísmo,[8] o calvinismo, o antidarwinismo, antinietzscheanismo,[9] além de qualquer tipo de sabbatarianismo[10] e suntuosa legislação. West, jovem apesar de suas maravilhosas conquistas científicas, não era muito paciente com o bom dr. Halsey e seus colegas eruditos; e nutria um ressentimento crescente, unido ao desejo de provar suas teorias para aquelas sumidades de uma maneira enfática e dramática. Como a maioria dos jovens, ele se deliciava em elaborados devaneios de vingança, triunfo e o magnânimo perdão final.

E então veio o flagelo, sarcástico e letal, das cavernas de pesadelo do Tártaro. West e eu havíamos graduado pouco antes de seu início, mas permanecemos para realizar trabalhos adicionais nos cursos de verão, de forma que estávamos em Arkham quando ele irrompeu com fúria demoníaca sobre a cidade. Embora ainda não fôssemos médicos licenciados, agora tínhamos nossa graduação e fomos freneticamente empurrados para o serviço público quando o número de casos aumentou. A situação tinha quase ultrapassado o controlável, e mortes ocorriam com demasiada frequência para que os coveiros locais conseguissem

---

8   A crença ptolemaica de que a Terra seria o centro do universo.
9   Friedrich Nietzsche (1844-1900) foi um filósofo alemão. Entre suas principais obras estão *Genealogia da Moral*, *Crepúsculo dos Ídolos* e *Assim Falou Zaratustra*. A filosofia de Nietzsche desenvolve diversos elementos, tais como o perspectivismo, o combate ao niilismo, a vontade de potência e o surgimento do *Ubermensch* ou "além do homem", o ser humano do amanhã que estaria além dos valores morais tradicionais.
10   Parte da doutrina judaica que veda o trabalho e a realização de atividades produtivas durante o sabá.

lidar completamente. Enterros sem embalsamento eram realizados em rápida sucessão, e mesmo o cemitério da Christchurch estava repleto de caixões de mortos não embalsamados. Essa circunstância não deixou de afetar West, que frequentemente pensava na ironia da situação — tantos espécimes frescos, mas nenhum disponível para suas pesquisas tão almejadas! Estávamos pavorosamente sobrecarregados de trabalho, e o terrível esforço mental e nervoso tornou meu amigo morbidamente taciturno.

Mas os gentis inimigos de West não foram menos afetados por obrigações esgotantes. A universidade foi fechada e cada médico da faculdade de medicina estava ajudando a combater a praga da febre tifoide. O dr. Halsey, em particular, se destacou em um trabalho sacrificante, utilizando de sua extrema habilidade com energia total nos casos que muitos outros recusaram em virtude do perigo ou aparente falta de esperança. Antes que se passasse um mês, o destemido decano se tornou um herói popular, ainda que, aparentemente, não tivesse consciência de sua fama enquanto lutava para não colapsar pela fadiga física e exaustão nervosa. West não era capaz de disfarçar a admiração pela fortaleza de seu adversário, mas por causa disso se tornou ainda mais determinado a lhe provar a verdade de suas espetaculares doutrinas. Tirando vantagem da desorganização tanto do trabalho da universidade quanto da fiscalização municipal de saúde, numa noite ele conseguiu transportar ilegalmente um corpo recentemente falecido para a sala de dissecação da universidade, e em minha presença injetou uma nova modificação de seu soro. A coisa realmente abriu os olhos, mas apenas fitou o teto com um olhar de horror de enrijecer a alma antes de desfalecer em uma inércia de onde nada poderia demovê-la. West disse que o espécime não estava fresco o suficiente — o ar quente do verão não beneficiava os cadáveres. Na ocasião, quase fomos surpreendidos antes de incinerar a coisa, e West duvidou da viabilidade de repetir seu ousado e impróprio uso do laboratório da faculdade.

O pico da epidemia foi atingido em agosto. West e eu quase morremos, e o dr. Halsey morreu no dia 14. Todos os estudantes foram ao funeral improvisado no dia 15, levando uma impressionante coroa de flores, embora ela tenha sido um tanto ofuscada pelos tributos enviados pelos cidadãos mais prósperos de Arkham e pela própria municipalidade. Foi quase uma questão pública, pois o decano certamente fora um benfeitor público. Após o enterro estávamos todos um tanto deprimidos e passamos a tarde no bar da Casa Comercial; onde West, ainda que abalado pela morte de seu principal oponente, nos apavorou com referências às suas famosas teorias. A maioria dos estudantes voltou para casa ou foi se ocupar com outras tarefas conforme a tarde avançava; mas West me convenceu a ajudá-lo "a ganhar a noite". A senhoria de West nos viu chegando em seu quarto por volta das duas da madrugada, com um terceiro homem entre nós; e disse a seu marido que nós todos, evidentemente, devíamos ter jantado e bebido muito bem.

Aparentemente essa matrona amarga estava certa; pois, por volta das três horas, a casa inteira foi despertada por gritos oriundos do quarto de West, onde, quando arrombaram a porta, nos encontraram inconscientes sobre o tapete manchado de sangue, espancados, arranhados e feridos, e com os restos quebrados dos frascos e instrumentos de West à nossa volta. Apenas uma janela aberta revelou que fim levara nosso agressor, e muitos se perguntaram como ele teria se arranjado após o terrível salto que provavelmente operara, do segundo andar até o quintal. Havia algumas vestimentas estranhas no quarto, mas ao recobrar a consciência West disse que elas não pertenciam ao estranho, eram espécimes coletadas para análise bacteriológica no curso das investigações sobre a transmissão de doenças contagiosas. Ele mandou que fossem queimadas logo que possível em um incinerador potente. À polícia ambos declaramos ignorar a identidade de nossa recente companhia. Ele era, afirmou West nervosamente, um estranho agradável que encontramos em algum bar do centro da cidade de localização incerta. Fomos bastante joviais e West e eu não gostaríamos que nossa hostil companhia fosse perseguida.

A mesma noite assistiu ao início do segundo horror de Arkham — o horror que eclipsou a própria praga. O cemitério da Christchurch foi o cenário de uma terrível matança; um vigia foi espancado até a morte de uma maneira não somente hedionda demais para ser descrita, mas que levantou dúvidas a respeito da autoria humana do feito. A vítima fora encontrada bem depois da meia-noite — a aurora revelou a coisa abominável. O administrador de um circo nas cercanias da cidade de Bolton foi interrogado, mas ele jurou que nenhuma fera havia escapado de sua jaula em momento algum. Aqueles que encontraram o corpo perceberam uma trilha de sangue que conduzia a uma tumba aberta, onde uma pequena poça vermelha jazia sobre o concreto precisamente do lado de fora do portão. Uma trilha mais fraca levava até a floresta, mas logo se dissipava.

Na noite seguinte, demônios dançaram nos tetos de Arkham, e a loucura sobrenatural uivou no vento. Pela cidade febril rastejou uma maldição que alguns afirmariam ser maior que a praga, e outros sussurravam que era a encarnação da alma demoníaca da própria praga. Oito casas foram invadidas por uma coisa inominável que espalhava uma morte rubra com sua passagem — ao todo, dezessete restos mortais, mutilados e disformes, foram deixados para trás pelo monstro sádico e sem voz que rastejou para longe. Poucas pessoas puderam vê-lo parcialmente no escuro, afirmando que era branco e que parecia um macaco malformado ou um demônio antropomórfico. Ele não deixou para trás tudo o que atacara, pois às vezes tinha fome. Foram catorze pessoas mortas; três dos corpos se encontravam nas casas atacadas e não estavam vivos.

Na terceira noite, grupos de busca frenéticos liderados pela polícia capturaram a coisa em uma casa na Crane Street, perto do campus da Miskatonic. Eles organizaram a busca com cuidado, mantendo contato por meio de estações de telefone voluntárias, e quando alguém no distrito universitário informou que ouvira arranhões em uma janela trancada, a rede logo se espalhou. Em virtude do alarme e das precauções gerais, houve apenas mais duas vítimas, e a captura foi efetuada sem mais baixas. A coisa foi finalmente detida por uma bala, ainda que não tenha sido um disparo fatal, e foi levada às pressas para o hospital local em meio ao asco e ao entusiasmo universal.

Pois a coisa era um homem. Isso era bastante evidente, apesar dos olhos nauseantes, a mudez símia e a selvageria demoníaca. Eles cuidaram de suas feridas e o encaminharam para o manicômio em Sefton, onde ele bateu sua cabeça contra as paredes de uma cela acolchoada por dezesseis anos — até o incidente recente, quando escapou sob circunstâncias que poucos gostam de mencionar. O que mais enojou os investigadores de Arkham foi algo que notaram ao limpar o rosto do monstro: a semelhança jocosa e inacreditável com um mártir culto que se autoimolara e que fora enterrado há apenas três dias — o falecido dr. Allan Halsey, o benfeitor público e decano da escola de medicina da Universidade Miskatonic.

Para o desaparecido Herbert West e para mim, o nojo e o horror eram supremos. Tremo nesta noite ao pensar nisso; tremo ainda mais do que tremi naquela manhã, quando West resmungou através de suas bandagens: "Maldição, não estava fresco o *suficiente*!".

iii. Seis tiros ao luar[II]

É incomum disparar todos os seis tiros de um revólver tão subitamente quando um provavelmente seria suficiente, mas muitas coisas na vida de Herbert West eram incomuns. Por exemplo, não é sempre que um jovem médico recém-egresso da faculdade é obrigado a conciliar os princípios que guiam a escolha de uma casa e de um escritório, contudo foi o que aconteceu com Herbert West. Quando conseguimos nosso bacharelado na escola de medicina da Universidade Miskatonic e tentamos aliviar nossa pobreza nos lançando como clínicos gerais, tomamos bastante cuidado para não deixar transparecer que escolhemos nossa casa em virtude de seu isolamento e proximidade com o cemitério de indigentes.

Reservas como essa raramente são imotivadas, como de fato não era a nossa; pois nossas exigências resultavam de um trabalho distintamente impopular. Aparentemente éramos apenas médicos, mas sob a superfície havia objetivos bem maiores e mais terríveis — pois a essência de Herbert West era uma busca no interior dos reinos obscuros e proibidos do desconhecido, nos quais ele esperava descobrir o segredo da vida e restaurar a animação perpétua do barro frio dos cemitérios. Tal busca demanda estranhos materiais, entre eles corpos humanos frescos;

II   Publicada na *Home Brew* I, n. 3, em 1922, e reimpressa na *Weird Tales* 36, n. 7, em 1942.

e para garantir esse tipo de suprimentos indispensáveis é necessário viver discretamente e não muito distante de enterros informais.

West e eu nos conhecemos na faculdade, e fui o único a simpatizar com seus experimentos hediondos. Gradualmente eu viria a ser seu companheiro inseparável, e agora que estávamos fora da faculdade permanecemos juntos. Não foi fácil encontrar um bom início para uma dupla de médicos, mas finalmente a influência da universidade nos garantiu uma residência em Bolton — uma cidade fabril nos arredores de Arkham, a sede da faculdade. Os moinhos de lã de Bolton são os maiores do vale Miskatonic, e seus empregados poliglotas nunca foram pacientes populares entre os médicos locais. Escolhemos nossa residência com o maior dos cuidados e, por fim, ficamos com uma casinha bastante degradada, próxima ao fim da Pond Street; cinco números distante da vizinhança mais próxima e separada do cemitério local de indigentes por apenas um trecho de gramado, dividido por um istmo de uma floresta bastante densa localizada ao norte. A distância era maior do que desejávamos, mas não era possível escolher uma casa mais próxima sem ir para o outro lado do cemitério, completamente fora do distrito fabril. Não estávamos muito desapontados, entretanto, já que não havia ninguém entre nós e a sinistra fonte de suprimentos. A caminhada era um tanto mais longa, mas poderíamos armazenar nossos espécimes silenciosos sem qualquer perturbação.

Nossa prática médica foi surpreendentemente extensa desde seu início — extensa o bastante para agradar a maioria dos jovens médicos, e extensa o bastante para se provar um tédio e um fardo para estudantes cujo interesse real residia em outro lugar. Os operários tinham inclinações um tanto turbulentas; e além de suas muitas necessidades naturais, seus conflitos frequentes e rixas com facas nos dava muito que fazer. Mas o que de fato absorvia nossas mentes era o laboratório secreto que montamos no porão — o laboratório com uma longa mesa iluminada por luzes elétricas, na qual, durante as madrugadas, injetávamos os vários soros de West nas veias de coisas retiradas do cemitério de indigentes. West experimentava loucamente para encontrar algo que restaurasse os movimentos vitais do homem após sua interrupção por essa coisa que chamamos de morte, mas os mais assombrosos obstáculos eram encontrados. O soro tinha que ser composto de forma diferente para tipos diferentes — o que servia para porquinhos-da-índia não serviria para seres humanos, e espécimes humanos diversos demandavam grandes modificações.

Os corpos precisavam estar excessivamente frescos, ou a mínima decomposição do tecido cerebral tornaria impossível uma reanimação perfeita. De fato, o maior dos problemas era consegui-los frescos o suficiente — West teve experiências horríveis durante suas pesquisas secretas na faculdade com cadáveres de duvidosa preservação. Os resultados da animação parcial ou imperfeita eram bem mais hediondos do que nos casos de falha total, e ambos tínhamos lembranças pavorosas de tais coisas. Desde nossa primeira sessão demoníaca na abandonada casa de fazenda em Meadow Hill, Arkham, sentíamos uma taciturna ameaça; e West, geralmente um autômato científico calmo, louro e de olhos azuis, frequentemente confessava uma arrepiante sensação de furtiva perseguição. Ele sentia que estava sendo seguido — uma ilusão psicológica de nervos abalados, intensificada pelo fato inegavelmente perturbador de que ao menos um entre nossos espécimes reanimados ainda estava vivo — uma terrível coisa carnívora em uma cela acolchoada em Sefton. E ainda havia outro — nosso primeiro — cujo destino exato nós nunca descobrimos.

Tivemos mais sorte com os espécimes em Bolton — muito mais do que em Arkham. Estávamos instalados não havia nem uma semana e adquirimos uma vítima de acidente na mesma noite do enterro, e então conseguimos fazê-lo abrir os olhos com uma expressão espetacularmente racional antes que o soro falhasse. Ele tinha perdido um braço — com um corpo perfeito, poderíamos ter obtido um sucesso maior. Desde esse dia até o janeiro seguinte, conseguimos mais três; um fracasso total, um caso de notável movimentação muscular e uma coisa bem arrepiante — que se ergueu sozinha e emitiu um som. Sobreveio então um período de pior sorte; os enterros diminuíram, e aqueles que ocorreram foram de espécimes doentes demais ou muito mutilados. Mantivemos registros de todas as mortes e suas circunstâncias com cuidado sistemático.

Em uma noite de março, contudo, inesperadamente obtivemos um espécime cuja origem não foi o cemitério de indigentes. Em Bolton o prevalente espírito puritano tornara ilegal o boxe — o que fez sobrevir o resultado costumeiro. Lutas sub-reptícias e malconduzidas entre os operários eram comuns, e ocasionalmente um talento profissional de baixo grau era trazido de fora. Naquela noite teve lugar uma dessas disputas; evidentemente com resultados desastrosos, já que dois poloneses temerosos vieram até nós com pedidos sussurrados incoerentemente para que atendêssemos a um caso muito secreto e urgente. Seguimos os homens até um celeiro abandonado, onde os restos de uma multidão de estrangeiros apavorados vigiavam uma forma escura e silenciosa no chão.

A luta foi entre Kid O'Brien — um desastrado e agora trêmulo jovem com um nariz recurvo bem irlandês — e Buck Robinson, "o Fumaça do Harlem". O negro foi nocauteado, e um breve exame nos revelou que ele assim ficaria permanentemente. Ele era uma coisa grotesca, parecida com um gorila, com braços anormalmente longos que eu não podia evitar chamar de patas dianteiras e um rosto que conjurava reflexões a respeito dos indizíveis segredos do Congo e batuques de tambor sob uma lua pavorosa. O corpo deve ter parecido ainda pior em vida — mas o mundo contém muitas coisas feias.[12] O medo recaía sobre a multidão pesarosa, pois eles não sabiam exatamente o que a lei poderia fazer caso

---

12 Lovecraft esposava algumas ideias claramente racistas. Para ele, qualquer um que não tivesse a "pele clara dos nórdicos" (carta endereçada a Lillian D. Clark em 1926) era inferior. Seus sentimentos excludentes eram direcionados não apenas aos negros, mas aos poloneses, mexicanos, portugueses e judeus. Ainda na adolescência, Lovecraft escreveu um poema chamado "On the Creation of Niggers", repleto de versos profundamente ofensivos. Contos como "O Horror em Red Hook", "A Sombra Vinda do Tempo" e "O Chamado de Cthulhu" também trazem elementos racistas. Para alguns autores, como China Miéville, o ódio de raça é um elemento fundamental da prosa lovecraftiana, pois, basicamente, seus monstros e aberrações são a representação de seus temores e fobias de raça. Em *Providence*, série em quadrinhos de autoria de Alan Moore e Jacen Burrows, gays, judeus, negros e imigrantes são mostrados como inspiração para as aberrações criadas por Lovecraft. S.T. Joshi, biógrafo do autor e provavelmente o maior especialista em sua obra, discorda a respeito da centralidade do racismo na obra de Lovecraft. Segundo ele, as posturas mais radicalmente racistas do autor estavam presentes em seu trabalho de juventude e não eram centrais nas histórias em si. Ainda segundo Joshi, o racismo de Lovecraft foi sendo minorado com a idade e a maturidade. Seu casamento com uma mulher de ascendência judaica, ainda que fracassado, e o estabelecimento de relações com pessoas de ascendências diversas teria feito Lovecraft repensar suas posturas. Em 2014, após imensa pressão de autores do mundo todo, o World Fantasy Awards, um dos maiores prêmios atribuídos a autores de ficção científica e fantasia, mudou o desenho de seu troféu, que antes trazia um busto de Lovecraft. O racismo do autor teria sido o motivo.

a situação não fosse abafada; e eles ficaram gratos quando West, a despeito de meus tremores involuntários, se ofereceu para se livrar discretamente da coisa — para um propósito que eu conhecia muito bem.

Um luar brilhante encimava a paisagem sem neve, mas cobrimos a coisa e a carregamos entre nós em direção à casa através das ruas desertas e prados, do mesmo modo que carregamos algo similar numa noite horrível em Arkham. Aproximamo-nos da casa pelo campo aos fundos, entramos com o espécime pela porta de trás e descemos as escadarias até o porão, preparando-o então para o experimento rotineiro. Nosso medo da polícia era absurdamente grande, ainda que tenhamos cronometrado nossa jornada para evitar o patrulheiro solitário daquela área.

O resultado foi exaustivamente anticlimático. Por mais pavorosa que fosse a aparência de nosso prêmio, ele não reagiu a nenhum dos soros injetados em seu braço negro; soros preparados a partir de experiências realizadas somente com espécimes brancos. Assim, conforme a aurora se aproximava perigosamente, procedemos como já tínhamos feito antes — arrastamos a coisa pelo prado até o istmo da floresta nos arredores do cemitério de indigentes e o enterramos lá no melhor tipo de cova que o solo congelado poderia fornecer. A cova não era muito funda, embora tão boa quanto a do espécime anterior — a coisa que havia se erguido e emitido um som. À luz de nossas lanternas, o cobrimos cuidadosamente com folhas e cipós mortos, bastante seguros de que a polícia jamais poderia encontrá-lo em uma floresta tão escura e densa.

No dia seguinte, crescia minha apreensão em relação à polícia, pois um paciente trouxe rumores de uma luta suspeita que acabara em morte. West tinha ainda outra fonte de preocupação, pois ele fora chamado à tarde para atender um caso que terminara de forma bem hostil. Uma mulher italiana ficou histérica pelo desaparecimento de seu filho — um garoto de cinco anos que saíra bem cedo de manhã e não aparecera para o jantar — e desenvolveu sintomas altamente preocupantes em virtude de um coração sempre fraco. Era uma histeria muito boba, já que o garoto frequentemente fugia; mas camponeses italianos eram excessivamente supersticiosos, e essa mulher parecia ser afetada tanto por augúrios quanto pelos fatos em si. Por volta das sete horas da noite ela morreu, e seu marido em frenesi protagonizou uma cena terrível em seus esforços para matar West, a quem ele culpava loucamente por não ter salvado a vida dela. Amigos o detiveram quando ele sacou um estilete, mas West partiu em meio aos seus uivos inumanos, pragas e votos de vingança. Em sua mais recente aflição, o sujeito parece ter se esquecido do filho, que ainda estava desaparecido conforme a noite avançava. Algo se falou a respeito de buscas na floresta, mas a maior parte dos amigos da família estava ocupada com a mulher morta e o homem revoltado. Com tudo isso, a pressão nervosa sobre West deve ter sido tremenda. Pensamentos que envolviam a polícia e o italiano louco pesavam bastante.

Recolhemo-nos por volta das onze, mas eu não dormi bem. Bolton possuía uma força policial surpreendentemente boa para uma cidade tão pequena, e eu não conseguia deixar de temer a confusão que teria lugar se o caso da noite anterior fosse rastreado. Poderia significar o fim de todo nosso trabalho local — e talvez a prisão para West e para mim. Não me agradavam os rumores que corriam por aí a respeito de uma luta. Depois que o relógio bateu as três da madrugada, a lua brilhou em meus olhos, mas me virei sem levantar para baixar as cortinas. Então ouvi uma batida insistente na porta dos fundos.

Fiquei parado e um tanto confuso, mas logo ouvi West batendo na minha porta. Ele estava enrolado em um roupão e de chinelos, trazendo nas mãos um revólver e uma lanterna elétrica. Pelo revólver, eu soube que ele estava pensando mais no italiano enlouquecido do que na polícia.

"É melhor irmos os dois", ele sussurrou. "De qualquer jeito, de nada adiantaria não responder, e talvez seja um paciente — pode ser um daqueles idiotas que tentam a porta dos fundos."

Então descemos as escadas, pé ante pé, com um medo em parte justificado e em parte oriundo tão somente da alma daquela estranha madrugada. As pancadas na porta continuavam, de alguma forma se tornando mais altas. Quando alcançamos a porta eu a destranquei cautelosamente e a abri, e enquanto o luar fluía revelador sobre a silhueta ali parada, West fez algo peculiar. Apesar do perigo óbvio de atrair a atenção e fazer recair sobre nossa cabeça a horrível investigação policial — uma coisa que, afinal, pôde ser misericordiosamente evitada pelo isolamento relativo de nossa cabana —, meu amigo repentina, excitada e desnecessariamente esvaziou todas as seis câmaras do tambor de seu revólver no visitante noturno.

Pois o visitante não era nem o italiano nem um policial. Surgindo hediondamente contra a lua espectral estava uma gigantesca coisa deformada, completamente inimaginável, exceto em pesadelos — uma aparição de olhos vítreos e retinta, quase de quatro, coberta de sangue coagulado e que trazia entre os dentes brilhantes um objeto branco como a neve, terrível e cilíndrico que terminava em uma pequena mão.

IV. O grito do morto[13]

O grito do morto me fez sentir o horror agudo e crescente pelo dr. Herbert West que afetou os últimos anos de nosso companheirismo. É natural que uma coisa tal como o berro de um morto cause horror, pois, obviamente, não se trata de uma ocorrência prazerosa ou ordinária; mas eu estava acostumado com experiências similares, então sofri nessa ocasião apenas por causa de uma circunstância em particular. E, como afirmei, não foi o morto em si que me apavorou.

Herbert West, de quem eu era associado e assistente, possuía interesses científicos que iam muito além da rotina usual de um médico de vilarejo. Foi por isso que, quando estabeleceu seu consultório em Bolton, ele escolhera uma casa isolada, localizada perto do cemitério de indigentes. Instituído de maneira breve e brutal, o único interesse absorvente de West era um estudo secreto a respeito do fenômeno da vida e de sua extinção, seguindo em direção à reanimação dos mortos por meio de injeções de um soro estimulante. Para esse experimento apavorante, era necessário ter à disposição um suprimento constante de corpos humanos muito frescos; muito frescos porque

13   Publicada pela primeira vez na *Home Brew* I, n. 4, em 1922,
e republicada na *Weird Tales* 36, n. 8, em 1942.

até mesmo a mínima decomposição danificaria, para além de qualquer esperança, a estrutura cerebral; e humanos, porque descobrimos que o soro teria que ser composto de forma diferente para tipos diversos de organismos. Bandos de coelhos e porquinhos-da-índia foram mortos e submetidos ao tratamento, mas sem resultados. West nunca foi completamente bem-sucedido porque nunca fora capaz de conseguir um defunto suficientemente fresco. O que ele queria eram corpos cuja vitalidade tivesse acabado de desaparecer; corpos com cada uma de suas células intactas e capazes de receber novamente o impulso para o tipo de movimento chamado vida. Havia a esperança de que essa segunda vida artificial pudesse se tornar perpétua por meio de repetidas injeções, mas descobrimos que uma vida natural comum não responderia à ação. Para estabelecer o movimento artificial, a vida natural deveria estar extinta — os espécimes deveriam ser muito frescos, mas genuinamente mortos.

A impressionante jornada começou quando West e eu éramos estudantes na escola de medicina da Universidade Miskatonic, em Arkham, vividamente conscientes, pela primeira vez, a respeito da natureza essencialmente mecânica da vida. Isso foi há sete anos, mas West mal aparentava ser um dia mais velho agora — ele era pequeno, louro, bem barbeado, de voz macia e usava óculos, revelando apenas um brilho ocasional de olhos frios e azuis que denunciavam o endurecimento e crescente fanatismo de seu caráter sob a pressão de sua terrível investigação. Nossas experiências eram frequentemente hediondas ao extremo; os resultados da reanimação defeituosa, quando massas de barro do cemitério eram galvanizadas até um movimento mórbido, não natural e descerebrado pelas diversas modificações do soro vital.

Uma das coisas emitiu um berro de partir os nervos; outra se levantou violentamente, nos espancou até a inconsciência e correu de maneira descontrolada e surpreendente antes de ser colocado atrás das grades em um manicômio; outro, ainda, uma asquerosa monstruosidade africana, violou sua cova rasa, realizando uma façanha — West precisou atirar naquele objeto. Não conseguimos corpos frescos o bastante para mostrar qualquer traço de razão quando reanimado, portanto fomos capazes de criar apenas horrores inomináveis. Era perturbador pensar que um, talvez dois de nossos monstros ainda estivessem vivos — esse pensamento nos perseguiu sombriamente, até que West finalmente desapareceu sob pavorosas circunstâncias. Mas na época do grito no porão do laboratório na isolada cabana em Bolton, nossos medos estavam subordinados à nossa ânsia por espécimes extremamente frescos. West era mais ávido que eu, então ele quase me dava a impressão de olhar cobiçosamente para qualquer físico vivo e saudável.

Foi em julho de 1910 que a má sorte em relação aos espécimes começou a mudar. Fiz uma longa visita aos meus pais, em Illinois, e ao retornar encontrei West em um estado de singular elação. Ele havia, contou-me entusiasmado, provavelmente solucionado o problema do frescor por meio de uma abordagem que partia de um ângulo completamente novo — a preservação artificial. Soube que ele estava trabalhando em um novo e bastante incomum composto de embalsamamento, e não me surpreendi que tenha obtido sucesso; mas até que ele me explicasse os detalhes eu estava bastante confuso em relação à maneira pela qual esse composto poderia ajudar em nosso trabalho, já que o rigor condenável dos espécimes se devia largamente ao atraso antes de obtê-los. Isso, agora eu percebia, West reconhecia claramente; criava seu composto embalsamador para o futuro mais do que para uso imediato e confiava que o destino nos supriria novamente com algum cadáver bem recente e não enterrado, como ocorreu anos antes, quando obtivemos o negro morto na luta realizada em Bolton. Finalmente o destino fora gentil, já que, naquela ocasião, jazia no porão do laboratório secreto um cadáver cuja decomposição não poderia ter começado de forma alguma. O que aconteceria na reanimação, e se poderíamos esperar reviver a mente e a razão, West não se arriscava a prever. O experimento seria um marco em nossos estudos, e ele guardara o novo corpo para a minha volta, de forma que ambos pudéssemos compartilhar o espetáculo como de costume.

West me contou como obtivera o espécime. Ele fora um homem vigoroso; um estranho bem-vestido que acabara de descer do trem para realizar algum negócio nos moinhos de lã de Bolton. A caminhada até a cidade foi longa, e no momento em que o viajante parou em nossa cabana para perguntar a respeito do caminho para as fábricas, seu coração já estava bastante exaurido. Ele recusara um estimulante e caiu morto subitamente, apenas um momento mais tarde. O corpo, como se poderia esperar, pareceu a West uma dádiva enviada pelos céus. Em sua breve conversa, o estranho deixou claro que era desconhecido em Bolton, e uma busca subsequente em seus bolsos revelou que era um tal de Robert Leavitt, de St. Louis, aparentemente desprovido de uma família que pudesse imediatamente reclamar seu desaparecimento. Se esse homem não pudesse ser trazido de volta à vida, ninguém saberia de nosso experimento. Enterrávamos nossos materiais em uma densa faixa de floresta localizada entre a casa e o cemitério de indigentes. Se, por outro lado, sua vida pudesse ser restaurada, nossa fama seria brilhante e perpetuamente estabelecida. Então, sem atrasos, West injetou no pulso do cadáver o composto que o manteria fresco para o uso após minha chegada. O problema do coração presumivelmente fraco, que ao meu ver arriscava o sucesso de nosso experimento, não parecia incomodar West extensivamente. Ele esperava, por fim, obter o que nunca conseguira antes — uma faísca rediviva de razão e talvez uma criatura viva e normal.

Assim, na noite de 18 de julho de 1910, Herbert West e eu entramos no porão do laboratório e fitamos a figura branca e silenciosa sob a tremulante luz do teto. O composto embalsamador funcionara inacreditavelmente bem, pois enquanto eu contemplava fascinado a forma robusta que jazia há duas semanas sem enrijecer, estava inclinado a buscar a garantia de West de que a coisa realmente estava morta. Ele me deu essa garantia prontamente; lembrou-me que o soro nunca fora usado sem cuidadosos testes vitais, já que ele não surtiria nenhum efeito se qualquer vitalidade original estivesse presente. Enquanto West se preparava para dar os passos preliminares, eu estava impressionado pela enorme complexidade do novo experimento; uma complexidade tão vasta que ele não poderia confiar em nenhuma mão menos delicada do que a própria. Proibindo-me de tocar o corpo, ele inicialmente injetou uma droga no pulso bem ao lado do ponto em que sua agulha fora aplicada para injetar o líquido embalsamador. Isso, ele dizia, serviria para neutralizar o composto, liberando o sistema para um relaxamento normal, e assim o soro reanimador poderia agir livremente quando injetado. Pouco depois, quando uma mudança e um tremor gentil aparentemente afetaram os membros mortos, West pressionou um objeto semelhante a um travesseiro contra a face que se contorcia, não retirando até que o cadáver parecesse quieto e pronto para nossa tentativa de reanimação. O pálido entusiasta agora realizava alguns últimos testes perfunctórios para atestar a absoluta ausência de vida, afastou-se satisfeito e finalmente injetou no braço esquerdo uma quantidade acuradamente medida do elixir vital, preparada durante a tarde com o maior cuidado que tivemos desde os dias de faculdade, quando nossos feitos eram recentes e incertos. Não sou capaz de expressar o suspense louco e sufocante com o qual esperamos os resultados que seriam obtidos com esse primeiro espécime realmente fresco — o primeiro que poderia nos dar uma esperança razoável de abrir os lábios em uma fala racional, talvez para contar o que ele vira além dos abismos inimagináveis.

West era um materialista, não acreditava em alma e atribuía todo o funcionamento da consciência ao fenômeno corporal; consequentemente ele não buscava nenhuma revelação dos segredos hediondos de golfos e cavernas que figuravam além da barreira da morte. Em teoria, eu não discordava completamente dele, ainda que mantivesse resquícios instintivos da fé primitiva de meus ancestrais; de forma que eu não podia evitar olhar o corpo com alguma veneração e terrível expectativa. Além disso, era impossível extrair da memória aquele berro hediondo e inumano que ouvimos na noite em que tentamos nosso primeiro experimento na fazenda abandonada em Arkham.

Muito pouco tempo se passou antes que eu pudesse perceber que a tentativa não fora um fracasso total. Um toque rubro sobreveio às bochechas até então cor de gesso, espalhando-se sob os restos curiosamente amplos de uma barba arenosa. West, que mantinha sua mão sobre o punho esquerdo para checar o pulso, subitamente acenou de forma significativa; e quase que simultaneamente se inclinou sobre a boca do cadáver. Seguiram-se alguns movimentos musculares espasmódicos e então uma respiração audível e o movimento visível do peito. Olhei para as pálpebras fechadas e pensei ter visto uma piscadela. Então elas se abriram, revelando olhos cinza, calmos e vivos, mas ainda assim não inteligentes e nem mesmo curiosos.

Em um momento de fantástica extravagância sussurrei perguntas para as orelhas avermelhadas; questões sobre outros mundos que ainda poderiam estar presentes na memória. O terror que se seguiu afastou essas questões da minha mente, mas acredito que a última delas, a qual eu repeti, foi: "Onde você estava?". Não sabia ainda se eu seria respondido ou não, pois som algum veio daquela boca bem formada; mas sei que naquele momento pensei que os lábios finos haviam se movido silenciosamente, formando sílabas que eu vocalizaria como "só agora" se essa frase tivesse algum sentido ou relevância. Naquele momento, como eu disse, estava exultante com a convicção de que um grande objetivo fora atingido; certo de que, pela primeira vez, um cadáver reanimado emitira palavras distintas impelidas por uma verdadeira razão. No momento seguinte não havia dúvidas a respeito do triunfo; dúvida alguma de que o soro cumprira, ainda que temporariamente, sua missão completa de devolver ao morto uma vida racional e articulada. Mas naquele triunfo sobreveio até mim o maior de todos os horrores — não horror por aquilo que foi dito, mas em relação ao ato que testemunhei e pelo homem ao qual minha sorte profissional estava ligada.

Pois aquele cadáver fresco, convulsionando finalmente em completa e aterrorizante consciência, cujos olhos estavam dilatados pela memória de sua última cena na terra, lançou suas mãos frenéticas em uma luta de vida e morte com o ar; e, colapsando subitamente em uma segunda e final dissolução da qual não haveria mais volta, emitiu os gritos que soariam eternamente em meu cérebro dolorido:

"Ajudem-me! Afaste-se, seu pequeno demônio maldito de cabeça amarela — mantenha essa maldita agulha longe de mim!"

v. O horror das sombras[14]

Muitos homens relataram coisas hediondas, não mencionadas na imprensa, que ocorreram nos campos de batalha da Grande Guerra. Algumas delas causaram desmaios, outras me fizeram convulsionar com uma náusea devastadora, enquanto outras ainda me fizeram tremer e olhar para trás no escuro; contudo, a despeito da pior delas, acredito que eu mesmo consigo relatar a mais hedionda de todas — o horror chocante, não natural e inacreditável vindo das sombras.

Em 1915 eu era um médico com a patente de primeiro-tenente num regimento canadense em Flandres, um dos muitos americanos a antecipar o próprio governo na grande luta. Não me juntei ao Exército por iniciativa própria, mas antes como um resultado natural do alistamento do homem de quem eu era o assistente indispensável — o celebrado cirurgião de Boston, o dr. Herbert West. O dr. West estava ávido por uma chance de servir como cirurgião na Grande Guerra, e quando a chance chegou ele me carregou consigo quase contra minha vontade. Havia razões pelas quais eu ficaria feliz se a guerra pudesse nos separar; por essas mesmas razões a prática da medicina e a companhia de West me pareciam cada vez mais irritantes; mas quando ele foi para Ottawa e garantiu, com a ajuda da influência de um colega, uma comissão médica como major, não pude resistir à persuasão imperiosa de alguém que estava determinado que eu deveria acompanhá-lo em minha costumeira condição.

Quando digo que dr. West estava ávido para servir em batalha, não quero dizer que ele era naturalmente belicoso ou que se preocupava com a segurança da civilização. Portava-se como a gélida máquina intelectual de sempre; esguio, louro, de olhos azuis e trazendo óculos, penso que ele secretamente troçava de meu entusiasmo marcial ocasional e me censurava com indolente neutralidade. Havia, contudo, algo que ele queria naquela Flandres preparada para a batalha; e para consegui-lo ele precisou assumir um posto militar no exterior. O que

---

14 Publicada pela primeira vez na *Home Brew* I, n. 5, em 1922,
e republicada na *Weird Tales* 37, n. I, em 1943.

ele queria não era uma coisa que muitas pessoas desejam, mas algo ligado ao veio peculiar da ciência médica que ele escolhera seguir muito clandestinamente, e no qual ele alcançara resultados espetaculares e ocasionalmente hediondos. Era, de fato, nem mais nem menos do que um suprimento abundante de homens recém-mortos em todos os estágios de desmembramento.

Herbert West precisava de corpos frescos porque o trabalho de sua vida era a reanimação dos mortos. Seu trabalho não era conhecido pela clientela influente que ele construíra tão prontamente com sua fama após sua chegada em Boston; porém era conhecido muito bem apenas por mim, que fui seu amigo mais próximo e único assistente desde os velhos tempos na escola de medicina da Universidade Miskatonic, em Arkham. Foi nessa época da faculdade que ele começou seus terríveis experimentos, primeiro com pequenos animais e então com cadáveres humanos obtidos de maneiras chocantes. Havia um soro que ele injetava nas veias das coisas mortas, as quais, se estivessem frescas o bastante, respondiam de formas estranhas. Ele teve muito trabalho para encontrar a fórmula adequada, pois descobriu que cada tipo de organismo necessitava de um estímulo especialmente adaptado. O terror o perseguia quando ele refletia a respeito de seus fracassos pessoais; coisas inomináveis resultaram dos soros imperfeitos ou de corpos insuficientemente frescos. Algumas dessas falhas permaneceram vivas — uma estava no manicômio e a outra desapareceu —, e, ao pensar nas eventualidades concebíveis, ainda que impossíveis, ele frequentemente se arrepiava sob sua contumaz placidez.

West logo descobriu que o frescor absoluto era um requisito primordial para os espécimes úteis e recorreu devidamente a expedientes pavorosos e inaturais no furto de corpos. Na faculdade e durante o início de nossa clínica conjunta na cidade fabril de Bolton, minha atitude em relação a ele fora amplamente uma admiração fascinada; mas à medida que sua ousadia em relação aos métodos crescia, comecei a desenvolver um medo persistente. Não gostava da forma como ele olhava para corpos vivos e saudáveis; e então sobreveio um episódio de pesadelos no porão do laboratório quando descobri que certo espécime estava vivo quando ele o obteve. Aquela fora a primeira ocasião em que ele foi capaz de reviver a qualidade de pensamento racional em um cadáver; e seu sucesso, obtido a um custo tão horrendo, o endurecera completamente.

De seus métodos nos cinco anos intervenientes, não ouso falar. Estava preso a ele pela força do medo e testemunhei visões que língua humana alguma poderia repetir. Gradualmente comecei a achar o próprio Herbert West mais horrível do que qualquer coisa que ele fizera — foi quando me dei conta de que seu zelo científico no prolongamento da vida, uma vez normal, se degenerou sutilmente em uma simples curiosidade mórbida e carniceira e em um senso secreto de imagética sepulcral. Seu interesse se converteu em um vício infernal e perverso na anormalidade repelente e demoníaca; regozijava-se calmamente a respeito de monstruosidades artificiais que fariam o mais saudável dos homens cair morto de pavor e asco; ele se tornou, por trás de sua pálida intelectualidade, um Baudelaire[15] fastidioso dos experimentos físicos — um lânguido Elagábalo[16] das tumbas.

Ele enfrentava perigos sem hesitação; cometia crimes sem se abalar. Acredito que o clímax ocorreu quando ele provou seu argumento de que a vida racional poderia ser restaurada, buscando novos mundos para conquistar ao experimentar a reanimação das partes decepadas dos corpos. West tinha ideias selvagens e originais a respeito das propriedades vitais das células orgânicas e dos tecidos nervosos independentes do sistema fisiológico natural; e obteve alguns hediondos resultados preliminares na forma de tecidos que nunca morriam se nutridos artificialmente, coletados de ovos quase rachados de um réptil tropical indescritível. Ele estava excessivamente ansioso para comprovar dois argumentos biológicos — o primeiro: a possibilidade de ação consciente e racional na ausência do cérebro, a partir da medula espinhal e de

---

15   Charles Baudelaire (1821-1867) foi o maior dos poetas decadentistas franceses. Traduziu Edgar Allan Poe para o francês e publicou poemas que lhe renderam acusações de depravação e corrupção pública. Seu livro mais famoso *Flores do Mal*, foi publicado em 1857 e considerado uma das maiores realizações da literatura moderna.

16   Imperador de Roma entre 218 e 222, Marcus Aurelius Antoninus (20322) ficou conhecido por sua depravação sexual e seus hábitos decadentes.

vários centros nervosos; e o segundo: se existiria algum tipo de relação etérea e intangível, distinta das células materiais, capaz de ligar as partes removidas cirurgicamente do que antes era um único organismo vivo. Todo esse trabalho de pesquisa demandava um suprimento prodigioso de carne humana recém abatida — e foi por isso que Herbert West se envolveu na Grande Guerra.

A coisa fantasmagórica e indizível ocorreu em uma meia-noite do fim de março de 1915, num hospital de campo atrás das trincheiras em St. Eloi. Pergunto-me, ainda hoje, se não poderia ter sido outra coisa além de um sonho demoníaco ou um delírio. West tinha um laboratório privado em um cômodo a leste do edifício temporário que se parecia com um celeiro, o qual lhe foi atribuído sob a alegação de que ele estava desenvolvendo novos e radicais métodos para o tratamento de mutilações até então sem esperança. Lá ele trabalhava como um açougueiro em meio a seus instrumentos grotescos — eu nunca seria capaz de me acostumar com a leveza com a qual ele manuseava e classificava certas coisas. Às vezes ele realmente realizava maravilhas da cirurgia em soldados; mas seu principal deleite era de um tipo menos público e filantrópico, que exigia muitas explicações a respeito de sons que pareciam peculiares mesmo em meio àquela babel de condenados. Entre esses sons estavam frequentes disparos de revólver — seguramente não incomuns em um campo de batalha, mas bem atípicos em um hospital. Os espécimes reanimados do dr. West não eram destinados a uma longa existência nem a uma ampla audiência. Além de tecidos humanos, West empregava muito do tecido do embrião réptil que ele cultivara com resultados tão singulares. Era mais adequado que material humano para manter a vida em fragmentos sem órgãos, e essa constituía a principal atividade de meu amigo atualmente. Em um canto escuro do laboratório, sobre uma estranha incubadora, ele mantinha um grande tanque coberto, repleto da célula-mãe reptiliana que se multiplicava e crescia, inchada e hedionda.

Na noite da qual eu falava tivemos um novo espécime esplêndido — um homem fisicamente poderoso e de uma mentalidade tão elevada que um sistema nervoso sensível estava garantido. Foi bastante irônico, pois ele era o oficial que ajudara West em sua comissão como major e agora seria nosso associado. Mais do que isso, no passado ele estudara secretamente a teoria de reanimação até certo ponto sob as orientações de West. Major Sir Eric Moreland Clapham-Lee, condecorado com distinção, era o maior cirurgião de nossa divisão e fora enviado às pressas para o setor de St. Eloi quando notícias da luta pesada chegaram ao quartel-general. Ele veio num aeroplano pilotado por um tenente intrépido, Ronald Hill, apenas para ser derrubado quando sobrevoava seu destino. A queda foi espetacular e terrível; Hill estava irreconhecível no final das contas, mas os destroços quase providenciaram ao grande cirurgião uma decapitação, embora seu corpo tenha se mantido praticamente intacto. West se apossou cobiçosamente da coisa sem vida que um dia fora seu amigo e companheiro de estudos; e eu tremi quando ele terminou de decepar a cabeça, alocou-a em seu infernal tanque de tecido reptiliano polpudo a fim de preservá-la para futuros experimentos e começou a tratar o corpo decapitado na mesa de operações. Ele injetou sangue novo, ligou certas veias, artérias e nervos no pescoço sem cabeça, e fechou a pavorosa abertura com pele enxertada de um espécime não identificado que portava um uniforme de oficial. Eu sabia o que ele queria — verificar se esse corpo altamente organizado poderia exibir, sem sua cabeça, alguns dos sinais de vida mental que o distinguiam como Sir Eric Moreland Clapham-Lee. Outrora um estudante de reanimação, seu tronco silencioso agora era escolhido repulsivamente para exemplificá-la.

Ainda posso ver Herbert West sob a sinistra luz elétrica enquanto injetava seu soro reanimador no braço do corpo decapitado. Não consigo descrever a cena — eu desmaiaria se tentasse, pois só pode haver loucura em uma sala repleta de coisas sepulcrais classificadas, com sangue e menores detritos humanos quase à altura dos calcanhares sobre o chão lamacento, além das hediondas anormalidades reptilianas brotando, borbulhando e incubando através do espectro obscuro de uma bruxuleante chama azul-esverdeada em um canto distante em meio às negras sombras.

O espécime, como West observava repetidamente, possuía um sistema nervoso esplêndido. Muito se esperava dele, e assim que alguns movimentos convulsivos começaram a aparecer, percebi o febril interesse no rosto de West. Ele estava pronto, creio eu, para assistir à prova de sua opinião cada vez mais forte de que consciência, razão e personalidade podem existir independentemente do cérebro — de que o homem não possui um espírito conectivo central, mas que é apenas uma máquina de matéria nervosa, com cada uma de suas partes mais ou menos completa em si mesma. Em uma demonstração triunfante West estava prestes a relegar o mistério da vida à categoria de mito. O corpo agora se contorcia mais vigorosamente e, sob nossos olhares ávidos, começou a se sacudir de maneira pavorosa. Os braços se estiraram irrequietos, as pernas se elevaram e vários músculos se retesaram em uma forma repulsiva de contração. Então a coisa sem cabeça jogou seus braços num gesto inequívoco de desespero — um desespero inteligente, a princípio o suficiente para provar cada teoria de Herbert West. Certamente os nervos estavam se lembrando do último ato do homem em vida; a luta para se libertar do avião em queda.

O que se seguiu, eu nunca saberei com clareza. Pode ter sido uma completa alucinação causada pelo choque daquele instante diante da súbita e total destruição do prédio em um cataclismo de fogo alemão — quem poderia dizer o contrário, já que West e eu éramos os únicos sobreviventes comprovados? West gostava de acreditar nisso antes de seu recente desaparecimento, mas havia momentos em que ele não podia; pois era estranho que ambos tivéssemos a mesma alucinação. A ocorrência hedionda era em si muito simples, notável apenas por suas implicações.

O corpo na mesa se ergueu num tatear cego e terrível, e então ouvimos um som. Não deveria chamar esse som de voz, pois era horrível demais. E ainda assim seu timbre não era a coisa mais horrenda a seu respeito. Nem sua mensagem, que foi tão somente um grito: "Pule, Ronald, pelo amor de Deus, pule!". A coisa mais horrenda era sua origem.

Pois o grito vinha do enorme tanque encoberto naquele canto assombrado por rastejantes sombras negras.

VI. As legiões das tumbas[17]

Quando o dr. Herbert West desapareceu um ano atrás, a polícia de Boston me interrogou rigorosamente. Eles suspeitavam que eu estivesse ocultando algo e talvez desconfiassem de coisas mais graves; mas eu não podia lhes contar a verdade porque eles não acreditariam. Eles sabiam, de fato, que West estava envolvido com atividades que ultrapassavam a crença dos homens comuns; pois seus experimentos hediondos com a reanimação de corpos foram muito numerosos para admitir um perfeito sigilo; mas a catástrofe final de partir a alma possuía elementos de fantasia demoníaca que tornavam duvidosa a realidade do que eu vira até mesmo para mim.

Eu era o amigo mais próximo de West e seu único assistente confidencial. Encontramo-nos anos antes, na escola de medicina, e desde o início partilhei suas terríveis pesquisas. Ele tentara lentamente aperfeiçoar um soro que, injetado nas veias dos recém-falecidos, restauraria a vida; uma tarefa que exigia uma abundância de corpos frescos e, portanto, envolvia as ações mais inaturais. Ainda mais chocante eram os produtos de alguns dos experimentos — asquerosas massas de carne que estiveram mortas, mas que West despertara para uma animação cega, descerebrada e nauseante. Esses eram os resultados costumeiros, pois, para reavivar a mente, eram necessários espécimes tão absolutamente frescos que nenhuma decomposição poderia ter afetado suas delicadas células cerebrais.

Essa necessidade desfez a moral de West. Os cadáveres frescos eram difíceis de obter, e, num dia horrível, ele conseguiu seu espécime enquanto este ainda estava vivo e vigoroso. Uma luta, uma agulha e um poderoso alcaloide o transformaram em um cadáver bem fresco, e o experimento teve sucesso por um momento breve e memorável; mas West emergira com a alma calejada e ressequida, e com um olhar endurecido que por vezes fitava, num tipo de avaliação hedionda e calculada,

---

17 Publicada pela primeira vez na *Home Brew* I, n. 6, em 1922,
e republicada na *Weird Tales* 37, n. 2, em 1943.

homens de cérebro especialmente sensitivo e físico particularmente vigoroso. Perto do fim, desenvolvi um medo agudo de West, pois ele começou a me olhar dessa forma. As pessoas pareciam não notar seus olhares, mas percebiam meu medo; e, após seu desaparecimento, se utilizaram disso como base para algumas suspeitas absurdas.

West, na verdade, sentia mais medo do que eu; pois suas buscas abomináveis resultaram em uma vida de medo furtivo e pavor de cada sombra. Em parte, ele temia a polícia; mas às vezes seu nervosismo era mais profundo e mais nebuloso, tocando em certas coisas indescritíveis nas quais injetara uma vida mórbida e cujo esgotamento da existência ele não pôde testemunhar. Comumente ele encerrava seus experimentos com um revólver, mas algumas vezes ele não foi rápido o suficiente. Houve aquele primeiro espécime cujo túmulo com sinais de escavação foi encontrado mais tarde. Houve também o corpo daquele professor de Arkham que realizara atos canibais antes de ser capturado e trancafiado sem identificação em uma cela de manicômio em Sefton, onde se debateu contra as paredes por dezesseis anos. Em sua maioria, os demais resultados possivelmente sobreviventes eram menos fáceis de descrever — pois, em seus últimos anos, o zelo científico de West degenerara em uma mania fantástica e insalubre, e ele despendia sua habilidade principal vitalizando não corpos humanos inteiros, mas partes isoladas ou reunidas com matéria orgânica não humana. Tornara-se demoniacamente asqueroso à época de seu desaparecimento; muitos dos seus experimentos nem mesmo poderiam ser sugeridos por escrito. A Grande Guerra, na qual servimos ambos como cirurgiões, intensificou esse lado de West.

Quando afirmei que o temor de West em relação aos seus espécimes era nebuloso, eu tinha em mente, sobretudo, sua natureza complexa. Parte dele provinha simplesmente do conhecimento a respeito da existência de tais monstros inomináveis, enquanto outra parte surgia da apreensão ligada ao dano corporal que eles poderiam, sob certas circunstâncias, lhe causar. O desaparecimento desses espécimes emprestava ainda mais horror à situação — entre todos eles, West conhecia o paradeiro de apenas um, a coisa patética no manicômio. Então, havia um medo mais sutil — uma sensação fantástica, resultado de um experimento curioso no Exército canadense em 1915. West, durante uma severa batalha, reanimara o major Sir Eric Moreland Clapham-Lee, condecorado com distinção, um colega médico que conhecia seus experimentos e poderia tê-los reproduzido. A cabeça foi removida, e assim as possibilidades de vida quase inteligente no tronco poderiam ser investigadas. Justamente no momento em que o prédio fora varrido pela artilharia alemã, ele obteve sucesso. O tronco se moveu de forma inteligente; e, é inacreditável relatar, estávamos ambos doentiamente seguros de que os sons articulados vinham da cabeça enquanto ela jazia em um canto sombrio do laboratório. O ataque, de certa forma, fora misericordioso — mas West nunca sentiria a desejada certeza de que nós dois éramos os únicos sobreviventes. Ele costumava tecer arrepiantes conjecturas a respeito das possíveis ações de um médico sem cabeça com o poder de reanimar os mortos.

A última residência de West foi uma casa venerável muito elegante, com vista para o mais antigo cemitério de Boston. Ele escolhera o local por razões puramente simbólicas e fantasticamente estéticas, já que a maior parte dos enterrados era oriunda do período colonial e, portanto, de pouca serventia para um cientista em busca de corpos realmente frescos. O laboratório ficava sob o porão, construído secretamente por trabalhadores estrangeiros, e continha um enorme incinerador para o descarte discreto e silencioso de tais corpos e do que pudesse restar dos experimentos mórbidos e diversões blasfemas do proprietário. Durante a escavação desse porão os trabalhadores atingiram uma alvenaria excessivamente antiga; sem dúvida conectada ao antigo cemitério, embora profunda demais para corresponder a qualquer sepulcro. Após alguns cálculos West decidiu que a construção seria alguma câmara secreta localizada sob a tumba de Averills, onde o último enterro foi realizado em 1768. Eu estava em sua companhia quando ele estudou as paredes mofadas e infiltradas desnudadas pelas pás e enxadas dos homens, e me encontrava preparado para a sensação repulsiva que se apresentaria com a descoberta dos segredos de uma cova centenária;

mas pela primeira vez a nova timidez de West suplantou sua curiosidade natural, e ele traiu sua fibra degenerada ordenando que a alvenaria fosse deixada intacta e rebocada. Assim ela permaneceu até a infernal e derradeira noite, como parte das paredes do laboratório secreto. Falo da decadência de West, mas preciso complementar que ela era algo puramente mental e intangível. Externamente ele foi o mesmo até o final — calmo, frio, esguio e de cabelos amarelos, com olhos azuis e óculos, além de um aspecto geral juvenil que anos e medos aparentemente jamais alteravam. Ele parecia calmo mesmo quando pensava na cova escavada e olhava por sobre os ombros; mesmo quando pensava na coisa carnívora que mascava e arranhava as grades em Sefton.

O fim de Herbert West começou numa noite, em nosso estúdio conjunto, quando ele dividia seu olhar curioso entre mim e o jornal. Uma manchete estranha o atingiu das páginas amarrotadas, e a garra de um titã inominável parecia tê-lo alcançado depois de dezesseis anos. Algo temível e incrível ocorrera no manicômio de Sefton, a cinquenta quilômetros de distância, atordoando a vizinhança e deixando a polícia perplexa. Na madrugada, um grupo de homens silenciosos invadiu o terreno e seu líder acordou os atendentes. Era uma figura militar ameaçadora que falava sem mover os lábios e cuja voz parecia conectada a um imenso estojo negro que ele carregava. Seu rosto sem expressão era belo até o ponto de uma beleza radiante, mas chocou o superintendente quando a luz do salão recaiu sobre ele — pois era um rosto de cera com olhos de vidro pintado. Algum acidente inominável ocorrera com aquele homem. Um homem maior guiava seus passos; uma massa repelente cuja face azulada parecia meio carcomida por alguma doença desconhecida. O orador solicitou a custódia do monstro canibal capturado em Arkham havia dezesseis anos; e quando esta lhe foi negada, deu o sinal que iniciou uma chocante rebelião. Os demônios espancaram, agrediram e morderam cada um dos atendentes que não fugiram; mataram quatro deles e conseguiram finalmente a liberação do monstro. Aquelas vítimas que se lembram do evento sem histeria juram que as criaturas agiram menos como homens do que como autômatos impensáveis guiados por um líder de rosto de cera. No momento em que a ajuda pôde ser chamada, cada traço dos homens e de sua insana carga tinham desaparecido.

Do momento em que leu essa matéria até a meia-noite, West ficou sentado quase paralisado. À meia-noite a campainha soou. Todos os empregados dormiam no ático, então eu atendi a porta. Conforme declarei à polícia, não havia carro algum na rua; apenas um grupo de figuras de aparência estranha carregando uma enorme caixa quadrada que eles colocaram no corredor após um deles ter urrado em uma voz altamente inatural: "Encomenda! Pré-paga!". Eles encheram a casa espalhafatosamente, e enquanto eu os observava entrando tive a estranha ideia de que estavam indo em direção ao antigo cemitério localizado nos fundos da residência. Quando bati a porta atrás deles, West desceu as escadas e olhou para a caixa. Ela tinha cerca de um metro de área e trazia o nome correto de West com o endereço atual. Também continha a inscrição: "De Eric Moreland Clapham-Lee, St. Eloi, Flandres". Seis anos antes, em Flandres, um hospital bombardeado desabara sobre o tronco decapitado do dr. Clapham-Lee e sobre a cabeça decepada que — talvez — emitira sons articulados.

West não estava nem mesmo abalado agora. Sua condição era mais assombrosa. Rapidamente ele disse: "É o fim... mas vamos incinerar... isso". Carregamos a coisa até o laboratório — escutando. Não me recordo de muitas particularidades — você pode imaginar meu estado mental —, mas é uma mentira vil dizer que foi o corpo de Herbert West que eu coloquei no incinerador. Ambos inserimos a caixa de madeira ainda lacrada, fechamos a porta e ligamos a eletricidade. Nenhum som veio da caixa, no fim das contas.

Foi West quem primeiro notou o reboco caindo daquela parte da parede onde a antiga tumba de alvenaria fora recoberta. Eu ia correr, mas ele me deteve. Então presenciei uma pequena abertura, senti um gélido vento macabro e o fedor das entranhas sepulcrais da terra pútrida. Não havia som, mas então as luzes elétricas se apagaram e eu vi, delineada contra alguma fosforescência de outro mundo, uma horda de coisas enrijecidas que apenas a insanidade — ou algo pior — poderia criar. Seus contornos eram humanos, semi-humanos fracionadamente humanos e totalmente não humanos — uma horda grotescamente heterogênea. Eles estavam removendo as pedras silenciosamente, uma a uma, da parede centenária. E então, à medida que a fissura se tornava ampla o bastante, eles entravam no laboratório em fila única; guiados por uma coisa desengonçada com uma linda cabeça feita de cera. Uma espécie de monstruosidade de olhar louco atrás do líder dominou Herbert West. West não resistiu nem emitiu som algum. Então todos caíram sobre ele e o fizeram em pedaços diante de meus olhos, carregando os fragmentos para aquela câmara subterrânea de abominações fabulosas. A cabeça de West foi carregada pelo líder de cabeça de cera, que usava um uniforme de oficial canadense. Enquanto ele desaparecia, vi que aqueles olhos azuis por trás dos óculos brilhavam hediondamente com seu primeiro toque de emoção frenética e visível.

Os empregados me encontraram inconsciente pela manhã. West se fora. O incinerador continha apenas cinzas inidentificáveis. Os detetives me interrogaram, mas o que eu poderia dizer? Eles não relacionaram a tragédia em Sefton à West; nem esse episódio nem os homens com a caixa, cuja existência negaram. Contei-lhes sobre a câmara, e eles apontaram para o reboco incólume da parede e riram. Então não falei mais nada. Eles deduziram que eu era um louco ou um assassino — provavelmente eu seja louco. Mas eu poderia não ter enlouquecido se aquelas malditas legiões das tumbas não fossem tão silenciosas.

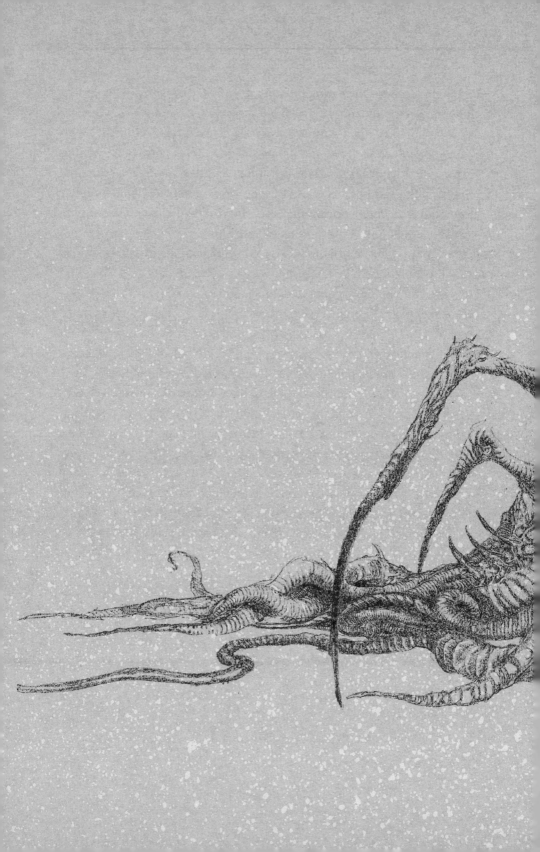

O Depoimento de Randolph Carter

H.P. Lovecraft • 1920 — The Vagrant • 1937 — Weird Tales

Repito, cavalheiros, que seu interrogatório é infrutífero.[1] Detenham-me aqui para sempre se quiserem; confinem-me ou me executem se precisarem de uma vítima para propiciar a ilusão que vocês chamam de justiça; mas não posso dizer mais do que já disse. Tudo de que eu posso me lembrar já foi dito com perfeita franqueza. Nada foi distorcido ou ocultado e, se algo permanece vago, deve-se somente à nuvem negra que recai sobre minha mente — a nuvem e a natureza nebulosa dos horrores que a lançaram sobre mim.

---

1 Escrito em 1919 e publicado em 1920 na revista *The Vagrant* 13. Mais tarde, o conto foi republicado na *Weird Tales* 5, n. 2, e novamente na *Weird Tales* 30, n. 2, em 1937. Randolph Carter é um personagem recorrente de Lovecraft, identificado como um alter ego do autor e geralmente associado ao chamado "Ciclo das Dreamlands", composto por histórias como "A Busca Onírica por Kadath" e "A Chave de Prata". "O Depoimento de Randolph Carter" é a primeira história em que o personagem aparece e, ao contrário das demais, é um conto de horror. Em comum, as histórias protagonizadas por Randolph Carter têm o fato de derivarem de sonhos — ou pesadelos — de Lovecraft.

Digo novamente: não sei que fim levou Harley Warren; ainda que eu acredite — quase tenho esperanças — que ele esteja em um pacífico esquecimento, se é que existe lugar tão abençoado. É verdade que por cinco anos fui seu amigo mais próximo e um cúmplice parcial de suas pesquisas terríveis a respeito do desconhecido. Não vou negar, embora minha memória seja incerta e indistinta, que essa sua testemunha possa nos ter visto juntos, como ela diz, no pico Gainesville, caminhando em direção ao pântano do Cipreste Grande, às onze horas e trinta minutos daquela noite terrível. Que trazíamos lanternas elétricas, pás e um curioso carretel de fio com instrumentos atados, até afirmarei; pois todas essas coisas tinham um propósito na única cena hedionda que permanece marcada em minha abalada memória. Mas do que se seguiu, e por que fui encontrado sozinho e confuso na beira do pântano na manhã seguinte, devo insistir que nada sei, exceto o que já lhes contei repetidamente. Vocês me dizem que não há nada no pântano ou próximo dele que poderia compor o conjunto daquele pavoroso episódio. Repito que nada sei além do que vi. Pode ter sido visão ou pesadelo — visão ou pesadelo é o que espero fervorosamente que tenha sido —, ainda que seja tudo o que minha mente consiga reter do que ocorreu naquelas horas chocantes depois que saímos da vista dos homens. E por que Harley Warren não retornou, só ele ou sua sombra — ou alguma *coisa* inominável que não posso descrever — podem explicar.

Como disse antes, os estudos estranhos de Harley Warren eram bem conhecidos e, em algum grau, partilhados por mim. De sua vasta coleção de livros estranhos e raros sobre temas proibidos, li tudo o que está escrito nas línguas que domino; mas esses eram poucos se comparados com aqueles em idiomas que não compreendo. A maior parte, creio eu, estão em árabe; e o tomo de inspiração demoníaca que trouxe a fatalidade — o livro que ele carregava no bolso quando abandonou o mundo — estava escrito em caracteres que nunca vi iguais em lugar algum.[2] Warren nunca me diria o que havia exatamente naquele livro. A respeito da natureza de nossos estudos — devo dizer novamente que não tenho

---

2   Segundo o ensaio "A História do *Necronomicon*", o livro do árabe louco foi traduzido para línguas conhecidas, como latim e grego, o que torna improvável que Lovecraft já tivesse o tomo maldito em mente ao escrever este conto.

mais total compreensão? A mim parece, na verdade, misericordioso que eu não a possua, pois eram estudos terríveis, que persegui mais por fascinação relutante que inclinação verdadeira. Warren sempre me dominara, e às vezes eu o temia. Lembro-me de como sua expressão me arrepiou na noite anterior ao terrível acontecimento, quando ele falava de forma tão incessante a respeito de sua teoria que explicava *por que certos corpos nunca se decompõem, jazendo firmes e inchados em suas tumbas por milhares de anos.* Mas eu não o temo agora, pois suspeito que ele conheça horrores que estão além do meu alcance. Agora, temo *por* ele.

Uma vez mais digo que não tenho uma ideia clara de nosso objetivo naquela noite. Certamente, tinha muito a ver com algo no livro que Warren levava consigo — aquele compêndio antigo escrito em caracteres indecifráveis que lhe chegou da Índia um mês antes —, mas juro que não sei o que esperávamos encontrar. Sua testemunha diz que nos viu às onze e meia da noite no pico Gainesville, em direção ao pântano do Cipreste Grande. Provavelmente isso é verdade, mas não possuo uma memória distinta a respeito. A imagem cauterizada em minha alma retrata apenas uma cena, que deve ter ocorrido bem depois da meia-noite; pois a lua minguante estava alta nos céus vaporosos.

O local era um cemitério antigo; tão antigo que tremi diante dos variegados sinais dos anos imemoriais. Era um brejo profundo e úmido, coberto de grama alta, musgo e estranhas ervas rasteiras, preenchido por um odor vago que minha fantasia indolente associou absurdamente a pedras pútridas. Por todos os lados havia sinais de negligência e decrepitude, e eu parecia assombrado pela noção de que Warren e eu éramos as primeiras criaturas vivas a invadir o silêncio letal em séculos. Nos limites do vale uma lua pálida e minguante espreitava através dos vapores nauseabundos que pareciam emanar das catacumbas inauditas, e através de seus raios débeis e vacilantes eu poderia distinguir um arranjo repulsivo de lápides antigas, urnas, cenotáfios[3] e fachadas de mausoléus; tudo arruinado, coberto de musgo e com manchas de mofo, parcialmente ocultado pelo bruxulear

---

3   O cenotáfio é um túmulo honorário, erguido para homenagear
um morto ilustre que não jaz enterrado no local — um túmulo vazio.

asqueroso de uma vegetação doentia. A primeira impressão vívida de minha própria presença nessa necrópole terrível se relaciona ao ato de me deter com Warren diante de certo sepulcro meio obliterado e depositar em seu interior alguma carga que aparentemente trazíamos. Observei que levava comigo uma lanterna elétrica e duas pás, enquanto meu companheiro estava suprido com uma lanterna similar e um aparelho telefônico portátil.[4] Palavra alguma foi murmurada, pois o local e a tarefa pareciam ser conhecidos por nós; e sem demora pegamos nossas pás e começamos a abrir caminho por entre a grama e as ervas, removendo a terra do mortuário plano e arcaico. Após descobrir a superfície inteira, que consistia de três imensas lajes de granito, recuamos um pouco para observar o cenário tumular; Warren parecia fazer alguns cálculos mentais. Então ele retornou ao sepulcro e, usando sua pá como uma alavanca, tentou erguer a laje que jazia mais próxima a uma ruína rochosa, a qual pode ter sido um monumento em seus dias. Não conseguiu e me admoestou a ajudá-lo. Por fim, nossas forças combinadas soltaram a pedra, que foi erguida e afastada para o lado.

A remoção da laje revelou uma abertura negra, de onde provinha um fluxo de gases miasmáticos tão nauseantes que recuamos horrorizados. Após um intervalo, entretanto, nos reaproximamos do poço e achamos as exalações menos insuportáveis. Nossas lanternas revelaram o topo de um lance de degraus de pedra que pingava algum fluido detestável do interior da terra e era cercado por paredes úmidas incrustadas de bolor. E agora, pela primeira vez, minha memória registra um discurso verbal: Warren voltando-se para mim com sua voz de tenor, uma voz singularmente incólume ao ambiente terrível.

"Sinto ser obrigado a pedir que permaneça na superfície", disse ele, "mas seria um crime permitir que qualquer um com seus nervos frágeis descesse até lá. Você não pode imaginar, mesmo diante de tudo o que leu e do que lhe contei, as coisas que terei de ver e fazer. É um

---

4   Telefones portáteis ligados por fios começaram a ser comercializados nos Estados Unidos no fim da década de 1910 com o objetivo de auxiliar pessoas com deficiência auditiva.

trabalho demoníaco, Carter, e duvido que qualquer homem desprovido de férreas sensibilidades poderia contemplá-lo e voltar vivo e são. Não pretendo ofendê-lo, e sabem os céus que eu estaria bastante feliz em tê-lo comigo; mas a responsabilidade é, em certo sentido, minha, e eu não poderia arrastar uma pilha de nervos como você lá para baixo, em direção a uma provável morte ou loucura. Digo-lhe, você não pode imaginar como a coisa realmente é! Mas prometo mantê-lo informado a respeito de cada movimento pelo telefone — veja que eu tenho fio suficiente aqui para atingir o centro da Terra e voltar!"

Ainda posso ouvir, na memória, essas palavras ditas tão friamente; e ainda me lembrar de meus protestos. Eu parecia desesperadamente ansioso para acompanhar meu amigo até aquelas sepulcrais profundezas, ainda que ele demonstrasse uma teimosia inflexível. Num momento ele ameaçou abandonar a expedição caso eu continuasse insistindo; uma ameaça que se provou eficiente, já que apenas ele possuía a chave para a *coisa*. De tudo isso ainda consigo me lembrar, embora não saiba mais que tipo de *coisa* estávamos buscando. Depois de garantir minha relutante aquiescência a seu plano, Warren pegou o carretel de fio e ajustou os instrumentos. Seguindo seu aceno, peguei um desses últimos e me sentei numa pedra tumular velha e descolorida, próxima à abertura recém-feita. Então ele apertou minha mão, acomodou o carretel de fio no ombro e desapareceu no interior daquele ossário indescritível.

Por um momento, mantive a visão fixa no brilho de sua lanterna e ouvi o roçar do fio que se estendia atrás dele; mas o brilho logo desapareceu abruptamente, como se houvesse uma curva na escadaria de pedra, e o som se esvaiu quase tão rapidamente quanto. Eu estava só, ainda que unido àquelas profundezas desconhecidas por cordéis mágicos cuja superfície isolada jazia esverdeada sob os raios infatigáveis da lua minguante.

No solitário silêncio da gris e deserta cidade dos mortos, concebia minha mente as mais fantasmagóricas fantasias e ilusões; e os altares e monólitos grotescos pareciam assumir uma personalidade repulsiva — uma semissenciência. Sombras amorfas pareciam espreitar nos recessos mais escuros da depressão obstruída pelas ervas, flutuando como se estivessem em alguma procissão cerimonial blasfema para ultrapassar os portais das tumbas decadentes na encosta; sombras que não poderiam ter sido lançadas pelo crescente daquela pálida e vigilante lua minguante. Consultava constantemente meu relógio sob a luz da lanterna elétrica e ouvia, com febril ansiedade, o receptor do telefone; mas, por mais de um quarto de hora, nada ouvi. Então um tênue estalo veio do instrumento, e chamei por meu amigo com uma voz tensa. Apreensivo como estava, encontrava-me despreparado para as palavras que vieram daquela câmara bizarra em tons mais alarmantes e trêmulos do que jamais ouvira Harley Warren pronunciar. Ele, que havia me deixado calmamente um pouco antes, agora me chamava lá de baixo em um sussurro titubeante mais agourento que o mais alto dos berros:

"Deus! Se você pudesse ver o que estou vendo!"

Eu não fui capaz de responder. Sem palavras, eu podia apenas esperar. Então vieram novamente os tons descontrolados:

"Carter, é terrível — monstruoso — inacreditável!"

Nesse momento minha voz não me falhou e lancei no transmissor uma enxurrada de questões entusiasmadas. Aterrorizado, continuei a repetir: "Warren, o que é? O que é?".

Uma vez mais ouvi a voz de meu amigo, embargada de medo e, agora, aparentemente maculada pelo desespero:

"Não posso contar, Carter! É tão absolutamente além do pensamento! Não ouso lhe dizer — homem algum pode conhecer isso e continuar vivendo! Meu Deus! Eu nunca sonhei com isso!*"*

Calmaria novamente, exceto por minha incoerente torrente de perguntas trêmulas. Então a voz de Warren ressurge em um tom de delirante consternação:

"Carter! Pelo amor de Deus, ponha a laje de volta e saia daqui se puder! Rápido! Largue tudo e saia! É sua única chance! Faça o que eu digo e não peça explicações!"

Ouvi, mas ainda assim eu apenas era capaz de repetir minhas questões frenéticas. Ao meu redor estavam as tumbas, a escuridão e as sombras; abaixo de mim, algum perigo que ia muito além do alcance da imaginação humana. Mas meu amigo corria um risco maior do que eu e, a despeito do meu medo, senti um vago ressentimento por ele ter me julgado capaz de abandoná-lo sob tais circunstâncias. Mais estalos e, depois de uma pausa, um grito penoso de Warren:

"Caia fora! Pelo amor de Deus, ponha a laje de volta e caia fora, Carter!"

Algo na gíria infantil de meu companheiro evidentemente abalado libertou minhas faculdades. Elaborei e gritei uma decisão: "Warren, aguente firme! Estou descendo!". Mas, com essa oferta, o tom de meu ouvinte se transformou num grito de absoluto desespero:

"Não! Você não compreende! É tarde demais — e é minha culpa. Devolva a laje e corra — não há nada que você ou qualquer outro possa fazer agora!"

O tom se alterou novamente, desta vez adquirindo uma qualidade mais leve, de uma resignação sem esperanças. Contudo, para mim, ele ainda permanecia tenso de ansiedade.

"Rápido — antes que seja tarde!"

Tentei não prestar atenção nele; tentei superar a paralisia que me detinha e cumprir minha promessa de correr para ajudá-lo. Mas seu próximo suspiro me encontrou ainda inerte, preso nas correntes de um severo horror.

"*Carter — depressa! Não adianta — você deve ir — melhor um que dois — a laje...*"

Uma pausa, mais estalidos e então a voz tênue de Warren:

"*Está quase acabado agora — não torne isso mais difícil — cubra esses malditos degraus e corra para salvar sua vida — você está perdendo tempo — adeus, Carter — não nos veremos novamente.*"

Aqui os murmúrios de Warren se transformaram em um choro; um choro que gradualmente se ergueu em um berro que carregava o horror de eras inteiras...

"*Malditas coisas infernais — legiões — Meu Deus! Cai fora! Cai fora! Cai fora!*"

Depois disso, silêncio. Não sei por quantos éons intermináveis permaneci sentado e estupefato; sussurrando, murmurando, chamando, gritando ao telefone. De novo e de novo, durante esses éons sussurrei e murmurei, chamei, gritei e berrei: "Warren! Warren! Responda-me — você está aí?".

E então veio até mim o cúmulo de todo o horror — a inacreditável, impensável, quase indizível coisa. Disse que éons pareceram escorrer depois que Warren gritou seu último aviso desesperado e que apenas meus próprios gritos quebravam agora o silêncio hediondo. Mas após um tempo houve um estalido diferente no receptor, e forcei meus ouvidos para escutar. Novamente eu chamei: "Warren, você está aí?", e em resposta ouvi a *coisa* que lançou essa nuvem sobre minha mente. Não tento, senhores, explicar aquela *coisa* — aquela voz — nem posso me aventurar a descrevê-la em detalhes, pois as primeiras palavras levaram embora minha consciência, criando um vazio mental que perdurou até o meu despertar no hospital. Devo dizer que a voz era grave; oca; gelatinosa; remota; sobrenatural; inumana; desencarnada? O que devo dizer? Foi o fim de minha experiência, e é o fim de minha história. Ouvi a voz e nada mais soube. Ouvi-a enquanto me sentava paralisado naquele cemitério desconhecido no pântano, entre as pedras tombadas e as tumbas caídas, a vegetação alta e os vapores miasmáticos. Ouvi-a subindo das mais entranhadas profundezas daquele maldito sepulcro aberto enquanto via sombras amorfas e necrófagas dançando sob uma amaldiçoada lua minguante. E o que ela disse, foi:

"IDIOTA! WARREN ESTÁ MORTO!"

'the hound'

O Cão de Caça

H.P. Lovecraft • 1924 — Weird Tales

I

Incessantemente ressoam em meus ouvidos torturados um guinchar e um farfalhar oriundos de algum pesadelo, e um ladrar débil e distante como o de um gigantesco cão de caça.[1] Não é um sonho — nem mesmo, temo eu, loucura —, pois muito já ocorreu para que eu ainda tenha essas dúvidas misericordiosas.

St. John é um cadáver mutilado e apenas eu sei por quê, e por tal conhecimento estou prestes a estourar meus miolos, com medo de ser mutilado da mesma forma. No fundo de corredores escuros e infinitos de arrepiante fantasia fareja a negra e deformada nêmesis que me conduz à autoaniquilação.

---

[1] Publicado pela primeira vez em 1924 na revista *Weird Tales* 2. "O Cão de Caça" foi o primeiro dos vários contos que Lovecraft publicaria pela *Weird Tales*. O livro dos mortos, o *Necronomicon*, do árabe louco Abdul Alhazred surge neste conto.

Que os céus perdoem a tolice e a morbidez que nos levaram a um destino tão monstruoso! Cansados dos lugares-comuns do mundo ordinário, onde mesmo os prazeres do romance e da aventura logo se tornaram insípidos, St. John e eu seguimos entusiasticamente cada movimento estético e intelectual que prometia uma trégua em nosso tédio devastador. Os enigmas dos simbolistas e os êxtases dos pré-rafaelitas foram todos nossos em seu devido tempo, mas cada humor novo perdia muito rapidamente seu apelo e divertida novidade.

Apenas a sombria filosofia dos decadentes[2] podia nos ajudar, mas isso nos era efetivo apenas à medida que aumentava gradualmente a profundidade e o diabolismo de nossas penetrações. Baudelaire e Huysmans logo foram exauridos de emoções, até que, finalmente, nos restaram apenas os estímulos mais diretos de experiências e aventuras não naturais. Foi essa pavorosa necessidade emocional que enfim nos conduziu pelo caminho detestável do qual, mesmo em meu presente temor, falo com vergonha e timidez — esse extremo hediondo do humano ultraje, a abominável prática do roubo de túmulos.

Não posso revelar os detalhes de nossas expedições chocantes ou catalogar, mesmo parcialmente, o pior dos troféus que adornavam o museu inominável que preparamos na grande casa de pedra, a qual habitávamos conjuntamente, apenas os dois, sem criados. Nosso museu era um lugar blasfemo e impensável, onde, com o gosto satânico da nossa virtuose neurótica, reunimos um universo de terror e decadência para excitar nossas sensibilidades fatigadas. Era um quarto secreto, bem fundo no subsolo, no qual enormes demônios alados entalhados em basalto e ônix vomitavam de arreganhadas bocas sorridentes uma estranha luz verde e laranja, e canos pneumáticos ocultos sopravam em caleidoscópicas danças da morte, fileiras de peças vermelhas sepulcrais, unidas em volumosas tapeçarias. Por esses canos saíam à vontade os odores que nossos humores mais desejavam; às vezes o perfume de pálidos lírios funerários, noutras o incenso narcótico

---

2   O decadentismo foi um movimento estético, principalmente literário, que marcou o fim do século xix. Entre suas características estão o amoralismo, referências ao satanismo e a uma embriaguez e sexualidade exageradas. Entre os autores decadentistas, temos Baudelaire, Rimbaud, Verlaine e Mallarmé.

dos altares imaginários de majestosos mortos do Oriente e, às vezes — como tremo ao lembrar-me disso! —, os pavorosos e revoltantes odores de uma cova aberta.

Ao redor das paredes dessa câmara repulsiva havia esquifes de antigas múmias, alternados com vívidos corpos arcaicos perfeitamente empalhados e preservados pela arte da taxidermia, com lápides furtadas dos cemitérios das mais antigas igrejas do mundo. Cá e lá nichos continham crânios de todas as formas e cabeças preservadas em diferentes estágios de decomposição. Ali podiam ser encontradas as cabeças putrefatas de homens nobres e frescas cabeças radiantemente áureas de crianças recém-enterradas.

Havia estátuas e pinturas, todas de temáticas asquerosas, tendo algumas sido executadas por St. John e por mim. Um portfólio trancado, encadernado em pele humana curtida, continha certos desenhos desconhecidos e inomináveis que, segundo alguns rumores, teriam sido perpetrados por Goya,[3] que não ousou assumi-los. Havia instrumentos musicais nauseabundos, de cordas, metais e madeira, nos quais St. John e eu às vezes produzíamos dissonâncias de refinada morbidez e arquidemônica fantasmagoria, enquanto em uma multitude de gabinetes de ébano repousava o mais incrível e inimaginavelmente variado espólio tumular reunido pela loucura e perversão humanas. É desse espólio em particular que eu não devo falar — graças a Deus, tive a coragem de destruí-lo muito antes de pensar em me destruir.

As excursões predatórias nas quais coletamos nossos indizíveis tesouros foram sempre eventos artisticamente memoráveis. Não éramos carniceiros vulgares, mas trabalhávamos apenas sob certas condições de humor, paisagem, ambiente, clima, estação e luar. Tais passatempos eram, para nós, a mais refinada forma de expressão estética, e dispensávamos aos seus detalhes um cuidado técnico fastidioso. Uma hora inapropriada, um efeito ribombante de um relâmpago ou uma manipulação desleixada do solo úmido destruiriam quase totalmente o cintilar

---

3   Francisco de Goya (1746-1828) foi um pintor espanhol que marcou, entre o fim do século XVIII e o início do século XIX, a passagem das artes plásticas do classicismo renascentista para o modernismo. Pintou alguns temas sobrenaturais que ficaram conhecidos como *Pinturas Negras*, e provavelmente Lovecraft tenha se referido a essa série neste conto.

extático que se seguia à exumação de algum ominoso segredo da terra. Nossa busca por censo moral e condições estimulantes era febril e insaciável — St. John sempre liderava e foi ele quem, por fim, mostrou o caminho que conduzia àquele ponto amaldiçoado e jocoso, o qual fez recair sobre nós o inevitável e pavoroso destino.

Mas que maligna fatalidade nos seduzira até aquele terrível cemitério da igreja na Holanda? Acredito que tenha sido o legendário rumor caliginoso, histórias sobre alguém que fora enterrado há cinco séculos, alguém que havia sido, ele mesmo, um ladrão de túmulos em sua época e teria roubado uma coisa potente de um poderoso sepulcro. Consigo me lembrar da cena nesses momentos finais — a pálida lua outonal sobre as covas, lançando longas e horríveis sombras; as árvores grotescas se dobrando solitariamente para encontrar a grama abandonada e as lajes erodidas; as vastas legiões de morcegos estranhamente colossais que voavam de encontro ao luar; a antiga igreja coberta de hera apontando um enorme dedo espectral para o céu lívido; os insetos fosforescentes que dançavam como fogos-fátuos sob os teixos em um canto distante; o odor de mofo, vegetação e coisas menos explicáveis que se mesclavam debilmente com o vento noturno oriundo de pântanos e mares distantes e, o pior de tudo, o fraco e profundo ladrar de algum gigantesco cão de caça, o qual não éramos capazes de ver e tampouco definir sua localização. Estremecemos ao ouvir essa sugestão de latido, recordando as histórias do camponês que teria sido encontrado séculos antes, nesse mesmo local, despedaçado e mutilado pelas garras e dentes de alguma besta inacreditável.

Lembro-me de como escavamos a cova desse ladrão com nossas pás, e como deliramos diante da cena de nós mesmos, a cova, a pálida lua vigilante, as sombras horríveis, as árvores grotescas, os morcegos titânicos, a igreja antiga, os fogos-fátuos dançantes, os odores doentios, o vento noturno gemendo gentilmente e o estranho ladrar entreouvido e não localizado, de cuja existência objetiva pouco podíamos ter certeza.

Então acertamos uma substância mais dura que a terra úmida e contemplamos uma caixa oblonga apodrecida, incrustada de depósitos minerais do solo há muito não perturbado. Estava incrivelmente dura e espessa, mas tão velha que finalmente a escancaramos e banqueteamos nossos olhos com o seu conteúdo.

Muito — impressionantemente muito — havia restado do objeto, apesar do lapso de quinhentos anos. O esqueleto, ainda que esmagado em alguns lugares pelas mandíbulas da coisa que o matara, mantinha uma firmeza surpreendente, e nos regozijamos sobre o crânio alvo, seus dentes longos e firmes e suas órbitas sem olhos que um dia brilharam com a mesma febre carniceira que os nossos. No caixão jazia um amuleto de desenho curioso e exótico, que aparentemente fora usado ao redor do pescoço do falecido. Era a figura estilizada de um cão de caça alado de cócoras, ou uma esfinge com uma face semicanina, finamente esculpida ao modo do antigo Oriente a partir de uma pequena peça de jade verde. A expressão em seu focinho era extremamente repulsiva, remetendo simultaneamente à morte, bestialidade e malevolência. Ao redor da base havia uma inscrição em caracteres que nenhum de nós conseguiu identificar e, no fundo, como um selo de fabricante, estava gravado um crânio grotesco e formidável.

Logo que contemplamos esse amuleto sabíamos que deveríamos possuí-lo; que apenas aquele tesouro era nosso quinhão evidente daquela cova secular. Ainda que seus contornos não fossem familiares, nós o desejaríamos, mas quando o observamos de perto percebemos que não nos parecia completamente estranho. Era, de fato, alienígena a toda arte e literatura conhecida por leitores sãos e equilibrados, mas nós o reconhecemos como a coisa sugerida no proibido *Necronomicon* do árabe louco Abdul Alhazred; o fantasmagórico símbolo espiritual do culto canibal da inacessível Leng, na Ásia Central. Traçamos muito bem as linhas sinistras descritas pelo velho demonologista árabe; linhas, escreveu ele, desenhadas por alguma manifestação sobrenatural obscura das almas daqueles que vilipendiaram e roeram o morto.

Tomando o objeto de jade verde, miramos pela última vez a face alvejada e de olhos encavados de seu proprietário e fechamos a cova, mantendo-a da forma como a encontramos. Enquanto deixávamos apressadamente aquele local abjeto, com o amuleto roubado no bolso de St. John, pensamos ter visto os morcegos descendo como se fossem um só corpo até a terra que tínhamos revolvido tão recentemente, como se buscassem algum repasto amaldiçoado e blasfemo. Mas a lua outonal brilhava pálida e fraca, e não era possível ter certeza. Da mesma forma, enquanto navegávamos no dia seguinte para longe da Holanda e de volta para nossa casa, pensamos ter ouvido o fraco ladrar longínquo de algum gigantesco cão de caça. Mas gemia triste e modorrento o vento, e não podíamos ter certeza.

II

Menos de uma semana depois do nosso retorno para a Inglaterra, coisas estranhas começaram a acontecer. Vivíamos como reclusos; privados de amigos, sozinhos, sem criados, em uns poucos quartos de uma antiga mansão num pântano vazio e não frequentado, de forma que nossas portas raramente eram perturbadas pelo bater de um visitante. Agora, contudo, éramos incomodados pelo que parecia ser um movimento frequente de mãos durante a noite, não apenas em torno das portas, mas também das janelas, tanto superiores quanto inferiores. Uma vez imaginamos que um corpo largo e opaco escurecera a janela da biblioteca enquanto a lua brilhava através da abertura, e em outra ocasião pensamos ter ouvido um som rodopiando ou adejando não muito longe. Em cada uma dessas circunstâncias as investigações nada revelaram, e começamos a atribuir as ocorrências apenas à imaginação — a mesma imaginação curiosamente perturbada que ainda fazia prolongar em nossos ouvidos o abafado latido distante que pensamos ter ouvido no cemitério na Holanda. O amuleto de jade agora repousava num nicho em nosso museu, e algumas vezes queimávamos velas estranhamente perfumadas diante dele. Lemos o bastante a respeito de suas propriedades e sobre a relação das almas penadas com os objetos que ele simbolizava no *Necronomicon* de Alhazred e ficamos perturbados com o que lemos. Então veio o terror.

Na noite de 24 de setembro de 19—, ouvi uma batida na porta do meu quarto. Imaginando ser St. John, ordenei que entrasse, mas fui respondido apenas por uma risada arrepiante. Não havia ninguém no corredor. Quando acordei St. John, ele professou completa ignorância sobre o caso e ficou tão preocupado quanto eu. Foi naquela noite que aquele latido fraco e distante sobre o pântano se tornou para nós uma realidade certa e terrível. Quatro dias depois, quando ambos estávamos no museu escondido, ouviu-se um arranhar baixo e cauteloso na única porta que conduzia à escadaria da biblioteca secreta. Nosso alarme agora estava dividido, pois, além de nosso medo do desconhecido, sempre cultivamos um terror de que nossa horripilante coleção pudesse ser descoberta. Apagando todas as luzes, nos dirigimos até a porta e a abrimos rapidamente; de imediato, sentimos uma imprevisível lufada de ar e ouvimos uma estranha combinação de crepitar, gargalhadas e conversas articuladas que parecia recender ao longe. Se estávamos loucos, sonhando ou na plenitude de nossas faculdades, nós não tentamos determinar. Apenas percebemos, na mais funesta de nossas apreensões, que a conversa aparentemente desencarnada se fazia ouvir, sem dúvidas, em holandês.

Depois disso vivemos em crescente horror e fascínio. Apegávamo-nos, principalmente, à teoria de que enlouquecíamos juntos em virtude de nossa vida de excitações sobrenaturais, mas às vezes nos agradava mais nos imaginar em um drama como vítimas de alguma sina rastejante e horrível. Manifestações bizarras eram agora frequentes demais para que pudessem ser contadas. Nossa casa solitária estava aparentemente viva com a presença de algum ser maligno cuja natureza não podíamos adivinhar, e todas as noites o demoníaco ladrar assomava no pântano varrido pelo vento, sempre mais e mais alto. No dia 29 de outubro encontramos, na terra fofa sob a janela da biblioteca, uma série de pegadas completamente indescritíveis. Elas eram tão estupefacientes quanto as hordas de enormes morcegos que assombravam a velha mansão em um número crescente e sem precedentes.

O horror atingiu um ápice no dia 18 de novembro, quando St. John, vindo da distante estação de trem para casa depois do anoitecer, foi capturado e dilacerado por alguma apavorante coisa carnívora. Seus gritos alcançaram a casa, então corri até a cena terrível a tempo de ouvir um ruflar de asas e ver a silhueta de uma coisa negra anuviada contra a lua nascente. Meu amigo morria enquanto eu falava com ele e não era capaz de responder de forma coerente. Tudo o que ele podia fazer era sussurrar: "O amuleto — aquela coisa maldita...". Então colapsou, uma massa inerte de carne estraçalhada.

Enterrei-o na meia-noite seguinte em um de nossos jardins abandonados e murmurei sobre seu corpo um dos rituais diabólicos que em vida ele amara. E enquanto eu pronunciava a última oração demoníaca ouvi, ao longe no pântano, o fraco latido de um gigantesco cão de caça. A lua estava alta, mas não ousei fitá-la. E quando vi no pântano fracamente iluminado uma larga sombra nebulosa deslizando de um ponto a outro, fechei meus olhos e me joguei contra o solo. Quando me ergui tremendo, não sei como e muito mais tarde, cambaleei até a casa e realizei chocantes deferências perante o amuleto de jade verde em seu altar.

Com medo de viver sozinho na antiga casa no pântano, parti no dia seguinte para Londres, levando comigo o amuleto após destruir, queimando e enterrando, o que restava da ímpia coleção no museu. Mas depois de três noites ouvi novamente o latido, e depois de uma semana eu sentia estranhos olhos sobre mim sempre que escurecia. Uma noite, enquanto caminhava pelo Vitoria Embankment em busca de algum ar necessário, vi uma forma obscurecendo um dos reflexos das lâmpadas na água. Um vento mais forte que o vento noturno soprou, e eu soube que o que ocorrera a St. John logo aconteceria comigo.

No dia seguinte embrulhei cuidadosamente o amuleto de jade verde e naveguei para a Holanda. Que misericórdia poderia obter ao devolver a coisa para seu dono silente e adormecido, eu não sabia; mas senti que deveria ao menos tentar algum passo concebivelmente lógico. O que era o cão de caça e por que ele me perseguia eram questões ainda vagas; mas eu ouvira o ladrar no antigo cemitério, e cada evento subsequente, incluindo o sussurro moribundo de St. John, conectara a maldição ao roubo do amuleto. Justificadamente, afundei no mais profundo abismo de desespero quando, numa hospedaria em Roterdã, descobri que ladrões tinham me privado desse único meio de salvação.

O ladrar se fez ouvir mais alto naquela noite, e pela manhã li a respeito de uma ocorrência inominável no pior quarteirão da cidade. O populacho estava aterrorizado, pois sobre um cortiço de má fama recaiu uma morte rubra cuja natureza ultrapassava o mais monstruoso dos crimes já cometidos na vizinhança. Em um esquálido covil de ladrões uma família inteira foi feita em pedaços por uma coisa desconhecida que não deixou rastros, e aqueles que estavam nos arredores ouviram durante toda a noite, acima do usual clamor de vozes bêbadas, uma nota fraca, profunda e insistente que fazia lembrar os bramidos de um gigantesco cão de caça.

Então, finalmente, eu estava de volta ao terrível cemitério, onde uma lua pálida de inverno lançava sombras hediondas, e árvores desfolhadas se curvavam estranhamente para encontrar a grama alvejada e enregelada e lajes rachadas, e a igreja recoberta de hera apontava um dedo jocoso para o céu hostil, e o vento noturno uivava loucamente, oriundo de pântanos congelados e mares gélidos. O ladrar estava bem fraco agora e cessou completamente quando me aproximei da antiga cova que uma vez violara, espantando uma horda anormalmente grande de morcegos que sobrevoava ao redor.

Não sei por que fui até lá a não ser para rezar ou tartamudear preces e desculpas para a coisa calma e branca que ali jazia; mas, por qualquer que fosse o motivo, ataquei o solo meio congelado com um desespero parcialmente próprio e em parte causado por uma vontade superior externa a mim. A escavação fora muito mais fácil do que eu esperava, mas num determinado ponto encontrei uma estranha interrupção, quando um abutre esguio se arremessou do céu frio e bicou freneticamente a terra da cova até que eu o matasse com um golpe da minha pá. Finalmente atingi a apodrecida caixa oblonga e removi a úmida tampa nitrosa. Esse foi o último ato racional que realizei.

Pois, agachada dentro daquele caixão centenário, envolvida por um pesadelar bando servil de enormes e emaranhados morcegos adormecidos, estava a coisa ossuda que meu amigo e eu roubamos, não limpa e plácida como tínhamos visto antes, mas coberta de sangue coagulado e tiras de carne e cabelos de outrem, olhando vigilante para mim com órbitas fosforescentes e afiadas presas ensanguentadas, suspirando perversamente em zombaria por meu destino inevitável. E quando emitiu, daquelas mandíbulas sorridentes, um latido profundo e sardônico como o de um gigantesco cão de caça, percebi que a coisa segurava em sua garra grotesca e imunda o fatídico amuleto perdido de jade verde e então simplesmente gritei e fugi idiotamente, meus gritos logo se dissolvendo em estrondosos risos histéricos.

A loucura cavalga o vento estelar... garras e dentes afiados em séculos de corpos... pingando morte ao longo de um bacanal de morcegos vindos das ruínas negras como a noite dos soterrados templos de Belial... Agora, conforme o ladrar daquela monstruosidade morta e desencarnada se torna mais e mais alto e o sub-reptício revoar e ruflar daquelas amaldiçoadas asas membranosas circula cada vez mais próximo, devo buscar com meu revólver o esquecimento, meu único refúgio do inominado e inominável.

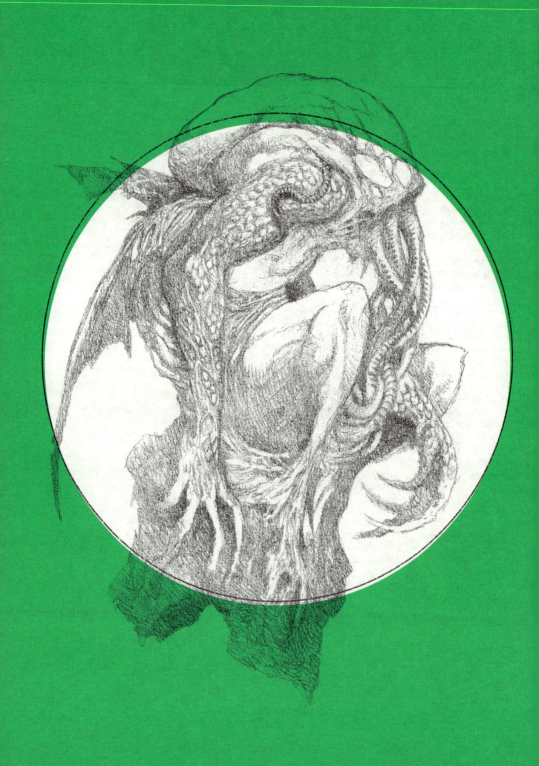

O Chamado de Cthulhu

H.P. Lovecraft • 1928 — Weird Tales

De tais grandes poderes ou seres, pode-se conceber um sobrevivente... um sobrevivente de um período profundamente remoto quando sua consciência se manifestou, talvez, em contornos e formas desaparecidas muito antes da onda da humanidade que avançava... formas das quais somente a poesia e a lenda puderam capturar uma memória fugidia e nomeá-las como deuses, monstros, seres míticos de todos os tipos e espécies...
— Algernon Blackwood —[1]

---

[1] Citação retirada da obra *The Centaur*, publicada em 1911.

1. O horror em argila

A coisa mais misericordiosa do mundo, penso eu, é a inabilidade da mente humana em correlacionar todo o seu conteúdo.[2] Vivemos numa ilha plácida de ignorância em meio a mares negros de infinitude e não somos destinados a ir muito longe. As ciências, cada uma delas se estendendo em sua própria direção, nos causaram pouco dano até o momento; mas algum dia a reunião do conhecimento dissociado revelará paisagens tão terríveis da realidade e de nossa pavorosa posição nela que ou enlouqueceremos com a revelação ou fugiremos da luz mortífera em direção à paz e segurança de uma nova era das trevas.

Teosofistas[3] têm se questionado a respeito da incrível grandeza do ciclo cósmico no qual nosso mundo e a raça humana formam transitórios incidentes. Eles teriam tropeçado em estranhos sobreviventes em termos que congelariam o sangue se não estivessem mascarados por um otimismo insípido. Mas não veio deles o único vislumbre dos éons proibidos que me arrepia em pensamento e me enlouquece em sonho. Esse vislumbre, como todos os horríveis vislumbres da verdade, despontou a partir de uma reunião acidental de coisas separadas — nesse caso, um antigo item de jornal e as notas de um professor falecido. Espero que ninguém mais consiga reunir essas peças; por certo, se viver, não deverei jamais suprir conscientemente um elo de tão hedionda cadeia. Acredito que também o professor pretendia manter silêncio a respeito da parte por ele conhecida e que ele teria destruído suas notas se a súbita morte não o tivesse levado.

Meu conhecimento a respeito da coisa teve início no inverno de 1926-27, com a morte de meu tio-avô, George Gammell Angell, professor emérito de línguas semíticas na Universidade Brown, em Providence, Rhode Island. O professor Angell era largamente reconhecido como uma autoridade em inscrições antigas, sendo frequentemente

---

2   Publicado pela primeira vez em 1928, na *Weird Tales* 11, n. 2.
3   A Sociedade Teosófica foi fundada em Nova York, no ano de 1875. Defende a ideia da evolução espiritual a partir de um sistema de crenças baseado em religiões orientais. Lovecraft discute algumas ideias teosofistas em outros contos.

requisitado pelos diretores de museus proeminentes; assim, o seu falecimento aos noventa e dois anos é lembrado por muitos. Localmente o interesse foi intensificado pela obscuridade da *causa mortis*. O professor colapsou após seu retorno de balsa de Newport; caindo abruptamente, dizem as testemunhas, após trombar com um negro com ares de marinheiro surgido de um dos cantos estranhamente escuros nas encostas íngremes que formam um atalho entre a beira-mar e a casa do falecido na Williams Street. Os médicos foram incapazes de encontrar alguma desordem visível, mas concluíram, após um perplexo debate, que alguma lesão cardíaca obscura, induzida pela intensa subida de um morro tão íngreme por um homem tão idoso, fora a responsável pelo fim. À época eu não vira razão para discordar desse diagnóstico, porém mais tarde me dispus a questionar — e mais do que questionar.

Como herdeiro e testamentário de meu tio-avô, já que ele morreu viúvo e sem filhos, esperava-se que eu investigasse seus papéis com algum afinco; e com tal propósito transportei todos os seus arquivos e caixas para minha casa em Boston. Muito do material que correlacionei seria mais tarde publicado pela Sociedade Americana de Arqueologia, mas havia uma caixa que julguei excessivamente intrigante, a qual me opus a revelar a outros olhos. Estava trancada, e eu não pude encontrar a chave até que me ocorreu examinar o anel pessoal que o professor sempre carregava em seu bolso. Então, de fato, consegui abri-la, mas o fiz para, ao que parece, apenas ser confrontado por um obstáculo maior e mais hermeticamente fechado. Pois qual seria o significado do estranho baixo-relevo em argila, das anotações desconjuntadas, divagações e recortes que encontrei? Teria meu tio, em seus últimos anos, se tornado crédulo em relação às imposturas mais superficiais? Resolvi buscar o excêntrico escultor responsável por essa perturbação aparente na tranquilidade mental de um velho.

O baixo-relevo era um retângulo rude com quase três centímetros de espessura e cerca de doze por quinze centímetros de área; obviamente de origem moderna. Seus desenhos, contudo, estavam bem distantes da modernidade em atmosfera e sugestão; pois ainda que os caprichos do cubismo e do futurismo sejam muitos e selvagens, eles não reproduzem frequentemente a regularidade críptica que espreita a escrita pré-histórica. E a maioria desses desenhos certamente parecia ser algum tipo de escrita; embora minha memória, a despeito da grande familiaridade em relação aos papéis e coleções de meu tio, falhasse em identificar, de alguma forma, sua espécie em particular ou até mesmo sugerir suas mais remotas afiliações.

Sobre esses hieróglifos aparentes estava uma figura de evidente intenção pictórica, ainda que sua execução impressionista impedisse uma ideia muito clara de sua natureza. Parecia ser um tipo de monstro, ou um símbolo representando um monstro, de uma forma que apenas uma fantasia doentia poderia conceber. Se eu dissesse que minha imaginação um tanto extravagante remeteu simultaneamente a imagens de um polvo, um dragão, uma caricatura humana, eu não seria infiel ao espírito da coisa. Uma cabeça polpuda e tentacular coroava um corpo grotesco e escamoso com asas rudimentares; mas era o *contorno geral* do todo que o tornava mais chocantemente horrendo.[4] Por trás da figura, havia uma sugestão vaga de um ciclópico cenário arquitetônico.

As notas que acompanhavam essa estranheza, ao lado de uma pilha de recortes da imprensa, estavam escritas na cursiva mais recente do professor Angell; e não havia nenhuma pretensão de estilo literário. O que parecia ser o principal documento era intitulado como "CULTO A CTHULHU",[5] em caracteres impressos meticulosamente para evitar a leitura errônea de uma palavra tão pouco ouvida. O manuscrito se dividia em duas seções, a primeira das quais era intitulada "1925 — Sonho e trabalho onírico de H.A. Wilcox, Thomas Street, n. 7, Providence, R.I.", e o segundo: "Narrativa do inspetor John R. Legrasse, Bienville Street, n. 121, New Orleans, La., no Cong. da A. A. s. em 1908 — Notas sobre o inspetor e depoimento do prof. Webb".

---

4 Há um desenho datado de 1934, feito pelo próprio Lovecraft, que representa a escultura de Cthulhu. Embora Cthulhu, entre todas as criações lovecraftianas, seja aquela que possua a imagem mais padronizada, sua descrição no conto é propositadamente fugidia. Segundo alguns, Lovecraft teria se inspirado no mito do Kraken para compor essa figura.

5 Cthulhu foi a primeira criatura, das várias que criaria, nomeada por Lovecraft. Segundo ele, não só o nome seria incompreensível para os humanos, mas nossa conformação fisiológica não permitiria que o pronunciássemos corretamente. A pronúncia seria algo como *Khlûl'-hloo*, dito de forma bastante gutural.

Os outros manuscritos eram anotações breves, algumas delas dando conta dos estranhos sonhos de diferentes pessoas, outras citando livros teosóficos e revistas (notoriamente, *A História da Atlântida e da Lemúria Perdida*, de W. Scott-Elliot) e o restante trazendo comentários sobre sociedades secretas e cultos ocultos que sobrevivem há muito tempo, com referências a passagens tanto de livros de referência em mitologia e antropologia como *O Ramo de Ouro*,[6] de Frazer, e *O Culto das Bruxas na Europa Ocidental*,[7] da sra. Murray. Os recortes aludiam amplamente a doenças mentais bizarras, surtos de loucura e histeria grupal ocorridos na primavera de 1925.

A primeira metade do manuscrito principal narrava uma história bastante peculiar. Aparentemente, no dia 1º de março de 1925, um jovem magro e taciturno de aspecto neurótico e nervoso recorrera ao professor Angell munido de um singular baixo-relevo de argila, que então estava excessivamente úmido e fresco. Seu cartão de visitas trazia o nome Henry Anthony Wilcox, e meu tio o reconhecera como o filho mais novo de uma excelente família que ele pouco conhecia, o qual, no momento, estudava escultura na Escola de Design de Rhode Island e morava sozinho no edifício Fleur-de-Lys, próximo à instituição. Wilcox era um jovem precoce de reconhecida genialidade, mas de grande excentricidade, e que desde a infância despertava a atenção com as histórias estranhas e sonhos esquisitos que tinha por hábito relatar. Ele se dizia "hipersensitivo psiquicamente", mas o povo simplório da antiga cidade comercial o desqualificava como meramente "esquisito". Nunca se misturou muito com seu tipo, e era conhecido apenas por um pequeno grupo de estetas de outras cidades. Mesmo o Clube de Arte de Providence, ansioso em preservar seu conservadorismo, o considerava um caso perdido.

---

6   *O Ramo de Ouro*, de Sir James George Frazer, é um livro sobre religião
    e mitologia comparada, publicado em dois volumes em 1890.

7   Livro publicado em 1921 por Margaret Alice Murray. A obra é uma tentativa de traçar
    a história da bruxaria e do paganismo na Europa, como principais formas cultuais
    até serem suplantados pelo cristianismo. O livro teve boa repercussão à época de sua
    publicação e ainda hoje é adotado por estudantes de wicca e outras formas de bruxaria,
    contudo, seu valor enquanto análise historiográfica é bastante questionado.

Na ocasião da visita, redigiu o professor no manuscrito, o escultor solicitou abruptamente o auxílio do conhecimento arqueológico do anfitrião para identificar os hieróglifos contidos no baixo-relevo. Ele falava de uma maneira onírica e empolada que sugeria uma simpatia encenada e alienada; e meu tio demonstrou certa rispidez em responder, pois o frescor conspícuo da tabuleta implicava relações com qualquer coisa, e não com arqueologia. A tréplica do jovem Wilcox, que impressionou meu tio o suficiente para que ele a registrasse palavra por palavra, foi reproduzida com uma fantástica projeção poética que deve ter permeado toda a conversa e a qual, desde então, descobri ser uma de suas características mais marcantes. Ele disse: "De fato é recente, pois eu a fiz na noite passada, em um sonho com estranhas cidades; e sonhos são mais antigos do que a introspectiva Tiro, a contemplativa Esfinge ou os Jardins Suspensos da Babilônia".

Foi então que ele iniciou aquela narrativa incoerente que de súbito ecoou numa memória adormecida, ganhando o interesse febril de meu tio. Houvera um leve tremor de terra na noite anterior, o mais notável sentido na Nova Inglaterra em alguns anos, e a imaginação de Wilcox foi profundamente afetada. Ao se recolher, ele tivera um sonho sem precedentes com grandes cidades ciclópicas construídas com blocos titânicos e monólitos que pairavam no céu, tudo respingando uma gosma verde e sinistra com horror latente. Hieróglifos cobriam muros e pilastras, e de algum indefinido ponto logo abaixo se ouvia uma voz que não era uma voz; uma sensação caótica que apenas a fantasia poderia transmutar em som, mas que ele tentou sintetizar no quase impronunciável amontoado de letras: "*Cthulhu fhtagn*".

Esse emaranhado verbal foi a chave para a lembrança que excitou e perturbou o professor Angell. Ele interrogou o escultor minuciosamente e estudou com intensidade quase frenética o baixo-relevo no qual o jovem trabalhara, enregelado e coberto apenas pelos seus trajes noturnos, quando o despertar o tomou de assalto de maneira desconcertante. Meu tio culpou sua idade avançada, Wilcox diria depois, por sua lentidão em reconhecer tanto os hieróglifos quanto os desenhos pictóricos. Muitas de suas questões pareciam inoportunas para o visitante, especialmente aquelas que tentavam conectar esse último com estranhos cultos e sociedades; e Wilcox não compreendia as repetidas promessas de silêncio que ele oferecia em troca de uma admissão em algum corpo religioso pagão bem difundido. Quando o professor Angell se convenceu de que o escultor era de fato ignorante a respeito de qualquer culto ou sistema de erudição críptica, ele assediou seu visitante com exigências de futuros relatos oníricos. Isso rendeu frutos regulares, pois, após a primeira entrevista, o manuscrito registra encontros diários com o jovem, durante os quais ele relatava impressionantes fragmentos de imaginário noturno cujo destino era sempre alguma terrível e escura paisagem ciclópica de rochas gotejantes, com uma voz ou inteligência subterrânea gritando monotonamente em enigmáticos impactos sensoriais indescritíveis, salvo na forma de algaravia. Os dois sons mais frequentemente repetidos eram aqueles resumidos pelas letras "Cthulhu" e "R'lyeh".

No dia 23 de março, continua o manuscrito, Wilcox não apareceu e investigações em sua residência revelaram que fora acometido por um tipo obscuro de febre e levado para a casa de sua família na Waterman Street. Ele gritara durante a noite, despertando outros artistas no prédio, e desde então manifestara apenas alternâncias entre inconsciência e delírio. Meu tio telefonou uma vez para a família e, a partir daí, observou a situação atentamente, ligando com frequência para o escritório do dr. Tobey, na Thayer Street, que ele descobriu ser o encarregado do caso. A mente febril do jovem, aparentemente, prendia-se a coisas estranhas, e o doutor estremecia de vez em quando ao mencioná-las. Elas incluíam não apenas uma repetição do que ele havia sonhado antes, mas tocavam radicalmente numa coisa gigantesca, com metros de altura, que andava ou perambulava.

À época ele não descrevera completamente esse objeto, mas ocasionais palavras frenéticas, repetidas pelo dr. Tobey, convenceram o professor de que deveria ser idêntico à monstruosidade inominável que ele retratara em sua escultura onírica. Referências a esse objeto, adicionava o doutor, eram invariavelmente um prelúdio para a submersão do jovem na letargia. Sua temperatura, estranhamente, não estava muito acima do normal, mas sua condição total sugeria mais uma febre verdadeira do que uma desordem mental.

No dia 2 de abril, por volta das quinze horas, qualquer traço da doença de Wilcox cessou subitamente. Ele se sentou ereto na cama, surpreso por se encontrar em casa e completamente ignorante a respeito do que havia ocorrido tanto em sonho quanto em realidade desde a noite de 22 de março. Declarado saudável por seu médico, ele retornou ao seu apartamento sem mais ajuda. Todos os traços do sonhar estranho se esvaíram com sua recuperação, e meu tio não manteve registro de seus pensamentos noturnos após uma semana de relatórios irrelevantes de visões insistentemente comuns.

Aqui terminava a primeira parte do manuscrito, mas referências a certas anotações esparsas me forneceram mais material para pensar — o bastante para que, de fato, tão somente o ceticismo entranhado por minha formação filosófica possa explicar essa contínua desconfiança em relação ao artista. As notas em questão eram aquelas descrições de sonhos de várias pessoas que cobriam o mesmo período em que o jovem Wilcox realizou suas estranhas visitas. Meu tio, ao que parece, instituiu rapidamente um corpo de investigação prodigiosamente grande composto por quase todos os amigos que ele poderia inquirir sem impertinência, solicitando relatórios noturnos de seus sonhos e as datas de quaisquer visões notáveis de algum tempo passado. A recepção de seus pedidos pareceu ter sido variada; mas ele deve, ao menos, ter recebido mais respostas do que qualquer homem comum seria capaz de administrar sem uma secretária. Essa correspondência original não foi preservada, mas suas notas formavam um digesto consistente e realmente significativo. As pessoas comuns da sociedade e dos negócios — o tradicional "sal da terra" da Nova Inglaterra — forneceram um resultado quase totalmente negativo, embora tenham surgido aqui e ali casos esparsos de inquietantes e disformes impressões noturnas, sempre entre 23 de março e 2 de abril — o período delirante do jovem Wilcox. Homens da ciência foram afetados um pouco mais, não obstante quatro casos com descrições vagas sugerindo lampejos fugidios de paisagens estranhas e um caso no qual se mencionou algo horrível e anormal.

As respostas mais pertinentes vieram de artistas e poetas, e sei que o pânico teria surgido se eles tivessem comparado as notas. Como as cartas originais estavam ausentes, suspeitei que o compilador tenha feito perguntas direcionadas, ou editado a correspondência, corroborando o que ele latentemente resolvera ver. Por isso eu sentia que Wilcox, de alguma forma consciente dos estranhos dados que meu tio possuía, tenha se imposto sobre o velho cientista. As respostas desses estetas contavam uma história perturbadora. De 28 de fevereiro a 2 de abril, uma grande proporção deles sonhou coisas muito bizarras, e a intensidade dos sonhos foi incomensuravelmente mais forte durante o período de delírio do escultor. Mais de um quarto daqueles que reportaram algo relataram cenas e semissons não diferentes daqueles que Wilcox descrevera; e alguns dos sonhadores confessaram um agudo medo da gigantesca coisa inominável vista nos últimos episódios. Um caso descrito enfaticamente por uma das anotações era muito triste. O sujeito, um arquiteto bastante conhecido que tendia à teosofia e ao ocultismo, se tornou violentamente insano no dia em que o jovem Wilcox surtou, expirando vários meses depois após gritos incessantes que remetiam a algum fugitivo do inferno. Se meu tio tivesse se referido a esses casos por nomes em vez de simples números, eu poderia ter tentado alguma corroboração e arriscado investigações pessoais; mas, assim como estavam, consegui rastrear apenas alguns poucos. Nenhum deles, contudo, trazia as notas completas. Frequentemente me perguntava se todos os alvos de questionamento do professor se sentiam tão confusos quanto esse grupo. É bom que nenhuma explicação jamais possa alcançá-los.

Os recortes de jornal, como pude perceber, relatavam casos de pânico, mania e excentricidades durante o dado período. O professor Angell deve ter contratado um escritório de recortes, pois o número de estratos era tremendo, oriundos de fontes espalhadas por todo o globo. Aqui um suicídio noturno em Londres, ali um dorminhoco solitário que saltou de uma janela após soltar um berro chocante. No mesmo sentido, havia uma carta desconexa endereçada ao editor de um jornal na América do Sul, onde um fanático deduz um futuro lúgubre a partir de visões que tivera. Uma notícia da Califórnia descreve uma colônia teosófica doando mantos brancos para algum "acontecimento glorioso" que nunca chega, enquanto dados da Índia tratam cautelosamente a respeito de uma grave inquietude nativa que veio à tona durante o fim de março. Orgias vodus se multiplicam no Haiti; e postos avançados na África relatam rumores ominosos. Funcionários de representação norte-americana nas Filipinas encontraram, à época, certas tribos problemáticas; e policiais de Nova York foram massacrados por levantes histéricos nas noites de 22 e 23 de março. Também a região Oeste da Irlanda estava repleta de rumores loucos e lendários, e um pintor fantástico chamado Ardois-Bonnot pendurou uma blasfema *Paisagem de Sonho* no salão de primavera de Paris em 1926. E tão numerosos foram os problemas registrados em manicômios que somente um milagre pôde impedir a comunidade médica de perceber estranhos paralelismos e delinear conclusões mistificadoras. Um estranho amontoado de recortes, devo dizer, e hoje posso contemplar vagamente o racionalismo cruel com que os dispensei. Mas eu estava convencido, então, de que o jovem Wilcox teria algum conhecimento a respeito das antigas questões mencionadas pelo professor.

II. O conto do inspetor Legrasse

As antigas questões que tornaram o sonho do escultor e o baixo-relevo tão importantes para meu tio compõem o tema da segunda metade de seu extenso manuscrito. Ao que parece, o professor Angell conhecia a silhueta infernal da monstruosidade inominada, já se vira intrigado com os hieróglifos desconhecidos e teria ouvido as ominosas sílabas que podem ser apenas resumidas como "Cthulhu", e tudo isso numa conexão tão radical e horrível que não admira que ele tenha perseguido o jovem Wilcox com questionamentos e demandas por informações.

Essa primeira experiência teve lugar em 1908, dezessete anos antes, quando a Sociedade Arqueológica Americana realizou seu encontro anual em St. Louis. O professor Angell, como é próprio de alguém com seus feitos e autoridade, teve uma participação proeminente em todas as deliberações e foi um dos primeiros a ser abordado por vários estranhos que se aproveitaram da convocação para apresentar questões em busca de respostas corretas e soluções especializadas para determinados tipos de problemas.

O líder desses forasteiros, e por pouco tempo o foco de interesse do encontro, era um homem de meia-idade e aparência ordinária que percorreu todo o caminho desde New Orleans para buscar certas informações impossíveis de obter de qualquer fonte local. Seu nome era John Raymond Legrasse, um inspetor policial. Ele levava consigo o motivo de sua visita: uma grotesca e repulsiva estatueta de pedra, aparentemente muito antiga, cuja origem ele era incapaz de determinar. Não devemos especular sobre o interesse arqueológico do inspetor Legrasse. Pelo contrário, seu desejo por esclarecimento era impulsionado por considerações puramente profissionais. A estatueta, ídolo, fetiche ou o que quer que fosse, fora apreendida alguns meses antes nos pântanos arborizados do sul de New Orleans, quando invadiram um suposto encontro vodu cujos ritos eram tão singulares e hediondos que seria impossível para a polícia não perceber que havia tropeçado num culto totalmente desconhecido e infinitamente mais diabólico que os mais obscuros círculos vodus africanos. De sua origem, a não ser pelos relatos erráticos e inacreditáveis arrancados dos membros que foram presos, absolutamente nada foi descoberto; daí a ânsia da polícia por qualquer tradição antiquária que poderia lhes ajudar a situar o pavoroso símbolo para, através dele, rastrear o culto até sua fonte principal.

O inspetor Legrasse estava pouco preparado para a sensação que sua demanda causaria. Um vislumbre da coisa foi suficiente para colocar os homens da ciência ali reunidos num estado de excitação, os quais imediatamente se amontoaram ao redor para contemplar a figura diminuta cuja extrema estranheza e ar de genuína antiguidade abismal sugeriam tão fortemente paisagens ocultas e arcaicas. Nenhuma escola de arquitetura conhecida poderia ter sido responsável por animar o objeto terrível, embora séculos ou até milênios parecessem marcar sua diáfana superfície esverdeada de pedra inidentificável.

A figura, que por fim foi passada lentamente de mão em mão para um estudo mais detalhado e cuidadoso, tinha entre dezessete e vinte centímetros de altura, e apresentava uma estranha qualidade artística. Representava um monstro com uma vaga silhueta antropoide, mas cuja cabeça lembrava a de um polvo, com um rosto formado por uma massa de tentáculos, um corpo escamoso de aparência emborrachada, garras prodigiosas nas patas traseiras e dianteiras e longas e estreitas asas nas costas. Essa coisa, que parecia dotada de uma temível e inatural malignidade, tinha uma corpulência um tanto inchada e se agachava de forma maléfica sobre um bloco ou pedestal retangular coberto de caracteres indecifráveis. As pontas das asas tocavam a parte de trás do bloco e o assento ocupava o centro, enquanto as garras longas e recurvadas de suas patas dobradas e acocoradas agarravam a parte frontal, estendendo-se por um quarto do caminho até o fundo do pedestal. A cabeça cefalópode se curvava para a frente, de forma que as pontas dos tentáculos faciais varriam as enormes patas dianteiras que agarravam os joelhos elevados da coisa agachada. O aspecto do todo era anormalmente vívido, e ainda mais sutilmente amedrontador porque sua fonte era totalmente desconhecida. Sua vasta, incrível e incalculável idade era inequívoca; embora não revelasse elo algum com qualquer forma conhecida de arte pertencente à juventude da civilização — ou, de fato, a qualquer outro tempo. Totalmente separada e apartada, sua própria matéria-prima era um mistério; pois a pedra saponácea, verde-escura com pontos dourados ou iridescentes e estrias, não lembrava nada familiar à geologia ou à mineralogia. Os caracteres ao longo da base também eram incompreensíveis; e nenhum dos membros presentes, a despeito de representarem metade dos peritos do mundo nesse campo do conhecimento, fazia a mínima ideia de seu parentesco linguístico ainda mais remoto. Essa escrita, assim como o tema e o material da escultura, pertencia a algo horrivelmente remoto e distinto da humanidade que conhecemos; algo que sugeria, de modo apavorante, ciclos de vida antigos e blasfemos dos quais nosso mundo e nossas concepções não fazem parte.

Porém, enquanto os membros balançavam gravemente a cabeça e confessavam sua derrota diante do problema do inspetor, havia um homem naquela reunião que suspeitava de alguma familiaridade bizarra na forma monstruosa e na inscrição, o qual, com presteza, relatou com alguma modéstia a estranha ninharia que conhecia. Essa pessoa era o falecido William Channing Webb, professor de antropologia da Universidade de Princeton e um explorador notório. O professor Webb estivera envolvido, quarenta e oito anos antes, em uma expedição à Groenlândia e à Islândia em busca de algumas inscrições rúnicas que ele falhara em desenterrar; e enquanto subia a costa ocidental da Groenlândia encontrara uma tribo ou culto singular de esquimós degenerados cuja religião, uma forma curiosa de louvor ao diabo, o arrepiou com sua deliberada e repulsiva sede de sangue. Era uma crença pouco conhecida pelos demais esquimós, a qual, mencionada apenas com temor, afirmavam ser oriunda de éons horrivelmente antigos, anteriores à criação do mundo. Além de ritos inomináveis e sacrifícios humanos, havia certos rituais hereditários bizarros destinados a um supremo mal antigo ou *tornasuk*; e o professor Webb fez uma cuidadosa transcrição fonética de um velho *angekok* ou mago sacerdote, expressando os sons em letras romanas da melhor forma possível. Mas no momento tinha maior significado o fetiche que esse culto acolhera, em torno do qual seus membros dançavam quando a aurora despontava sobre as falésias de gelo. Era, afirmou o professor, um baixo-relevo em pedra muito rústico, composto de uma imagem hedionda e alguns escritos crípticos. E até onde ele pode contar, havia um paralelo irregular com todas as características essenciais da coisa bestial que jazia agora perante o congresso.

Esse dado, recebido com suspense e atordoamento pelos membros reunidos, se provou duplamente empolgante para o inspetor Legrasse; e ele começou a soterrar seu informante com perguntas. Tendo anotado e copiado um rito oral praticado pelos cultistas do pântano que foram presos por seus homens, ele implorou ao professor que tentasse recordar o melhor que pudesse as sílabas coletadas entre os diabólicos esquimós. Seguiu-se, então, uma exaustiva comparação de detalhes e um momento de silêncio realmente perplexo quando ambos, inspetor e cientista, entraram em acordo a respeito da identidade virtual da frase comum aos rituais infernais separados por tantos mundos de distância. Substancialmente, tanto os magos esquimós quanto os sacerdotes dos pântanos da Louisiana entoaram para seus ídolos semelhantes algo como o que se segue — em que a divisão das palavras foi deduzida dos intervalos originais encontrados na frase enunciada em voz alta:

"Ph'nglui mglw'nafh Cthulhu R'lyeh wgah'nagl fhtagn."

Legrasse, nesse ponto, estava adiantado em relação ao professor Webb, pois vários de seus prisioneiros mestiços reproduziram o que os cultistas mais antigos contaram a respeito do significado das palavras. Este texto, conforme indicado, significa algo como:

"Em sua casa, em R'lyeh, Cthulhu, morto, aguarda sonhando."

E agora, em resposta a uma demanda geral e urgente, o inspetor Legrasse relatou da maneira mais íntegra possível sua experiência com os cultistas do pântano; e narrou uma história à qual, percebo, meu tio atribuiu um profundo significado. Ele saboreou os mais loucos sonhos dos criadores de mitos e teosofistas, descobrindo um grau impressionante de imaginação cósmica entre tais semicastas e párias.

No dia 10 de novembro de 1907 chegaram à polícia de New Orleans chamados desesperados que vinham do pântano e da região das lagoas ao sul. Os residentes, a maioria primitiva, embora descendentes da boa natureza dos homens de Lafitte, sofreram um forte ataque de terror causado por uma coisa desconhecida que os assaltara durante a noite. Era vodu, aparentemente, mas de um tipo mais terrível do que eles jamais conheceram; e algumas de suas mulheres e crianças desapareceram desde que o tom-tom malévolo iniciara sua batida incessante ao longe, nas entranhas da assombrada floresta negra onde nenhum habitante se aventurava. Ouviam-se berros insanos e gritos perturbadores, cânticos de fazer regelar a alma e diabólicas chamas que dançavam; e, acrescentou o aterrorizado mensageiro, o povo já não era mais capaz de aguentar.

Então uma tropa de vinte policiais, enchendo duas carroças e um automóvel, partiu no fim da tarde, levando o assustado morador como guia. Ao fim da estrada trafegável eles desembarcaram de seus veículos e por alguns metros se espalharam em silêncio pela terrível mata de ciprestes onde o dia nunca chega. Raízes feias e malignos cipós pendentes de musgo espanhol os atrapalhavam, e de vez em quando uma pilha de rochas escorregadias ou o fragmento de uma parede apodrecida intensificava, com sua sugestão de mórbida habitação, uma depressão criada pela combinação de cada árvore malformada e de cada amontoado de fungos. Ao longe surgiu o assentamento, um amontoado miserável de cabanas; e moradores histéricos correram para se juntar ao grupo de lanternas elétricas. Agora, dificilmente se percebia ao longe a batida abafada dos tom-tons, e um berro se fazia ouvir em intervalos frequentes quando o vento mudava de direção. Além disso, um brilho avermelhado parecia se infiltrar através da vegetação rasteira, além das infinitas avenidas de floresta noturna. Relutantes com a possibilidade de serem deixados sozinhos novamente, cada um dos intimidados residentes se recusou terminantemente a avançar sequer mais um centímetro em direção à cena de profana adoração, então o inspetor Legrasse e seus dezenove colegas partiram sem guias rumo ao interior das negras arcadas de horror que jamais foram pisadas por nenhum deles antes.

A região que a polícia agora penetrava tinha tradicionalmente uma má reputação, era substancialmente desconhecida e não frequentada por homens brancos. Havia lendas de um lago escondido nunca vislumbrado por olhos mortais, no qual habitava uma coisa enorme, deformada, branca, poliposa e de olhos luminosos; e os moradores, aos murmúrios, contavam sobre demônios com asas de morcego que saíam voando de cavernas do centro da terra em direção ao culto da meia-noite. Eles dizem que a coisa já estava lá antes de D'Iberville, antes de La Salle, antes dos índios, antes mesmo da totalidade das bestas e pássaros da floresta. Era o pesadelo encarnado; e contemplá-lo significava a morte. Mas ele fazia com que os homens sonhassem, e assim eles sabiam o suficiente para se manter afastados. A presente orgia vodu ocorria, de fato, no canto mais ordinário dessa área abjeta, mas a localidade já era suficientemente ruim; por isso, quem sabe, o próprio local de adoração tenha aterrorizado os nativos mais do que os sons chocantes e os incidentes.

Apenas a poesia ou a loucura poderiam fazer jus aos ruídos ouvidos pelos homens de Legrasse enquanto se embrenhavam no brejo negro a caminho do brilho vermelho e dos tom-tons abafados. Havia tipos vocais peculiares aos homens, e tipos vocais peculiares às bestas; e é terrível ouvir um deles quando a fonte deveria remeter ao outro. Fúria animal e licenciosidade orgástica se lançavam às alturas demoníacas através de uivos e um guinchar de êxtase que se espalhavam e reverberavam por aquelas matas noturnas, como tempestades pestilentas vindas dos golfos do inferno. O ulular pouco organizado cessava ocasionalmente, e do que parecia ser um coral bem ensaiado de vozes equinas se erguia, em cantada recitação, a hedionda frase ou ritual:

"Ph'nglui mglw'nafh Cthulhu R'lyeh wgah'nagl fhtagn."

Então os homens, chegando num ponto em que as árvores eram mais finas, alcançaram subitamente a visão do próprio espetáculo. Quatro deles cambalearam, um desmaiou e dois caíram em um choro frenético que a louca cacofonia da orgia, por sorte, encobriu. Legrasse borrifou água do pântano no rosto do homem desfalecido, e todos pararam tremendo e quase hipnotizados com o horror.

Em uma clareira natural do pântano havia uma ilha gramada de talvez um acre de extensão, livre de árvores e toleravelmente seca. Nesse momento, saltava e se contorcia nessa ilha a horda mais indescritível de anormalidade humana que ninguém, a não ser um Sime[8] ou um Angarola,[9] seria capaz de retratar. Despida, essa cria híbrida zurrava,

---

8 Sidney Sime (1867-1941) foi um pintor inglês cuja obra ganhou fama no período final da era vitoriana por incluir imagens estranhas e fantásticas. Ilustrou muitas histórias de lorde Dunsany, e provavelmente o contato de Lovecraft com os trabalhos do artista venha de sua devoção ao autor.
9 Anthony Angarola (1893-1929), ilustrador e pintor americano. Assim como Sime, ilustrou trabalhos literários, sendo mais conhecido por sua contribuição ao romance *The Kingdom of Evil*, de Ben Hecht, repleto de imagens que evocam perversão e maldade.

berrava e se contorcia sobre uma fogueira monstruosa em formato de anel, no centro da qual, revelado por ocasionais falhas na cortina de fogo, havia um grande monólito de granito com cerca de dois metros e meio de altura, em cujo topo, incongruente em sua pequenez, jazia a nociva estátua entalhada. De um grande círculo de dez tablados montados a intervalos regulares com o monólito cercado de chamas no centro, pendiam, de cabeça para baixo, os corpos estranhamente mutilados dos moradores desamparados que haviam desaparecido. Era dentro desse círculo que a roda de adoradores saltava e rugia; a direção geral do movimento em massa se dava da esquerda para a direita num bacanal sem-fim entre o círculo de corpos e o círculo de fogo.

Pode ter sido imaginação ou apenas os ecos que induziram um dos homens, um hispânico impressionável, a pensar ter ouvido respostas antifônicas ao ritual, vindas de algum ponto distante e não iluminado bem no interior daquela mata de horror antiga e lendária. Esse homem, Joseph D. Galvez, que mais tarde encontrei e inquiri, se provou perturbadoramente imaginativo. De fato, ele foi tão longe a ponto de sugerir um fraco bater de grandes asas, o lampejo de olhos brilhantes e uma massa branca montanhosa além das árvores mais remotas — mas suponho que ele tenha ouvido superstições nativas demais.

Na verdade, a terrificante pausa dos homens foi comparativamente breve. O dever primeiro; e embora houvesse cerca de cem celebrantes mestiços na turba, a polícia confiou em suas armas de fogo e se lançou resolutamente contra o bando nauseabundo. Por cinco minutos o barulho e o caos foram indescritíveis. Cargas gigantes foram detonadas, tiros disparados e fugas empreendidas; mas, por fim, Legrasse foi capaz de contar cerca de quarenta e sete prisioneiros intratáveis, que ele obrigou a se vestir rapidamente e se colocar em fila entre duas carreiras de policiais. Cinco cultistas caíram mortos e dois severamente feridos foram carregados em macas improvisadas por seus colegas presos. A imagem sobre o monólito, é claro, foi cuidadosamente removida e levada por Legrasse.

Examinados nos quartéis após uma viagem de intenso esforço e cansaço, todos os prisioneiros se provaram homens de origem muito baixa e mestiçada, tipos mentalmente aberrantes. A maioria era de marinheiros e alguns poucos negros e mulatos, em grande parte indianos ocidentais ou portugueses de Brava, das ilhas de Cabo Verde, que emprestavam um tom de voduísmo ao culto heterogêneo. Mas antes que muitas questões fossem feitas se tornou manifesto que algo bem mais profundo e antigo do que um simples fetichismo sombrio estava envolvido. Degradadas e ignorantes como eram, as criaturas se apegavam com consistência surpreendente à ideia central de sua abominável fé.

Eles adoravam, diziam, os Grandes Antigos, que viveram eras antes da existência de qualquer homem e que vieram ao jovem mundo pelo céu. Esses Antigos se foram agora, para dentro da terra ou sob os mares, mas seus corpos mortos contavam segredos nos sonhos dos primeiros homens, os quais criaram um culto que nunca morre. Esse era o culto e os prisioneiros afirmavam que ele sempre existiu e sempre existirá, escondido em ermos distantes e locais obscuros por todo o mundo até que o grande sacerdote Cthulhu, de seu escuro lar na poderosa cidade de R'lyeh submersa nas águas, se erga e submeta novamente a Terra ao seu domínio. Um dia ele chamará, quando as estrelas estiverem prontas, e o culto secreto estará sempre à espera para libertá-lo.

Por enquanto nada mais deve ser dito. Havia um segredo que nem mesmo a tortura poderia extrair. A humanidade não está absolutamente solitária entre as coisas conscientes da Terra, pois formas saíram da escuridão para visitar os poucos fiéis. Mas esses não eram os Grandes Antigos. Homem algum vira os Antigos. O ídolo entalhado era o grande Cthulhu, porém não é possível dizer se os antigos são ou não precisamente como ele. Ninguém é capaz de ler a antiga inscrição agora, mas coisas foram ditas boca a boca. O ritual cantado não era o segredo — este jamais era falado em voz alta, sendo apenas sussurrado. O cântico significava apenas isso: "Em sua casa, em R'lyeh, Cthulhu, morto, aguarda sonhando".

Apenas dois entre os prisioneiros estavam suficientemente sãos para a forca, e o restante foi enviado para várias instituições. Todos negavam ter participado de assassinatos ritualísticos e afirmaram que a matança foi cometida pelos Alados Negros que vieram até eles de sua assembleia imemorial na floresta assombrada. Mas, a respeito desses aliados misteriosos, nenhum relato coerente pôde ser obtido. As informações que a polícia conseguiu extrair vieram de um mestiço muito velho chamado Castro, que alegou ter viajado para portos estranhos e conversado com líderes imortais do culto nas montanhas da China.

O velho Castro se lembrava de trechos de lendas hediondas que povoavam as especulações de teosofistas e fizeram com que o homem e o mundo parecessem, de fato, recentes e transitórios. Houve éons durante os quais outras Coisas comandavam a Terra e Eles tiveram cidades grandiosas. Suas ruínas, relatou o velho, conforme lhe foi contado pelos chineses imortais, ainda podiam ser encontradas como rochas ciclópicas em ilhas do Pacífico. Todos morreram há vastos períodos de tempo, antes da chegada do homem, mas existiam atos capazes de revivê-los quando as estrelas voltassem para suas posições corretas no ciclo da eternidade. Eles tinham, de fato, vindo das estrelas, trazendo suas imagens com eles.

Esses Grandes Antigos, Castro continuou, não eram totalmente feitos de carne e sangue. Eles tinham forma — essa imagem estelar não prova isso? —, mas essa forma não era feita de matéria. Quando as estrelas estão em sua devida posição, Eles são capazes de saltar entre os mundos através do céu; porém, com as estrelas desalinhadas, Eles não podem viver. Mas, embora não estejam vivos, Eles jamais morrem realmente. Todos jazem em casas de pedra em Sua grande cidade de R'lyeh, preservada pelos feitiços do poderoso Cthulhu para uma ressurreição gloriosa quando as estrelas e a Terra estiverem, uma vez mais, prontas para Eles. Mas, ao mesmo tempo, alguma força externa deve ser capaz de liberar Seus corpos. Os feitiços que Os preservaram intactos da mesma forma Os impediram de realizar um primeiro movimento, e Eles podiam apenas jazer no escuro e pensar enquanto se passavam milhões incontáveis de anos. Sabiam tudo o que se passava no Universo, mas Sua forma de comunicação era por meio da transmissão de pensamento. Mesmo agora Eles falam em Seus túmulos.

Quando, após infinidades de caos, vieram os primeiros homens, os Grandes Antigos, moldando os seus sonhos, falaram aos mais sensitivos entre eles; pois apenas dessa forma sua linguagem poderia atingir a mente carnal dos mamíferos.

Então, sussurrou Castro, aqueles primeiros homens criaram o culto em torno de pequenos ídolos que os Grandes Antigos lhes mostraram; ídolos trazidos em eras obscuras, provenientes de estrelas negras. Aquele culto nunca morreria até que as estrelas novamente se alinhassem, e os sacerdotes secretos tirariam o Grande Cthulhu de seu túmulo para que então revivesse Seus súditos e retomasse Seu reinado sobre a Terra. A época seria fácil de adivinhar, pois então a humanidade terá se tornado tal e qual Os Grandes Antigos; livre e selvagem, além do bem e do mal,[10] dispensando leis e morais, e todos os homens gritando e matando e se refestelando em gozo. Então os Antigos libertos lhes ensinariam novos meios de gritar e matar e se refestelar e se regozijar, e toda a Terra arderá em um holocausto de êxtase e liberdade. Até lá, o culto, através de seus ritos próprios, deve manter viva a memória desses costumes antigos, lançando a sombra da profecia de Seu retorno.

Nos tempos mais antigos, os homens escolhidos falavam em sonhos com os Antigos sepultados, mas então algo ocorreu. A grande cidade de pedra de R'lyeh, com seus monólitos e sepulcros, foi tragada pelas ondas; e as profundas águas, repletas daquele mistério primal que nem mesmo o pensamento pode atravessar, interrompeu o intercurso espectral. Porém a memória nunca morre, e altos sacerdotes diziam que a cidade se ergueria novamente quando as estrelas estivessem alinhadas. Então surgiram do solo os negros espíritos da terra, mofados e sombrios, repletos de rumores diáfanos ouvidos em cavernas das profundezas esquecidas do mar. Mas deles o velho Castro não ousou falar muito. Ele se interrompeu

---

10 *Jenseits von Gut und Böse. Vorspiel einer Philosophie der Zukunft* ou *Para Além do Bem e do Mal. Prelúdio para uma Filosofia do Futuro* é um livro publicado pelo filósofo alemão Friedrich Nietzsche em 1886. O livro inaugura a fase "leão" de Nietzsche, ou seja, de negação e destruição de todos os valores preexistentes para dar espaço a novos valores para além da moralidade, seu projeto de "transvaloração de todos os valores". Ao que parece, Lovecraft tinha muito interesse nesse trabalho do autor alemão e se utilizou em alguns contos da ideia de uma humanidade para além de toda moral como algo belo e simultaneamente monstruoso.

bruscamente, e nenhuma persuasão ou subterfúgio poderia fazê-lo prosseguir nessa direção. Também o *tamanho* dos Antigos, ele curiosamente não ousou mencionar. A respeito do culto, ele afirmou suspeitar que o centro se localizava entre os desertos sem rumo da Arábia, onde Irem, a cidade dos Pilares, sonha oculta e intocada. Não tinha ligação alguma com o culto europeu às bruxas e era virtualmente desconhecido para além de seus membros. Livro algum o sugerira, de fato, embora os imortais chineses tenham contado que no *Necronomicon*, do árabe louco Abdul Alhazred, havia duplos sentidos que os iniciados poderiam interpretar a seu critério, especialmente este díptico muito discutido:

> *Morto não é o que está eternamente a jazer,*
> *E em éons estranhos mesmo a morte pode morrer.*

Legrasse, profundamente impressionado e não pouco confuso, inquiriu em vão a respeito das afiliações históricas do culto. Castro, aparentemente, contara a verdade quando disse que era completamente secreto. Os especialistas da Universidade de Tulane não conseguiram elucidar nem o culto nem a imagem, e agora o detetive estava diante das mais altas autoridades do país, deparando-se com nada menos que o conto neozelandês do professor Webb.

O interesse febril pela história de Legrasse, despertado no encontro e corroborado pela estatueta, ecoou na correspondência subsequente que os dois trocaram; apesar de escassas menções nas publicações formais da sociedade. Precaução é o primeiro cuidado daqueles acostumados a encarar a charlatanice ocasional e a impostura. Por algum tempo Legrasse emprestou a imagem ao professor Webb, mas, quando este último veio a falecer, o objeto lhe foi restituído e permanece em sua posse, onde a vi não muito tempo atrás. É verdadeiramente uma coisa terrível e inequivocamente semelhante à escultura onírica do jovem Wilcox.

Não me admira que meu tio tenha se empolgado com a história do jovem escultor, pois que tipo de coisas poderíamos pensar ao ouvir, depois de tomar conhecimento do que Legrasse aprendera sobre o culto, os relatos de um jovem sensitivo que não apenas sonhara com a figura e com os exatos hieróglifos da imagem encontrada no pântano e na demoníaca tábua neozelandesa, mas em cujos sonhos surgiram, precisamente, pelo menos três das palavras que compõem a fórmula murmurada tanto pelos diabólicos esquimós quanto pelos mestiços da Louisiana? O início imediato de uma investigação dos mais ínfimos detalhes pelo professor Angell era iminentemente natural; embora secretamente eu suspeitasse que o jovem Wilcox tenha ouvido a respeito do culto de alguma forma indireta e que possa ter inventado uma série de sonhos para inflamar e fazer perdurar o mistério em detrimento de meu tio. As narrativas oníricas e a coleção de recortes do professor eram, claro, uma forte corroboração; mas o racionalismo de minha mente e a extravagância de todo o assunto me levaram a adotar aquela que julguei ser a conclusão mais sensata. Então, após estudar detalhadamente o manuscrito mais uma vez e correlacionar as anotações teosóficas e antropológicas com os relatos a respeito do culto fornecidos por Legrasse, fiz uma viagem a Providence para ver o escultor e lhe repreender da maneira que mais me pareceu apropriada por ter se imposto tão ousadamente a um homem culto e idoso.

Wilcox ainda vivia sozinho no edifício Fleur-de-Lys na Thomas Street, uma imitação hedionda da arquitetura bretã do século XVII que exibe sua fachada de estuque entre as adoráveis casas coloniais da antiga colina, localizada sob a sombra da mais bela torre de igreja georgiana da América. Encontrei-o trabalhando em seus aposentos e imediatamente percebi, pelas amostras por ali espalhadas, que sua genialidade era, de fato, profunda e autêntica. Em algum momento, acredito eu, ele será reconhecido como um dos grandes decadentes; pois ele havia cristalizado em argila e espelhará um dia, em mármore, aqueles pesadelos e fantasias que Arthur Machen[11] evoca em prosa, e Clark Ashton Smith[12] torna visível em verso e pintura.

---

[11] Arthur Machen (1863-1957) foi um escritor de histórias de horror muito admirado por Lovecraft. Sua obra mais reconhecida é *O Grande Deus Pã*.

[12] Ao lado de Lovecraft, Clark Ashton Smith (1893-1961) foi um dos mais prolíficos escritores da literatura *pulp*, tendo publicado mais de uma centena de trabalhos em revistas do gênero. Antes mesmo do próprio Lovecraft, Smith foi considerado um grande escritor de acordo com os padrões da "alta literatura".

Taciturno, frágil e de aspecto um tanto desmazelado, ele se virou languidamente quando me anunciei e perguntou o que eu desejava sem se levantar. Quando lhe disse quem eu era, demonstrou certo interesse, pois meu tio despertara toda sua curiosidade ao problematizar seus estranhos sonhos, embora não tenha explicado as razões de seus estudos. Não alarguei seu conhecimento nesse aspecto, mas busquei sobrepujá-lo com alguma sutileza. Em pouco tempo me convenci de sua absoluta sinceridade, pois ele falava dos sonhos de uma maneira que ninguém seria capaz de falsear. Os sonhos e seu resíduo inconsciente influenciaram profundamente sua arte, e ele me mostrou uma mórbida estatueta cujos contornos quase me fizeram estremecer pela potência de sua lúgubre sugestão. Possivelmente, ele não se recordava de ter visto a forma original dessa coisa exceto em seu próprio baixo-relevo onírico, mas a silhueta havia formado a si mesma insensivelmente sob suas mãos. Era, sem dúvidas, a forma gigante sobre a qual ele mesmo balbuciara em seu delírio. Logo ficou evidente que, de fato, ele nada sabia a respeito do culto secreto, salvo por aquilo que a doutrinação incansável de meu tio deixara escapar, e novamente me esforcei para pensar em alguma maneira pela qual ele poderia ter recebido as estranhas impressões.

O escultor falava de seus sonhos de um modo estranhamente poético; fazendo-me enxergar com terrível vividez a úmida cidade ciclópica de escorregadias pedras verdes — cuja *geometria*, disse ele estranhamente, estava *toda errada* — e ouvir com assustadora expectativa o incessante chamado semimental que vinha do subterrâneo: "*Cthulhu fhtagn, Cthulhu fhtagn*". Essas palavras faziam parte do ritual terrível relacionado ao sonho-vigília do morto Cthulhu em sua tumba de pedra na cidade de R'lyeh, e eu me senti profundamente demovido, apesar de minhas crenças racionais. Wilcox, tenho certeza, ouvira casualmente sobre o culto, logo esquecendo-o entre a massa de suas peculiares leituras e imaginação igualmente estranha. Mais tarde, em virtude de ser mais que impressionável, ele encontrou expressões subconscientes nos sonhos, no baixo-relevo e na terrível estátua que agora eu segurava; de modo que sua impostura junto ao meu tio fora bastante inocente. O jovem era, ao mesmo tempo, ligeiramente afetado e insolente, um tipo do qual nunca gostei, mas eu já estava inclinado a admitir tanto seu gênio quanto sua honestidade. Despedi-me amigavelmente e lhe desejei todo o sucesso que seu talento prometia.

A questão do culto ainda me fascinava, e de tempos em tempos eu tinha visões de fama pessoal por pesquisar suas origens e conexões. Visitei New Orleans, conversei com Legrasse e outros do antigo grupo de ataque, vi a imagem horrenda e até mesmo interroguei um dos tais prisioneiros mestiços que tinha sobrevivido. Infelizmente o velho Castro falecera há alguns anos. O que eu ouvia agora tão explicitamente em primeira mão, apesar de não passar de uma confirmação detalhada do que meu tio escrevera, renovava minha excitação; pois eu estava seguro de estar em busca de uma religião muito real, muito secreta e muito antiga cuja descoberta me faria um antropólogo digno de nota. Minha atitude ainda carregava um absoluto materialismo, conforme desejava, e eu desconsiderava com uma perversidade quase inexplicável as coincidências entre as anotações oníricas e os estranhos recortes coletados pelo professor Angell.

De uma coisa comecei a suspeitar e sabê-lo agora me faz temer: a morte de meu tio estava longe de ter sido natural. Ele caiu em uma ladeira estreita vindo de uma baía empesteada de mestiços estrangeiros, após um empurrão descuidado de um marinheiro negro. Não me esqueço do sangue mestiço e dos elos marinhos comuns aos membros do culto na Louisiana, e não ficaria surpreso ao descobrir métodos secretos e agulhas envenenadas pertencentes a conhecimento tão rudimentar e antigo quanto seus ritos e crenças crípticas. Legrasse e seus homens, é verdade, foram deixados em paz; mas, na Noruega, um certo marinheiro que vira coisas está morto. Não poderiam as questões mais profundas de meu tio, após se deparar com os relatos do escultor, ter alcançado ouvidos sinistros? Acredito que o professor Angell morreu porque sabia demais, ou porque estava perto de saber demais. Se eu seguirei os seus passos é algo que ainda está para ser revelado, pois, agora, eu sei demais.

III. A loucura vinda do mar

Se os céus já desejaram me conceder alguma dádiva, que seja o total apagamento dos resultados de um simples acaso que fixou meu olhar em certo pedaço de papel que forrava uma prateleira. Não era nada com o que eu poderia me deparar naturalmente no curso de minha rotina diária, já que era um número antigo de um jornal australiano, o *Sydney Bulletin*, de 18 de abril de 1925. O fragmento escapara até mesmo à atenção do escritório de recortes que, na época de sua publicação, coletava avidamente material para a pesquisa de meu tio.

Dedicara-me largamente às minhas investigações a respeito daquilo que o professor Angell denominara "Culto a Cthulhu" e estava visitando um amigo em Paterson, Nova Jersey; o curador de um museu local e um mineralogista importante. Um dia, quando estava examinando a reserva de espécimes grosseiramente organizadas nas prateleiras do depósito numa sala nos fundos do museu, meu olhar foi capturado por uma estranha imagem estampada num dos velhos papéis espalhados sob as pedras. Era o *Sydney Bulletin* que mencionei, pois meu amigo possuía amplas relações em todas as partes concebíveis do estrangeiro; e a imagem que trazia era um meio-tom de um hediondo ídolo de pedra quase idêntico àquele que Legrasse encontrara no pântano.

Livrando o papel imediatamente de seu precioso conteúdo, examinei a gravura em detalhes; e me desapontei ao descobrir que seu tamanho era moderado. O que sugeria, contudo, tinha uma portentosa importância para minha busca negligenciada; então eu cuidadosamente a arranquei, a fim de agir imediatamente. Li o que segue:

MISTERIOSO NAVIO À DERIVA ENCONTRADO NO MAR

O *Vigilant* atracou com um impotente iate armado neozelandês a reboque. Um sobrevivente e um morto foram encontrados a bordo. História de desesperada batalha e mortes no mar. Marinheiro resgatado se recusa a contar a estranha experiência. Estranho ídolo encontrado em sua posse. Investigação a seguir.

A fragata *Vigilant*, da Companhia Morrison, partindo de Valparaíso, aportou esta manhã em seu ancoradouro, no porto Darling, trazendo a reboque o combalido e danificado, mas pesadamente armado, iate a vapor *Alert*, de Dunedin, Nova Zelândia, que fora avistado em 12 de abril aos 34°21' de latitude sul e 152°17'de longitude oeste, com um sobrevivente e um morto a bordo.

O *Vigilant* partira de Valparaíso em 25 de março, e no dia 2 de abril foi consideravelmente desviado em direção ao sul por tempestades excepcionalmente pesadas e ondas monstruosas. Em 12 de abril os destroços foram avistados e, apesar de aparentemente abandonados, encontrou-se a bordo um sobrevivente semidelirante e um homem que estava morto, evidentemente, há mais de uma semana. O sobrevivente se agarrava a um horrível ídolo de pedra de origem desconhecida, com cerca de trinta centímetros de altura, sobre cuja natureza as autoridades da Universidade de Sydney, a Sociedade Real e o Museu da College Street professaram uma completa perplexidade, e o qual o sobrevivente diz ter encontrado na cabine da embarcação, em um pequeno altar entalhado de padrão comum.

Esse homem, após reaver os sentidos, contou uma história de pirataria e matança extravagantemente estranha. Ele é Gustaf Johansen, um norueguês de alguma inteligência, e fora segundo imediato do *Emma*, uma escuna de dois mastros de Auckland, que partiu para Callao em 20 de fevereiro com uma tripulação de onze homens. O *Emma*, relatou, estava atrasado e foi desviado bem ao sul de sua rota pela grande tempestade de 1º de março, e em 22 de março, aos 49°51' de latitude sul e 128°34' de longitude oeste, encontrou o *Alert*, tripulado por um estranho e diabólico grupo de canacas e meias castas. Tendo sido peremptoriamente ordenados a retornar, o capitão Collins se recusou; então a estranha tripulação começou a atirar selvagemente e sem aviso contra a escuna com uma bateria peculiarmente pesada de canhões de latão que faziam parte do equipamento do iate. Os homens do *Emma* marcaram combate, disse o sobrevivente, e embora a escuna tenha começado a afundar em virtude dos tiros recebidos abaixo da linha-d'água, eles conseguiram se içar lateralmente e subir a bordo, engalfinhando-se com a tripulação selvagem no convés e sendo forçados a matar todos eles, que, mesmo em número ligeiramente superior, foram derrotados em consequência de seu estilo de luta, particularmente abominável e desesperado, porém ainda assim desajeitado.

Três dos homens do *Emma*, incluindo o capitão Collins e o primeiro imediato Green, foram mortos; e os oito remanescentes sob o comando do imediato Johansen providenciaram a navegação do iate capturado, seguindo em sua direção original para verificar se houvera alguma razão para sua ordem de recuo. No dia seguinte, ao que parece, eles desembarcaram em uma pequena ilha, apesar de nenhuma ser conhecida nessa parte do oceano; e seis dos homens de alguma forma morreram na costa, embora Johansen tenha sido estranhamente reticente em relação a essa parte da história, relatando apenas que eles caíram em um abismo rochoso. Mais tarde, pelo visto, ele e outro companheiro carregaram o iate e tentaram manobrá-lo, mas foram abatidos pela tempestade de 2 de abril. Desse momento até seu resgate no dia 12, o homem pouco se recorda, e ele nem mesmo se lembra de quando William Briden, seu companheiro, morreu. A morte de Briden não revela causa aparente e foi devida provavelmente à excitação ou à exposição aos elementos. Avisos telegráficos de Dunedin dão conta de que o *Alert* era bem conhecido por operar na ilha e mantinha uma reputação ruim ao longo da costa. Era de propriedade de um curioso grupo de mestiços cujas reuniões frequentes e saídas noturnas na mata atraíam não pouca atenção; e o grupo saíra para navegar com grande pressa logo após a tempestade e os tremores de terra ocorridos no dia 1º de março. Nosso correspondente em Auckland conferiu uma excelente reputação ao *Emma* e à tripulação, e Johansen foi descrito como um homem sóbrio e valoroso. O almirantado instituirá um inquérito sobre toda a questão, que teria início amanhã, no qual todos os esforços serão feitos para induzir Johansen a falar mais livremente sobre os acontecimentos.

Isso foi tudo o que encontrei junto à gravura da imagem infernal; mas que trem de ideias ela disparou em minha mente! Aqui estavam novos dados preciosos a respeito do culto Cthulhu, uma evidência de que possuía estranhos interesses tanto em mar quanto em terra. Que motivo teria levado a equipe de mestiços a ordenar que o *Emma* recuasse enquanto eles navegavam com seu ídolo hediondo? O que era a ilha desconhecida na qual seis tripulantes do *Emma* morreram, e a respeito de que o imediato Johansen se mostrou tão sigiloso? O que teria revelado as investigações do vice-almirantado, e o que se sabe sobre o asqueroso culto em Dunedin? E a maior de todas as maravilhas: que profundo e sobrenatural elo de datas foi esse que conferiu um significado maligno, e agora de inegável importância, para os diversos eventos anotados tão cuidadosamente pelo meu tio?

No dia 1º de março — nosso 28 de fevereiro de acordo com a Linha Internacional de Data — vieram o terremoto e a tempestade. De Dunedin, o *Alert* e sua fétida tripulação partiram ansiosos como se imperiosamente invocados, e do outro lado da terra poetas e artistas começaram a sonhar com uma cidade úmida, estranha e ciclópica, enquanto um jovem escultor moldou em seu sono a forma do pavoroso Cthulhu. Em 23 de março a tripulação do *Emma* desembarca numa ilha desconhecida, deixando seis homens mortos; e nessa data os sonhos dos sensitivos se tornam altamente vívidos e enegrecidos pelo horror da maligna perseguição de um monstro gigante, enquanto um arquiteto enlouquece e um escultor de repente colapsa em delírio! E sobre essa tempestade do dia 2 de abril — a data na qual todos os sonhos sobre a cidade úmida cessaram, e Wilcox emergiu incólume das amarras da estranha febre? O que dizer de tudo isso — e de todas aquelas sugestões do velho Castro em relação aos Antigos nascidos nas estrelas e agora submersos, e seu reino vindouro, seu culto fiel *e seu controle sobre os sonhos*? Estaria eu tateando na beira de horrores cósmicos cujo enfrentamento está além da capacidade humana? Se sim, devem ser apenas horrores mentais, pois, de alguma forma, o dia 2 de abril pôs um fim a qualquer que tenha sido a monstruosa ameaça que iniciara seu cerco à alma da humanidade.

Aquela tarde, após passar um dia telegrafando e fazendo preparativos, dei adeus a meu anfitrião e peguei um trem para San Francisco. Em menos de um mês estava em Dunedin; onde, entretanto, descobri que pouco se sabia sobre os estranhos membros do culto que matavam o tempo nas antigas tabernas à beira-mar. A escória dos portos era comum demais para qualquer menção especial; ainda que tenha havido uma conversa vaga sobre uma viagem empreendida por esses mestiços em direção ao interior da região, durante a qual um tamborilar fraco e chamas vermelhas foram notadas nos morros distantes. Em Auckland descobri que Johansen voltara *com seus cabelos amarelos completamente brancos* após uma investigação perfunctória e inconclusiva em Sydney, e depois disso vendeu sua cabana na West Street e navegou com a esposa rumo ao seu antigo lar em Oslo. De sua intensa experiência, ele não contaria a seus amigos mais do que relatou aos oficiais do almirantado, e tudo o que eles puderam fazer foi me fornecer seu endereço em Oslo.

Então fui para Sydney e conversei proficuamente com marinheiros e membros da corte do vice-almirantado. Vi o *Alert*, agora vendido e em uso comercial, em Circular Quay, na baía de Sydney, mas nada obtive de sua massa indefinida. A imagem agachada com sua cabeça de lula, corpo de dragão, asas escamosas e aquele pedestal hieroglífico se encontrava preservada no museu de Hyde Park; e eu a estudei bem e longamente, vendo-a como um objeto de habilidade artesanal ameaçadoramente belo e percebendo o mesmo mistério absoluto, antiguidade terrível e estranheza extraterrena que eu notara no exemplar menor de Legrasse. Geólogos, disse-me o curador, afirmaram que a peça se tratava de um monstruoso quebra-cabeça; pois juraram que o mundo não possui nenhuma rocha como aquela. Então pensei, com um arrepio, no que o velho Castro contara a Legrasse sobre os Grandes primais: "Eles vieram das estrelas e trouxeram Suas imagens com Eles".

Sacudido por uma revolução mental que eu nunca houvera experimentado, resolvi visitar o imediato Johansen em Oslo. Partindo para Londres, reembarquei imediatamente para a capital norueguesa; e num dia de outono desembarquei nas calçadas à sombra do Egeberg. O endereço de Johansen, eu descobri, ficava na antiga cidade do rei Hardrada, que manteve vivo o nome de Oslo durante todos os séculos em que a grande cidade foi mascarada como "Christiana".[13] Fiz uma breve viagem de táxi e bati com coração palpitante na porta de um prédio asseado e antigo com uma fachada de estuque. Uma mulher vestida de preto e com expressão triste respondeu ao meu chamado e então fui ferroado pelo desapontamento quando ela me contou, num inglês hesitante, que Gustaf Johansen falecera.

Ele não havia sobrevivido ao seu retorno, disse a esposa, pois os acontecimentos no mar em 1925 acabaram com ele. Ele não lhe contara mais do que havia relatado ao público, mas deixara um longo manuscrito — de "questões técnicas", como ele dissera — escrito em inglês, evidentemente com a intenção de resguardá-la do perigo de uma leitura casual. Durante uma caminhada pela trilha estreita próxima à doca de Gotemburgo, um fardo de papéis que caiu de uma janela o derrubou. Dois marinheiros *lascares*[14] o ajudaram de pronto a ficar em pé, mas ele morreu antes que a ambulância pudesse alcançá-lo. Os médicos não encontraram nenhuma causa adequada para o seu fim, atribuindo-o a problemas cardíacos e a uma fraca constituição. Agora eu sentia mastigando em minhas entranhas o pavor que nunca mais me deixaria até que eu também viesse a falecer; "acidentalmente" ou não. Ao convencer a viúva de que minha conexão com as "questões técnicas" de seu marido era suficiente para me confiar seu manuscrito, tomei posse do documento e comecei a lê-lo no barco para Londres.

Era uma coisa simples, delirante — uma tentativa, por parte de um marinheiro ingênuo, de escrever um diário *post facto* —, um esforço

---

13 Na realidade, o nome da Oslo reconstruída em 1624 era Christiania. Lovecraft omitiu o último *i*. A cidade voltaria a se chamar Oslo apenas em 1925.
14 Termo antigo utilizado para se referir à parcela não armada da tripulação de um navio, ou estivadores.

para lembrar aquela última viagem horrenda dia a dia. Não posso tentar transcrevê-lo palavra por palavra em toda sua obscuridade e redundância, mas expressarei seu sentido geral para explicar por que o som da água batendo contra os lados da embarcação se tornou tão insuportável para mim que tapei meus ouvidos com algodão.

Johansen, graças a Deus, não sabia muito, apesar de ter visto a cidade e a coisa, mas eu nunca mais dormirei calmamente ao pensar nos horrores que espreitam incessantemente por trás da vida no tempo e no espaço, e naquelas blasfêmias ímpias de estrelas anciãs que sonham sob o mar, conhecidas e favorecidas por um culto pesadelar pronto e ansioso para libertá-las no mundo tão logo outro terremoto possa fazer emergir novamente, em direção ao sol e ao ar, sua monstruosa cidade de pedra.

A viagem de Johansen começou exatamente como ele contara ao vice-almirantado. O *Emma*, em lastro, deixou Auckland no dia 20 de fevereiro, sentindo a força total do maremoto que deve ter revirado no fundo do mar os horrores que preencheram os sonhos dos homens. Uma vez mais sob controle, o navio fazia bom progresso quando foi detido pelo *Alert* em 22 de março, e eu pude sentir o arrependimento do imediato enquanto ele escrevia a respeito do bombardeamento e do naufrágio. Dos hostis cultistas morenos do *Alert*, ele falava com significativo horror. Havia alguma qualidade peculiarmente abominável naqueles homens que fazia sua destruição parecer quase um dever, e Johansen demonstrou um ingênuo espanto em relação à acusação de crueldade lançada contra seus companheiros durante os processos do tribunal de inquérito. Então, seguindo adiante no iate capturado, movidos pela curiosidade e sob o comando de Johansen, os homens avistaram um grande pilar de pedra que despontava do mar e, aos 47°9' de latitude sul e 126°43' de longitude oeste, surgiu uma costa litorânea formada por uma mistura de lama, limo e ervas daninhas em uma cantaria ciclópica que não poderia ser nada menos do que a substância tangível do supremo terror da Terra — a pesadelar cidade-cadáver de R'lyeh, construída há imensuráveis éons no passado pelas formas enormes e horrendas que escorreram das estrelas negras.

Lá jaz o grande Cthulhu e suas hordas, escondido em catacumbas verdes e viscosas, finalmente enviando, após ciclos incalculáveis, os pensamentos que espalham medo nos sonhos dos sensitivos e convocam imperiosamente seus fiéis para uma peregrinação de libertação e restauração. Johansen não suspeitava de nada disso, mas Deus sabe que logo ele veria o bastante!

Suponho que apenas um único pico de montanha, o hediondo monólito que coroava a cidadela onde Cthulhu estava enterrado, realmente emergira das águas. Ao pensar na extensão de tudo o que pode estar cismando lá embaixo, quase desejo me matar. Johansen e seus homens estavam chocados pela majestade cósmica dessa Babilônia gotejante de demônios anciões, e devem ter inferido sem ajuda que sua natureza não pertencia a este ou a qualquer outro planeta são. Um choque diante das inacreditáveis dimensões dos blocos de pedra esverdeada, a altura estonteante do grande monólito entalhado e a estupefaciente semelhança entre as colossais estátuas e baixos-relevos e a estranha imagem encontrada no altar do *Alert* estavam pungentemente visíveis em cada linha daquela apavorante descrição fornecida pelo imediato.

Sem saber o que é o futurismo, Johansen chegou muito perto de defini-lo quando falou da cidade; pois, em vez de descrever qualquer estrutura definida ou construção, ele se deteve apenas em largas impressões de ângulos vastos e superfícies de pedra — superfícies grandes demais para pertencer a qualquer coisa própria desta terra, impiedosas com suas imagens horríveis e hieróglifos. Menciono sua fala sobre os ângulos, pois há aqui uma referência a algo que Wilcox me contou de seus horríveis sonhos. Ele dissera que a geometria do lugar onírico era anormal, não euclidiana, sugerindo dimensões horrendas e completamente apartadas das nossas. Agora um marinheiro iletrado sentia a mesma coisa enquanto mirava a terrível realidade.

Johansen e seus homens desembarcaram num banco de areia íngreme e escorregadio nessa monstruosa acrópole, e escalaram os blocos gosmentos e escorregadios que não poderiam compor nenhum tipo de escadaria mortal. O próprio sol nos céus parecia distorcido quando visto pelo miasma polarizador que emanava daquela perversão ensopada; uma ameaça retorcida e o suspense espreitavam lubricamente naqueles ângulos loucamente elusivos de cavernas rochosas, onde uma segunda olhada revelava concavidade logo após a primeira ter exibido convexidade.

Algo muito parecido com pavor recaiu sobre todos os exploradores antes que fosse encontrada qualquer coisa mais definida do que rocha, limo e ervas. Cada um deles teria fugido se não temessem o desprezo dos demais, e foi com pouca coragem que eles procuraram — em vão, como se provou — por algum suvenir que pudessem levar com eles.

Foi o português Rodriguez que escalou o monólito e gritou para informar o que havia encontrado. Os demais foram ao seu encontro e então fitaram curiosamente a imensa porta entalhada com o agora já familiar baixo-relevo da lula-dragão; e todos eles supunham ser uma porta em virtude de seu lintel ornamentado, soleira e batentes ao redor, embora não conseguissem decidir se era plana como uma porta de alçapão ou inclinada como uma porta de adega. Como dissera Wilcox, a geometria do lugar era toda errada. Não se podia ter certeza de que o mar e a terra eram horizontais, pois a posição relativa de tudo o mais parecia espectralmente variável.

Briden empurrou a pedra em vários pontos sem resultado. Então Donovan apalpou delicadamente as bordas, pressionando cada ponto separadamente. Ele escalou interminavelmente a grotesca pedra moldada — isto é, poderíamos considerar uma escalada se a coisa não fosse, enfim, horizontal —, e os homens se perguntavam agora como qualquer porta em todo o universo podia ser tão imensa. Então, muito suave e lentamente, o painel de pelo menos um acre começou a ceder no topo; e eles perceberam que a coisa estava apenas equilibrada ali.

Donovan escorregou ou, de alguma forma, se impulsionou para baixo ao longo do batente juntando-se novamente aos seus companheiros, e todos assistiram à estranha recessão do monstruoso portal entalhado. Nessa fantasia de distorção prismática, o portal se moveu anomalamente na diagonal, e então todas as regras da matéria e da perspectiva pareciam ter sido violadas.

A abertura era negra, tomada por uma escuridão quase material. Suas trevas eram uma qualidade verdadeiramente positiva;[15] pois obscureciam determinadas partes das paredes internas que teriam sido reveladas ascendendo, de fato, como fumaça de seu aprisionamento de éons, escurecendo visivelmente o sol enquanto escorregava para o céu enrugado e corcunda num agitado bater de asas membranosas. O odor que surgia dos abismos recém-abertos era intolerável, e enfim Hawkins, com seus ouvidos afiados, pensou ter ouvido um som nojento e baboso lá embaixo. Todos ouviram e todos ainda ouviam quando Ele deslizou pesadamente, colocando-se em seu campo de visão, e às apalpadelas espremia Sua verde imensidão gelatinosa através da negra porta para sair em direção ao maculado ar do exterior daquela peçonhenta cidade de loucura.

A caligrafia do pobre Johansen pareceu minguar enquanto ele escrevia isso. Dos seis homens que nunca alcançaram o navio, ele acreditava que dois haviam perecido de puro horror no instante amaldiçoado. A coisa não poderia ser descrita — não há linguagem para tais abismos de insanidade gritante e imemorial, tais contradições sobrenaturais de toda matéria, força e ordem cósmica. Uma montanha caminhando ou perambulando. Deus! Seria assim tão admirável que um grande arquiteto enlouquecesse do outro lado do mundo, e que o pobre Wilcox caísse em febre naquele instante telepático? A Coisa dos ídolos, a verde e pegajosa cria das estrelas, despertara para reclamar o que era Seu. As estrelas estavam novamente alinhadas, e o que um antigo culto falhara em realizar intencionalmente, um bando de marinheiros inocentes concretizara por acidente. Após vigesilhões de anos, o grande Cthulhu estava à solta novamente e delirava de prazer.

Três homens foram varridos por suas garras flácidas antes que qualquer um pudesse se virar. Que eles descansem com Deus, se houver algum descanso no universo. Foram Donovan, Guerrera e Ångstrom. Parker escorregou enquanto os outros três se lançavam freneticamente através de paisagens infinitas incrustadas de rochas verdes em

---

15   Referência ao conto "A Queda da Casa de Usher", de Edgar Allan Poe.

direção ao barco, e Johansen jura que ele fora engolido por um ângulo da cantaria que não deveria estar lá; um ângulo que era agudo, mas que se comportava como se obtuso fosse. Então apenas Briden e Johansen alcançaram o barco, saltando desesperadamente para o *Alert* enquanto a monstruosidade montanhosa tropeçava nas pedras viscosas e hesitava cambaleante na beira da água.

O vapor na caldeira não havia arrefecido completamente, embora toda a tripulação estivesse em terra; e o trabalho de uns breves momentos de febris subidas e descidas entre rodas e engrenagens bastou para colocar o *Alert* em curso. Lentamente, entre os horrores indizíveis daquela indescritível cena, a nave começou a agitar as águas letais; enquanto isso, sob a cantaria da margem daquele canal que não pertencia a este mundo, a Coisa titânica vinda das estrelas berrava e babava como Polifemo amaldiçoando o navio de Ulisses em fuga. Então, mais ousado que o Ciclope de que nos fala a história, o grande Cthulhu deslizou untuosamente para dentro d'água e deu início à perseguição com ataques que erguiam grandes ondas de potência cósmica. Briden olhou para trás e enlouqueceu, rindo convulsivamente e continuando a rir em intervalos até que a morte o encontrou numa noite na cabine enquanto Johansen vagava em delírio.

Mas Johansen ainda não desistira. Sabendo que a Coisa certamente poderia subjugar o *Alert* até que seus motores estivessem a todo vapor, ele apostou em uma possibilidade desesperada; e colocando os motores em velocidade máxima, correu feito um relâmpago para o convés e virou o timão. Houve um poderoso redemoinho e a salmoura pestilenta espumou, e enquanto o nível do vapor subia mais e mais o bravo norueguês conduziu sua embarcação contra a gelatina que o perseguia e que se erguia sobre a espuma imunda como a popa de um galeão demoníaco. A horrível cabeça de lula com apêndices retorcidos se aproximava do gurupés do robusto iate, mas Johansen seguia implacavelmente. Houve um estouro como o de uma bexiga explodindo, uma nojeira lamacenta como a de um peixe-lua aberto ao meio, um fedor como o de mil covas abertas e um som que cronista algum se atreveria a colocar no papel. Por um instante o navio foi engolfado por uma nuvem verde, acre e ofuscante, e então houve apenas um peçonhento fervilhar a estibordo; onde — Deus do céu! — a plasticidade esparramada da inominável cria dos céus estava se *recombinando* nebulosamente em sua odiosa forma original, enquanto o *Alert* se distanciava mais a cada segundo, ganhando o ímpeto de seu vapor.

E foi tudo. Depois disso Johansen se preocupou apenas com o ídolo na cabine e em prover alimento para si e para o risonho maníaco ao seu lado. Ele não tentou navegar após a primeira luta ousada, pois a reação retirara algo de sua alma. Então sobreveio a tempestade de 2 de abril, e um aglomerar de nuvens sobre sua consciência. Uma sensação de um retorcer espectral através de golfos líquidos de infinitude, de cavalgadas estonteantes por universos espiralados na calda de um cometa e saltos histéricos do poço até a lua e da lua de volta para o poço, tudo vivenciado pelo risonho coro dos distorcidos e hilários deuses anciões e pelos jocosos diabretes verdes com asas de morcego do Tártaro.

Fora desse sonho veio o resgate — o *Vigilant*, o tribunal do vice-almirantado, as ruas de Dunedin e a longa viagem de volta ao lar, na velha casa próxima ao Egeberg. Ele não podia contar nada — pensariam que estava louco. Ele escreveria o que sabia antes que a morte chegasse, mas sua esposa não poderia descobrir. A morte seria uma dádiva apenas se pudesse apagar as memórias.

Foi esse o documento que li, e agora ele está guardado na pequena caixa ao lado do baixo-relevo e dos papéis do professor Angell. Com isso, devo terminar este meu registro — este teste de minha própria sanidade, onde se reuniu o que eu espero que nunca mais seja reunido. Olhei para tudo o que o universo contém de horror, e depois disso até mesmo os céus primaveris e as flores do verão serão, para sempre, um veneno para mim. Mas não acredito que minha vida será longa. Como meu tio se fora, como se fora o pobre Johansen, assim eu devo ir. Sei demais, e o culto ainda vive.

Cthulhu também vive ainda, suponho, tendo retornado àquele abismo de pedra que o protege desde que o sol era jovem. Sua cidade amaldiçoada está afundada mais uma vez, pois o *Vigilant* navegou sobre o local após a tempestade de abril; mas seus asseclas em terra ainda se abaixam e se curvam e contornam monólitos encimados por ídolos em lugares solitários. Ele deve ter sido preso ao afundar em seu abismo negro, pois de outro modo o mundo estaria agora gritando de pavor e frenesi. Quem conhece o fim? O que se ergueu pode afundar, e o que afundou pode se erguer. O horror espreita e sonha nas profundezas, e a decadência se espalha sobre as vacilantes cidades dos homens. Chegará um momento — mas eu não devo, não posso pensar! Deixe-me rezar para que, se eu não sobreviver a esse manuscrito, meus executores possam colocar a cautela antes da audácia e garantir que ele nunca encontre outros olhos.

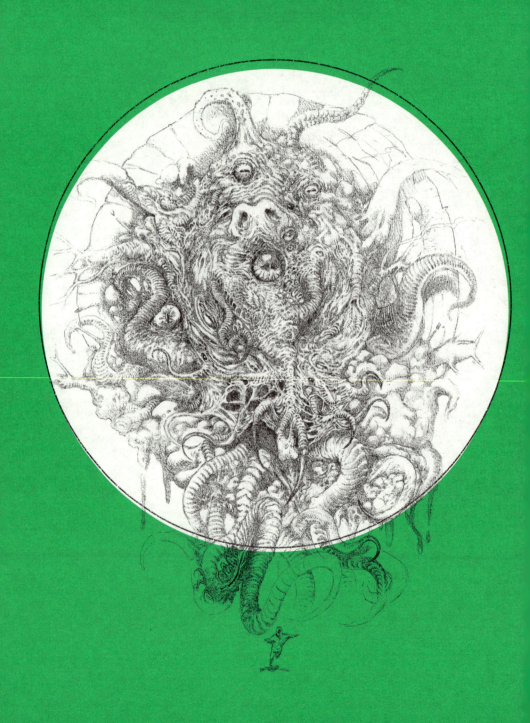

Nas Montanhas da Loucura

H.P. Lovecraft • 1936 — Astounding Stories

I

Sou forçado a falar porque homens da ciência se recusam a seguir meu conselho sem saber o motivo.[1] É completamente a contragosto que exponho as razões pelas quais me oponho a essa contemplada invasão da Antártida — com sua vasta caça a fósseis e sua já anunciada promessa de escavar e derreter a ancestral calota de gelo — e estou ainda mais relutante porque meu aviso poderá ser em vão.

Duvidar dos fatos, tais como devo revelá-los, é inevitável; uma vez que, caso eu omita o que possa parecer extravagante e incrível, nada restará. As fotografias previamente anexadas, tanto comuns quanto aéreas, contarão a meu favor; pois elas são odiosamente vívidas e claras.

---

[1] Publicado em três partes na *Astounding Stories*; a primeira parte na *AS* 16, n. 6, em 1936, a segunda na *AS* 17, n. 1, em 1936, e *AS* 17, n. 2, no mesmo ano.

Ainda assim, serão questionadas em virtude do grande requinte que as astutas falsificações têm alcançado. Os desenhos à tinta, obviamente, serão escarnecidos como óbvias imposturas; não obstante sua estranheza técnica que os especialistas em arte deveriam destacar e estudar.

Ao final, devo contar com o juízo e o reconhecimento dos poucos líderes científicos que tenham, por um lado, suficiente independência de pensamento para pesar meus dados em seus próprios méritos monstruosamente convincentes ou à luz de certos círculos míticos primordiais e altamente desconcertantes; e que, por outro lado, disponham de influência suficiente para deter qualquer programa imprudente e exageradamente ambicioso na região dessas montanhas da loucura. É um infortúnio que homens relativamente obscuros como meus associados e eu, ligados apenas a uma pequena universidade, tenham pouca chance de impressionar quando matérias de natureza selvagemente bizarra ou altamente controversa estão envolvidas.

Pesa contra nós não sermos, em sentido estrito, especialistas nas áreas em que terminamos envolvidos. Como geólogo, meu objetivo ao liderar a expedição da Universidade Miskatonic era obter espécimes de rocha de níveis profundos em várias partes do continente antártico, auxiliado pela notável broca projetada pelo professor Frank H. Pabodie de nosso departamento de engenharia. Eu não desejava me tornar um pioneiro em nenhuma outra área além dessa; mas tinha a esperança de que o uso desse novo aparato mecânico em diferentes pontos ao longo de caminhos previamente explorados poderia trazer à luz materiais de um tipo até então inalcançados pelos métodos tradicionais de coleta. O aparato perfurador de Pabodie, como o público já conhece por meio de nossos relatórios, era único e radical em sua leveza, portabilidade e capacidade em combinar o princípio da perfuração artesiana com o princípio da pequena perfuração circular de rochas de maneira a lidar rapidamente com camadas de dureza variada. Ponta de aço, hastes articuladas, motor a gasolina, torre de madeira dobrável, parafernália para dinamitação, acordoamento, sonda para remoção de detritos e uma tubulação seccional com furos de doze centímetros de diâmetro para perfurações de até trezentos metros constituíam, com os acessórios necessários, um peso não muito superior ao que sete trenós com cães seriam capazes de carregar; sendo tudo isso possível em virtude da brilhante liga de alumínio com a qual a maior parte dos dispositivos foi confeccionada. Quatro grandes aviões Dornier,[2] desenvolvidos especialmente para as tremendas altitudes de voo necessárias no platô antártico com suprimento de combustível adicional e equipamentos de rápida ignição criados por Pabodie, poderiam transportar nossa expedição inteira de uma base nos limites da grande barreira de gelo até vários pontos internos adequados, e a partir daí uma cota suficiente de cães nos bastaria.

Planejávamos cobrir uma área tão grande — ou até maior, se fosse absolutamente necessário — quanto possível em uma estação antártica, operando basicamente nas encostas das montanhas e no platô sul do mar de Ross; regiões exploradas em diversos graus por Shackleton, Amundsen, Scott e Byrd. Com mudanças frequentes de acampamento, realizadas de avião e envolvendo distâncias grandes o bastante para alguma significação geológica, pretendíamos escavar uma quantidade sem precedentes de material, especialmente do estrato pré-cambriano do qual uma quantidade tão pequena de amostras fora conseguida anteriormente. Também desejávamos uma ampla variedade de rochas fossilizadas, pois os primórdios da história da vida nesse reino desolado de gelo e morte são de extrema importância para nosso conhecimento do passado da Terra. Que o continente antártico era, nesse tempo, temperado e até mesmo tropical, com uma vegetação exuberante e vida animal dos quais líquenes, fauna marinha, aracnídea e pinguins do extremo norte são os únicos sobreviventes, é um dado comum; e esperávamos expandir esses dados em variedade, precisão e detalhes. Quando um simples buraco revelasse sinais de fósseis, nós aumentaríamos seu diâmetro com uma série de explosões para alcançar espécimes nos tamanhos e condições adequados.

Nossas perfurações, que variavam de profundidade de acordo com as características da camada superior de solo ou rocha, estavam limitadas a superfícies de terra expostas ou parcialmente expostas — sendo

---

2   Famosa fábrica alemã de aeronaves fundada por Claudius Dornier em 1914.

estas invariavelmente encostas e elevações por conta da espessura de um e meio a três quilômetros de gelo sólido que recobria os níveis inferiores. Não podíamos correr o risco de perfurar algum amontoado considerável de mera glaciação, embora Pabodie tenha desenvolvido um plano de penetrar eletrodos de cobre em espessos aglomerados perfurados, derretendo áreas limitadas de gelo com a corrente gerada por um dínamo movido a gasolina. Esse é o plano — que não pudemos colocar em prática exceto experimentalmente em uma exploração como a nossa — que a futura expedição Starkweather-Moore propõe seguir, apesar dos avisos que dei desde nosso retorno da Antártida.

O público tomou conhecimento da expedição Miskatonic através de nossos frequentes relatórios emitidos via rádio para o *Arkham Advertiser* e para a Associated Press, além de recentes artigos meus e de Pabodie. Consistíamos de quatro homens da universidade — Pabodie, Lake, do departamento de biologia, Atwood, do departamento de física (também um meteorologista), e eu, representando a geologia e com o comando nominal — além de dezesseis assistentes; sete graduados da Miskatonic e nove mecânicos habilidosos. Desses dezesseis, doze eram qualificados pilotos de avião, sendo apenas dois competentes operadores de rádio. Oito eram capazes de navegar com bússola e sextante, como Pabodie, Atwood e eu. Além disso, claro, nossos dois navios — antigos baleeiros de madeira, reforçados para enfrentar as condições gélidas e com um motor a vapor extra — estavam completamente tripulados. A fundação Nathaniel Derby Pickman,[3] auxiliada por algumas contribuições especiais, financiara a expedição; assim, nossos preparativos estavam extremamente completos apesar da ausência de larga publicidade. Os cães, trenós, máquinas, material de acampamento e as partes não montadas de nossos cinco aviões foram entregues em Boston, e lá nossos navios foram carregados. Estávamos maravilhosamente bem equipados para nossos propósitos específicos, e em todas as matérias relacionadas a suprimentos, regimes, transportes e construção

---

3   Derby é um nome que aparece em algumas histórias de Lovecraft, principalmente em "A Coisa na Soleira da Porta"; o mesmo ocorre com Pickman, do conto "O Modelo de Pickman".

de acampamento seguíamos o excelente exemplo de muitos dos nossos recentes e excepcionalmente brilhantes predecessores. Foi o número incomum e a fama desses predecessores que fez nossa própria expedição — ampla como era — ser tão pouco notada pelo mundo.

Conforme relataram os jornais, partimos do porto de Boston em 2 de setembro de 1930; tomamos um curso calmo pela costa e através do canal do Panamá, parando em Samoa e Hobart, na Tasmânia, onde nos abastecemos com os últimos suprimentos necessários. Nenhum de nossos companheiros de exploração estivera nas regiões polares antes, assim nos apoiávamos muito nos capitães dos nossos navios — J.B. Douglas, comandando o brigue *Arkham* e servindo como comandante da frota, e Georg Thorfinnssen no comando da barcaça *Miskatonic* — ambos baleeiros veteranos das águas antárticas. Enquanto deixávamos o mundo habitado, o sol, logo atrás, se abaixava cada vez mais ao norte, e pousava mais e mais sobre o horizonte a cada dia. Aproximadamente a 62° de latitude sul presenciamos nossos primeiros icebergs — objetos tabulares com flancos verticais — e logo antes de atingir o Círculo Antártico, que cruzamos no dia 20 de outubro com as devidas cerimônias, estávamos em sérios problemas no campo de gelo. A temperatura em queda incomodou-me consideravelmente após nossa longa viagem através dos trópicos, mas tentei me preparar para os maiores rigores que se avizinhavam. Em várias ocasiões, os curiosos efeitos atmosféricos me encantaram vastamente; incluindo uma miragem contundentemente vívida — a primeira que vi —, na qual distantes icebergs se tornaram ameias de inimagináveis castelos cósmicos.

Passando pelo gelo, que, afortunadamente, não era nem extenso nem espesso demais, retomamos o mar aberto aos 67° de latitude sul e 175° de longitude leste. Na manhã de 26 de outubro, um forte indício de terra veio do sul, e antes do meio-dia todos nós sentimos a emoção de avistar uma vasta, alta e nevada cadeia de montanhas que se abria e preenchia toda a paisagem à frente. Finalmente havíamos encontrado um posto avançado do grande continente desconhecido e seu críptico mundo de morte congelante. Tais picos eram, obviamente, a baía do Almirantado, descoberta por Ross, e seria agora nossa tarefa rodear o cabo Adare e navegar pela costa leste da Terra da Vitória até a nossa planejada base às margens do estreito de McMurdo, aos pés do vulcão Érebo, aos 77°9' de latitude sul.

A última parte da viagem foi vívida e impressionante, grandes barreiras de picos misteriosos bruxuleando constantemente a oeste enquanto o baixo sol do meio-dia boreal, ou o austral sol da meia-noite ainda mais baixo, roçando o horizonte, espalhava seus tênues raios rubros sobre a alva neve, sobre o gelo azulado e as faixas de água e os pontos negros da encosta de granito exposto. Pelos cumes sopravam rangentes baforadas intermitentes do terrível vento antártico; cujas cadências vez por outra continham vagas sugestões de um selvagem e semissenciente assovio musical, com notas de vasto alcance, e que, por alguma mnemônica razão subconsciente, pareceram para mim inquietantes e mesmo obscuramente terríveis. Algo na cena me fazia lembrar das estranhas e perturbadoras pinturas asiáticas de Nikolai Rerikh,[4] e as ainda mais estranhas e mais perturbadoras descrições do afamado platô de Leng, que aparece no horripilante *Necronomicon* do árabe louco, Abdul Alhazred. Lamento, já um tanto tarde, ter vislumbrado o conteúdo desse livro monstruoso na biblioteca da universidade.

No dia 7 de novembro, com a vista da extensão oeste temporariamente perdida, passamos pela Ilha Franklin; e o dia seguinte desvelou os cones dos montes Érebo e Terror na ilha de Ross, bem à frente, com a longa linha das montanhas Parry mais além. Lá se esticava, em direção ao leste, a baixa linha branca da barreira de gelo, erguendo-se perpendicularmente a uma altura de sessenta metros, como os cumes rochosos de Quebec, e marcando o fim da navegação pelo sul. À tarde adentramos o estreito de McMurdo e permanecemos longe da costa, alinhados ao fumegante monte Érebo. O escoriáceo pico se erguia a uns quatro quilômetros contra o céu oriental, como uma pintura japonesa do sagrado Fujiyama; ao mesmo tempo que, mais adiante, surgia o fantasmagórico e alvo cimo do monte Terror, com três quilômetros de altura, agora um vulcão extinto.

---

4   Nikolai Rerikh (1874-1947), escritor e artista plástico russo, cujas pinturas eram muito admiradas por Lovecraft. Manipulando a perspectiva e a iluminação dos quadros, Rerikh criava imagens realistas que evocavam estranheza e surrealismo.

Lufadas de fumaça vinham intermitentes do Érebo, e um dos assistentes graduados — um jovem e brilhante camarada chamado Danforth — apontou para o que parecia ser lava na encosta nevada; então observou que essa montanha, descoberta em 1840, seria, sem dúvida, a fonte imagética de Poe quando, sete anos depois, ele escreveu:

> — *as lavas que inquietas rolam*
> *Suas sulfurosas correntes pelo Yaanek*
> *Nos climas extremos do polo —*
> *Que rugem enquanto descem pelo monte Yaanek*
> *Nos domínios do boreal polo.*

Danforth era um grande leitor de material bizarro e falara bastante de Poe. Eu mesmo me interessei em virtude da cena antártica retratada na única história longa de Poe — a perturbadora e enigmática *Narrativa de Arthur Gordon Pym*.[5] Na costa estéril, e na elevada barreira de gelo ao fundo, miríades de grotescos pinguins grasnavam e batiam as aletas; enquanto várias focas gordas podiam ser vistas na água, nadando e se esparramando sobre os largos montões de gelo que lentamente vagavam.

Em pequenos barcos, efetuamos um desembarque difícil na ilha de Ross logo após a meia-noite, na madrugada do dia 9, trazendo um cabo de cada um dos navios e nos preparando para descarregar os suprimentos através de um arranjo de boias-calção. Nossas sensações ao dar o primeiro passo no solo antártico foram pungentes e complexas, ainda que, nesse ponto em especial, as expedições Scott e Shackleton tenham nos precedido. Nosso acampamento na margem congelada da encosta do vulcão era apenas provisório; mantivemos o quartel-general a bordo do *Arkham*. Desembarcamos todo nosso equipamento de perfuração, os cães, trenós, barracas, provisões, tanques de gasolina, o protótipo para derreter gelo, câmeras terrestres e aéreas, as partes dos aviões e outros acessórios, incluindo três pequenos dispositivos de comunicação sem fio (além dos que estavam nos aviões), capazes de manter comunicação com

---

5 Único romance escrito por Edgar Allan Poe, publicado em 1838. Lovecraft empresta de Poe alguns elementos para sua história, como a presença dos estranhos pinguins gigantes.

o dispositivo maior localizado no *Arkham* a partir de qualquer parte do continente antártico que quiséssemos visitar. O rádio do navio, em comunicação com o mundo exterior, era utilizado para enviar relatórios de imprensa para a poderosa estação de rádio do *Arkham Advertiser* em Kingsport Head, Massachusetts. Esperávamos completar nosso trabalho durante um único verão antártico, mas caso isso se mostrasse impossível, invernaríamos no *Arkham*, enviando o *Miskatonic* para o norte antes da glaciação a fim de buscar suprimentos para mais um verão.

Não preciso repetir o que os jornais já publicaram sobre nosso trabalho inicial: nossa subida ao monte Érebo; nossas bem-sucedidas escavações em vários pontos da ilha de Ross e a velocidade ímpar com que os equipamentos de Pabodie as realizaram, mesmo perfurando camadas de rocha sólida; nosso teste provisório do pequeno equipamento de derreter gelo; nossa perigosa escalada na grande barreira com trenós e suprimentos; e nossa montagem final dos cinco grandes aviões no acampamento no cimo da barreira. A saúde de nosso grupo em terra — vinte homens e cinquenta e cinco cães Alasca que puxavam os trenós — era notável, apesar de não termos, é claro, encontrado temperaturas ou tempestades de vento realmente destrutivas até ali. Na maior parte do tempo, o termômetro variava entre –18° e –7° ou –4° graus, e nossa experiência com os invernos da Nova Inglaterra nos acostumara a rigores em tal monta. O acampamento na barreira era semipermanente, sendo destinado à estocagem de gasolina, provisões, dinamite e outros suprimentos.

Apenas quatro de nossos aviões eram necessários para carregar o material realmente destinado à exploração, e o quinto, tripulado por um piloto e dois homens dos navios, era mantido como um depósito temporário que nos resgataria a partir do *Arkham* caso todos os aviões exploratórios se perdessem. Depois, quando não estivéssemos usando todos os demais aviões para transporte de equipamentos, empregaríamos um ou dois num serviço de transporte de idas e vindas entre esse depósito e a outra base permanente no grande platô a mil ou mil e cem quilômetros ao sul, além da geleira Beardmore. Apesar dos informes quase unânimes sobre os pavorosos ventos e tempestades que desciam do platô, decidimos abrir mão de bases intermediárias, arriscando-nos em prol da economia e de uma provável eficiência.

Boletins via rádio relataram o emocionante voo de quatro horas ininterruptas de nosso esquadrão, no dia 21 de novembro, sobre a impressionante plataforma de gelo, com vastos picos se erguendo a oeste e os silêncios insondáveis ecoando o som de nossos motores. O vento nos incomodou apenas moderadamente, e nossas radiobússolas nos auxiliaram a atravessar uma neblina opaca que encontramos. Quando a vasta elevação se assomou à frente, entre os 83° e os 84° de latitude, soubemos que havíamos alcançado a geleira Beardmore, o maior vale glacial do mundo, e que o mar congelado estava agora dando lugar a um hostil e montanhoso litoral. Finalmente adentrávamos o branco de fato, um mundo do extremo sul aniquilado por éons, e enquanto percebíamos isso avistamos o pico do Nansen no oriente distante, erguendo-se à sua altura de quase cinco quilômetros.

O estabelecimento bem-sucedido da base sul sobre a geleira aos 86°7' de latitude e 174°23' de longitude leste, além das escavações e explosões fenomenalmente rápidas feitas em vários pontos alcançados pelas nossas viagens de trenó e curtos voos de avião, foram históricos; assim como a árdua e triunfante subida do Nansen por Pabodie e dois dos estudantes graduados — Gedney e Carroll — entre 13 e 15 de dezembro. Estávamos a uns três quilômetros acima do nível do mar, e quando perfurações experimentais revelaram, em certos pontos, terreno sólido apenas a cerca de quatro metros abaixo da neve e do gelo, fizemos um uso considerável do pequeno equipamento de derreter, introduzimos sondas e dinamitamos em muitos lugares onde nenhum explorador antes de nós nem mesmo pensara em coletar espécimes minerais. Os granitos pré-cambrianos e os arenitos Beacon assim obtidos confirmaram nossa crença de que esse platô era homogêneo em relação à enorme massa do continente ao oeste mas, de certa forma, diferente das partes ao leste abaixo da América do Sul — que até então acreditávamos formar um continente menor e separado, apartado do maior por uma junção congelada dos mares de Ross e Weddell, embora Byrd já tivesse desmentido essa hipótese.

Em certos arenitos, dinamitados e cinzelados depois que a perfuração nos revelou sua natureza, encontramos marcas de fóssil e fragmentos altamente interessantes — notáveis samambaias, algas marinhas, trilobitas, crinoides e alguns moluscos como lingulídeos e gastrópodes — e todos pareciam ter uma real significância em relação à história primordial da região. Havia também uma estranha formação triangular estriada, com cerca de trinta centímetros ou mais de diâmetro, a qual Lake montou a partir de três fragmentos de ardósia coletados de uma abertura criada por uma explosão em grande profundidade. Tais fragmentos vieram de algum ponto a oeste, próximo à cordilheira da Rainha Alexandra; e Lake, como biólogo, teria percebido em suas curiosas marcas algo singularmente enigmático e instigante, embora meu olhar geológico enxergasse nada mais que efeitos de onda razoavelmente comuns em rochas sedimentárias. Uma vez que a ardósia nada mais é do que uma formação metamórfica na qual um estrato sedimentário é prensado, e já que a própria pressão produz efeitos estranhamente distorcidos em quaisquer marcas que possam existir, não vi razão para esse encantamento extremo diante da depressão estriada.

Em 6 de janeiro de 1931, Lake, Pabodie, Danforth, os seis estudantes, quatro mecânicos e eu voamos diretamente sobre o Polo Sul em dois grandes aviões, sendo forçados a pousar uma vez por um repentino vento alto que, por sorte, não se transformou em uma típica tempestade. Esse foi, conforme relataram os jornais, um dos vários voos de observação; com eles tentamos discernir novas formas topográficas em áreas jamais alcançadas por outros exploradores. Nossos primeiros voos foram desapontadores a esse respeito; contudo, nos garantiram alguns exemplos magníficos das miragens ricamente fantásticas e ilusórias das regiões polares, das quais nossa viagem por mar havia fornecido algumas pequenas amostras. Montanhas distantes flutuavam no céu como cidades encantadas, e frequentemente o mundo branco em sua inteireza se dissolvia em ouro, prata e terra escarlate de dunsanianos sonhos e venturosa expectativa sob a magia do baixo sol da meia-noite. Nos dias nublados, enfrentávamos problemas consideráveis durante os voos, pois a terra nevada tendia a se mesclar ao céu em um único e místico vazio opalescente sem horizonte visível que demarcasse a junção entre ambos.

Ao final, resolvemos seguir com nosso plano original de voar oitocentos quilômetros ao leste com nossos quatro aviões exploratórios e então estabelecer uma nova sub-base em um ponto que, como erroneamente pensávamos, provavelmente estaria localizado na menor divisão do continente. Espécimes geológicos obtidos ali seriam bem-vindos para fins de comparação. Até então nossa saúde permanecera excelente; suco de limão compensava a dieta constante de comida salgada e enlatados, e as temperaturas frequentemente acima de −18° nos permitiam dispensar nossos casacos de pele mais robustos. Estávamos no meio do verão, e com alguma pressa e cuidado poderíamos concluir nosso trabalho em março, evitando um tedioso inverno através da longa noite antártica. Vindas do oeste, sucessivas tempestades de ventos selvagens caíram sobre nós, mas evitamos maiores danos graças à habilidade de Atwood na elaboração de rústicos abrigos de aviões e quebra-ventos e no reforço das instalações do acampamento principal com pesados blocos de neve. Nossa boa sorte e eficiência tinham sido, de fato, quase incríveis.

O mundo exterior sabia, é claro, de nossa programação, e fora informado também da estranha e obstinada insistência de Lake, o qual afirmava que deveríamos seguir para o oeste — ou melhor, noroeste — antes de nossa mudança radical para a nova base. Aparentemente, ele ponderara um bocado, e com uma ousadia radicalmente alarmante, a respeito das marcas triangulares estriadas na ardósia; ele leu nessas marcas certas contradições da Natureza e do período geológico que aguçaram sua curiosidade ao máximo e o deixaram ávido por perfurar mais fundo e realizar mais explosões na formação ocidental à qual os fragmentos exumados evidentemente pertenciam. Ele estava estranhamente convencido de que as marcas eram as impressões de algum organismo bulboso, desconhecido e radicalmente inclassificável, de considerável avanço evolutivo, não obstante a vasta antiguidade da rocha em que estava enterrado — cambriana, se não pré-cambriana —, o que tornaria impossível a existência de qualquer vida altamente evoluída, bem como de qualquer vida acima dos estágios unicelulares ou, no máximo, trilobitas. Esses fragmentos, com suas estranhas marcas, deviam ter entre quinhentos milhões ou um bilhão de anos.

II

O imaginário popular, julgo eu, respondeu ativamente aos nossos boletins via rádio relatando a partida de Lake para o noroeste, em direção a regiões nunca antes tocadas por pés humanos ou mesmo penetradas por nossa imaginação; ainda que não tenhamos mencionado suas loucas esperanças de revolucionar por completo as ciências da biologia e da geologia. Sua primeira viagem de trenó e sua perfuração preliminar, realizadas entre 11 e 18 de janeiro com Pabodie e outros cinco — dificultadas pela perda de dois cães em um incidente enquanto cruzavam uma das cumeeiras de gelo —, revelaram mais e mais da arqueana ardósia; e mesmo eu estava interessado na profusão singular das evidentes marcas fósseis daquele estrato incrivelmente antigo. Tais marcas, contudo, eram de formas de vida muito primitivas, que não envolviam grandes paradoxos, exceto pelo fato de que nenhuma forma de vida deveria ocorrer em rochas pré-cambrianas, como essas definitivamente eram; assim, eu ainda era incapaz de enxergar bom senso na demanda de Lake por um intervalo em nosso cronograma já apertado — um intervalo que exigiria o uso de nossos quatro aviões, muitos homens e de todo o aparato mecânico da expedição. Não vetei o plano no fim das contas; mas decidi não acompanhar o grupo do noroeste, embora Lake solicitasse meu aconselhamento geológico. Enquanto eles partiam, eu permaneceria na base com Pabodie e outros cinco homens e trabalharíamos na finalização dos planos destinados à porção leste. Durante os preparativos para a transferência, um dos aviões iniciara o transporte de um bom suprimento de gasolina para o estreito de McMurdo; mas isso, por enquanto, poderia esperar.

Mantive comigo um trenó e nove cães, já que seria pouco inteligente ficar, mesmo que temporariamente, sem transporte disponível em um mundo totalmente desabitado, onde apenas a morte persiste através da passagem dos éons.

A subexpedição de Lake ao desconhecido, como todos poderão lembrar, nos enviava seus próprios informes através dos transmissores de ondas curtas dos aviões; estas, por sua vez, eram captadas simultaneamente por nossos aparelhos de comunicação na base sul e pelo *Arkham*, no estreito de McMurdo, de onde eram enviadas para o resto do mundo por longas ondas de mais de cinquenta metros. A partida se deu no dia 22 de janeiro às quatro horas da madrugada; e a primeira mensagem de rádio foi recebida somente duas horas depois, quando Lake relatou sua descida e o início de uma perfuração e derretimento de gelo em pequena escala num ponto a mais de quinhentos quilômetros de distância. Seis horas depois, recebemos uma mensagem eufórica nos informando a respeito do trabalho de escavação frenético que permitiu a abertura de um poço raso posteriormente dinamitado, culminando na descoberta de fragmentos de ardósia com várias marcas semelhantes àquelas que despertaram nossa curiosidade.

Três horas depois, um breve boletim anunciou a retomada do voo nos dentes de um vendaval rude e lancinante; e quando enviei uma mensagem aconselhando que evitassem riscos futuros, Lake respondeu rispidamente que seus novos espécimes faziam qualquer risco valer a pena. Percebi então que sua excitação atingira o ponto do motim e que eu não poderia fazer nada para impedir que essa intemperança colocasse em risco toda a expedição; mas era apavorante imaginá-lo penetrando cada vez mais fundo naquela traiçoeira e sinistra imensidão branca de tempestades e insondáveis mistérios que se estendia por mais de dois mil quilômetros até a pouco conhecida costa litorânea da Terra da Rainha Mary e das Terras de Knox.

Então, cerca de uma hora e meia depois, recebemos aquela mensagem duplamente eufórica do avião de Lake em pleno voo, que quase subverteu meus sentimentos e me fez desejar ter acompanhado a expedição:

22h05. Em voo. Após a nevasca, vislumbrei uma cordilheira à frente, mais alta que qualquer uma já vista antes. Pode ser idêntica ao Himalaia, considerando a altura do platô. Latitude provável 76°15' e longitude 113°10' leste. Alcança tanto a esquerda quanto a direita até onde posso ver. Suspeita de dois vulcões. Todos os picos são negros e carregados de neve. Os ventos que sopram deles impedem a navegação.

Depois disso, Pabodie, os homens e eu nos dependuramos sem fôlego no receptor. Pensar naquele titânico baluarte montanhoso a mais de mil quilômetros de distância inflamou nosso mais profundo senso de aventura; e comemoramos nossa expedição, ainda que não fôssemos, pessoalmente, seus descobridores. Em meia hora, Lake nos chamou novamente.

O avião de Moulton fez um pouso forçado no sopé do platô, mas ninguém se feriu e talvez seja possível reparar a máquina. Devemos transferir o que for essencial para os outros três aviões para nossa volta ou futuras ações, caso sejam necessárias, mas não precisamos de nenhuma viagem pesada de avião por enquanto. As montanhas ultrapassam qualquer coisa imaginável. Farei um voo de reconhecimento no avião de Carroll, que está descarregado.

Vocês não podem imaginar nada igual. Os picos mais altos devem ultrapassar os dez mil metros. O Everest está fora do páreo. Atwood está trabalhando nas dimensões dos teodolitos enquanto Carroll e eu subimos. Houve um provável equívoco em relação aos cumes, pois as formações parecem estratificadas. Possível ardósia pré-cambriana misturada a outro tipo de estrato. Estranhos efeitos na linha do horizonte — seções regulares de cubos junto aos picos mais altos. A coisa toda é maravilhosa sob a luz vermelho-dourada do pôr do sol. Como uma terra de mistérios num sonho ou uma rota de fuga para um mundo proibido de maravilhas inexploradas. Gostaria que estivessem aqui para estudar isso.

Apesar de tecnicamente ser hora de dormir, nenhum de nós que ouvíamos a mensagem pensamos em nos retirar. Provavelmente ocorrera o mesmo no estreito de McMurdo, onde o depósito de suprimentos e o *Arkham* também recebiam as mensagens; o capitão Douglas entrou em contato parabenizando a todos pela importante descoberta, e Sherman, o operador do depósito, fez coro aos seus sentimentos. Lamentamos, é claro, o avião danificado; mas acreditávamos que ele poderia ser facilmente reparado. Então, às onze da noite, recebemos outra chamada de Lake.

Carroll e eu estamos escalando as encostas mais altas. Não ouso tentar os picos realmente altos nas condições atuais de tempo, mais tarde talvez. Escalar é um trabalho terrível, muito difícil nessas altitudes, mas vale a pena. A cordilheira grande é bem sólida, assim não temos nenhum vislumbre do que possa existir além. Os cumes principais superam o Himalaia e são muito estranhos. A cordilheira parece ser de ardósia pré-cambriana, com sinais rasos de muitos outros estratos sublevados. Eu estava errado sobre o vulcanismo. Estende-se mais longe, em qualquer direção visível. A neve dá uma trégua em torno dos seis quilômetros.

Estranhas formações nas encostas das montanhas mais altas. Grandes blocos quadrados e baixos com laterais perfeitamente verticais, e linhas retangulares de baixos parapeitos verticais, como antigos castelos asiáticos junto às montanhas íngremes nas pinturas de Rerikh. São impressionantes à distância. Voamos bem perto de algumas, e Carroll pensou que eram formadas de pedaços menores separados, mas provavelmente foi uma impressão causada pelo tempo ruim. Muitas bordas são desbarrancadas e arredondadas, aparentemente expostas à tempestades e mudanças climáticas por milhões de anos.

Algumas partes, especialmente as superiores, parecem ser formadas por uma rocha de coloração mais leve que os demais estratos visíveis das encostas, o que indica uma evidente origem cristalina. Voos rasantes revelaram muitas bocas de cavernas, algumas estranhamente irregulares em seu desenho, quadradas ou semicirculares. Vocês deveriam vir e investigar. Acredito ter visto um parapeito quadrangular no topo de um pico. A altura aparenta algo em torno dos nove ou dez mil metros. Estou a quase sete mil metros, em um frio diabolicamente corrosivo. O vento sopra e assovia através de passagens, entrando e saindo das cavernas, mas, até agora, voar não apresenta nenhum risco.

A partir daí, e por cerca de meia hora, Lake continuou disparando uma salva de comentários, expressando sua intenção de escalar alguns dos picos a pé. Respondi que me juntaria a ele tão logo pudesse enviar um avião para me buscar, e que Pabodie e eu traçaríamos o melhor plano para o uso da gasolina — onde e como concentrar nosso suprimento, tendo em vista as mudanças no caráter de nossa expedição. Obviamente, as operações de escavação de Lake, assim como suas atividades aeronáuticas, demandariam que uma grande quantidade de combustível fosse levada para a nova base que ele pretendia estabelecer no sopé das montanhas; e era bem possível que o voo para o leste não fosse feito ainda nesta estação. Assim, entrei em contato com o capitão Douglas e pedi que retirasse o máximo possível de carga dos navios para levá-la até a barreira com o único time de cães que deixamos por lá. Era necessário estabelecer uma rota direta através da região desconhecida entre Lake e o estreito de McMurdo.

Mais tarde, Lake me chamou pelo rádio para dizer que decidira manter o acampamento no local em que o avião de Moulton fora forçado a aterrissar, e onde os reparos já começavam a progredir de qualquer forma. A camada de gelo era muito fina, o chão escuro estava visível lá e cá, e ele iria perfurar e dinamitar nesse mesmo local antes de realizar qualquer viagem de trenó ou expedições de escalada. Falou sobre a majestade inefável de toda a cena e a respeito do estado estranho de suas sensações quando esteve no sota-vento dos vastos pináculos silenciosos cujas fileiras disparavam para cima como uma muralha atingindo o céu na orla do mundo. As observações de Atwood sobre o teodolito estabeleceram a altura dos cinco picos mais altos entre os nove e onze quilômetros. A natureza varrida pelo vento do terreno claramente incomodava Lake, pois ele argumentava sobre a existência ocasional de prodigiosos vendavais mais violentos do que qualquer coisa que tenhamos encontrado até agora. Seu acampamento ficava a pouco mais de oito quilômetros do ponto em que a base mais alta da montanha se erguia abruptamente. Eu quase podia perceber uma nota de alarme inconsciente em suas palavras — brilhando através de um vazio glacial de mais de mil quilômetros — enquanto ele clamava para que nos apressássemos com o assunto e abandonássemos a nova região o mais cedo possível. Ele iria descansar agora, após um dia de trabalho contínuo, de velocidade quase sem precedentes, árduo, mas que apresentou resultados.

Pela manhã tive, via rádio, uma conversa a três com Lake e o capitão Douglas em suas bases extremamente distantes; e ficou acordado que um dos aviões de Lake viria buscar Pabodie, cinco homens e a mim, bem como todo o combustível que pudesse carregar. As demais questões em relação ao combustível, a depender de nossa decisão sobre uma viagem para o leste, poderiam esperar alguns dias, já que Lake tinha o suficiente para o aquecimento imediato do acampamento e para escavações. Finalmente, a antiga base ao sul deveria ser reabastecida; mas, caso adiássemos a viagem oriental, não a usaríamos até o próximo verão, e enquanto isso Lake teria que enviar um avião para explorar a rota direta entre suas novas montanhas e o estreito de McMurdo.

Pabodie e eu fizemos os preparativos para o fechamento de nossa base por um período mais ou menos longo, conforme o caso. Se invernássemos na Antártida, provavelmente voaríamos direto da base de Lake para o *Arkham* sem retornar a esse ponto. Algumas de nossas tendas cônicas já estavam reforçadas por blocos de neve dura, e agora decidimos completar o serviço montando uma vila esquimó permanente. Com um suprimento bem generoso de barracas, Lake tinha consigo tudo de que sua base precisaria mesmo após nossa chegada. Enviei um comunicado de que Pabodie e eu estaríamos prontos para viajar em direção ao norte após mais um dia de trabalho e uma noite de descanso.

Nossos trabalhos, contudo, não foram muito constantes após as quatro da tarde; perto dessa hora, Lake começou a enviar as mensagens mais extraordinárias e eufóricas. Seu dia de trabalho começara de forma pouco afortunada; já que um sobrevoo das superfícies de rocha semiexpostas revelara uma completa ausência daqueles estratos arqueanos e primordiais que ele buscava e formavam uma grande parte dos picos colossais que assomavam a uma distância tentadora do acampamento. A maioria das rochas encontradas eram, aparentemente, arenitos jurássicos e comancheanos e xistos permianos e triássicos, com afloramentos negros e lustrosos que sugeriam, vez ou outra, um carvão duro e ardosiano. Isso muito desencorajou Lake, cujos planos se destinavam todos a desenterrar espécimes com mais de quinhentos milhões de anos. Ficou claro para ele que, para recuperar o veio de ardósia arqueana no qual as estranhas marcas foram encontradas, seria necessário fazer uma longa viagem de trenó partindo desses sopés até as íngremes encostas das próprias montanhas gigantes.

No entanto, ele decidiu realizar alguma escavação no local como parte do cronograma geral da expedição; assim, preparou a perfuratriz e colocou cinco homens para operá-la enquanto os demais terminavam de montar o acampamento e se ocupavam em reparar a aeronave danificada. A rocha mais macia à vista — um arenito a cerca de quatrocentos metros do acampamento — foi escolhida como primeira amostra; e a perfuratriz fez um progresso excelente, dispensando sucessivas explosões. Depois de quase três horas de perfuração, que sucederam a primeira explosão realmente pesada da operação, ouviram-se os gritos da equipe que manejava a perfuratriz; e então o jovem Gedney — o encarregado da execução — adentrou correndo o acampamento com as espantosas notícias.

Eles haviam atingido uma caverna. Mais cedo a escavação no arenito dera lugar a um veio de calcário comancheano repleto de diminutos fósseis cefalópodes, corais, equinoides e espiríferos, além de sugestões ocasionais de esponjas silicosas e ossos de vertebrados marinhos

— estes, provavelmente, oriundos de teleósteos, tubarões e ganoides. Isso já era importante por si só, pois garantia os primeiros fósseis vertebrados da expedição; mas logo depois que a ponta da broca atravessou um estrato aparentemente vazio, uma onda completamente nova e duplamente intensa de excitação correu entre os escavadores. Uma explosão de bom tamanho revelou o segredo subterrâneo; e agora, através de uma abertura entalhada de talvez um metro e meio de largura e quase um de espessura, surgiu, diante dos ávidos pesquisadores, uma seção de calcário raso, oco por causa das águas subterrâneas que corriam há cinco milhões de anos num mundo tropical já extinto.

A camada oca não possuía mais de dois ou três metros de profundidade, mas se estendia indefinidamente em todas as direções e apresentava um ar fresco que se movia levemente, o que sugeria a participação da camada em um extenso sistema subterrâneo. Seu teto e piso eram abundantemente equipados com grandes estalactites e estalagmites, algumas delas em forma de coluna; mas o mais importante de tudo era o vasto depósito de conchas e ossos que em alguns lugares quase obstruíam a passagem. Arrastada de selvas desconhecidas formadas por fungos e samambaias mesozoicas, florestas de cicadófitas do Terciário, palmeiras e angiospermas primitivas, essa mistura óssea continha ainda representantes dos períodos Cretáceo e Eoceno, além de outras espécies animais que nem mesmo o maior dos paleontólogos poderia contar ou classificar em um ano. Moluscos, carapaças de crustáceos, peixes, anfíbios, répteis, pássaros e mamíferos primitivos — grandes e pequenos, conhecidos e desconhecidos. Não admira Gedney ter corrido aos berros para o acampamento, e também não espanta que todos os demais tenham largado o trabalho e se apressado impetuosamente através do frio cortante até o local em que a grua alta indicava um portal recém-descoberto para os segredos de uma terra oculta e éons esvaecidos.

Assim que satisfez a sua primeira ponta de curiosidade, Lake rabiscou uma mensagem em seu bloco de notas e pediu que o jovem Moulton corresse de volta ao acampamento para despachá-la via rádio. Essa foi a primeira mensagem sobre a descoberta, cujo conteúdo relatou a identificação de conchas primevas, ossos de ganoides e placodermos, restos mortais de labirintodontes e tecodontes, grandes fragmentos de crânios de mosossauros, vértebras de dinossauros e escamas, dentes e ossos de asas de pterodáctilos, detritos de arqueoptérixes, dentes de tubarões do Mioceno, crânios de pássaros primitivos, além de crânios, vértebras e outros ossos de mamíferos arcaicos tais como paleotérios, xifodontes, dinoceratos, hiracotérios, oreodontes e brontotérios. Não havia nada recente como mastodontes, elefantes, camelos, cervos ou algum animal bovino; então, Lake concluiu que o último depósito ocorrera durante o período Oligoceno, e que a camada oca permanecera em seu estado atual de aridez, morte e inacessibilidade por, no mínimo, trinta milhões de anos.

Por outro lado, a prevalência de cada forma de vida primitiva era singular no mais alto grau. Ainda que a formação calcária fosse positiva e indubitavelmente comancheana e não anterior a esse período, conforme evidenciavam os típicos fósseis entranhados como *ventriculites*, os fragmentos livres no espaço oco incluíam uma proporção surpreendente de organismos ordinariamente considerados peculiares a outros períodos bem mais antigos — inclusive peixes rudimentares, moluscos e corais tão remotos quanto os períodos Siluriano ou Ordoviciano. A conclusão inevitável era de que nessa parte do mundo houvera um grau único e notável de continuidade entre a vida de trezentos milhões de anos atrás e a vida de apenas trinta milhões de anos atrás. Quão longe essa continuidade se estendeu além do período Oligoceno, quando a caverna foi fechada, estava, obviamente, além de qualquer especulação. De qualquer forma, a chegada do gelo assustador no período Plistoceno, há cerca de quinhentos mil — um simples "ontem" se comparado com a idade dessa cavidade —, deve ter posto um fim a qualquer forma primal que tenha conseguido sobreviver no local.

Lake, não satisfeito com a primeira mensagem enviada, escrevera e despachara outro boletim para o acampamento antes que Moulton pudesse voltar. Depois disso, Moulton permaneceu no comunicador de um dos aviões, transmitindo para mim — e para o *Arkham* para que retransmitisse ao mundo exterior — os frequentes pós-escritos que

Lake enviava por uma sucessão de mensageiros. Aqueles que acompanharam os jornais se lembrarão da excitação que tivera lugar entre os homens da ciência diante dos informes da tarde — informes que conduziram, enfim, após todos esses anos, à organização dessa mesma expedição Starkweather-Moore, que eu tento, com tanta ânsia, desvincular de seus propósitos. Creio que seja melhor fornecer as mensagens literalmente, tal e qual Lake as enviara, enquanto McTighe, nosso operador de base, as transcrevia em sua letra cursiva.

Fowler realizou descobertas da mais alta importância em fragmentos de arenito e calcário após as detonações. Várias marcas triangulares e estriadas distintas, tais como aquelas encontradas na ardósia arqueana, provaram que a fonte sobrevivera de mais de seiscentos milhões de anos atrás até os tempos comancheanos sem sofrer nada além de moderadas alterações morfológicas ou redução de seu tamanho comum. Se tanto, as marcas comancheanas parecem mais primitivas do que aquelas mais antigas. Enfatize a importância da descoberta na imprensa. Representará para a biologia o que Einstein representa para a matemática e a física. Alinha-se com meu trabalho anterior e amplifica suas conclusões. Parece indicar, como suspeitei, que a Terra presenciara um ou mais ciclos completos de vida orgânica antes daquele conhecido, que tivera início com as células arqueozoicas. Evoluiu e se especializou há não menos que um bilhão de anos, quando o planeta era jovem e recentemente habitado por qualquer forma de vida ou estrutura protoplasmática normal. Pergunta-se quando, onde e como tal desenvolvimento ocorreu.

***

Mais tarde. Examinando certos fragmentos de esqueletos de grandes sáurios terrestres e marinhos e de alguns mamíferos primitivos, descobri singulares feridas locais ou fraturas que não podem ser atribuídas a nenhum predador ou animal carnívoro conhecido de qualquer período. Eram de dois tipos — perfurações diretas e penetrantes, e incisões aparentemente entrecortadas. Um ou dois casos de ossos decepados de forma limpa. Poucos espécimes afetados. Solicitando ao acampamento lanternas elétricas. Cortando algumas estalactites, estenderemos a área de busca subterrânea.

***

Mais tarde ainda. Encontrei um peculiar fragmento de pedra-sabão com cerca de quinze centímetros de comprimento e dois e meio de espessura, completamente diferente de qualquer outra formação visível. Esverdeado, mas sem evidências que determinem seu período. Possui uma suavidade e regularidade curiosas. Tem o formato de uma estrela de cinco pontas com as extremidades quebradas, e sinais de outras clivagens nos ângulos internos e no centro da superfície. Pequena e suave depressão ao centro da superfície intacta. Desperta muita curiosidade a respeito de origem e resistência às intempéries. Provavelmente alguma bizarra ação aquática. Carroll, com uma lupa, acredita poder apontar marcas adicionais de importância geológica. Grupos de pequenos pontos em padrões regulares. Cães rosnando inquietos enquanto trabalhamos, parecendo odiar a pedra-sabão. Preciso ver se possui algum odor peculiar. Reportaremos novamente quando Mills voltar com a luz e iniciarmos a exploração da área subterrânea.

***

22h15. Uma descoberta importante. Orrendorf e Watkins, trabalhando sob a terra às 9h45 debaixo de uma luz artificial, encontraram monstruosos fósseis em formato de barril de natureza inteiramente desconhecida; provavelmente vegetais, a menos que seja um espécime supercrescido de radiário marinho ainda desconhecido. Tecidos preservados, evidentemente, pelos sais minerais. Resistente como couro, mas apresenta uma flexibilidade impressionante em certos lugares. Marcas de partes quebradas nas pontas e nas laterais. Quase dois metros de altura de ponta a ponta, pouco mais de um metro de diâmetro central, afunilando até trinta centímetros em cada extremidade. Como um barril com cinco cumes protuberantes em vez de aduelas. Rupturas laterais, como de minúsculos talos, estão presentes no meio dessas protuberâncias, tal qual uma linha do Equador. Nos sulcos entre as protuberâncias, encontram-se umas formações curiosas. Cristas ou asas que abrem e fecham como leques. Todas seriamente danificadas, exceto uma, que possui pouco mais de dois metros de envergadura de asa. O arranjo remete a certos monstros oriundos dos mitos primitivos, especialmente as Coisas Ancestrais fabuladas no *Necronomicon*. Tais asas parecem ser membranosas, esticadas sobre uma moldura de tubos glandulares. Diminutos orifícios aparentes na forma de tubos nas pontas das asas. As enrugadas extremidades do corpo não deixam pistas sobre o interior ou sobre o que existia ali e foi quebrado. Preciso dissecar quando retornarmos ao acampamento. Não consigo decidir se é vegetal ou animal. Várias características evidenciam um primitivismo quase inacreditável. Enviei todos os trabalhadores para cortar estalactites e procurar por outros espécimes. Outros ossos cicatrizados foram encontrados, mas terão que esperar. Problemas com os cães. Eles não suportam o novo espécime e provavelmente o despedaçariam caso não o mantivéssemos distante deles.

***

23h30. Atenção, Dyer, Pabodie, Douglas. Questão da mais alta — devo dizer transcendente — importância. *Arkham* deve retransmitir para a estação principal em Kingsport imediatamente. A estranha constituição em formato de barril foi a coisa arqueana que deixara marcas nas rochas. Mills, Boudreau e Fowler descobriram um grupo com mais treze em algum ponto subterrâneo a pouco mais de doze metros da entrada. Misturadas a fragmentos de pedra-sabão, curiosamente arredondados e estranhamente formados, menores que os encontrados anteriormente — forma de estrela, mas sem marcas de clivagem, a não ser em alguns pontos.

***

Dos espécimes orgânicos, oito estão aparentemente perfeitos, com todos os apêndices. Trouxemos todos para a superfície, mantendo os cães à distância. Eles não suportam as coisas. Dê atenção especial à descrição e tratem de repeti-la para garantir a exatidão. Os jornais devem receber as informações corretas.

***

Os objetos possuem quase três metros de altura de ponta a ponta. Torso em forma de barril com cinco protuberâncias cujo diâmetro central é de um metro, apresentando extremidades de trinta centímetros. Cinza-escuro, flexível e infinitamente resistente. Asas membranosas de sete pés da mesma cor, encontradas recolhidas, estendem-se por sulcos entre as protuberâncias. A moldura da asa é tubular ou glandular, de um cinza mais claro, com orifícios nas pontas das asas. As asas abertas possuem extremidades serrilhadas. Próximo ao equador, em um vértice central a cada uma das cinco protuberâncias verticais em forma de aduela, há cinco sistemas de braços cinza-claros ou tentáculos presos fortemente ao torso, mas esses são expansíveis a um comprimento de pouco mais de um metro. São como braços de crinoides primitivos. Talos individuais de oito centímetros de diâmetro cada se ramificam, após quinze centímetros, em cinco subtalos, que, depois de vinte centímetros, também se ramificam em outros cinco tentáculos ou gavinhas afuniladas e menores, conferindo a cada talo um total de vinte e cinco tentáculos.

***

No topo do torso um pescoço bulboso e reto, de tonalidade cinza-clara e sugerindo algo como guelras, sustenta uma aparente cabeça no formato de estrela-do-mar de cinco pontas, amarelada, com cílios rígidos de quase oito centímetros e várias cores prismáticas.

***

A cabeça é grossa e inchada, com quase um metro de ponta a ponta e tubos flexíveis amarelados de oito centímetros projetando-se em cada um dos pontos. Uma fenda exatamente no centro do topo, provavelmente a abertura para a respiração. Ao fim de cada um dos tubos há uma expansão esférica onde a membrana amarelada se recolhe para revelar um globo vítreo, com uma íris avermelhada, evidentemente um olho.

***

Cinco tubos ligeiramente mais longos partem dos ângulos internos da cabeça em forma de estrela-do-mar e terminam em protuberâncias da mesma cor que, uma vez pressionadas, abrem orifícios campaniformes de no máximo cinco centímetros de diâmetro, repletos de projeções brancas e afiadas como dentes. Provavelmente são as bocas. Todos esses tubos, cílios e pontas de cabeça de estrela-do-mar foram encontrados bem presos no fundo; tubos e pontas presos ao pescoço bulboso e ao torso. A flexibilidade surpreende a despeito da tremenda resistência.

***

Na base do torso havia rudes — embora um tanto diferentes — contrapartes funcionais do arranjo da cabeça. Um pseudopescoço bulboso cinza-claro, sem sugestões de guelras, mantinha um arranjo esverdeado de estrela-do-mar de cinco pontas. Os braços, duros e musculares, têm pouco mais de um metro de comprimento e se afunilam de quase dezoito centímetros de diâmetro na base a cerca de seis e meio nas pontas. A cada ponta está atrelado um pequeno triângulo membranoso de pouco mais de vinte centímetros de comprimento e quinze de largura em sua extremidade, com cinco veias esverdeadas. Essa é a nadadeira, barbatana, ou pseudópode que fez marcas em rochas de um bilhão a cinquenta ou sessenta milhões de anos. Dos ângulos internos da estrutura de estrela-do-mar, dois tubos avermelhados de pouco menos de um metro de comprimento se projetam, afunilando-se de quase oito centímetros de diâmetro na base para

dois e meio na ponta. Orifícios nas pontas. Todas essas partes são infinitamente duras e coriáceas, mas extremamente
flexíveis. Braços de um metro e vinte de comprimento com
nadadeiras indiscutivelmente usadas para a locomoção de
algum tipo, marinha ou de natureza diversa. Quando movi-
das, sugerem uma musculatura exagerada. Todas essas projeções estavam fortemente recolhidas sob o pseudopescoço
na extremidade do torso quando foram encontradas, correspondendo às projeções da outra extremidade do corpo.

***

Ainda não posso atribuir positivamente ao reino vegetal ou
animal, mas tudo tende agora em favor do animal. Representa, provavelmente, uma evolução incrivelmente avançada dos radiários, sem perder certas características primitivas. Semelhanças com os equinodermos são inconfundíveis,
apesar de evidentes contradições pontuais.

***

A estrutura da asa é intrigante em vista do provável habitat
marinho, mas poderia ser utilizada em navegação aquática.
A simetria é curiosamente parecida com a dos vegetais, sugerindo a estrutura vertical essencialmente vegetal em vez de
uma estrutura horizontal como a dos animais. A data evolu-
tiva é fabulosamente antiga, precedendo mesmo o mais simples dos protozoários arqueanos comumente conhecidos,
o que impede quaisquer conjecturas a respeito de sua origem.

***

Os espécimes completos possuem tal incrível semelhança
com certas criaturas do mito primitivo que sugerir sua antiga existência fora da Antártida se torna inevitável. Dyer
e Pabodie leram o *Necronomicon* e viram os pesadelos pintados de Clark Ashton Smith baseados naquele texto, portanto entenderão quando eu digo que as Coisas Ancestrais supostamente criaram toda a vida na Terra como uma piada ou

equívoco. Estudiosos sempre pensaram que essa concepção se formara a partir de um mórbido tratamento imaginativo de radiários tropicais muito antigos. Tais como os elementos do folclore pré-histórico de que falara Wilmarth — ramificações dos cultos de Cthulhu etc.

***

Um vasto campo de estudos foi aberto. Depósitos provavelmente datados do fim do período Cretáceo ou do início do Eoceno, a julgar pelos espécimes associados. Estalagmites massivas depositadas sobre eles. Trabalho árduo em sua remoção, mas sua resistência evitou danos. O estado de preservação é miraculoso, devido, evidentemente, à ação do calcário. Nada mais encontrado até o momento, mas as buscas serão retomadas mais tarde. Nos ocuparemos agora com o transporte de catorze espécimes de tamanho grande para o acampamento sem a ajuda dos cães, que latem furiosos, de maneira que não podemos confiar em aproximá-los dos espécimes.

***

Com nove homens — três ficaram para vigiar os cães — devemos operar os três trenós razoavelmente bem, embora o vento esteja ruim. Devemos estabelecer a comunicação do avião com o estreito de McMurdo e começar a embarcar o material. Mas eu preciso dissecar uma dessas coisas antes de podermos descansar um pouco. Gostaria de ter um laboratório de verdade aqui. É melhor que Dyer esteja se martirizando por ter tentado impedir minha viagem para o oeste. Primeiro, as maiores montanhas do mundo, e agora isso. Se esse não for o ponto alto da expedição, eu não sei o que é. Cientificamente, estamos feitos. Parabéns, Pabodie, pela perfuratriz que abriu a caverna. Agora, *Arkham*, retransmita a descrição, por favor.

***

As sensações, minhas e de Pabodie, ao receber esse relato, foram quase indescritíveis, e nossos companheiros não ficaram muito atrás no entusiasmo. McTighe, que apressadamente traduziu alguns pontos altos assim que chegavam do receptor zumbindo, transcreveu a mensagem completa a partir da versão taquigrafada tão logo o operador de Lake saiu de sintonia. Todos apreciaram o significado histórico da descoberta, e eu enviei congratulações a Lake assim que o operador do *Arkham* repetiu as partes descritivas conforme requerido. Meu exemplo foi seguido por Sherman e sua estação na base suplente no estreito de McMurdo, bem como pelo capitão Douglas a bordo do *Arkham*. Mais tarde, como líder da expedição, adicionei algumas considerações que seriam retransmitidas pelo *Arkham* para o mundo exterior. Obviamente, descansar era uma ideia absurda em meio a tanta euforia, e minha única vontade era chegar ao acampamento de Lake tão rápido quanto pudesse. Fiquei desapontado quando ele me enviou uma mensagem informando que uma ventania na montanha tornou qualquer viagem aérea mais imediata impossível.

Mas dentro de uma hora e meia o interesse se renovou e baniu o desapontamento. Lake estava enviando novos informes, relatando o completo sucesso do transporte dos catorze grandes espécimes até o acampamento. Foi um trabalho árduo, já que as coisas eram surpreendentemente pesadas, mas nove homens puderam realizá-lo bem. Agora, alguns membros do grupo estão construindo apressadamente um canil de neve a uma distância segura do acampamento, para onde os cães poderão ser levados e alimentados de maneira mais conveniente. Os espécimes foram depostos na neve dura próxima ao acampamento, menos um, no qual Lake está fazendo rústicas tentativas de dissecação.

Tal dissecação pareceu ser uma tarefa maior do que se esperava, já que, a despeito do calor de um fogareiro à gasolina na tenda de laboratório recém-erguida, os tecidos enganosamente flexíveis do espécime escolhido — poderoso e intacto — nada perderam de sua não menos que coriácea dureza. Lake não sabia muito bem como poderia fazer as incisões necessárias sem usar de uma violência destrutiva que arruinaria todas as sutilezas estruturais que ele buscava. É verdade que ele possuía mais sete espécimes perfeitos, mas eram muito poucos para que fossem usados imprudentemente, a menos que mais tarde a caverna revelasse um suprimento ilimitado. Assim, removeu o espécime e escolheu outro que, apesar de possuir resquícios dos arranjos na forma de estrela-do-mar em ambas as extremidades, foi seriamente esmagado e parcialmente avariado ao longo de um dos grandes sulcos do torso.

Os resultados, rapidamente reportados via rádio, eram realmente espantosos e provocativos. Nenhum tipo de exatidão ou delicadeza era possível com instrumentos dificilmente capazes de cortar aquele tecido anômalo, mas o pouco que se conseguiu deixou a todos maravilhados e atônitos. Toda a biologia existente precisaria ser revista, pois essas coisas não eram produtos de nenhum crescimento celular conhecido pela ciência. Deve ter havido, se muito, uma fossilização, e apesar da idade de talvez quarenta milhões de anos, os órgãos internos estavam completamente intactos. A qualidade coriácea, não deteriorante e praticamente indestrutível, era um atributo inerente da forma de organização da Coisa, que pertencia a um ciclo paleógeno de uma evolução invertebrada que estava muito além de nossos poderes especulativos. Inicialmente, tudo o que Lake encontrara estava seco, mas à medida que a barraca aquecida produzia um efeito descongelante, uma umidade orgânica de odor pungente e ofensivo foi encontrada entre as laterais incólumes da Coisa. Não era sangue, mas um fluido grosso, verde-escuro, que aparentemente deveria servir aos mesmos propósitos. No momento em que Lake chegou a esse estágio, todos os trinta e sete cães já haviam sido levados para o canil ainda incompleto, próximo ao acampamento, e mesmo à distância iniciaram um latir selvagem quando sentiram aquele cheiro acre e penetrante.

Longe de auxiliar a classificar a estranha entidade, essa dissecação provisória meramente aprofundou seu mistério. Todos os palpites sobre seus membros externos estavam corretos e, diante de tais evidências, dificilmente se hesitaria em chamar a Coisa de animal; contudo, a inspeção interna revelara tantos indícios vegetais que Lake ficou à deriva. Ela possuía digestão e circulação, e os detritos eram eliminados pelos tubos avermelhados em sua base em forma de estrela-do-mar.

A princípio se diria que seu aparelho respiratório processava oxigênio em vez de dióxido de carbono, e havia estranhas evidências de câmaras de armazenamento de ar e métodos de transferir a respiração do orifício externo para, pelo menos, outros dois sistemas respiratórios totalmente desenvolvidos — guelras e poros. Claramente era anfíbia e é provável que fosse igualmente adaptada a longos períodos de hibernação anaeróbica. Órgãos vocais pareciam presentes em conexão com o sistema respiratório principal, mas apresentavam anomalias que não poderiam ser solucionadas imediatamente. Fala articulada, no sentido de elocução silábica, parecia dificilmente concebível, mas notas musicais assoviadas, recobrindo um amplo espectro, eram altamente prováveis. O desenvolvimento do sistema muscular beirava o sobrenatural.

O sistema nervoso era tão complexo e altamente desenvolvido que deixou Lake pasmo. Ainda que excessivamente primitivo e arcaico em alguns aspectos, a coisa possuía um conjunto de centros nodulares e conectivos que apontava um desenvolvimento especializado deveras extremo. Seus cinco lobos cerebrais eram surpreendentemente avançados; e havia sinais de um equipamento sensorial, parcialmente servido pelos rígidos cílios da cabeça, o que envolvia fatores estranhos a qualquer outro organismo terrestre. Provavelmente ela possuía mais de cinco sentidos, de forma que seus hábitos não poderiam ser preditos por meio da analogia com algo já existente. Segundo Lake, a criatura teria apresentado uma alta sensibilidade e funções delicadamente diferenciadas em seu mundo primitivo, tal como as formigas e abelhas de hoje. Reproduzia-se como os criptógamos vegetais, especialmente os pteridófitos, possuindo esporângios nas extremidades das asas, desenvolvidos, evidentemente, a partir de um talo ou protalo.

Mas nomeá-la nesse estágio era simples idiotia. Parecia um radiário, mas claramente era algo mais. Era parcialmente vegetal, ainda que apresentasse três quartos das estruturas animais essenciais. Possuía origem marinha, como seus contornos simétricos e outros atributos claramente indicavam, embora não fosse possível delimitar suas adaptações tardias. As asas, no final das contas, continham uma persistente sugestão de ambientes aéreos. Como a coisa pudera alcançar uma evolução tão tremendamente complexa em uma terra recém-nascida a tempo de deixar marcas em rochas arqueanas estava tão além de qualquer concepção que Lake foi obrigado a recorrer aos mitos primais acerca dos Grandes Antigos que vieram das estrelas e criaram a vida terrena como uma piada ou equívoco; e também aos contos loucos de coisas cósmicas oriundas do espaço exterior contados por um colega folclorista do departamento de inglês da Miskatonic.

Naturalmente, Lake considerara a possibilidade de que as marcas pré-cambrianas tenham sido feitas por um ancestral menos desenvolvido dos espécimes presentes, mas rapidamente rejeitou essa teoria fácil demais após considerar as qualidades estruturais avançadas dos fósseis mais antigos. Os contornos mais tardios demonstravam decadência, e não uma evolução. O tamanho dos pseudópodes havia diminuído, e a morfologia inteira parecia rústica e simplificada. Mais que isso, os nervos e órgãos examinados traziam singulares sugestões de retrocesso a partir de formas ainda mais complexas. Partes atrofiadas e vestigiais eram surpreendentemente prevalentes. Tudo posto, pouco ficou esclarecido, e Lake recorreu à mitologia para estabelecer um nome provisório — designando jocosamente suas descobertas como "os Antigos".

Por volta das 2h30 da madrugada, tendo decidido adiar trabalhos futuros e descansar um pouco, Lake cobriu o organismo dissecado com uma lona, deixou a tenda do laboratório e estudou os espécimes intactos com renovado interesse. O incessante sol antártico tinha começado a amaciar um pouco seus tecidos, de forma que as pontas das cabeças e os tubos de dois ou três davam sinais de que se abririam, mas Lake não acreditava em nenhum perigo de decomposição imediata naquele ambiente tão gélido. Contudo, ele reuniu os espécimes não dissecados e lançou uma lona sobressalente sobre eles com o intuito de evitar que recebessem diretamente os raios solares. Isso também ajudaria a manter seus possíveis odores afastados dos cães, cuja hostilidade incansável estava se tornando realmente um problema, mesmo a uma distância considerável e atrás de muros de neve cada vez mais altos que uma grande parte dos homens se apressava em erguer ao redor de seus canis. Lake dispôs pesados blocos de neve para manter a lona no lugar em meio ao vendaval que chegava, pois as montanhas titânicas pareciam prestes a entregar rajadas bastante severas. As apreensões iniciais em relação aos repentinos ventos antárticos foram revividas, e sob a supervisão de Atwood foram tomadas precauções para reforçar as barracas, o novo canil e os abrigos rudimentares para os aviões no lado que dava para a encosta da montanha. Esses últimos abrigos, iniciados com blocos de neve dura empilhados ocasionalmente, não estavam, de forma alguma, tão altos quanto deveriam ser, e Lake finalmente liberou todas as mãos que estavam ocupadas em outras tarefas para que trabalhassem neles.

Já passava das quatro quando Lake, enfim, se preparou para encerrar a transmissão e nos aconselhou a partilhar do período de descanso que sua equipe tiraria assim que as paredes do abrigo estivessem um pouco mais altas. Ele manteve alguma conversa amigável com Pabodie sobre o éter e repetiu seus elogios às perfuratrizes realmente maravilhosas que o auxiliaram na realização de sua descoberta. Atwood também compartilhou cumprimentos e elogios. Enviei a Lake uma calorosa congratulação, assumindo que ele estava correto sobre a viagem ocidental, e todos nós concordamos em entrar em contato por rádio às dez da manhã. Se o vendaval tivesse cessado, Lake enviaria um avião para a equipe na minha base. Pouco antes de me retirar, enviei uma mensagem ao *Arkham* com instruções para que moderasse o tom ao retransmitir as notícias do dia para o mundo exterior, pois os detalhes completos pareciam radicais o bastante para levantar uma onda de incredulidade até que surgissem provas mais robustas.

III

Nenhum de nós, imagino, dormiu profunda ou continuamente aquela manhã, tanto pela euforia da descoberta de Lake quanto pela fúria crescente do vento. O sopro era tão selvagem, mesmo onde estávamos, que não podíamos deixar de imaginar o quão pior a coisa estava no acampamento de Lake, logo abaixo dos vastos picos desconhecidos que o criaram e liberaram. McTighe estava desperto às dez horas e tentou conectar Lake via rádio, como combinado, mas algum problema elétrico no ar inquieto a oeste parecia impedir a comunicação. Entretanto, nos conectamos com o *Arkham*, e Douglas disse que ele também estava tentando, em vão, contatar Lake. Ele não sabia sobre o vento, que pouco soprava no McMurdo, apesar de sua ira persistente em nosso acampamento.

Durante o dia todos ouvíamos ansiosamente e tentávamos contatar Lake em intervalos regulares, mas invariavelmente sem sucesso. Perto do meio-dia uma ventania frenética irrompeu do oeste, deixando-nos temerosos pela segurança de nosso acampamento, mas enfim diminuiu, com apenas um sopro moderado às duas da tarde. Depois das três estava tudo muito quieto, e redobramos nossos esforços para nos comunicar com Lake. Como tínhamos quatro aviões, cada um deles provido com um excelente dispositivo de ondas curtas, não podíamos imaginar nenhum acidente ordinário capaz de danificar todos os equipamentos de rádio simultaneamente. Contudo, o silêncio de pedra continuava, e quando pensávamos na força delirante com que o vento devia ter atingido seu acampamento não podíamos evitar traçar as mais terríveis conjecturas.

Às seis da tarde, nossos medos se tornaram intensos e definitivos, e após consultar Douglas e Thorfinnssen via rádio, decidi providenciar uma investigação. O quinto avião, que havíamos deixado no depósito do estreito de McMurdo com Sherman e dois marinheiros, estava em bom estado e poderia ser utilizado imediatamente, e nos parecia que a emergência para a qual o estávamos reservando recaía agora sobre nós. Contatei Sherman pelo rádio e pedi que me encontrasse com o avião e dois marinheiros na base sul tão rápido quanto possível, pois as condições aéreas, ao que parecia, estavam altamente favoráveis. Falamos então sobre o pessoal que participaria da futura equipe de investigação e decidimos incluir todas as mãos, além do trenó e dos cães que mantive comigo. Mesmo uma carga dessas proporções não seria demais para um dos grandes aviões construídos de acordo com as nossas necessidades especiais de transporte de maquinaria pesada. Em intervalos, eu ainda tentava alcançar Lake via rádio, mas em vão.

Sherman, com os marinheiros Gunnarsson e Larsen, partiu às 19h30 e relatou um voo calmo em diversos pontos do trajeto. Chegaram à nossa base à meia-noite, e todos juntos discutiram o movimento seguinte. Era um negócio arriscado sobrevoar a Antártida em um único avião sem uma linha de base, mas ninguém hesitou diante do que parecia ser uma necessidade premente. Às duas da madrugada paramos para um breve descanso após uma carga preliminar do avião, mas estávamos em pé novamente em quatro horas para terminar de carregar e empacotar.

Às 7h15 de 25 de janeiro, começamos a voar na direção noroeste sob o comando de McTighe, com dez homens, sete cães, um trenó, suprimento de combustível e comida, além de outros itens, incluindo o dispositivo de comunicação do avião. A atmosfera estava clara, bem calma, com uma temperatura relativamente morna, e prevíamos poucos problemas em alcançar a altitude e a longitude designadas por Lake como o local de seu acampamento. Nossas apreensões recaíam sobre o que poderíamos encontrar, ou falhar em encontrar, ao final da viagem, já que o silêncio continuava a responder a todas as chamadas despachadas para o acampamento.

Todos os incidentes daquele voo de quatro horas e meia estão marcados em minha memória por força da posição crucial que ocupa em minha vida. Marca minha perda, aos cinquenta e quatro anos, de toda paz e equilíbrio que uma mente normal possuiu em sua concepção costumeira da natureza exterior e de suas leis. A partir dali, todos nós — mas o estudante Danforth e eu mesmo mais do que os outros — encararíamos um mundo apavorantemente amplificado de horrores à espreita que nada é capaz de apagar de nossas emoções, o qual evitaríamos partilhar com a humanidade se pudéssemos. Os jornais imprimiram os boletins que enviamos do avião em movimento, relatando nossa jornada sem escalas, nossas duas batalhas com as traiçoeiras ventanias ascendentes, nosso vislumbre da superfície partida onde Lake fizera uma perfuração três dias antes, e nossa visão de um grupo daqueles estranhos cilindros de neve fofa percebidos por Amundsen e Byrd enquanto rolavam ao vento através das cordilheiras intermináveis do platô congelado. Então atingimos um ponto em que nossas sensações não podiam ser transmitidas de maneira que a imprensa pudesse compreender, e ainda um momento posterior, quando precisamos adotar seriamente uma regra de estrita censura.

O marinheiro Larsen foi o primeiro a avistar a linha irregular com picos cônicos e pináculos à frente, e seus gritos levaram todos para as janelas da grande cabine do avião. Apesar de nossa velocidade, demoraram em ganhar proeminência, então soubemos que deviam estar infinitamente distantes, visíveis apenas por conta de sua altura anormal. Pouco a pouco, entretanto, ergueram-se sombrios no céu ocidental, nos permitindo distinguir vários cumes nus, ermos escurecidos, e capturar a estranha sensação de fantasia que eles inspiraram quando vistos sob a antártica luz vermelha que irradiava contra o cenário provocativo de iridescentes nuvens glaciais. Em todo o espetáculo havia um pressentimento persistente e penetrante de um segredo estupendo e de uma potencial revelação; como se aquelas notáveis agulhas saídas de um pesadelo marcassem as pilastras de uma arrepiante passagem para esferas proibidas do sonho, e complexos golfos do tempo, do espaço e ultradimensões remotas. Não pude deixar de sentir que eram coisas malignas — montanhas da loucura cujas encostas distantes miravam algum amaldiçoado abismo fatal. Aquele fundo de nuvens fervilhantes e mal iluminadas remetia a inefáveis sugestões de um além, vago e etéreo, muito distante do espaço terrestre; e oferecia horrendas lembranças do completo afastamento, estranhamento e desolação da longa morte deste inexplorado e insondável mundo austral.

Foi o jovem Danforth que chamou nossa atenção para as regularidades estranhas da divisa da montanha mais alta — regularidades que se pareciam com fragmentos bem encaixados de cubos perfeitos, as quais Lake mencionara em suas mensagens e que realmente justificavam sua comparação com as sugestões oníricas de ruínas de templos primordiais jazendo nos topos nublados das montanhas da Ásia, tão sutil e estranhamente pintadas por Rerikh. De fato, havia algo a respeito de todo aquele continente extramundano de mistério montanhoso que fazia lembrar o pintor. Eu senti isso em outubro, quando vimos a Terra da Vitória pela primeira vez, e sinto novamente agora. Senti, também, outra corrente de consciente inquietação em relação às semelhanças arqueanas míticas; igualmente me dei conta de quão perturbadoramente esse reino letal correspondia ao afamado platô de Leng citado nos escritos primais. Mitólogos têm identificado Leng como pertencente à Ásia Central, mas a memória racial do homem — ou de seus predecessores — é longa, e é possível que certos contos tenham surgido dessas terras, montanhas e templos de horror antes mesmo de existir a Ásia ou qualquer mundo humano que conhecemos. Poucos místicos audaciosos têm insinuado uma origem pré-pleistocênica para os fragmentos dos Manuscritos Pnakóticos, sugerindo que os devotos de Tsathoggua eram tão alheios à humanidade quanto seu próprio líder. Leng, onde quer que tenha se enraizado no espaço ou no tempo, não era uma região em que eu gostaria de adentrar ou de me aproximar; tampouco apreciava a proximidade com um mundo que pariu tais monstruosidades ambíguas e arqueanas como as mencionadas por Lake. No momento, lamento ter lido o horrendo *Necronomicon* e me arrependo de ter conversado tanto com aquele desagradável e erudito folclorista Wilmarth na universidade.

Tal estado de espírito serviu para agravar minha reação diante da bizarra miragem que irrompeu sobre nós do zênite cada vez mais opalescente enquanto nos aproximávamos das montanhas e começávamos a perceber as ondulações cumulativas dos sopés. Eu já vira dúzias de miragens polares durante as semanas anteriores, algumas delas tão inquietantes e fantasticamente vívidas quanto o presente exemplo; mas essa possuía uma qualidade completamente nova e obscura de ameaçador simbolismo, e me arrepiei enquanto o fervilhante labirinto de paredes, torres e minaretes fabulosos assomava dos vapores turvos acima de nós.

O efeito compunha uma cidade ciclópica de uma arquitetura desconhecida por qualquer homem, indo além da imaginação humana, com vastas agregações de cantaria notívaga incorporando perversões monstruosas das leis geométricas e alcançando os grotescos mais extremos de uma sinistra bizarria. Havia cones truncados, por vezes tumefatos ou canelados, coroados por altos mastros cilíndricos aqui e ali alargados bulbosamente e frequentemente encimados por camadas de estreitos discos protuberantes; além de estranhas e salientes construções tabulares sugerindo pilhas inumeráveis de lajes retangulares, pratos circulares ou estrelas de cinco pontas, de forma que uma se sobrepunha à outra. Havia cones compostos e pirâmides solitárias ou encimando cilindros ou cubos ou cones truncados mais lisos, e outras pirâmides e ocasionais pináculos em formato de agulha dispostos em curiosos aglomerados de cinco. Todas essas estruturas febris pareciam ser conectadas por pontes tubulares que se cruzavam nas várias alturas vertiginosas, e a escala implícita do todo era terrível e opressiva em seu absoluto gigantismo. O panorama geral da miragem não era muito diferente de algumas das mais loucas formas observadas e desenhadas pelo baleeiro ártico Scoresby[6] em 1820; mas nesse tempo e lugar, nessa escuridão, com desconhecidos picos montanhosos elevando-se estupendos à nossa frente, com a anômala descoberta de um antigo mundo em nossas mentes e o sudário de um provável desastre envolvendo a maior parte de nossa expedição, nós todos parecíamos encontrar na miragem uma nódoa de latente malignidade e de um prodígio infinitamente perverso.

Fiquei feliz quando a miragem começou a se dissipar, ainda que no processo os vários torreões e cones pesadelares tenham assumido formas temporariamente distorcidas de uma hediondez ainda maior. Quando toda a ilusão se dissolveu em um turbilhão opalescente, voltamos a observar a terra e percebemos que o fim de nossa jornada não estava tão longe. As montanhas desconhecidas à nossa frente se erguiam vertiginosamente como um temível baluarte de gigantes, suas curiosas regularidades se revelando com clareza espantosa mesmo sem o uso de binóculos. Estávamos sobre o mais baixo dos sopés agora e podíamos divisar entre a neve, o gelo e manchas de solo desnudo do platô principal alguns pontos escuros que identificamos como o acampamento e a área de escavação de Lake. Os sopés mais altos se erguiam a uma

---

6   William Scoresby (1789-1857), cientista e explorador inglês cujas viagens inspiraram Herman Melville, autor de *Moby Dick*.

distância de oito a dez quilômetros, formando uma cordilheira quase distinta da terrível linha dos picos maiores que o Himalaia que estavam além deles. Por fim, Ropes — o estudante que rendera McTighe nos controles — começara a descer em direção ao ponto negro à esquerda cujo tamanho denotava ser o acampamento. Enquanto ele manobrava, McTighe enviou via rádio a última mensagem não censurada que o mundo receberia de nossa expedição.

Todos, é claro, leram os breves e pouco satisfatórios boletins a respeito do resto de nossa estadia antártica. Algumas horas após nosso pouso, enviamos um cauteloso relatório da tragédia que encontramos e anunciamos com alguma relutância o desaparecimento de toda a equipe de Lake, que fora levada pelo vento tenebroso do dia anterior, ou da noite que o antecedeu. Onze mortos foram reconhecidos, e o jovem Gedney estava desaparecido. As pessoas perdoaram nossa nebulosa carência de detalhes, compreendendo o choque que o triste evento deve ter nos causado, e acreditaram quando explicamos que a ação mutiladora do vento deixara todos os onze corpos impróprios para uma viagem rumo ao mundo exterior. De fato, eu me convencia de que, embora em meio à angústia, extrema confusão e horror capaz de dilacerar a alma, nós pouco faltamos com a verdade em qualquer instância específica. O tremendo significado reside naquilo que não ousamos contar — e que eu não ousaria relatar agora não fosse pela necessidade de alertar os demais quanto a terrores inomináveis.

De fato, os ventos causaram uma terrível devastação. Se todos sobreviveriam à sua ação, mesmo sem considerarmos o resto, é uma questão que deixa graves dúvidas. A tempestade, com sua fúria de partículas de gelo enlouquecidas, ultrapassara qualquer outro fenômeno encontrado por nossa expedição. Um dos abrigos de aviões — todos, ao que parece, haviam sido deixados em um estado no mínimo inadequado — fora quase que pulverizado; e a grua na escavação distante estava inteiramente em pedaços. O metal exposto dos aviões pousados e da maquinaria de perfuração foi lixado pela ventania até o polimento, e duas das tendas menores estavam esmagadas a despeito do reforço de neve. As superfícies de madeira deixadas pela tempestade estavam riscadas e com a tinta descascada, e todos os sinais de trilhas na neve se encontravam completamente apagados. Também é verdade que não encontramos nenhum dos objetos biológicos arqueanos em condição de serem carregados inteiros para fora. Reunimos alguns minerais de uma vasta pilha erodida, incluindo vários dos fragmentos da pedra-sabão esverdeada, cujos sofisticados padrões circulares de cinco pontas e agrupamentos de marcas levantaram tantas comparações duvidosas; e alguns fósseis, entre os quais estavam os mais típicos dos espécimes curiosamente danificados.

Nenhum dos cães sobreviveu, e os canis improvisados, erguidos nos arredores do acampamento, foram praticamente destruídos. Talvez o vento tenha sido o responsável, embora uma abertura maior no lado que dava para o acampamento, que era protegido do vento, sugeria que os animais teriam se lançado por ali ou que eles mesmos, em seu frenesi, teriam arrebentado o canil. Todos os três trenós se foram, e tentamos supor que o vento possa tê-los soprado em direção ao desconhecido. A perfuratriz e a máquina de derreter gelo estavam danificadas demais para garantir qualquer salvação, então as utilizamos para fechar o sutilmente perturbador portal para o passado que Lake havia perfurado. Da mesma maneira deixamos no acampamento os dois aviões mais avariados, já que nossa equipe sobrevivente possuía apenas quatro pilotos qualificados — Sherman, Danforth, McTighe e Ropes —, embora Danforth estivesse nervoso demais para pilotar. Trouxemos de volta todos os livros, equipamentos científicos e outras coisas que pudemos encontrar, ainda que o vento tenha levado uma quantidade quase incalculável de equipamento. Tendas reservas e casacos estavam desaparecidos ou sem condições de uso.

Aproximadamente às quatro da tarde, depois que uma ampla busca aérea nos obrigou a declarar que Gedney estava perdido, enviamos nossa mensagem para que o *Arkham* a retransmitisse; e creio que fizemos bem ao transmiti-la em termos calmos e descompromissados. No máximo, relatamos uma agitação entre os cães, que demonstravam uma inquietação frenética quando se aproximavam dos espécimes biológicos, como era de se esperar a partir dos relatos do pobre

Lake. Não mencionamos, creio eu, a demonstração dessa mesma inquietação quando os animais farejavam junto às estranhas pedras-sabão esverdeadas e a outros objetos naquela região desordenada; objetos que incluíam instrumentos científicos, aviões e maquinário, tanto do acampamento quanto da escavação, cujas partes foram perdidas, removidas ou adulteradas de alguma forma pelos ventos que deveriam ter sido nutridos por curiosidade e ímpeto singulares.

A respeito dos catorze espécimes biológicos, fomos compreensivelmente vagos. Dissemos que os únicos encontrados estavam danificados, mas que restara o suficiente para comprovar que a completa descrição de Lake foi impressionantemente acurada. Era uma tarefa difícil manter nossas emoções pessoais fora de questão — e não mencionamos números nem informamos exatamente o estado daqueles que encontramos. Concordamos provisoriamente em não transmitir nada que sugerisse insanidade por parte dos homens de Lake, e certamente parecia loucura ter encontrado seis monstruosidades imperfeitas enterradas cuidadosamente, na posição vertical, em covas de gelo de pouco mais de três metros sob montes de neve pentagonais nos quais estavam desenhados grupos de pontos em padrões exatamente iguais àqueles vistos nas estranhas pedras-sabão esverdeadas oriundas dos períodos Mesozoico ou Terciário. Os oito espécimes que Lake considerara em perfeito estado pareciam ter desaparecido completamente.

Também fomos cuidadosos em relação à paz de espírito do público; assim, Danforth e eu pouco relatamos a respeito daquela pavorosa viagem sobre as montanhas no dia seguinte. O fato de que apenas um avião muito leve poderia atravessar uma cordilheira daquela altura foi o que misericordiosamente limitou a viagem de reconhecimento a apenas nós dois. Quando retornamos, à uma da madrugada, Danforth estava quase histérico, mas manteve uma admirável aparência de serenidade. Não foi necessária nenhuma persuasão para fazê-lo prometer que não mostraria nossos rascunhos e as outras coisas que trouxemos em nossos bolsos, que não diria nada para os outros além do que havíamos combinado de transmitir ao mundo exterior e que esconderia os filmes de nossas câmeras para uma posterior revelação; portanto, esta parte de minha história será tão nova para Pabodie, McTighe, Ropes, Sherman e os demais quanto para o mundo em geral. De fato, Danforth é mais discreto que eu, pois ele viu — ou pensou ter visto — algo que ele não ousou contar nem mesmo para mim.

Como todos sabem, nosso relatório inclui a descrição de uma difícil subida; uma confirmação da opinião de Lake de que os grandes picos eram compostos de ardósia arqueana e de outros estratos primais dobrados e intocados desde a metade dos tempos comancheanos, pelo menos; um comentário convencional sobre a regularidade de um cubo suspenso e das formações em baluarte; uma decisão de que as bocas da caverna indicavam veios calcários dissolvidos; uma conjectura de que certas encostas e passagens permitiriam a escalada e a travessia da cordilheira inteira por montanhistas experientes; e uma observação de que o misterioso lado oposto continha um altivo e imenso superplatô tão antigo e inalterado quanto as próprias montanhas — seis quilômetros de altitude, com grotescas formações rochosas se projetando através de uma fina camada glacial e baixos sopés graduais entre a superfície geral do platô e os precipícios íngremes dos picos mais altos.

O conjunto de dados era verdadeiro, e isso satisfez completamente os homens do acampamento. Atribuímos nossa ausência de dezesseis horas — um tempo maior do que nosso voo anunciado, a aterrissagem, o reconhecimento e a programação de coleta de rochas demandavam — a um longo e mítico período de condições adversas de vento; e dissemos a verdade sobre nosso pouso em sopés mais distantes. Por sorte nossa história soou realística e prosaica o suficiente para não convencer nenhum dos outros a emular nosso voo. Se algum deles se arriscasse a fazer isso, eu usaria cada grama de minha persuasão para impedi-lo — e eu não sei o que Danforth faria. Enquanto íamos embora, Pabodie, Sherman, Ropes, McTighe e Williamson trabalharam arduamente nos dois melhores aviões de Lake a fim de prepará-los novamente para o uso, apesar da inexplicável pane em seus mecanismos operacionais.

Decidimos carregar todos os aviões na manhã seguinte e iniciar o retorno para nossa antiga base tão logo quanto possível. Ainda que indiretamente, era essa a maneira mais segura de alcançar McMurdo;

já que um voo direto através das extensões mais que desconhecidas do continente morto há éons envolveria muitos riscos adicionais. Explorações posteriores seriam dificilmente factíveis em vista de nossa trágica perda e da ruína de nosso maquinário de perfuração; e as dúvidas e horrores ao nosso redor — que nós não revelamos — nos faziam desejar apenas escapar o mais depressa possível daquele mundo austral de desolação e loucura.

Como o público sabe, nosso retorno ao mundo ocorreu sem maiores desastres. Todos os aviões alcançaram a velha base na tarde do dia seguinte — 27 de janeiro —, após um breve voo sem escalas; e no dia 28 percorremos o estreito de McMurdo em duas voltas, com uma única e breve pausa forçada por uma falha no orientador de voo devido ao vento furioso que soprava sobre a barragem de gelo tão logo avistamos o grande platô. Depois de cinco dias o *Arkham* e o *Miskatonic*, bem como todos os homens e equipamentos a bordo, se sacudiam para longe do campo de gelo que se espessava e alcançou o mar de Ross com as montanhas zombeteiras da Terra de Vitória assomando a oeste contra um agitado céu antártico e pervertendo as lamúrias do vento em um assovio musical de amplo alcance que enregelaram minha alma. Menos de uma quinzena depois deixamos para trás o último resquício de terra polar e agradecemos aos céus por estarmos distantes de um reino assombrado e amaldiçoado onde a vida e a morte, o espaço e o tempo, celebraram negras e blasfemas alianças nas épocas desconhecidas desde que a matéria pela primeira vez se contorceu e flutuou na crosta recém-resfriada do planeta.

Desde nosso retorno todos temos trabalhado constantemente para desencorajar a exploração antártica, mantendo algumas dúvidas e palpites apenas entre nós com esplêndida unidade e fidelidade. Nem mesmo o jovem Danforth, que sofreu um colapso nervoso, deixou escapar ou balbuciou algo aos seus doutores — de fato, como eu disse, há uma única coisa que ele pensa ter visto sozinho e que não contará nem mesmo para mim, não obstante eu acreditasse que essa confissão contribuiria com seu estado psicológico. Isso poderia explicar e aliviar muitas questões, embora, talvez, a coisa fosse não mais que o arremate ilusório de um choque anterior. Essa é a impressão que tive após aqueles raros momentos de irresponsabilidade quando ele sussurrava coisas desconexas para mim — coisas que ele repudiava com veemência tão logo se recompunha um pouco.

Seria um trabalho árduo dissuadir os outros de se aventurar no grande sul branco, e alguns de nossos esforços podem causar danos diretos à nossa causa por despertar atenção inquisitiva. Podemos ter percebido de início que a curiosidade humana é imortal, que os resultados que divulgamos seriam o suficiente para atiçar outros homens a continuar a mesma busca perpétua pelo desconhecido. Os relatos de Lake a respeito daquelas monstruosidades biológicas conduziram naturalistas e paleontólogos ao mais alto grau de entusiasmo; embora tenhamos sido sensíveis o bastante para não revelar as partes decepadas que retiramos das criaturas enterradas, ou nossas fotografias daqueles espécimes tal e qual foram encontrados. Abstivemo-nos também de mostrar os ossos com cicatrizes e pedras-sabão esverdeadas; enquanto Danforth e eu ocultamos cautelosamente as imagens que fotografamos ou desenhamos no superplatô através da cordilheira, além das coisas erodidas que encontramos, estudamos aterrorizados e trouxemos em nossos bolsos. Mas agora a equipe Starkweather-Moore está se organizando, e com um rigor muito superior aos cuidados tomados pela nossa equipe. Se não forem dissuadidos, alcançarão o núcleo interno da Antártida e derreterão e perfurarão até trazer à luz o que pode ser o fim do mundo que conhecemos. Assim devo transcender todas as reticências — mesmo em relação à coisa inominada e suprema que habita além das montanhas da loucura.

IV

Apenas com muita hesitação e repugnância permito que minha mente retorne ao acampamento de Lake e ao que realmente encontramos ali — relembrando também aquela outra coisa além da pavorosa parede da montanha. Sou constantemente tentado a furtar-me de detalhes e deixar pistas no lugar de fatos e deduções inelutáveis. Espero já ter dito o suficiente para me permitir repassar brevemente o restante; ou seja, o restante do horror encontrado no acampamento. Já mencionei o terreno devastado pelo vento, os abrigos danificados, o maquinário arruinado, as diversas inquietações de nossos cães, os trenós e outros itens desaparecidos, as mortes de homens e cães, a ausência de Gedney e os seis espécimes biológicos insanamente enterrados, com suas texturas estranhamente preservadas de danos estruturais e provenientes de um mundo morto há quarenta milhões de anos. Não me recordo se reportei que, ao verificar os cadáveres dos cães, descobrimos que um deles estava ausente. Não pensamos muito sobre isso até mais tarde — na verdade, apenas Danforth e eu pensamos nisso.

As principais coisas que temos resguardado estão relacionadas aos corpos e a certos pontos sutis que poderiam ou não conduzir a um tipo de lógica hedionda e incrível no caos aparente. À época, tentei afastar a mente dos homens desses pontos; pois seria tão mais simples — tão mais normal — atribuir tudo a um surto de loucura de alguns membros da equipe de Lake. Olhando de onde estávamos, aquele vento demoníaco da montanha seria suficiente para enlouquecer qualquer um em meio ao centro de todo o mistério e desolação terrestre.

O que coroava as anormalidades era, obviamente, a condição dos corpos — tanto os dos homens quanto os dos cães. Todos estiveram envolvidos em algum tipo de conflito e se encontravam diabolicamente esquartejados e mutilados de uma maneira inexplicável. As mortes, até onde podíamos julgar, foram causadas por estrangulamento ou laceração. É evidente que os cães começaram o tumulto, pois o estado de seu mal construído canil testemunhava que o arrombamento fora forçado por dentro. O canil foi erguido a alguma distância do acampamento em virtude do ódio que os animais sentiam por aqueles organismos arqueanos infernais, mas a precaução, ao que parece, foi em vão. Quando deixados sozinhos naquele vento monstruoso, guardados por frágeis paredes de altura insuficiente, eles devem ter surtado — não se pode dizer se pelo próprio vento ou por causa de algum sutil e crescente odor emitido pelos espécimes pesadelares. Eles foram, é claro, recobertos por uma lona; mas o baixo sol antártico incidiu sobre a manta, e Lake mencionou que o calor solar relaxava e expandia os tecidos de estranha textura e rigidez. Talvez o vento tenha levantado a lona que os recobria, arrastando-os de tal forma que suas qualidades odoríferas mais pungentes se manifestaram apesar de sua antiguidade inacreditável.

Mas o que quer que tenha ocorrido foi suficientemente hediondo e revoltante. Talvez seja melhor colocar os escrúpulos de lado e relatar de vez o pior — embora com uma categórica opinião, baseada em observações de primeira mão e nas mais rígidas deduções estabelecidas por mim e por Danforth, de que o desaparecido Gedney não foi, de forma alguma, responsável pelos horrores repugnantes que encontramos. Eu disse que os cadáveres estavam pavorosamente mutilados. Devo acrescentar, agora, que alguns apresentavam incisões e tiveram os órgãos removidos do modo mais curioso, frio e inumano. O mesmo aconteceu com os cães e os homens. Todos os corpos mais saudáveis e gordos, quadrúpedes ou bípedes, tiveram suas massas de tecido mais sólidas cortadas e removidas, como que por um cuidadoso açougueiro, e ao redor deles havia respingos de sal — retirado dos baús de provisões dos aviões saqueados —, o que conjurava as associações mais horríveis. A coisa ocorrera num dos rústicos abrigos de aeronaves, de onde o avião foi arrastado para fora, e ventanias subsequentes apagaram quaisquer traços que poderiam suprir uma teoria plausível. Farrapos de roupas, arrancados rudemente das vítimas humanas laceradas, não escondiam nenhuma pista. É inútil mencionar a impressão causada por algumas fracas pegadas na neve, num canto protegido do abrigo em ruínas — já que a impressão não dizia respeito a pegadas humanas no fim das contas, mas se assemelhava claramente às marcas fósseis relatadas por Lake nas semanas anteriores. Deve-se ser cauteloso com a própria imaginação aos pés daquelas sobranceiras montanhas da loucura.

Como disse, descobrimos, por fim, que Gedney e um dos cães haviam desaparecido. Quando chegamos ao terrível abrigo, demos falta de dois homens e dois cães; mas a razoavelmente intacta tenda de dissecação, na qual entramos após investigar as monstruosas covas, tinha algo a revelar. Não estava como Lake deixara, pois as partes cobertas da monstruosidade primitiva haviam sido removidas da mesa improvisada. De fato, percebemos que uma das seis coisas imperfeitas e enterradas insanamente — e que exalava o traço de um odor peculiarmente odioso — devia ser formada pelas partes amputadas da entidade que Lake tentara analisar. No entorno da mesa de laboratório trombamos com outras coisas, e não demorou muito para nos darmos conta de que aquelas coisas eram as partes de um homem e de um cão cuidadosamente dissecadas, ainda que de maneira estranha e amadora. Devo omitir a identidade do homem a fim de preservar os sentimentos dos sobreviventes. Os instrumentos anatômicos de Lake tinham desaparecido, mas havia evidências de que foram limpos com cuidado. O fogareiro à gasolina também havia sumido, mas encontramos nos arredores um curioso amontoado de fósforos riscados. Enterramos as partes humanas ao lado dos outros dez homens, e os restos caninos ao lado dos outros trinta e cinco cães. Em relação às estranhas marcas na mesa do laboratório e à desordem de livros ilustrados manejados rudemente e largados próximos dela, estávamos muito aturdidos para especular.

Tal era a conformação do pior que encontramos naquele acampamento de horror, mas outras coisas eram igualmente motivos de perplexidade. O desaparecimento de Gedney, do cão, dos oito espécimes biológicos intactos, dos três trenós, de certos instrumentos, de livros ilustrados técnicos e científicos, de material de escrita, sinalizadores elétricos e baterias, de comida e combustível, aparato de aquecimento, tendas, casacos de pele e coisas do tipo, estava além de qualquer conjectura sã; bem como os respingos e manchas de tinta em alguns pedaços de papel, além de evidências curiosas de estranha manipulação e experimentação ao redor das aeronaves e de todos os outros equipamentos mecânicos, tanto no acampamento quanto na área de escavação. Os cães pareciam abominar esse maquinário estranhamente desmantelado. Havia também a desordem na despensa, o sumiço de alguns grampos e o quase cômico amontoado de latas abertas das maneiras mais incomuns e nos mais estranhos locais. A profusão de fósforos jogados, intactos, quebrados e queimados, formava outro enigma menor; assim como duas ou três barracas e casacos que encontramos largados com rasgos peculiares e heterodoxos, possivelmente em virtude de desastrados esforços para adaptações inimagináveis. Os maus-tratos aos corpos caninos e humanos, bem como o louco enterro dos espécimes arqueanos danificados, eram peças de toda essa aparente loucura degradante. Em vista de tal eventualidade, fotografamos cuidadosamente todas as evidências principais da insana desordem do acampamento e usaremos as imagens para corroborar nossos clamores contra a partida da pretensa expedição Starkweather-Moore.

Nossa primeira ação ao encontrar os corpos no abrigo foi fotografar e abrir a fila de loucas sepulturas com os montes de neve de cinco pontas. Impossível não notar a semelhança entre essas lajes monstruosas, com seus grupos de pontos, e as descrições do pobre Lake a respeito da estranha pedra-sabão esverdeada; e quando encontramos algumas dessas pedras na grande pilha de minerais, achamos a semelhança realmente muito grande. Toda a formação geral, é importante deixar claro, parecia sugerir abominavelmente a cabeça de estrela-do-mar das entidades arqueanas; e concordamos que a sugestão deve ter agido potentemente nas mentes sensíveis da extenuada equipe de Lake. Nossa primeira visão das verdadeiras entidades sepultadas compôs um momento horrível e fez minha imaginação e a de Pabodie se voltarem a alguns dos chocantes mitos primitivos sobre os quais tínhamos lido e ouvido a respeito. Concordamos que a mera visão e a presença contínua das coisas devem ter cooperado com a opressiva solidão polar e o demoníaco vento montanhês para levar a equipe de Lake à loucura.

A loucura — concentrando-se na ideia de Gedney como o único agente que possivelmente sobreviveu — era a explicação espontaneamente adotada por todos aqueles que se pronunciaram a respeito do ocorrido; embora eu não seja tão ingênuo a ponto de negar que cada um de nós tenha nutrido loucos palpites cuja formulação completa era impedida pela sanidade. Sherman, Pabodie e McTighe realizaram um exaustivo sobrevoo de aeroplano sobre todo o território circundante durante a tarde, varrendo o horizonte com binóculos em busca de Gedney e das várias coisas desaparecidas; mas nada veio à luz. A equipe reportou que a titânica cordilheira se estendia infinitamente tanto para a esquerda quanto para a direita, sem qualquer diminuição em altura ou na estrutura essencial. Em alguns dos picos, entretanto, os cubos regulares e as plataformas eram mais íngremes e planos, guardando semelhanças duplamente fantásticas com os montes asiáticos em ruínas pintados por Rerikh. A distribuição das crípticas entradas de caverna nos pináculos desnudos parecia rústica mesmo a partir da mais longa distância que se poderia traçar.

A despeito de todos os horrores predominantes, ainda nos restara suficiente zelo científico e espírito de aventura para nos questionar sobre o reino desconhecido que ficava além daquelas montanhas misteriosas. Conforme relataram nossas resguardadas mensagens, descansamos à meia-noite, depois de um dia de terror e estupefação; mas não sem antes planejar um ou mais sobrevoos em um avião leve com câmera aérea e equipamento geológico, programados para a manhã seguinte. Ficou decidido que Danforth e eu tentaríamos primeiro, e acordamos às sete da manhã com pretensões de iniciar uma viagem bem cedo; contudo os pesados ventos — mencionados em nosso breve boletim para o mundo exterior — atrasaram nossa partida até às nove horas, aproximadamente.

Já relatei a história descomprometida que contei aos homens no acampamento — e a qual repliquei para o mundo exterior — após nosso retorno dezesseis horas depois. Agora é meu terrível dever ampliar esse relato preenchendo os vazios misericordiosos com pistas do que realmente vimos no escondido mundo transmontano — pistas das revelações que, por fim, conduziram Danforth a um colapso nervoso. Gostaria que ele revelasse uma palavra realmente sincera sobre a coisa que ele pensa ter visto — mesmo que tenha sido, provavelmente, uma ilusão nervosa — e que foi, talvez, a última gota que o levou para onde ele está; mas ele é categórico a respeito disso. Tudo o que posso fazer é repetir seus últimos suspiros desconjuntados sobre o que o fez tremer enquanto o avião decolava da passagem daquela montanha torturada pelo vento após o choque real e tangível que partilhamos. Essas serão minhas últimas palavras. Se os evidentes sinais de antigos horrores sobreviventes por mim revelados não forem suficientes para impedir que outros se intrometam no interior antártico — ou ao menos evitar que penetrem muito profundamente sob a superfície desse deserto supremo de segredos proibidos e de inumana desolação amaldiçoada pelos éons —, não será minha a responsabilidade por inomináveis e talvez imensuráveis males.

Danforth e eu, estudando as notas feitas por Pabodie em seu voo vespertino e conferindo com um sextante, calculamos que a mais baixa passagem disponível na cordilheira estava à nossa direita, no campo de visão do acampamento, a cerca de sete mil metros acima do nível do mar. A esse ponto, então, nos dirigimos no avião mais leve iniciando nosso voo de exploração. O próprio acampamento, em sopés que irrompem de um alto platô continental, estava a uns quatro quilômetros de altitude; assim o aumento necessário da altura não era tão vasto quanto parecia. Entretanto, estávamos cientes do ar rarefeito e do frio intenso enquanto subíamos já que, por conta das condições de visibilidade, tivemos que manter as janelas das cabines abertas. Vestíamos, é claro, nossos casacos de pele mais pesados.

Conforme nos aproximávamos dos picos ameaçadores, obscuros e sinistros sobre a linha de neve fendida e geleiras intersticiais, notamos cada vez mais as formações curiosamente regulares presas às encostas, e pensamos de novo nas estranhas pinturas asiáticas de Nikolai Rerikh. Os estratos rochosos, ancestrais e varridos pelo vento confirmavam completamente os boletins de Lake, comprovando que esses pináculos rugidores foram erguidos exatamente da mesma forma desde um tempo surpreendentemente antigo da história da Terra — talvez mais de cinquenta milhões de anos. Quão alto eles já foram, era inútil conjecturar; mas tudo sobre essa estranha região apontava para influências atmosféricas obscuras e desfavoráveis a mudanças, calculadas para retardar o processo climático habitual de desintegração das rochas.

Mas foi o emaranhado de cubos regulares, parapeitos e bocas de grutas nas encostas que mais nos fascinou e perturbou. Estudei-os com um binóculo e tirei algumas fotografias aéreas enquanto Danforth pilotava; e por vezes eu o rendia nos controles — ainda que meu conhecimento em aviação fosse puramente amador — para deixá-lo usar os binóculos. Podíamos facilmente perceber que grande parte daquelas coisas era composta por um quartzito arqueano clareado, distinto de qualquer formação visível nas áreas descobertas da superfície geral; e que sua regularidade era tão extrema e espantosa que o pobre Lake mal conseguira sugerir.

Como ele afirmara, as extremidades estavam erodidas e arredondadas em virtude da ação de incontáveis éons de selvagens intempéries; mas sua solidez sobrenatural e material resistente as salvaram da obliteração. Muitas partes, especialmente aquelas mais próximas às encostas, pareciam ser, em substância, idênticas à superfície rochosa ao redor. O arranjo geral lembrava as ruínas de Machu Picchu nos Andes, ou as muralhas ancestrais de Kish como foram reveladas pelas escavações da expedição de campo do Museu Oxford de 1929; e ambos, Danforth e eu, tivemos aquela impressão ocasional dos blocos ciclópicos separados que Lake atribuiu a Carroll, seu companheiro de voo. Como dar conta de tais coisas naquele lugar estava francamente além de minhas capacidades e, como geólogo, senti-me estranhamente humilhado. Formações ígneas frequentemente apresentam regularidades estranhas — como a famosa Calçada dos Gigantes na Irlanda —, mas essa cordilheira espantosa, apesar das suspeitas originais de Lake de que fossem cones fumegantes, eram, sem dúvida, estruturas não vulcânicas.

As curiosas bocas de caverna, que pareciam mais abundantes nas proximidades das singulares formações, apresentavam outro enigma — embora um enigma menor — devido à regularidade de seus contornos. De acordo com os boletins de Lake, sua forma frequentemente se assemelhava a um quadrado ou semicírculo, como se os orifícios tivessem sido talhados por alguma mão mágica para alcançar uma maior simetria. Seu número e larga distribuição eram notáveis, sugerindo que toda a região era alveolada por túneis dissolvidos no estrato calcário. Tais vislumbres não podiam ser vistos muito além ao longo do interior das cavernas, mas notamos que elas aparentemente não tinham estalactites e estalagmites. No exterior, aquelas partes das encostas da montanha adjuntas às aberturas pareciam invariavelmente suaves e regulares; e Danforth achou que as leves rachaduras e fendas abertas pelas intempéries formavam padrões incomuns. Repletos como estávamos dos horrores e estranhamentos descobertos no acampamento, ele sugeriu que as fendas lembravam vagamente aqueles grupos de pontos das ancestrais pedras-sabão esverdeadas, tão hediondamente replicados nos túmulos de neve concebidos de maneira insana sobre as seis monstruosidades enterradas.

Ascendemos gradualmente, sobrevoando os sopés mais altos ao longo da passagem relativamente baixa que havíamos selecionado. Conforme avançávamos, olhávamos para baixo, observando a neve e o gelo da rota terrestre, perguntando-nos se poderíamos ter tentado a viagem por terra com os equipamentos mais simples de outras épocas. Para nossa surpresa, vimos que aquele terreno estava longe de apresentar as dificuldades que se esperariam de lugares do tipo; assim, apesar das fendas e de outros pontos mais críticos, não parecia capaz de deter os trenós de um Scott, de um Shackleton, ou de um Amundsen. Algumas glaciações pareciam conduzir a desfiladeiros submetidos ao vento com incomum continuidade, e, quando atingimos o desfiladeiro que escolhemos, descobrimos que nosso caso não seria uma exceção.

Enquanto nos preparávamos para rodear a crista e espiar um mundo inexplorado, fomos tomados por sensações de tensa expectativa que dificilmente podem ser reproduzidas no papel, ainda que não tivéssemos razão para pensar que as regiões além da cordilheira diferissem essencialmente daquelas já vistas e atravessadas. O toque de perverso mistério dessa barreira de montanhas e do chamativo mar de céu opalescente vislumbrado por entre seus cumes conformava uma matéria tão sutil e diáfana que é impossível explicar em palavras. Era antes um caso de vago simbolismo psicológico e associação estética — algo que se misturava com poesia e pinturas exóticas, e mitos arcaicos à espreita em tomos esquivos e proibidos. Mesmo o soprar do vento carregava uma corrente peculiar de malignidade consciente; e por um segundo parecia que o som composto incluía um silvo musical bizarro ou pífanos de um amplo alcance enquanto a rajada entrava e saía das onipresentes e ressonantes entradas das cavernas. Havia uma nublada nota de repulsa reminiscente nesse som, tão complexa e inclassificável quanto qualquer uma das outras obscuras impressões.

Agora estávamos, após uma lenta subida, à altura de mais de sete quilômetros de acordo com o aneroide; e deixamos a região de neve pegajosa definitivamente para trás. Acima havia apenas encostas de rocha nua e escurecida e o princípio de geleiras acidentadas — a despeito daqueles cubos provocativos, baluartes e bocas ecoantes de cavernas que adicionavam um portento sobrenatural, fantástico e onírico. Olhando para a linha de picos, pensei ter visto aquele que fora mencionado pelo pobre Lake, que possuía um baluarte exatamente no topo. Parecia meio perdido em uma estranha névoa antártica; tal névoa, talvez, tenha sido responsável pela hipótese inicial de Lake em relação ao vulcanismo. O desfiladeiro assomava diretamente à nossa frente, suave e varrido pelo vento entre seus pilões denteados e malignos. Além dele estava um céu atormentado por vapores rodopiantes e iluminado por um baixo sol polar — o céu desse misterioso reino distante sobre o qual sentimos que nenhum olho humano havia pousado.

Alguns metros de altitude a mais e contemplaríamos aquele reino. Danforth e eu, incapazes de falar exceto aos berros em meio aos assovios e uivos do vento que corria pela passagem e se somava ao ruído dos motores, trocávamos olhares eloquentes. E então, vencidos esses últimos metros, de fato olhávamos através daquela momentosa fronteira e contemplávamos os segredos sem igual de uma terra antiga e completamente desconhecida.

V

Creio que nós dois gritamos simultaneamente num misto de temor, espanto e descrença em relação aos próprios sentidos conforme finalmente atravessávamos a passagem e nos deparamos com o que estava além. É claro que devíamos ter alguma teoria natural no fundo de nossas mentes para manter nossas faculdades naquele momento. Provavelmente pensamos em coisas tais como as pedras do Jardim dos Deuses, no Colorado, que foram grotescamente maltratadas pelas intempéries, ou nas rochas escavadas pelo vento no deserto do Arizona, fantásticas em sua simetria. Talvez tenhamos mesmo chegado a considerar, por um momento, a visão como uma miragem tal como a que vimos naquela manhã antes de nossa primeira aproximação das montanhas da loucura. Devíamos estar munidos de algumas noções normais que nos socorreram enquanto nossos olhos varriam o platô ilimitado e marcado pelas tempestades, apreendendo o labirinto quase infinito de pedras maciças, colossais, regulares e geometricamente eurrítmicas que empinavam suas cristas desabadas e lascadas sobre um lençol glacial de doze ou quinze metros de profundidade em sua parte mais espessa e obviamente mais fino em alguns pontos.

O efeito da visão monstruosa era indescritível, já que alguma violação demoníaca das leis naturais parecia uma certeza desde o começo. Ali, num platô infernal a pouco mais de seis mil metros de altitude, sob um clima inabitável desde uma era pré-humana, há não menos de quinhentos mil anos, se estende, quase até o limite da visão, um emaranhado de pedras ordenadas que tão somente o desespero de uma autodefesa mental poderia atribuir a algo que não fosse uma causa consciente e artificial. Havíamos descartado previamente, até onde o pensamento sério era possível, qualquer teoria de que os cubos e baluartes das encostas pudessem ser outra coisa que não naturais em sua origem. Como seria de outra forma, quando o próprio homem dificilmente poderia ser diferenciado dos grandes macacos na época em que essa região sucumbiu ao presente reino inquebrantável de morte glacial?

Mas, nesse momento, o equilíbrio da razão parecia irrefutavelmente abalado, pois aquele labirinto ciclópico de blocos quadrados, curvos e angulosos, possuía características que extirpavam qualquer refúgio confortável. Era, claramente, a blasfema cidade da miragem numa realidade forte, objetiva e inelutável. Aquele condenável portento possuía uma base material no fim das contas — houvera algum estrato horizontal de pó de gelo na atmosfera superior, e esse chocante sobrevivente de pedra projetara sua imagem através das montanhas de acordo com as simples leis da reflexão. É claro que o fantasma fora retorcido e exagerado, contendo coisas de que a fonte real não dispõe; mas mesmo agora, enquanto víamos a fonte real, a achávamos ainda mais hedionda e ameaçadora que sua imagem distante.

Apenas o volume incrível e inumano dessas vastas torres e baluartes de pedra pudera salvar a horrenda coisa da completa aniquilação em centenas de milhares — talvez milhões — de anos durante os quais cresceu ali em meio às rajadas de uma superfície vazia. "Corona Mundi... Teto do Mundo..." Toda a sorte de frases fantásticas surgia em nossos lábios enquanto olhávamos atordoados para o espetáculo inacreditável. Pensei novamente nos terríveis mitos primais que me assombraram de maneira tão persistente desde minha primeira mirada nesse morto mundo antártico — no demoníaco platô de Leng, no Mi-Go ou no Abominável Homem das Neves dos Himalaias, nos Manuscritos Pnakóticos com suas implicações pré-humanas, no culto a Cthulhu, no *Necronomicon*, nas lendas hiperbóreas do amorfo Tsathoggua e nas mais que amorfas crias estrelares associadas a essa semientidade.

Por quilômetros sem-fim em qualquer direção, a coisa se estendia com mínima variação em espessura; de fato, enquanto nossos olhos seguiam da direita para a esquerda ao longo da base dos sopés baixos e graduais que a separavam dos alicerces da montanha em si, concordamos não ter encontrado nenhuma variação, exceto por uma área limitada de algo incalculavelmente extenso. Os sopés eram salpicados por grotescas estruturas rochosas de forma mais esparsa, ligando a terrível cidade aos já familiares cubos e baluartes que formavam, evidentemente, seus postos avançados nas montanhas. Esses últimos, tais como as estranhas bocas de caverna, eram tão numerosos no interior quanto no exterior das grandes elevações.

O inominável labirinto de pedra consistia, em sua maior parte, de paredes de gelo cristalino de três a cinquenta metros de altura e de espessura que variava entre os dois e quatro metros. Era composta principalmente de prodigiosos blocos de ardósia escura primordial, xisto e arenito — blocos, em muitos casos, com larguras de um a três metros —, ainda que em diversos locais davam a impressão de escavados em leito sólido e irregular de ardósia pré-cambriana. As construções estavam longe de ser iguais em tamanho, havendo inúmeros arranjos alveolares de enorme extensão, bem como estruturas menores separadas. A forma geral dessas coisas tendia ao cônico, piramidal ou escalonado; mas haviam muitos cilindros, cubos perfeitos e aglomerados de cubos e outras formas retangulares, além de uma distribuição peculiar de edifícios angulosos cujas plantas baixas de cinco pontas sugeriam rudemente fortificações modernas. Os construtores fizeram uso constante e experto do princípio do arco, e provavelmente existiram domos no apogeu da cidade.

O emaranhado inteiro fora monstruosamente castigado pelas intempéries, e a superfície glacial de onde as torres assomavam estava repleta de blocos caídos e escombros imemoriais. Onde a glaciação era transparente podíamos ver as partes mais baixas de pilhas gigantescas e percebemos pontes de pedra preservadas no gelo que conectavam as diferentes torres em variadas distâncias sobre o solo. Nas paredes expostas pudemos detectar os locais marcados onde outras pontes do mesmo tipo, porém mais altas, existiram. Uma inspeção mais próxima revelou incontáveis janelas bastante largas; algumas delas estavam fechadas com persianas de madeira petrificada, mas a maioria se escancarava de uma forma sinistra e ameaçadora. Muitas dessas ruínas, é claro, estavam sem teto e apresentavam irregulares extremidades superiores, embora arredondadas pelo vento; enquanto outras, de um modelo mais acentuadamente cônico ou piramidal ou mesmo protegidas por estruturas mais altas nos arredores, preservaram seus contornos intactos apesar do desabamento e das ruínas onipresentes. Com os binóculos dificilmente podíamos distinguir o que pareciam ser esculturas decorativas em faixas horizontais — decorações que incluíam aqueles curiosos agrupamentos de pontos cuja presença nas antigas pedras-sabão assumia agora um significado infinitamente mais amplo.

Em muitos lugares as construções estavam completamente arruinadas, e o lençol de gelo encontrava-se profundamente fendido por várias causas geológicas. Em outras áreas a cantaria estava desgastada até o ponto da glaciação. Um amplo trecho, que se estendia do interior do platô até uma fissura nos sopés a quase dois quilômetros à esquerda da passagem que atravessamos, estava completamente vazio de construções; e provavelmente representava, concluímos, o leito de algum grande rio nos tempos terciários — milhões de anos atrás — que correra pela cidade em direção a algum prodigioso abismo subterrâneo da grande cordilheira. Certamente, essa era, acima de tudo, uma região de cavernas, golfos e segredos subterrâneos que figuram além da compreensão humana.

Retomando as nossas sensações e relembrando nossa estupefação diante daquele monstruoso sobrevivente de éons que pensamos ser pré-humano, só posso admirar que tenhamos conseguido preservar o equilíbrio aparente. É óbvio que sabíamos que alguma coisa — cronologia, teoria científica ou nossa própria consciência — estava terrivelmente errada; ainda que tenhamos mantido equilíbrio suficiente para guiar o avião, observar várias coisas minuciosamente e tirar uma cuidadosa série de fotografias que ainda podem servir tanto para nós quanto para o mundo em uma boa oportunidade. No meu caso, hábitos científicos entranhados podem ter ajudado; acima de toda a minha perplexidade e senso de ameaça, queimava uma dominante curiosidade em sondar ainda mais esse segredo antigo — para saber que tipos de seres construíram e viveram naquele lugar incalculavelmente gigante, e que relação com o mundo exterior de seu tempo e de outros tempos uma concentração de vida tão única fora capaz de criar.

Pois esse lugar não poderia ter sido uma cidade normal. Deve ter formado o núcleo primário e o centro de algum capítulo arcaico e inacreditável da história da Terra, cujas ramificações periféricas, lembradas apenas de maneira diáfana nos mitos mais obscuros e distorcidos, esvaecera completamente entre o caos das convulsões terrenas muito antes que qualquer raça humana conhecida tenha surgido cambaleante entre os símios. Ali se esparrama uma megalópole paleógena perante a qual as fabulosas Atlântida e Lemúria, Commoriom e Uzuldaroum, e Olathoë, na terra de Lomar, podem ser consideradas coisas de hoje — nem mesmo de ontem; uma megalópole ranqueada entre sussurradas blasfêmias pré-humanas, tais como Valúsia, R'lyeh, Ib na terra de Mnar, e a Cidade Sem Nome do deserto da Arábia. Enquanto sobrevoávamos aquele emaranhado de fortes torres titânicas, minha imaginação por vezes escapava de todos os laços e vagava sem rumo por reinos de associações fantásticas — até mesmo tecendo ligações entre esse mundo perdido e alguns dos meus próprios sonhos mais selvagens que envolviam o terror louco no acampamento.

O tanque de combustível do avião, em nome de maior leveza, foi apenas parcialmente preenchido; e, portanto, agora tínhamos que exercer maior cautela em nossas explorações. Mesmo assim, recobrimos uma enorme extensão de terra — ou, melhor, de ar — depois que descemos até uma altura em que o vento se tornou virtualmente irrelevante. Parecia não haver limites para a cordilheira de montanhas, ou para a extensão da terrível cidade de pedra que bordejava seus sopés interiores. Oitenta quilômetros de voo em ambas as direções não revelaram maiores alterações no labirinto de rocha e alvenaria que se erguia morbidamente através do gelo eterno. Havia, entretanto, algumas diferenças altamente absorventes; tais como os entalhes no cânion onde um grande rio uma vez perfurara os sopés e se aproximara de sua foz na grande cordilheira. Os promontórios na entrada da corrente foram entalhados ousadamente nos ciclópicos pilões; e algo sobre seu desenho rugoso e em forma de barril evocou lembranças estranhamente vagas, odiosas e confusas tanto em Danforth quanto em mim.

Também nos deparamos com vários espaços vazios em forma de estrela, evidentemente praças públicas; e notamos diversas ondulações no terreno. Onde se erguia um morro íngreme, geralmente era escavado algum tipo de desconexo edifício de pedra; mas havia ao menos duas exceções. Dessas últimas, uma foi tão castigada pelas intempéries que não era possível saber o que jazera sobre seu cume, enquanto a outra ainda trazia um fantástico monumento cônico entalhado em rocha sólida e rudemente semelhante a coisas tais como a bem conhecida Tumba da Serpente, no antigo vale de Petra.

Voando das montanhas em direção ao continente, descobrimos que a cidade não possuía uma vastidão infinita, ainda que seu comprimento ao longo dos sopés parecesse interminável. Após cerca de cinquenta quilômetros, as grotescas construções de pedra começaram a rarear, e depois de outros dezesseis quilômetros chegamos a um inquebrantável deserto virtualmente ausente de ação senciente. O curso do rio além da cidade parecia demarcado por uma larga faixa em depressão; por sua vez, a terra assumia uma maior robustez, aparentemente se tornando um leve aclive enquanto retrocedia no oeste enevoado.

Até então não havíamos feito nenhuma aterrissagem, mas deixar o platô sem nem uma tentativa de adentrar algumas das monstruosas estruturas seria inconcebível. Em concordância, decidimos encontrar um lugar suave nos sopés próximos à nossa passagem navegável, pousar ali o avião e nos preparar para realizar alguma exploração a pé. Embora essas encostas graduais estivessem parcialmente cobertas de escombros, um voo baixo logo revelou um amplo número de possíveis locais de pouso. Escolhendo o mais próximo da passagem, já que em seguida voaríamos de volta ao acampamento através da grande cordilheira, descemos por volta das 12h30 em um suave campo de neve completamente livre de obstáculos e bem adaptado para uma rápida e favorável decolagem mais tarde.

Não nos pareceu necessário proteger o avião com uma barricada de neve por um período de tempo tão curto e em condições tão favoráveis com a ausência do vento; assim, verificamos apenas se os esquis de pouso estavam firmemente encaixados e se as partes vitais do mecanismo se encontravam resguardadas do vento. Para nossa jornada a pé, descartamos os casacos mais pesados e partimos com uma pequena equipagem composta de uma bússola de bolso, câmera de mão, provisões leves, papéis e cadernos para anotações, martelo e cinzel de geólogo, bolsas para coletas de espécimes, rolos de cordas de rapel e poderosas lanternas elétricas com baterias extras; tal equipamento fora trazido no avião considerando a oportunidade de que pudéssemos efetuar uma aterrissagem, tirar fotos em solo, fazer desenhos e rascunhos topográficos e obter espécimes de rocha de alguma encosta desnuda, afloramento ou caverna na montanha. Afortunadamente possuíamos um suprimento extra de papel para ser cortado, guardado em uma bolsa de coleta reserva e então poderíamos seguir o princípio antigo de seguir pistas, demarcando nosso percurso em qualquer labirinto interior que penetrássemos. Esse suprimento foi trazido para o caso de nos depararmos com algum sistema de cavernas com ar suficientemente calmo para que pudéssemos empregar um método mais rápido do que a usual marcação de rochas durante uma expedição de reconhecimento.

Descendo cautelosamente sobre a crosta de neve em direção ao estupendo labirinto de pedra que se assomava contra o oeste opalescente, fomos tomados por uma sensação de admiração tão iminente quanto a que sentimos ao nos aproximar da insondável passagem na montanha quatro horas atrás. Em realidade, nos tornamos visualmente familiarizados com o incrível segredo oculto entre as barreiras de picos; no entanto, a perspectiva de realmente penetrar as muralhas primordiais erigidas por seres conscientes há, talvez, milhões de anos — antes que qualquer raça humana conhecida pudesse existir — era no mínimo pavorosa e potencialmente terrível em suas implicações de anormalidade cósmica. Embora o ar rarefeito na prodigiosa altitude tenha tornado o esforço um tanto mais difícil que o usual, Danforth e eu resistimos muito bem e nos sentíamos igualmente capazes de enfrentar praticamente qualquer problema que pudesse surgir. Depois de apenas alguns passos alcançamos uma ruína disforme desgastada até o nível da neve, enquanto cinquenta ou setenta metros à frente havia um enorme baluarte sem teto, ainda completo em seu contorno gigantesco de cinco pontas, erguendo-se até uma altura incomum de pouco mais de três metros. Seguimos em sua direção; e quando finalmente fomos capazes de tocar seus blocos ciclópicos desgastados pelas intempéries, sentimos que havíamos estabelecido uma ligação sem precedentes e quase blasfema com éons esquecidos e normalmente inacessíveis à nossa espécie.

Essa amurada, em formato de estrela e com cerca de noventa metros de uma ponta a outra, era constituída de blocos de arenito jurássico de tamanho irregular, em geral com uma superfície de um metro e oitenta por dois metros e meio. Havia uma fila de brechas ou janelas com cerca de um metro e vinte de largura por um e meio de altura; distribuídas bem simetricamente ao longo das pontas da estrela e em seus ângulos internos, e com suas bases a cerca de um metro e vinte da superfície congelada. Olhando através delas, percebemos que a cantaria tinha uma espessura total de um metro e meio, que não havia repartições internas remanescentes e que restavam traços de entalhes ou baixos-relevos nas paredes internas; fatos que já havíamos imaginado antes, quando voávamos baixo sobre essa muralha e outras semelhantes. Ainda que partes mais baixas devam ter existido originalmente, todos os resquícios estavam agora completamente obscurecidos pela profunda camada de gelo e neve no local.

Rastejamos através de uma das janelas e em vão tentamos decifrar os desenhos quase apagados do mural, mas não tentamos perturbar o piso congelado. Nossos voos de orientação indicaram que muitos prédios na própria cidade estavam menos cobertos de neve, e talvez pudéssemos encontrar interiores completamente limpos que conduziriam ao verdadeiro nível de solo se adentrássemos tais estruturas que ainda possuíam teto. Antes de deixarmos a muralha, a fotografamos cuidadosamente e estudamos sua ciclópica cantaria desprovida de argamassa com completa estupefação. Desejamos que Pabodie estivesse presente, pois seu conhecimento em engenharia nos ajudaria a compreender como tais blocos titânicos puderam ser manejados numa era incrivelmente remota, quando a cidade e sua periferia foram construídas.

A descida de quase um quilômetro até a cidade, com a ventania elevada uivando de maneira selvagem e vã através dos picos que tocavam o céu atrás de nós, sempre permanecerá gravada em minha mente nos menores detalhes. Apenas em pesadelos fantásticos seres humanos como Danforth e eu seríamos capazes de conceber tais efeitos óticos. Entre nós e os vapores turbulentos do ocidente restava o monstruoso emaranhado de torres de pedra negra, e não fosse pelas fotografias, eu ainda duvidaria de que tal coisa pudesse existir. O tipo geral de cantaria era idêntico ao da muralha que examinamos; mas as formas extravagantes que essa cantaria assumia em suas manifestações urbanas superam qualquer descrição.

Mesmo as fotos ilustram apenas uma ou outra fase de sua bizarria infinita, variedade interminável, sobrenatural opulência e absoluto exotismo alienígena. Havia formas geométricas que um Euclides mal poderia nomear — cones de todos os graus de irregularidade e truncamento;

terraços com todo tipo de desproporção provocativa; veios com alargamentos bulbosos estranhos; colunas quebradas em agrupamentos singulares; e arranjos grotescos com cinco pontas ou estrias. Enquanto nos aproximávamos pudemos ver através de certas partes transparentes do lençol de gelo, detectando algumas das pontes tubulares de pedra que conectavam as estruturas loucamente salpicadas em várias alturas. Não havia sinal de estradas organizadas, e a única via mais larga estava a um quilômetro e meio à esquerda, onde o antigo rio indubitavelmente fluiu pela cidade em direção ao interior das montanhas.

Nossos binóculos mostravam que as faixas horizontais externas das esculturas quase erodidas e grupos de pontos prevaleciam, e mal podíamos imaginar como teria sido o aspecto da cidade — ainda que a maioria dos tetos e cúpulas tenha inevitavelmente tombado. Em seu todo, a cidade fora um emaranhado complexo de vielas contorcidas e becos; cânions profundos, sendo alguns pouco mais que túneis em virtude da cantaria pendente ou pontes sobranceiras. Agora, esparramada à nossa frente, erguia-se como uma fantasia onírica contra a bruma ocidental, onde, através da extremidade setentrional, o vermelho e baixo sol antártico do início da tarde lutava para brilhar; e quando, por um momento, esse sol encontrava uma obstrução mais densa que lançava a cena em uma sombra temporária, o efeito era ameaçador de uma forma que eu nunca esperaria descrever. Mesmo o uivo enfraquecido e o assovio do vento que atravessava despercebido a grande montanha atrás de nós assumira uma nota mais selvagem de intencional malignidade. O último estágio de nossa descida até a cidade foi extraordinariamente íngreme e abrupto, e uma rocha que aflorava na ponta em que a elevação se alterava nos levou a acreditar que um terraço artificial uma vez existira ali. Sob a glaciação, acreditamos, devia haver um lance de escadas ou algo equivalente.

Quando finalmente mergulhamos na labiríntica cidade, escalando a cantaria desabada e nos afastando da proximidade opressiva e da altura que nos reduzia a anões com suas onipresentes paredes lascadas e em ruínas, nossas sensações novamente se acirraram, de forma que me surpreendi com o autocontrole que mantivemos. Danforth estava francamente agitado e começou a fazer algumas especulações ofensivamente irrelevantes sobre o horror no acampamento — das quais me ressentia cada vez mais porque não podia evitar de partilhar certas conclusões, forçado pelo aspecto daquela mórbida sobrevivente dos pesadelos antigos. As especulações também afetaram sua imaginação; pois, num determinado ponto — onde uma ruela repleta de detritos fazia uma curva abrupta —, ele insistiu ter visto estranhos traços nas marcas do solo que lhe causaram alguma repulsa; enquanto em outro lugar ele parou para ouvir um sutil som imaginário vindo de algum ponto indefinido, um abafado silvo musical, disse ele, não muito diferente daquele produzido pelo vento nas cavernas das montanhas, mas de alguma forma perturbadoramente distinto. O assomo incessante das *cinco pontas* na arquitetura ao redor e nos poucos arabescos distinguíveis no mural sugeria vagamente alguma coisa sinistra da qual não podíamos escapar; e nos forneceu indícios de uma terrível certeza subconsciente em relação às entidades primais que haviam erguido e habitado esse lugar profano.

Contudo, nossas almas científicas e aventureiras não estavam completamente mortas; e cumprimos mecanicamente nosso programa de coleta de espécimes de todos os tipos distintos de rocha presentes na cantaria. Desejávamos um conjunto completo com o objetivo de estabelecer melhores conclusões a respeito da idade do lugar. Nada nas grandes paredes externas parecia pertencer a alguma época após os períodos Jurássico e Comancheano, e nenhum pedaço de pedra em todo o local teria figurado em uma era mais recente que a Pliocena. Com grave certeza, vagávamos por uma morte que reinava por pelo menos quinhentos mil anos, e, com todas as probabilidades, por ainda mais tempo.

Enquanto prosseguíamos através daquele labirinto crepuscular de pedras sombrias, parávamos em todas as aberturas disponíveis para estudar os interiores e investigar possíveis entradas. Algumas estavam além de nosso alcance, enquanto outras conduziam apenas a ruínas soterradas por gelo, desprovidas de teto e estéreis como a barreira no morro. Uma, ainda que espaçosa e convidativa, se abria em um abismo aparentemente sem fundo, e não havia qualquer meio visível para descê-lo. De vez em quando tínhamos uma chance de estudar a madeira petrificada de uma veneziana sobrevivente e nos impressionávamos com a antiguidade fabulosa da fibra ainda discernível. Aquelas coisas tinham vindo de gimnospermas e coníferas do Mesozoico — especialmente de cicadófitas do período Cretáceo — e de palmeiras e angiospermas antigas que datavam do Terciário. Nada definitivamente posterior ao Plioceno pôde ser descoberto. Essas venezianas — cujas extremidades revelavam a antiga presença de estranhas dobradiças há muito desintegradas — pareciam ter sido instaladas para usos variados; algumas se encontravam no exterior e outras no interior de profundas canhoneiras. Aparentemente foram fincadas no local, sobrevivendo, assim, à ferrugem de seus antigos e provavelmente metálicos fixadores e suportes.

Após um tempo chegamos a uma fileira de janelas — nos bojos de um colossal cone de cinco pontas com o ápice intacto — que conduzia a um cômodo vasto e bem preservado com piso de pedra; mas essas eram altas demais para que pudéssemos descer sem o auxílio de uma corda. Tínhamos uma corda conosco, mas não queríamos nos incomodar com aquela descida de seis metros a menos que fôssemos obrigados — especialmente nesse ar rarefeito do platô onde muito se exige da ação do coração. Esse recinto enorme era provavelmente um salão ou algum tipo de átrio, e nossas lanternas elétricas revelaram esculturas arrojadas, distintas e potencialmente chocantes arranjadas ao longo das paredes em faixas horizontais, separadas por igualmente largas faixas de convencionais arabescos. Tomamos cuidadosas notas desse local, planejando entrar ali caso não encontrássemos um interior mais acessível.

Finalmente, porém, encontramos exatamente a abertura que almejávamos; um caminho arqueado com cerca de dois metros de largura e três de altura, demarcando o antigo término de uma ponte suspensa que se estendera como uma via e se erguia cerca de um metro e meio acima do presente nível de glaciação. Essas arcadas, é claro, eram repletas de andares superiores; e nesse caso específico um dos andares ainda existia. A construção acessível era composta de uma série de terraços à nossa esquerda, voltados para o ocidente. Do outro lado da via, onde a outra arcada se abria, havia um cilindro decrépito e sem janelas com uma protuberância curiosa a cerca de três metros acima da abertura. O interior estava totalmente escuro, e a arcada parecia desembocar em um poço de vazio ilimitado.

Detritos amontoados tornaram duplamente fácil a entrada para o vasto prédio à esquerda, ainda que por um momento tenhamos hesitado antes de aproveitar a chance tão longamente desejada. Embora já imersos num emaranhado de mistérios arcaicos, seria necessária uma resolução mais forte para que nos aventurássemos naquela construção realmente completa e intacta pertencente a um fabuloso mundo ancestral cuja essência nos parecia cada vez mais hedionda. Por fim, contudo, seguimos em frente; e cambaleamos pelo pedregulho até adentrar a canhoneira aberta. O piso adiante era composto de grandes lajes de ardósia que pareciam formar o final de um longo e amplo corredor com paredes esculpidas.

Observando as várias arcadas internas que conduziam para o exterior e percebendo a provável complexidade do ninho de aposentos do interior, decidimos dar início ao nosso sistema de marcação do caminho. Até ali nossas bússolas, em conjunto de frequentes observações da vasta cordilheira de montanhas entre as torres em nossa retaguarda, foram o suficiente para prevenir que nos desviássemos de nosso caminho; mas, de agora em diante, o substituto artificial seria necessário. Assim, reduzimos nosso papel extra à tiras de tamanho razoável, as acomodamos em uma sacola que Danforth carregava e nos preparamos para usá-las tão economicamente quanto permitiria nossa segurança. Tal método provavelmente nos garantiria imunidade contra desvios, já que não parecia existir nenhuma corrente de ar muito forte no interior da cantaria primordial. Se as correntes de ar surgissem, ou se exauríssemos nosso suprimento de papel, poderíamos recorrer ao mais seguro, porém mais tedioso e demorado, método de demarcar rochas.

Era impossível afirmar o quão extenso era o território que desbravamos sem o colocarmos à prova. A conexão estreita e frequente entre os diferentes prédios fazia parecer que seria possível atravessar de um para o outro em pontes soterradas pelo gelo, exceto quando éramos impedidos por desabamentos localizados e fendas geológicas, já que o mínimo de glaciação parece ter adentrado as construções massivas. Quase todas as áreas de gelo transparente revelaram as janelas submersas e hermeticamente cerradas, como se a cidade tivesse se mantido naquele estado uniforme até que o lençol gelado cristalizasse sua parte baixa para todo o sempre. De fato, tinha-se a curiosa impressão de que esse lugar fora deliberadamente fechado e abandonado em algum obscuro e antigo éon, e não subjugado por alguma calamidade repentina ou mesmo uma gradual decadência. A chegada do gelo teria sido prevista, forçando uma inominável população a fugir em massa a fim de buscar uma estadia menos condenada? As precisas condições fisiográficas relativas à formação da camada de gelo nesse ponto teria que aguardar uma solução mais tardia. Talvez a pressão de nevascas acumuladas tenha sido a responsável; e talvez alguma inundação do rio, ou a ruptura de alguma antiga represa glacial na grande cordilheira, tenha ajudado a criar aquele estado especial. A imaginação poderia conceber quase qualquer coisa em relação ao lugar.

VI

Seria problemático fornecer um relato detalhado e consecutivo de nosso perambular dentro da cavernosa colmeia com sua cantaria primeva morta há éons; aquele monstruoso covil de estranhos segredos que agora ecoava pela primeira vez, após incontáveis eras, os passos de pés humanos. Isso é especialmente verdadeiro porque muito do horrível drama e hedionda revelação deriva de um simples estudo dos onipresentes entalhes no mural. Nossas fotografias desses entalhes farão muito no sentido de provar a verdade do que agora revelamos, e é lamentável que não dispuséssemos de um suprimento maior de filmes. Sendo assim, fizemos rústicos rascunhos de certas formas mais salientes depois que todos os filmes foram utilizados.

A construção que adentramos era enorme e bem elaborada, e nos concedeu uma noção impressionante da arquitetura daquele inominável passado geológico. As repartições internas eram menos maciças que as paredes externas, mas nos níveis mais baixos se encontravam muito bem preservadas. A labiríntica complexidade, que envolvia curiosas irregularidades na altura do piso, caracterizava o arranjo completo; e certamente teríamos nos perdido logo no início, não fosse a trilha de papel que deixamos para trás. Decidimos explorar as mais decrépitas partes superiores antes de tudo, assim escalamos o labirinto, subindo uma distância de uns trinta metros até onde a mais alta fileira de câmaras se abria, nevada e arruinada, para o céu polar. Subimos pelas rampas íngremes e transversalmente estriadas ou por planos inclinados que em toda parte fizeram as vezes de escadas. Os recintos que encontramos apresentavam todas as formas e proporções imagináveis, variando de estrelas de cinco pontas até triângulos e cubos perfeitos. É seguro afirmar que possuía uma área geral de nove por nove metros e cerca de seis metros de altura; apesar de existirem recintos muito maiores. Após um minucioso exame das regiões superiores e do nível glacial, descemos andar por andar até a parte soterrada, onde, de fato, percebemos de imediato que estávamos num labirinto contínuo de câmaras conectadas e passagens, conduzindo, provavelmente, a áreas ilimitadas fora desse prédio em particular. O volume ciclópico e o gigantismo de tudo se tornaram curiosamente opressivos; e havia alguma coisa vaga, mas profundamente humana, em todos os contornos, dimensões, proporções, decorações e nuances arquitetônicas daquele trabalho de pedra de blasfemo arcaísmo. Logo percebemos, a partir do que os entalhes revelaram, que aquela cidade monstruosa possuía muitos milhões de anos.

Ainda somos incapazes de explicar os princípios de engenharia utilizados no equilíbrio e ajuste anômalo das vastas massas de pedra, contudo a função do arco estava claramente ligada a isso. Os aposentos que visitamos eram completamente desprovidos de conteúdos portáteis, uma circunstância que apoia nossa crença no abandono deliberado da cidade. A forma decorativa primeva era o sistema quase universal das esculturas murais; que tendiam a percorrer em contínuas faixas horizontais de pouco menos de um metro de largura, dispostas do piso ao teto em alternância com faixas de igual tamanho que traziam arabescos geométricos. Existiam exceções a essa regra de arranjos, mas sua preponderância era esmagadora. Frequentemente, contudo, uma série de cartuchos lisos com um estranho padrão de pontos agrupados surgia ao longo das faixas de arabescos.

A técnica, logo vimos, era madura, sofisticada e esteticamente desenvolvida até o mais alto grau de civilizada maestria; ainda que absolutamente estranha em cada detalhe a qualquer tradição artística conhecida da raça humana. Na delicadeza da execução, nenhuma escultura que eu já tenha visto se aproxima dela. Os mínimos detalhes da elaborada vegetação, ou da vida animal, eram retratados com vividez impressionante, a despeito da grande escala dos entalhes; por sua vez, os desenhos convencionais eram maravilhas de intrincada habilidade. Os arabescos demonstravam um profundo uso dos princípios matemáticos e eram compostos de obscuras curvas simétricas e ângulos baseados no número cinco. As faixas pictóricas seguiam uma tradição altamente formalizada e envolviam um tratamento peculiar da perspectiva; mas possuíam uma força artística que nos comovia profundamente, apesar do vácuo entre os períodos geológicos que nos separavam. Seu método de desenho se baseava em uma justaposição singular da seção transversal com duas silhuetas dimensionais, incorporando uma psicologia analítica que estava além do alcance de qualquer raça antiga conhecida. É inútil tentar comparar essa arte com qualquer uma representada em nossos museus. Aqueles que observarem nossas fotografias provavelmente encontrarão uma analogia mais próxima em certas concepções grotescas dos futuristas mais ousados.

O traçado em arabesco consistia em um conjunto de linhas em baixo-relevo, cuja profundidade nas paredes intactas variava entre três e cinco centímetros. Quando os cartuchos com grupos de pontos apareciam — evidentemente como inscrições em alguma língua ou alfabeto primordial —, a depressão da superfície lisa apresentava quase quatro centímetros, e nos pontos cerca de um centímetro a mais. As faixas pictóricas eram constituídas em alto-relevo, com seu plano de fundo cerca de cinco centímetros mais fundo que a superfície original da parede. Em alguns exemplares, marcas de uma antiga coloração podiam ser detectadas, embora na maioria dos casos os éons incontáveis tenham desintegrado e apagado qualquer pigmento que possa ter sido aplicado. Quanto mais estudávamos a maravilhosa técnica, mais nos admirávamos. Além de seu convencionalismo estrito, era possível capturar as minúcias, a observação acurada e a habilidade gráfica dos artistas; e, de fato, as próprias convenções serviam para simbolizar e acentuar a essência real ou a diferenciação vital de cada objeto delineado. Sentimos também que, além dessas excelências reconhecíveis, havia outras espreitando além do alcance de nossas percepções. Alguns toques aqui e ali forneciam pistas vagas de símbolos e estímulos latentes que, com outro cenário mental ou emocional e equipamento sensorial inteiramente diverso, poderiam ter representado um significado profundo e pungente para nós.

O tema das esculturas obviamente foi inspirado no cotidiano da esvaecida época na qual as peças foram esculpidas, contendo uma larga proporção de história evidente. Foi essa anormal mentalidade histórica da raça primitiva — uma circunstância fortuita operando, por mera coincidência, miraculosamente a nosso favor — que tornou os entalhes tão incrivelmente informativos para nós, levando-nos a privilegiar sua fotografia e transcrição a despeito de todas as demais considerações. Em alguns recintos o arranjo dominante era diversificado pela presença de mapas, cartas astronômicas e outros desenhos científicos em larga escala — tais coisas forneciam uma ingênua e terrível corroboração com o que reunimos a partir dos frisos e rodapés pictóricos. Ao insinuar o que o todo revelava, só posso esperar que meu relato não desperte maior curiosidade do que sã cautela naqueles que por fim acreditarem em mim. Seria trágico se outros fossem atraídos àquele reino de morte e horror justamente pelo aviso que pretendia desencorajá-los.

Essas paredes esculpidas eram interrompidas por altas janelas e maciços portais de quase quatro metros de altura, que eventualmente preservavam o madeirame petrificado — repleto de elaborados entalhes e bem polido. Todos os fixadores de metal há muito haviam se esvaído, mas algumas das portas permaneciam no lugar e precisaram ser tiradas do caminho enquanto seguíamos de um cômodo para o outro.

Molduras de janelas com estranhas vidraças transparentes — na maior parte elípticas — sobreviveram aqui e ali, ainda que não em quantidade considerável. Também havia frequentes nichos de grande magnitude, geralmente vazios, mas por vezes contendo bizarros objetos entalhados na pedra-sabão verde, os quais se encontravam quebrados ou talvez foram considerados inferiores demais para compensar o transporte. Outras aberturas estavam, sem dúvida, conectadas com as instalações mecânicas de outrora — aquecimento, iluminação e similares —, conforme sugeriam diversos entalhes. Os tetos tendiam a ser planos, mas por vezes apresentavam incrustações em pedra-sabão ou azulejos, quase todos soltos atualmente. Os pisos também eram pavimentados com tais azulejos, embora predominasse o trabalho em pedra lisa.

Como já disse, toda a mobília e outros bens estavam ausentes; mas as esculturas ofereciam uma clara ideia dos estranhos dispositivos que uma vez preencheram esses ecoantes cômodos tumulares. Acima do lençol de gelo, os pisos estavam geralmente repletos de detritos, restolho e escombros; mas, conforme descíamos, essa condição se amenizava. Em algumas das câmaras mais baixas e corredores havia pouco mais que poeira ou incrustações antigas, enquanto ocasionalmente surgiam locais com a espantosa atmosfera imaculada de um ambiente recentemente varrido. Evidentemente, nos pontos em que ocorreram desmoronamentos ou colapsos, os níveis inferiores estavam tão soterrados quanto os superiores. Um pátio central — como em outras estruturas que vimos do ar — preservava as regiões internas da escuridão total; por isso, raramente usamos as lanternas nos recintos superiores, exceto para estudar os detalhes esculpidos. Além da camada de gelo, entretanto, o crepúsculo se aprofundava; e em muitas partes do nível inferior emaranhado nos aproximávamos da escuridão absoluta.

Para formar mesmo que uma ideia rudimentar de nossos pensamentos e sensações quando penetramos aquele labirinto de inumana cantaria silenciado há éons, é necessário correlacionar um caos desesperadamente perturbador de ânimos fugidios, memórias e impressões. A horrenda antiguidade suprema e a desolação letal do lugar seriam o bastante para subjugar praticamente qualquer pessoa sensível, porém a esses elementos se adicionavam os inexplicáveis horrores recentemente ocorridos no acampamento, além das revelações súbitas dos terríveis murais esculpidos ao nosso redor. No momento em que alcançamos uma área em que a cantaria se encontrava intacta, onde não seria possível nenhuma ambiguidade de interpretação, precisamos apenas de um breve estudo para reconhecer a hedionda verdade — uma verdade tal que seria ingenuidade declarar que Danforth e eu não havíamos, em nosso íntimo, suspeitado dela antes, ainda que a cautela nos tenha impedido até mesmo de sugeri-la um ao outro. Agora não restava mais nenhuma dúvida misericordiosa a respeito da natureza dos seres que ergueram e habitaram aquela monstruosa cidade morta há milhões de anos, quando os ancestrais do homem eram mamíferos primitivos e arcaicos, e vastos dinossauros perambulavam pelas estepes tropicais da Europa e da Ásia.

Nos limitamos previamente à alternativa desesperada e insistimos — cada um para si mesmo — que a onipresença do motivo de cinco pontas significava apenas alguma exaltação cultural ou religiosa do objeto arqueano natural que tão patentemente incorporava a qualidade de cinco pontas; assim como os motivos decorativos da Creta de Minos exaltavam o touro sagrado, os do Egito continham o escaravelho, os de Roma traziam o lobo e a águia, e os de várias tribos selvagens preconizavam com alguns animais totêmicos escolhidos. Mas esse refúgio solitário havia então sido arrancado de nós, e fomos forçados a encarar definitivamente a percepção enlouquecedora que o leitor destas páginas sem dúvida já antecipou. Mesmo agora, mal posso colocá-la preto no branco, mas talvez não seja necessário.

As coisas que um dia ergueram e habitaram aquela pavorosa cantaria na era dos dinossauros não eram de fato dinossauros, mas algo muito pior. Simples dinossauros eram seres novos e quase descerebrados — já os construtores da cidade eram sábios e antigos, e deixaram determinados traços em rochas que mesmo em sua época já estavam lá há um bilhão de anos... rochas assentadas antes que a verdadeira vida na Terra evoluísse para algo além de plásticos grupos de células...

rochas assentadas antes que a verdadeira vida na Terra tivesse enfim existido. Eles foram os criadores e escravizadores daquela vida, e sem dúvida deram origem aos hostis mitos ancestrais sugeridos em coisas como os Manuscritos Pnakóticos e o *Necronomicon*. Eles eram os Grandes Antigos que desceram das estrelas quando a Terra era jovem — os seres cuja substância fora moldada por uma evolução alienígena e que possuíam poderes que jamais foram gerados por este planeta. E pensar que apenas um dia antes Danforth e eu olhamos realmente para fragmentos de sua milenar substância fossilizada... e que o pobre Lake e sua equipe viram suas formas completas... Obviamente é impossível relatar ordenadamente os estágios através dos quais captamos o que sabemos sobre aquele monstruoso capítulo da vida pré-humana. Após o primeiro choque de revelação certeira, tivemos que fazer uma pausa para nos recuperar, e já eram três da tarde quando começamos nossa viagem de pesquisa sistemática. As esculturas que encontramos datavam de um período relativamente mais tardio — talvez dois milhões de anos atrás —, conforme revelaram características geológicas, biológicas e astronômicas; e incorporavam uma arte que poderia ser considerada decadente em comparação com aquelas que encontramos nas construções mais antigas após atravessarmos as pontes sob o lençol glacial. Um edifício escavado em rocha sólida parecia remontar há quarenta, talvez cinquenta milhões de anos — até o mais baixo Eoceno ou ao Cretáceo superior —, e continha baixos-relevos de uma arte que superava qualquer outra que tenhamos encontrado, a não ser por uma tremenda exceção. Aquela era, nós então concordamos, a mais antiga estrutura doméstica que havíamos atravessado.

Não fosse pelo auxílio das lanternas, eu hesitaria em contar o que encontrei e deduzi para evitar o risco de ser confinado como um louco. É claro, as partes infinitamente antigas daquela história contada pelo mosaico — representando a vida pré-terrena de seres de cabeça estrelada em outros planetas, galáxias e universos — podem ser prontamente interpretadas como a mitologia fantástica desses próprios seres; ainda que tais partes tenham por vezes envolvido desenhos e diagramas tão espantosamente próximos às últimas descobertas da matemática e da astrofísica que dificilmente sei o que pensar. Deixe que os outros julguem quando virem as fotografias que pretendo divulgar.

Naturalmente, nenhum conjunto de entalhes que encontramos contava mais que uma fração de alguma história conexa; e nós nem mesmo nos deparamos com os vários estágios da história em sua ordem apropriada. Alguns dos vastos recintos eram unidades independentes no que diz respeito aos seus desenhos, enquanto em outros aposentos uma crônica era contada continuamente ao longo de uma série de cômodos ou corredores. Os melhores mapas e diagramas se encontravam nas paredes de um horrendo abismo abaixo do nível do solo — uma caverna com talvez sessenta metros de área e dezoito metros de altura, que fora, com quase toda a certeza, algum tipo de centro educacional. Havia muitas repetições provocantes do mesmo material em diferentes câmaras e construções, já que certos capítulos da experiência, e certos sumários ou fases da história racial, evidentemente foram temas favoritos de diferentes decoradores e habitantes. Algumas vezes, contudo, versões variantes do mesmo tema se provaram úteis em organizar pontos controversos e em preencher lacunas.

Ainda me admiro que tenhamos deduzido tanto com tão pouco tempo disponível. É claro, mesmo agora temos somente o mais remoto delineamento; e muito disso foi obtido mais tarde, a partir de um estudo das fotografias e rascunhos que fizemos. Talvez seja o efeito desse último estudo — as memórias revividas e impressões vagas agindo aliadas a sua sensibilidade geral e com aquele suposto vislumbre do horror final cuja essência ele não revelará nem mesmo para mim — a fonte imediata do presente colapso de Danforth. No entanto, tinha que ser assim; pois não podíamos enviar nosso aviso de maneira inteligente sem a possível completude das informações, e a divulgação desse alerta é uma necessidade primária. Certas influências duradouras daquele desconhecido mundo antártico de tempo desordenado e lei natural alienígena tornam imperativo que futuras explorações sejam desencorajadas.

VII

A história completa, até onde foi decifrada, aparecerá em breve em um boletim oficial da Universidade Miskatonic. Aqui devo apenas delinear os aspectos mais importantes de maneira confusa e disforme. Mito ou seja lá o que fossem, as esculturas contavam a vinda, do espaço cósmico, daquelas coisas de cabeça estrelada para a Terra ainda nascente e sem vida — sua vinda, e a chegada de muitas outras entidades alienígenas que eventualmente embarcaram no pioneirismo espacial. Eles pareciam capazes de atravessar o éter com suas vastas asas membranosas — o que confirmaria estranhamente algumas curiosas histórias folclóricas que um colega antiquário me contou há muito tempo. Viveram durante um longo período sob o mar, construindo fantásticas cidades e travando terríveis batalhas com adversários inomináveis por meio do uso de complexos dispositivos que empregavam princípios de energia desconhecidos. Evidentemente seus conhecimentos científico e mecânico superavam em muito os atuais, ainda que fizessem uso de suas formas mais amplas e elaboradas apenas quando eram obrigados. Algumas das esculturas sugeriam que eles passaram por um estágio de vida mecanizada em outros planetas, mas retrocederam após concluir que seus efeitos eram emocionalmente insatisfatórios. O rigor sobrenatural de sua constituição e a simplicidade de suas necessidades naturais os tornou peculiarmente aptos a viver em grandes altitudes sem os mais especializados frutos da manufatura artificial, e até mesmo sem vestimentas, exceto para a proteção ocasional contra os elementos.

Foi sob o mar, primeiro para alimentação e depois com outros propósitos, que de início eles criaram a vida terrena — utilizando-se das substâncias disponíveis de acordo com métodos conhecidos há muito tempo. Os experimentos mais elaborados vieram após a aniquilação de vários inimigos cósmicos. Eles haviam feito a mesma coisa em outros planetas; manufaturaram não apenas o alimento necessário, mas também certas massas protoplásmicas multicelulares capazes de moldar seus tecidos em todo tipo de órgãos temporários sob influência hipnótica, formando então escravos ideais para realizar o trabalho pesado da comunidade. Essas massas viscosas foram, sem dúvida, o que Abdul Alhazred, entre sussurros, chamou de "shoggoths" em seu horrendo *Necronomicon*, embora nem mesmo o árabe louco tenha insinuado a existência terrena de algum deles, a não ser nos sonhos daqueles que haviam mascado uma determinada erva alcaloide. Quando os Antigos de cabeça estrelada já haviam sintetizado suas formas simples de alimentação neste planeta, e após gerar um bom suprimento de shoggoths, eles permitiram que mais grupos celulares se desenvolvessem em outras formas de vida animal e vegetal para propósitos variados; e extirpavam qualquer dessas formas cuja presença se revelasse problemática.

Com a ajuda dos shoggoths, cujos membros eram capazes de levantar pesos prodigiosos, as pequenas e baixas cidades submarinas se desenvolveram em vastos e imponentes labirintos de pedra não muito diferentes daqueles que posteriormente seriam erguidos em terra. De fato, os altamente adaptáveis Antigos viveram bastante em solo em outras partes do universo e provavelmente mantiveram muitas tradições de construções terrestres. Enquanto estudávamos a arquitetura de todas essas paleógenas cidades esculpidas, inclusive aquela cujos corredores mortos atravessamos há éons, nos impressionamos com uma curiosa coincidência que ainda não tínhamos tentado explicar nem sequer para nós mesmos. Os topos das construções, que na cidade ao nosso redor tinham, é claro, se transformado em ruínas em virtude das intempéries de eras atrás, foram claramente retratados nos baixos-relevos, revelando vastos conjuntos de dardos pontiagudos, delicados remates em certos cones e apêndices piramidais, além de fileiras de finos discos horizontais escalonados que encimavam formas cilíndricas. Isso foi exatamente o que vimos naquela monstruosa e portentosa miragem, lançada por uma cidade morta cujas formas panorâmicas estiveram ausentes por milhares e dezenas de milhares de anos, que se erguera diante de nossos olhos ignorantes por entre as incompreensíveis montanhas da loucura conforme nos aproximávamos pela primeira vez do malfadado acampamento do pobre Lake.

Sobre a vida dos Antigos, tanto sob o mar quanto depois que uma porção deles migrou para a terra, é possível escrever volumes inteiros.

Aqueles que viveram em água rasa mantiveram o uso completo dos olhos nas extremidades de seus cinco tentáculos principais na cabeça e praticaram as artes da escrita e da escultura de maneira bem usual — a escrita era realizada com uma espécie de estilete em superfícies de cera à prova d'água. Aqueles que habitaram as profundezas do oceano, ainda que se utilizassem de um curioso organismo fosforescente para fornecer luz, suplementavam sua visão com obscuros sentidos especiais que operavam através dos cílios prismáticos em suas cabeças — sentidos que renderam a todos os Antigos uma independência parcial à luz em situações emergenciais. Suas formas de escultura e escrita sofreram alterações curiosas ao longo da descida, incorporando certos processos de revestimento aparentemente de natureza química — provavelmente para garantir a fosforescência —, os quais não foram revelados pelos baixos-relevos. Os seres se moviam no mar parcialmente através do nado — usando os braços laterais crinoides — e também se contorcendo com as estruturas inferiores de tentáculos que continham os pseudópodes. Ocasionalmente eles realizavam longos saltos com o uso auxiliar de dois ou mais conjuntos de suas asas retráteis em forma de leque. Em terra eles se utilizavam de seus pseudópodes em jornadas curtas, mas eventualmente voavam em grandes alturas ou atravessavam distâncias maiores com suas asas. Os vários tentáculos esguios dentro dos quais os braços crinoides se ramificavam eram infinitamente delicados, flexíveis e fortes, e possuíam grande precisão na coordenação neuromuscular, garantindo o máximo de habilidade e destreza em todas as expressões artísticas e demais operações manuais.

A rigidez destas coisas era quase inacreditável. Mesmo as terríveis pressões das maiores profundezas do mar pareciam incapazes de feri-las. Pouquíssimas delas pareciam morrer, exceto por meios violentos, e seus cemitérios eram muito limitados. O fato de que cobriam seus mortos, enterrando-os verticalmente sob montes nos quais eram entalhadas as cinco pontas, despertou pensamentos em Danforth e em mim que nos obrigaram a fazer uma pausa para nos recuperarmos após as revelações das esculturas. Os seres se multiplicavam através de esporos — como vegetais pteridófitos, conforme Lake suspeitara —, mas, em virtude de sua prodigiosa rigidez e longevidade, além de uma consequente desnecessidade de reposição, eles não encorajavam o desenvolvimento em larga escala de novos protalos, exceto quando desejavam ampliar a área colonizada. Os jovens amadureciam rapidamente e recebiam uma educação evidentemente superior a qualquer padrão imaginável. A vida intelectual e artística prevalente era altamente desenvolvida e produziu um duradouro conjunto de costumes e instituições que descreverei melhor em minha futura monografia. Estes variavam pouco de acordo com a residência em mar ou em terra, mas possuíam as mesmas fundações e essências.

Ainda que fossem capazes, como os vegetais, de derivar sua nutrição de substâncias inorgânicas, eles tinham uma grande preferência por alimentos orgânicos e especialmente de origem animal. Alimentavam-se de vida marinha crua nas profundezas marítimas, mas cozinhavam seus víveres em terra. Caçavam e criavam animais — abatendo-os com armas afiadas cujas estranhas marcas em certos ossos fósseis haviam sido notadas por nossa expedição. Resistiam maravilhosamente a todas as temperaturas ordinárias; e em seu estado natural eram capazes de viver em água congelante. Quando veio a grande glaciação do Plistoceno, contudo — cerca de um milhão de anos atrás —, os habitantes terrenos precisaram recorrer a medidas especiais, incluindo aquecimento artificial; até que, aparentemente, o frio mortal terminou por conduzi-los de volta para o mar. De suas viagens pré-históricas pelo espaço cósmico, dizem as lendas, eles absorveram certos químicos que os tornaram praticamente independentes de alimento, respiração e aquecimento; mas na época da grande glaciação eles perderam esses traços. Em todo caso, não eram capazes de prolongar seu estado artificial indefinidamente sem sofrer danos.

Sendo assexuados e de estrutura semivegetal, os Antigos não possuíam a base biológica para a fase familiar da vida mamífera; mas pareciam organizar grandes moradias de acordo com os princípios da utilização confortável do espaço e — como deduzimos das ocupações retratadas e cômodos reservados aos coabitantes — conforme uma associação mental por afinidade. Ao mobiliar suas casas eles mantinham tudo no centro dos grandes recintos, deixando todo o espaço das paredes livre para o tratamento decorativo. A iluminação, no caso dos habitantes terrestres, era obtida por meio de um dispositivo de provável natureza eletroquímica. Tanto em terra quanto sob a água eles usavam curiosas mesas, cadeiras e sofás em formatos cilíndricos — já que eles descansavam e dormiam eretos, com os tentáculos retraídos —, além de prateleiras para os conjuntos articulados de superfícies pontilhadas que formavam seus livros.

O governo era evidentemente complexo e provavelmente socialista, embora afirmações nesse sentido não pudessem ser deduzidas a partir das esculturas que vimos. Havia extenso comércio, tanto local quanto entre cidades distintas; certas contas pequenas, de cinco pontas e com inscrições, eram utilizadas como moedas. Provavelmente as menores entre as várias pedras-sabão esverdeadas encontradas por nossa expedição faziam parte de tal unidade monetária. Ainda que a cultura fosse essencialmente urbana, havia alguma agricultura e extensa pecuária. Mineração e uma quantidade limitada de manufatura também eram praticadas. Viagens eram muito frequentes, mas as migrações permanentes pareciam relativamente raras, exceto por vastos movimentos colonizadores através dos quais a raça se expandia. Para a locomoção pessoal, não careciam de nenhum auxílio externo; já que para movimentos tanto em solo, ar ou água, os Antigos pareciam ter capacidade de desenvolver velocidades surpreendentes. Carregamentos, entretanto, eram transportados por animais de carga — shoggoths sob o mar e uma curiosa variedade de vertebrados dos últimos anos da existência terrestre.

Esses vertebrados, assim como uma infinidade de outras formas de vida — animais e vegetais, marinhas, terrestres e aéreas — foram o produto de uma evolução não guiada agindo nas células vitais criadas pelos Antigos, embora tenham escapado de seu raio de atenção. Sofreram por se desenvolver sem supervisão porque não entraram em conflito com os seres dominantes. Formas incômodas, é claro, eram exterminadas mecanicamente. Foi interessante notar em algumas das últimas e mais decadentes esculturas um mamífero primitivo cambaleante, eventualmente consumido como alimento e às vezes empregado como um divertido bufão pelos habitantes da terra firme, cujo semblante símio e vagamente humano era inconfundível. Nos prédios das cidades terrestres os imensos blocos de pedra das altas torres geralmente eram erguidos por pterodáctilos de amplas asas pertencentes a uma espécie até agora desconhecida pela paleontologia.

A persistência com a qual os Antigos sobreviveram às diversas mudanças geológicas e às convulsões da crosta terrestre foi quase milagrosa. Ainda que poucas ou nenhuma de suas cidades pareçam ter figurado além do período Arqueano, não houve interrupção em sua civilização ou na transmissão de seus registros. O local original de seu advento no planeta foi o oceano Antártico, e é provável que eles tenham vindo não muito depois que a matéria constituinte da lua fora separada de seus vizinhos do Pacífico Sul. De acordo com um dos mapas esculpidos, o antigo globo estava então sob a água, com cidades de pedra sendo erguidas cada vez mais distantes da Antártida, conforme o passar dos éons. Outro mapa mostrava uma ampla protuberância de terra seca ao redor do Polo Sul, onde evidentemente alguns dos seres realizaram assentamentos experimentais, embora seus centros principais tenham sido transferidos para áreas mais próximas do fundo do mar. Mapas posteriores, que mostram essa massa de terra rachando e se movendo, lançando certas partes despegadas em direção ao norte, sustentam acentuadamente as teorias da deriva continental propostas recentemente por Taylor, Wegener e Joly.

Com a erupção da nova terra no Pacífico Sul, tremendos eventos tiveram início. Algumas das cidades marinhas foram destroçadas para além de qualquer esperança, ainda que esse não tenha sido o pior dos infortúnios. Outra raça — uma raça terrestre de seres em forma de polvo e provavelmente correspondendo à fabulosa cria pré-humana de Cthulhu — logo começou a descer da infinidade cósmica, precipitando uma monstruosa guerra, e por algum tempo os Antigos foram forçados a voltar para o mar — um golpe colossal, tendo em vista o aumento das colônias terrestres. Mais tarde a paz se estabeleceu, e novas terras foram cedidas às crias de Cthulhu enquanto os Antigos mantiveram o mar e outras terras. Novas cidades terrestres foram fundadas

— a maior delas na Antártida, já que essa região da primeira chegada era sagrada. A partir daí, como antes, a Antártida figurou como o centro da civilização dos Antigos, e todas as cidades construídas ali pela prole de Cthulhu foram demolidas. Então, de repente, as terras do pacífico afundaram novamente, levando consigo a horrenda cidade de pedra de R'lyeh e todos os polvos cósmicos, e assim os Antigos se tornaram novamente supremos no planeta, exceto por um sombrio temor sobre o qual não gostavam de falar. Em uma era mais tardia as cidades ocuparam todas as terras e áreas aquáticas do globo — daí a recomendação, que será exposta em minha vindoura monografia, de que alguns arqueólogos realizem escavações sistemáticas em algumas das regiões extremamente afastadas usando o tipo de aparato desenvolvido por Pabodie.

Por eras, a tendência dominante foi a transferência desses seres da água para a terra; um movimento encorajado pelo surgimento de novas massas de terra, embora nunca tenham abandonado completamente o oceano. Outra causa desse movimento em direção à terra firme foi uma nova dificuldade encontrada na reprodução e manejo dos shoggoths, dos quais a bem-sucedida vida no mar dependia. Com o marchar do tempo, conforme confessaram tristemente as esculturas, a arte da criação de novas vidas a partir de matéria inorgânica se perdeu; assim, os Antigos se limitaram a moldar formas já existentes. Na terra os grandes répteis se provaram altamente adaptáveis; mas os shoggoths do mar, reproduzindo-se por fissão e adquirindo um perigoso grau de inteligência acidental com o passar do tempo, se tornaram um formidável problema.

Os shoggoths sempre foram controlados pela sugestão hipnótica dos Antigos e modelavam sua rígida plasticidade em vários membros e órgãos úteis; mas agora seus poderes de automodelagem eram eventualmente exercidos de maneira independente, imitando as várias formas implantadas pelas sugestões do passado. Ao que parece, eles desenvolveram um cérebro semiestável cuja volição independente e ocasionalmente obstinada ecoava a vontade dos Antigos, mas sem obedecê-la sempre. As imagens esculpidas desses shoggoths nos encheram, a Danforth e a mim, de horror e nojo. Normalmente eram entidades amorfas compostas de uma geleia viscosa que parecia uma aglutinação de bolhas; e cada um possuía quase cinco metros de diâmetro quando em formato de esfera. No entanto, eles constantemente mudavam de tamanho e volume; desenvolviam ou formavam aparentes órgãos de visão, audição e fala, imitando seus mestres tanto espontaneamente quanto de acordo com o que lhes era sugerido.

Parece que eles se tornaram peculiarmente intratáveis por volta da metade do período Permiano, talvez há cento e cinquenta milhões de anos, quando uma verdadeira guerra para subjugá-los foi lançada sobre eles pelos Antigos marinhos. Retratos dessa guerra, e a maneira como os shoggoths tipicamente cobriam de lodo suas vítimas decapitadas, detinham uma qualidade maravilhosamente amedrontadora a despeito da intervenção abissal de eras incontáveis entre nós e eles. Os Antigos se utilizaram de curiosas armas de perturbação molecular contra as entidades rebeldes e, por fim, alcançaram uma vitória completa. Após isso, as esculturas revelavam um período no qual os shoggoths eram domados e submetidos por Antigos armados, de modo semelhante ao que os caubóis do Oeste norte-americano fizeram com os cavalos selvagens. Embora, durante a rebelião, os shoggoths tenham demonstrado a habilidade de viver fora da água, essa transição não foi encorajada; já que sua utilidade em terra dificilmente compensaria a inconveniência de seu controle.

Durante a era jurássica, os Antigos encontraram uma nova adversidade na forma de outra invasão do espaço exterior — dessa vez por criaturas meio fungos, meio crustáceos de um planeta identificado como o remoto e recém-descoberto Plutão; criaturas indubitavelmente iguais a essas figuravam em certas lendas folclóricas sussurradas na região Norte, e são conhecidas nos Himalaias como os Mi-Go, ou Abomináveis Homens das Neves. Para combater esses seres, os Antigos tentaram, pela primeira vez desde seu advento terreno, se lançar novamente no éter planetário; mas, apesar de todos os tradicionais preparativos, descobriram que não era mais possível abandonar a atmosfera terrestre. Qualquer que tenha sido o antigo segredo da viagem interestelar, este estava agora definitivamente perdido para a raça. No fim, os Mi-Go expulsaram os Antigos das terras do Norte, mas eles eram incapazes de perturbá-los no mar. Aos poucos, se iniciou o lento retorno da raça anciã ao seu original habitat antártico.

Foi curioso notar, nos retratos de batalhas, que tanto as proles de Cthulhu quanto os Mi-Go pareciam ser compostos de matérias extremamente distintas daquela substância que, sabíamos, constituía os Antigos. Eles eram capazes de se submeter a transformações e reintegrações impossíveis a seus adversários e por isso pareciam advir originalmente de golfos do espaço cósmico ainda mais remotos. Os Antigos, a não ser pela rigidez anormal e propriedades vitais peculiares, eram estritamente materiais e devem ter tido sua origem absoluta no continuum espaço-tempo conhecido; por sua vez, as fontes primevas das outras criaturas só podem ser imaginadas com a respiração suspensa. Tudo isso, é claro, assumindo que as ligações não terrestres e as anomalias atribuídas aos invasores hostis não eram pura mitologia. É concebível que os Antigos possam ter inventado um cenário cósmico para justificar suas derrotas ocasionais, já que interesse e orgulho históricos obviamente formavam seu principal elemento psicológico. É significativo que seus anais falhem em mencionar diversas raças potentes e avançadas de seres cujas poderosas culturas e cidades sobranceiras figuram persistentemente em certas lendas obscuras.

O estado mutável do mundo ao longo das eras geológicas aparece com vividez impactante em muitos dos mapas e cenas esculpidos pelos Antigos. Certos casos demandariam uma revisão da ciência atual, enquanto em outros suas audaciosas deduções puderam ser magnificamente confirmadas. Como eu disse, a hipótese de Taylor, Wegener e Joly de que todos os continentes são fragmentos de uma massa de terra antártica original que se partiu em virtude de uma força centrífuga e deslizou sobre uma superfície tecnicamente viscosa — uma hipótese sugerida por coisas como os contornos complementares da África e da América do Sul, e pela forma como as grandes cadeias de montanhas, se dobrando e se chocando, erguem-se da terra — recebe um proeminente apoio dessa fonte misteriosa.

Mapas retratando de forma evidente o mundo carbonífero de um bilhão ou mais de anos atrás exibiam falhas e fissuras destinadas a separar posteriormente a África dos reinos outrora contínuos da Europa (à época, a Valúsia da infernal lenda primitiva), a Ásia, as Américas e o continente antártico. Outros mapas — sendo o mais significativo relacionado com a fundação, há mais de cinquenta milhões de anos, da vasta cidade morta que nos cercava — revelavam todos os continentes atuais de uma maneira bem diferenciada. No mais recente espécime descoberto — datando talvez do período Plioceno — um mundo aproximado ao de hoje parecia bem claro, apesar da ligação do Alasca com a Sibéria, da América do Norte com a Europa através da Groenlândia, e da América do Sul com o continente antártico através da Terra de Graham. No mapa carbonífero o globo inteiro — o fundo do oceano e também a massa rachada de terra — trazia símbolos das vastas cidades de pedra dos Antigos, mas nos mapas mais tardios o atual retrocesso em direção à Antártida se torna bem evidente. O último exemplo do Plioceno não mostrava cidades terrestres exceto no continente antártico e na ponta da América do Sul, nem cidades oceânicas ao norte do quinquagésimo paralelo de latitude sul. O conhecimento e o interesse em relação à porção norte do mundo, exceto para um estudo das linhas costeiras provavelmente realizado durante os longos voos exploratórios com aquelas asas membranosas em formato de leque, evidentemente resultaram nulos entre os Antigos.

Destruição de cidades em virtude do surgimento de montanhas, a separação centrífuga dos continentes, as convulsões sísmicas da terra ou do fundo do mar, entre outras causas naturais, eram matéria de registros comuns; e é curioso observar quão poucos substitutos surgiam à medida que as eras passavam. A vasta megalópole morta que se abria ao nosso redor parecia ser o último centro geral da raça; fora erguida no início do período Cretáceo, depois que um titânico abalo terrestre obliterou uma predecessora ainda mais vasta não muito distante dali. Aparentemente, essa região em geral representava o ponto mais sagrado de todos, onde supostamente os primeiros Antigos se alojaram no primitivo fundo do mar. A nova cidade — cujas características pudemos reconhecer nas esculturas, embora ela se estendesse por quase dois mil quilômetros ao longo da cordilheira de montanhas, em ambas as direções, indo muito além dos limites de nosso sobrevoo — era supostamente o abrigo de certas pedras sagradas, fragmentos da primeira cidade submarina que foram trazidos à luz após longas épocas, no curso do colapso geral dos estratos.

VIII

Naturalmente, Danforth e eu estudamos com interesse especial e um peculiar senso pessoal de assombro tudo o que pertencia ao imediato distrito em que nos encontrávamos. Desse material local, havia naturalmente uma enorme abundância; e no emaranhado nível mais baixo da cidade fomos sortudos o bastante para encontrar uma casa de uma época mais tardia, cujas paredes, mesmo um tanto danificadas por uma fissura avizinhada, continham esculturas de decadente habilidade que contavam a história da região num período muito além daquele retratado no mapa Plioceno do qual derivamos nosso último vislumbre geral do mundo pré-humano. Esse foi o último lugar que examinamos detalhadamente, pois o que lá encontramos nos forneceu um novo e urgente objetivo.

Certamente, nos encontrávamos em um dos mais estranhos, bizarros e terríveis ermos do globo terrestre. De todas as terras existentes, era essa definitivamente a mais antiga; e crescia em nós a convicção de que aquela hedionda elevação do solo seria, de fato, o fabuloso e pesadelar platô de Leng, que até mesmo o louco autor do *Necronomicon* foi relutante em discutir. A grande cordilheira de montanhas era tremendamente longa — iniciando-se como uma serra baixa na Terra de Luitpold, na costa do mar de Weddell, cruzando virtualmente todo o continente. A parte realmente elevada se estendia em um poderoso arco aproximadamente a partir da latitude 82°, longitude 60° leste até latitude 70°, longitude 115° leste, com sua face côncava voltada para o nosso acampamento e sua saída para o mar situada na região daquela costa longa e obstruída pelo gelo cujos montes foram vislumbrados por Wilkes[7] e Mawson no Círculo Antártico.

Exageros da natureza ainda mais monstruosos pareciam perturbadoramente próximos. Eu disse que aqueles picos eram mais altos que os Himalaias, mas as esculturas não me deixavam afirmar que eram os mais altos da Terra. Essa honra mórbida está, além de qualquer

---

7   O oficial naval Charles Wilkes (1798-1877) comandou a expedição americana pelo oceano Antártico em 1838. Notório por sua rigidez no trato com a tripulação, teria sido uma das inspirações de Herman Melville para compor o obsessivo capitão Ahab, de *Moby Dick*.

dúvida, reservada a algo que metade das esculturas hesitava em registrar, enquanto outras abordavam com óbvia repugnância e trepidação. Aparentemente havia uma parte da terra antiga — a primeira que se erguera das águas depois que a Terra se desprendera da lua e os Antigos desceram das estrelas — que chegou a ser evitada como um mal vago e inominável. As cidades construídas nessa região ruíram antes do tempo e se encontraram inesperadamente desertas. Então, quando o primeiro grande tremor de terra convulsionou a região na era comancheana, uma fileira horrenda de picos de repente se ergueu em meio ao mais impactante estrondo e caos — e a Terra recebeu suas mais altas e terríveis montanhas.

Se a escala dos entalhes estiver correta, essas coisas abomináveis deviam ter mais de doze mil metros de altura — radicalmente maiores que as mais chocantes montanhas da loucura que atravessamos. Estendiam-se, aparentemente, desde a latitude 77°, longitude 70° leste até a latitude 70°, longitude 100° leste — a menos de quinhentos quilômetros de distância da cidade morta, de maneira que teríamos vislumbrado seus terríveis cumes ao longe no oeste obscuro, não fosse pela vaga névoa opalescente. Seu extremo norte devia, da mesma forma, ser visível a partir da longa costa litorânea do Círculo Antártico, na Terra da Rainha Mary.

Alguns dos Antigos, em seus dias de decadência, realizaram estranhas preces para aquelas montanhas; mas nenhum deles se arriscou em se aproximar ou investigar o que existia além delas. Jamais foram miradas pelo olhar humano e, enquanto eu estudava as emoções retratadas nos entalhes, rezei para que isso jamais aconteça. Há montes protetores ao longo da costa além dessas montanhas — Rainha Mary e as terras do Kaiser Wilhelm —, e agradeci aos céus que ninguém tenha sido capaz de aterrissar ali ou escalar aqueles montes. Não sou mais tão cético em relação aos contos antigos e medos como costumava ser, e não mais escarneço das noções do escultor pré-humano de que os relâmpagos, em intervalos, faziam uma pausa significativa em cada um dos cumes melancólicos, e que um brilho inexplicável irradiava daqueles pináculos terríveis ao longo de toda a noite polar.

É bem provável que exista um sentido deveras real e monstruoso nos antigos sussurros Pnakóticos sobre Kadath no Deserto Gelado.

Mas o terreno que se estendia adiante de nós não era menos estranho, embora menos sujeito a inomináveis maldições. Logo após a fundação da cidade, a grande cordilheira se tornou o sítio dos principais templos, e vários entalhes retratavam grotescas e fantásticas torres rasgando o céu onde agora víamos somente cubos curiosamente presos às rochas e balaustradas. No curso das eras as cavernas surgiram, e foram transformadas em anexos dos templos. Com o avanço de épocas ainda mais tardias, todos os veios de calcário da região foram erodidos pelas águas subterrâneas, de forma que as montanhas, os sopés e os planos abaixo deles se transformaram numa rede perceptível de cavernas conectadas e galerias. Muitas esculturas retratavam profundas explorações subterrâneas, além da descoberta do estígio e soturno mar que espreita no ventre da Terra.

Esse vasto golfo noturno fora escavado, indubitavelmente, pelo grande rio que fluía das inomináveis e horríveis montanhas ocidentais, contornava a base da cordilheira dos Antigos e seguia ao lado da cadeia até o oceano Índico, entre Budd e as Terras Totten, no litoral de Wilke. Pouco a pouco, a base calcária do monte foi erodida em seu entorno, até que finalmente seus fluidos correntes atingiram as cavernas de águas subterrâneas, juntando-se a elas na escavação de um abismo mais profundo. Finalmente sua protuberância completa se esvaziou nos morros ocos, secando o velho leito que corria em direção ao oceano. Grande parte da cidade tardia como a encontramos agora fora erguida sobre o antigo leito. Os Antigos, compreendendo o que estava ocorrendo e exercendo seu senso artístico sempre interessante, escavaram em pilares ornados aquelas faixas de terra dos sopés onde a grande corrente começava sua descida na escuridão eterna.

Esse rio, outrora atravessado por pontes de pedras nobres, era claramente aquele cujo leito extinto visualizamos em nosso voo. Sua posição em diferentes entalhes da cidade nos ajudou a visualizar aquele cenário tal como fora em vários estágios da longeva região morta através das eras históricas; assim fomos capazes de rascunhar um rápido, mas cuidadoso, mapa das características principais — praças, prédios importantes e coisas do tipo — que serviria de guia para futuras explorações. Logo podíamos reconstruir, em nossas fantasias, toda a coisa estupenda como ela era há um milhão, ou dez milhões, ou quinze milhões de anos, uma vez que as esculturas nos mostravam exatamente como eram as construções, montanhas, quarteirões, subúrbios e panoramas em seu conjunto, bem como a aparência da luxuriante vegetação Terciária. O lugar deve ter possuído uma maravilhosa e mística beleza, e enquanto pensava nisso quase me esqueci da desagradável sensação de sinistra opressão que a idade inumana da cidade, sua magnitude e morte, sua remota distância e crepúsculo glacial infundiram em meu espírito, sufocando e oprimindo-o. Ainda de acordo com certos entalhes, os habitantes da cidade conheceram, eles mesmos, o estrangulamento do terror opressivo; pois há um sombrio e recorrente tipo de cena em que os Antigos são mostrados em fuga, apavorados por algum tipo de objeto — cujo retrato nunca fora permitido — encontrado no grande rio, o qual, oriundo daquelas horríveis montanhas ocidentais, lhes fora levado pela corrente através de florestas de cicadófitas drapejadas de trepadeiras.

Foi apenas na mais tardia das casas com os entalhes decadentes que obtivemos um vislumbre da calamidade fatal que conduzira ao abandono da cidade. Sem dúvida, devem existir muitas outras esculturas da mesma época em outros lugares, mesmo considerando as energias e aspirações vacilantes de um período incerto e estressante. De fato, muitas evidências da existência de outras peças vieram até nós logo depois, mas esse foi o primeiro e único conjunto que encontramos diretamente. Planejávamos continuar com a exploração mais tarde; mas, como já disse, condições imediatas ditaram outro objetivo premente. Haveria, contudo, um limite — pois, após ter perecido, entre os Antigos, toda e qualquer esperança de uma longa ocupação futura do lugar, não poderia deixar de haver uma interrupção completa das decorações murais. O golpe derradeiro, é claro, foi a chegada do grande frio que uma vez manteve a terra refém e que jamais abandonou os seus malfadados polos — o grande frio que, na outra extremidade do mundo, eliminou as fabulosas terras de Lomar e Hiperbórea.

É difícil estabelecer precisamente em que momento essa tendência começou na Antártida. Entretanto, determina-se que o início dos períodos glaciais gerais tenha se dado há aproximadamente quinhentos mil anos, a partir do momento presente, mas nos polos o terrível flagelo deve ter se iniciado muito mais cedo. Todas as estimativas são, em parte, suposições; mas é bem provável que as esculturas decadentes tenham sido feitas há menos de um milhão de anos, e que a cidade fora completamente desertada muito antes do convencionado início do Plistoceno — há quinhentos mil anos —, conforme é possível calcular em termos da superfície terrestre como um todo.

Nas esculturas decadentes havia sinais de mirrada vegetação em vários lugares, além de um decréscimo da vida rural por parte dos Antigos. Dispositivos de aquecimento figuravam nas casas, e viajantes de inverno eram representados encobertos por tecidos protetores. Então vimos uma série de cartuchos (o arranjo de faixas contínuas era frequentemente interrompido nesses últimos entalhes) descrevendo uma migração crescente em direção aos refúgios mais próximos e com temperaturas mais elevadas — alguns fugiam para as cidades submarinas distantes do litoral, e outros desciam, através das redes de cavernas de calcário nos montes ocos, em direção ao vizinho abismo negro de águas subterrâneas.

Por fim, aparentemente esse abismo foi o local mais colonizado. Tal se deve, sem dúvidas, ao caráter sacro dessa região especial; mas pode ter sido escolhido sobretudo por haver a possibilidade de utilizar os grandes templos escavados nas montanhas alveolares e também porque a vasta cidade em terra firme poderia ser mantida como um local de veraneio e base de comunicação com várias minas. A ligação entre as velhas e novas moradias era feita principalmente por meio de diversos desníveis e melhorias realizadas ao longo das rotas de conexão, incluindo a escavação de numerosos túneis que conduziam diretamente da antiga metrópole até o abismo negro — túneis com descidas acentuadas cujas bocas cuidadosamente desenhamos, de acordo com nossas melhores estimativas, no mapa que compilávamos. Era óbvio que ao menos dois desses túneis se localizavam dentro de uma distância exploratória razoável a partir do ponto em que nos encontrávamos; ambos estavam no limite montanhoso da cidade, um a cerca de quatrocentos metros na direção do antigo leito do rio, e o outro a talvez o dobro da distância, na direção oposta.

O abismo, aparentemente, apresentava margens de terra seca em certos locais, mas os Antigos construíram sua nova cidade sob a água — sem dúvida em virtude de uma maior certeza em relação à uniformidade da temperatura. A profundidade do mar oculto parece ter sido muito grande, de forma que o calor interno da Terra garantia que o local seria habitável por um período indefinido. As criaturas pareciam não ter problemas em se adaptar à residência, de início parcialmente — e, finalmente, é claro, em tempo integral — sob a água, pois elas nunca permitiram que seu sistema de guelras se atrofiasse. Havia várias esculturas que retratavam suas constantes visitas a parentes submarinos em todos os lugares, além de banhos habituais no fundo de seu grande rio. A escuridão do interior da terra também não seria proibitiva para uma raça acostumada às longas noites antárticas.

Embora seu estilo fosse efetivamente decadente, esses últimos entalhes ganhavam uma qualidade verdadeiramente épica quando narravam a construção da nova cidade na caverna marinha. Os Antigos foram bem científicos quanto a isso; extraíram rochas insolúveis do coração das montanhas alveolares e empregaram trabalhadores especializados das cidades submarinas próximas para realizar a construção de acordo com os melhores métodos. Tais trabalhadores trouxeram consigo tudo o que era necessário para estabelecer o novo empreendimento — tecidos de shoggoths, a partir dos quais seriam criados carregadores de pedras e, posteriormente, bestas de carga para a cidade na caverna, além de outras matérias protoplásmicas que serviriam para moldar organismos fosforescentes utilizados na iluminação.

Finalmente uma poderosa metrópole se ergueu no fundo daquele mar estígio; sua arquitetura era muito parecida com a da cidade na superfície, e seu trabalho demonstrou relativamente pouco definhamento em consequência dos precisos elementos matemáticos inerentes às operações de construção. Os shoggoths recém-criados alcançaram enormes proporções e singular inteligência, e foram representados cumprindo ordens com extrema rapidez. Ao que parece, conversavam com os Antigos pela imitação de suas vozes, uma espécie de assovio musical de alta frequência — se as indicações da dissecação do pobre Lake estiverem corretas —, e trabalhavam mais sob o comando falado do que por sugestões hipnóticas como nos tempos antigos. Eram mantidos, contudo, sob admirável controle. Os organismos fosforescentes forneciam iluminação com grande efetividade e sem dúvida compensavam bem a ausência das familiares e noturnas auroras polares do mundo exterior.

Arte e decoração ainda eram praticadas, embora, é claro, com certo decaimento. Os Antigos pareciam perceber seu declínio, e em muitos casos anteciparam a política de Constantino, o Grande, ao transplantar blocos da antiga cantaria especialmente refinada de sua cidade terrestre, assim como o imperador, numa época similar de esgotamento, despiu a Grécia e a Ásia de sua melhor arte para presentear sua nova capital bizantina com um esplendor superior àquele que o seu próprio povo teria sido capaz de criar. A transferência de blocos esculpidos não foi mais extensa, sem dúvida, pelo fato de que a cidade terrestre não havia sido completamente abandonada de início. Na época do abandono total — e certamente isso aconteceu antes do avanço do Plistoceno polar —, os Antigos já tinham se contentado com sua arte decadente — ou apenas deixaram de reconhecer o mérito superior do entalhe antigo. De qualquer forma, as ruínas que nos rodeavam, lançadas ao silêncio de éons, certamente não foram submetidas a um completo saque cultural; contudo, as melhores estátuas avulsas e outros móveis foram levados embora.

Os decadentes cartuchos e rodapés que contavam essa história foram, conforme já relatei, os últimos que pudemos encontrar em nossa limitada busca. Deixaram-nos com uma imagem dos Antigos indo e vindo constantemente, da cidade em terra no verão para a cidade na caverna marinha no inverno, e algumas vezes comerciando com cidades submersas ao longo do litoral antártico. A sina final da cidade terrestre deve ter ocorrido nessa época, pois as esculturas revelavam muitos sinais da maligna invasão glacial. A vegetação declinava, e as neves terríveis do inverno não mais derretiam completamente, nem mesmo no alto verão. Os rebanhos de sáurios estavam quase todos mortos, e os mamíferos também sofriam. Para manter o trabalho no mundo superior, tornou-se necessário adaptar alguns dos shoggoths amorfos e curiosamente resistentes ao frio para a vida na terra; algo que os Antigos antes relutaram em fazer. O grande rio agora não tinha mais vida, e o mar da superfície perdera a maioria de seus habitantes, exceto as focas e baleias. Todas as aves se foram, com exceção apenas dos enormes e grotescos pinguins.

O que ocorreu depois de tudo isso, podemos apenas supor. Por quanto tempo a cidade na caverna marinha sobreviveu? Ela ainda estaria lá, um cadáver petrificado na escuridão eterna? Teriam as águas subterrâneas finalmente se enregelado? A que destino as cidades oceânicas do mundo exterior teriam sido entregues? Alguns dos Antigos teriam se mudado para o norte, ultrapassando a camada de gelo? A geologia atual não mostra nenhum traço de sua presença. Os terríveis Mi-Go ainda seriam uma ameaça no mundo extraterreno das terras do Norte? Seria possível ter certeza do que poderia ou não ter sobrevivido, até os dias atuais, nos escuros e inexplorados abismos das mais profundas águas da Terra? Aquelas coisas pareciam capazes de suportar qualquer quantidade de pressão — e homens do mar eventualmente fisgam curiosos objetos. E a teoria da baleia assassina de fato poderia explicar as selvagens e misteriosas cicatrizes nas focas antárticas percebidas na geração passada por Borchgrevingk?

Os espécimes encontrados pelo pobre Lake não entram nessas suposições, pois seu contexto geológico prova que devem ter vivido numa época muito remota da história da cidade terrestre. Eles possuíam, de acordo com sua localização, certamente não menos que trinta milhões de anos; e refletimos que, nessa época, a cidade na caverna marinha e mesmo a própria caverna nem ao menos existiam. Teriam recordado um cenário mais antigo, com luxuriante vegetação terciária por toda parte, uma cidade mais jovem na terra firme com arte florescendo ao seu redor e um grande rio correndo ao norte, ao longo dos sopés de poderosas montanhas, em direção a um distante oceano tropical.

Ainda assim não podíamos evitar pensar naqueles espécimes — sobretudo nos oito ainda intactos que desapareceram do acampamento terrivelmente devastado de Lake. Havia algo anormal em todo o ocorrido — as coisas estranhas que tão duramente tentamos atribuir à loucura de alguém — aquelas covas horrendas — a quantidade e a natureza do material desaparecido — Gedney — a rigidez extraterrena daquelas monstruosidades arcaicas e as estranhas aberrações vitais que as esculturas agora relacionavam à raça... Danforth e eu vimos o bastante em algumas poucas horas e estávamos preparados para acreditar em muitos segredos chocantes e incríveis da natureza primitiva, mas manteríamos completo silêncio a seu respeito.

IX

Eu disse que nosso estudo das esculturas decadentes trouxe uma mudança em nosso objetivo imediato. Isso, é claro, se relaciona com as avenidas cinzeladas do abominável mundo interior, de cuja existência não sabíamos antes, mas que agora estávamos dispostos a encontrar e percorrer. A partir da evidente escala dos entalhes, deduzimos que uma caminhada descendente de cerca de um quilômetro e meio através de qualquer um dos túneis vizinhos nos conduziria à beira dos estonteantes penhascos sobranceiros sobre o grande abismo, em cujas laterais desciam caminhos razoáveis, melhorados pelos Antigos, que conduziam à rochosa margem do oculto e notívago oceano. Contemplar esse fabuloso golfo em sua forte presença era uma tentação à qual parecia impossível resistir uma vez que se tomava conhecimento da coisa — embora percebêssemos que seria necessário iniciar a jornada rapidamente se esperávamos realizá-la em nossa atual incursão.

Já eram oito horas da noite, e não tínhamos cargas sobressalentes de bateria para manter nossas lanternas acesas indefinidamente. Realizamos tantos estudos e cópias abaixo do nível do gelo que nosso suprimento de baterias fora usado por pelo menos cinco horas seguidas; e apesar da fórmula especial de células secas, era óbvio que nosso suprimento duraria no máximo mais quatro horas — ainda que pudéssemos estender esse tempo se mantivéssemos uma das lanternas apagada, utilizando-a apenas em lugares especialmente interessantes ou difíceis. Não era possível ficar sem luz naquelas catacumbas ciclópicas, então, para realizar a viagem até o abismo, fomos obrigados a abrir mão de decifrar posteriormente os murais. Obviamente pretendíamos revisitar o lugar durante dias e talvez semanas para estudos intensivos e registros fotográficos — a curiosidade superara o horror —, mas por enquanto precisávamos correr. Nosso suprimento de papéis para marcar o caminho estava longe de ser ilimitado, e estávamos relutantes em sacrificar nossos blocos de nota ou os papéis de rascunho para aumentá-lo; porém nos desfizemos de um grande caderno. Se o pior acontecesse, poderíamos recorrer à marcação nas rochas — e seria possível, é claro, mesmo no caso de uma total perda de direção, alcançar a luz do dia através de um ou outro canal com tempo suficiente para tentativas e erros. Então finalmente nos dirigimos, repletos de entusiasmo, ao túnel mais próximo.

Segundo os entalhes a partir dos quais fizemos nosso mapa, a entrada do túnel que procurávamos não poderia estar muito mais distante que quatrocentos metros do local onde nos encontrávamos; o caminho até lá estava repleto de construções de aparência sólida, provavelmente penetráveis, embora estivessem num nível subglacial. A abertura em si estaria no subterrâneo — no ângulo mais próximo ao sopé — de uma vasta estrutura pentapontiaguda de natureza evidentemente pública ou mesmo cerimonial, que tentamos identificar a partir de nosso sobrevoo pelas ruínas.

Nenhuma estrutura do tipo surgiu em nossas mentes enquanto relembrávamos nosso voo, então concluímos que suas partes superiores estavam muito danificadas ou foram totalmente destruídas pela fenda de gelo que avistamos. Nesse caso, o túnel provavelmente estaria obstruído, e assim teríamos que tentar algum outro que estivesse mais próximo — aquele localizado a pouco mais de um quilômetro e meio em direção ao norte. O curso do rio impedia qualquer tentativa de acesso a outros túneis mais ao sul nessa viagem; e, de fato, se ambos os túneis vizinhos estivessem obstruídos, não era certo que nossas baterias poderiam garantir uma terceira tentativa, localizada ainda mais ao norte — um quilômetro e meio mais distante que nossa segunda escolha.

Enquanto percorríamos nosso sombrio caminho através do labirinto com o auxílio do mapa e da bússola — atravessando salões e corredores em todos os estágios de ruína ou preservação, escalando rampas, cruzando lajes e pontes e descendo novamente, encontrando passagens obstruídas e pilhas de detritos, acelerando ali e acolá ao longo de trechos refinadamente bem preservados e espantosamente imaculados, tomando rotas falsas e retraçando nosso caminho (em alguns casos, removendo a trilha de papéis que havíamos deixado para trás), e vez ou outra atingindo o fundo de um poço aberto através do qual se infiltrava ou fluía a luz do dia —, éramos repetidamente tentados pelas paredes esculpidas ao longo de nossa rota. Muitas deviam narrar contos de imensa importância histórica, e apenas o prospecto de visitas posteriores nos reconciliaram com a necessidade de deixá-las. Diminuíamos a velocidade de vez em quando e ligávamos a segunda lanterna. Se tivéssemos mais filmes, certamente teríamos pausado brevemente para fotografar alguns baixos-relevos, mas perder tempo com desenhos estava claramente fora de questão.

Chego agora uma vez mais num ponto em que me vejo muito fortemente tentado a hesitar, ou a fazer sugestões em vez de afirmações. É necessário, contudo, revelar o restante para justificar meu esforço em desencorajar futuras explorações. Estávamos muito próximos do local que acreditávamos ser a entrada do túnel — após atravessar uma ponte do segundo pavimento até o que parecia ser a extremidade de uma parede pontuda, e então descendo para um corredor arruinado, especialmente rico em esculturas decadentemente elaboradas e aparentemente ritualísticas de tardia habilidade — quando, cerca de oito e meia da noite, as narinas jovens e apuradas de Danforth nos deram o primeiro indício de algo incomum. Se tivéssemos um cão conosco, suponho que teríamos sido avisados antes. De início não conseguíamos dizer com precisão o que estava errado, pois o ar estava muito cristalino, mas após alguns segundos nossas memórias reagiram definitivamente. Deixe-me tentar expor a coisa sem estremecer. Havia um odor — e esse odor era leve, sutil e inconfundivelmente semelhante àquele que nos nauseara ao abrir a cova insana do horror dissecado pelo pobre Lake.

É claro que a revelação não foi tão súbita como soa agora. Havia várias explanações concebíveis, e trocamos muitos sussurros indecisos. O mais importante de tudo é que não retornamos sem investigar mais detidamente; por ter chegado tão longe, hesitávamos em nos intimidar por qualquer coisa que não fosse um iminente desastre. De qualquer forma, o que devemos ter suspeitado era, no fim das contas, insano demais para se acreditar. Tais coisas não ocorrem em nenhum mundo normal. Provavelmente nada além de um instinto irracional fez com que desligássemos nossa única lanterna — uma vez que não estávamos mais seduzidos pelas decadentes e sinistras esculturas que nos fitavam ameaçadoramente das paredes opressivas —, diminuindo nosso progresso a um cauteloso tatear e rastejar sobre o piso cada vez mais atulhado por escombros e detritos.

Os olhos e o nariz de Danforth se provaram mais apurados que os meus, por isso é justificável que ele tenha sido o primeiro a notar o estranho aspecto dos detritos depois que atravessamos vários arcos semiobstruídos que conduziam a câmaras e corredores no nível do solo. O lugar não parecia ter sido abandonado há milhares de anos, e quando cautelosamente aumentamos a luz vimos que uma espécie de trilha parecia ter sido traçada. A natureza irregular dos escombros impedia qualquer marca mais definida, mas nos locais mais limpos havia a sugestão de que objetos pesados foram arrastados. Por um momento pensamos ter visto uma pista de rastros paralelos, como os de alguém correndo. Isso foi o que nos fez parar novamente.

Foi durante essa pausa que captamos — dessa vez simultaneamente — outro odor mais adiante. Paradoxalmente, era ao mesmo tempo um odor mais e menos horripilante — intrinsecamente menos horripilante, mas infinitamente mais apavorante nesse local e sob as circunstâncias conhecidas... a menos, é claro, Gedney... pois o odor era o simples e familiar cheiro de petróleo comum... gasolina ordinária.

De que maneira nos foi possível encontrar motivação depois desse episódio é algo que deixarei os psicólogos descobrirem. Sabíamos agora que alguma terrível extensão dos horrores do acampamento deve ter se arrastado até esse noturno cemitério dos éons, portanto não podíamos mais duvidar da existência de circunstâncias inomináveis — presentes ou ao menos recentes — logo à frente. Por fim deixamos que a pura curiosidade abrasadora — ou ansiedade — ou auto-hipnose — ou vagos pensamentos de responsabilidade em relação a Gedney — ou o que fosse — nos conduzisse. Danforth sussurrou novamente sobre a marca que pensou ter visto na curva do beco nas ruínas acima; também se referiu ao sutil assovio musical — potencialmente de tremenda significância à luz dos relatórios de dissecação de Lake, a despeito de sua grande semelhança com os ecos das ventanias que sopravam nos picos nas entradas das cavernas — que imaginou ter escutado logo a seguir nas profundezas desconhecidas. Eu, do meu lado, sussurrava sobre as condições em que o acampamento fora deixado — ou a respeito das coisas desaparecidas, e como a loucura de um único sobrevivente pode ter concebido o inconcebível — uma viagem insana através das monstruosas montanhas e uma descida até a desconhecida cantaria primitiva.

Mas não pudemos convencer um ao outro, nem sequer a nós mesmos, de algo definitivo. Desligamos todas as luzes quando paramos e notamos vagamente que um traço de luz vindo da superfície impedia a escuridão absoluta. Tendo começado automaticamente a seguir adiante, nos guiávamos por flashes ocasionais de nossa lanterna. Os detritos perturbados criavam uma impressão da qual não podíamos nos desvencilhar, e o cheiro de gasolina se tornava mais forte. Mais e mais ruínas apareciam diante de nossos olhos e prendiam nossos pés, e então logo depois percebemos que o caminho à frente estava prestes a cessar. Tínhamos sido corretos demais em nossos palpites pessimistas sobre aquela fenda vista do ar. Nossa jornada através do túnel era cega, e não seríamos capazes de atingir o subsolo que dava acesso ao abismo.

A luz da lanterna, refletindo nas paredes grotescamente escavadas do corredor bloqueado em que estávamos, mostrava várias passagens em diversos estágios de obstrução; e o odor de gasolina — quase abafando aquela outra insinuação de odor — vinha especialmente de uma delas. Enquanto firmávamos o olhar, percebemos, para além de qualquer dúvida, que houvera uma leve e recente remoção dos detritos de uma abertura em particular. Qualquer que fosse o horror à espreita, acreditávamos que o caminho que conduzia até ele estava agora plenamente manifesto. Não creio que alguém poderia se surpreender por termos aguardado um tempo considerável antes de dar o próximo passo.

E então, quando nos aventuramos no interior do arco negro, nossa primeira impressão foi de anticlímax. Em meio à área de escombros de escultura críptica — um cubo perfeito com lados de aproximadamente seis metros —, não restava nenhum objeto recente de tamanho definível de imediato; então procuramos instintivamente, ainda que em vão, por uma passagem mais distante. Em outro momento, contudo, a visão afiada de Danforth vislumbrou um local onde os detritos do piso tinham sido revolvidos; e ligamos as duas lanternas na potência máxima. Ainda que, na verdade, tenhamos visto naquela luz algo simples e trivial, não me sinto nada menos que relutante em contar, por causa das implicações disso. Tratava-se de um espaço que fora grosseiramente limpo, e sobre os detritos que restavam havia vários objetos pequenos que jaziam descuidadamente lançados; além disso, num dos cantos uma considerável quantidade de gasolina devia ter sido derramada recentemente, o bastante para exalar um forte odor, mesmo naquela altitude extrema do superplatô. Em outras palavras, não poderia ser outra coisa senão uma espécie de acampamento — um acampamento montado por seres exploradores que, como nós, se viram obrigados a voltar por conta da obstrução inesperada do caminho que conduzia ao abismo.

Deixe-me ser direto. Os objetos largados vieram, até onde isso importa, todos do acampamento de Lake; e consistiam em latas abertas de uma forma esquisita, como as que vimos naquele lugar devastado, muitos fósforos riscados, três livros ilustrados e curiosamente manchados, um tinteiro vazio com seu cartão de instruções ilustrado, uma caneta-tinteiro quebrada, alguns fragmentos estranhamente recortados de casacos de pele e lonas, uma bateria elétrica usada com um manual de instruções, um cartão que acompanhava o aquecedor de barracas que usávamos e um sortimento de papéis amassados. Tudo estava em más condições, mas quando vimos o que havia nos papéis sentimos que tínhamos chegado no pior ponto. Encontramos certos papéis estranhamente manchados no acampamento que poderiam ter nos preparado para o que estava por vir, embora o efeito da visão lá embaixo, nas tumbas pré-humanas de uma cidade de pesadelos, tenha sido quase insuportável.

Um Gedney enlouquecido poderia ter feito o grupo de pontos, imitando aqueles encontrados nas pedras-sabão esverdeadas, bem como os pontos naquelas sepulturas insanas de cinco pontas; e ele poderia ter feito rascunhos grosseiros e apressados — variando em sua precisão ou na ausência dela — que delineavam as partes vizinhas da cidade e traçavam o caminho desde um lugar representado como um círculo, fora de nossa rota prévia — um lugar que identificamos como uma grande torre cilíndrica nos entalhes e como um vasto golfo circular vislumbrado em nosso sobrevoo —, até a estrutura pentapontiaguda onde estávamos e a boca do túnel lá dentro. Ele poderia, repito, ter preparado esses esboços; pois aqueles que estavam diante de nós foram obviamente compilados como os nossos, a partir das esculturas tardias que se encontravam em algum lugar no labirinto glacial, embora não dos que vimos e usamos. Mas o suposto lança-tintas jamais poderia ter executado tais rascunhos se utilizando de uma estranha e contínua técnica, superior, talvez, a qualquer um dos entalhes decadentes de onde foram copiados, a despeito de sua pressa e desleixo — a inconfundível e característica técnica dos próprios Antigos no auge da cidade morta.

Alguns poderiam afirmar que Danforth e eu estávamos totalmente loucos porque não fugimos para salvar nossas vidas diante daquilo; uma vez que nossas conclusões — não obstante sua irracionalidade — se firmavam completamente e eram de uma natureza que não careço mencionar para aqueles que leram meu relato até aqui. Talvez tenhamos enlouquecido — pois eu já não disse que aqueles picos horríveis eram montanhas da loucura? Mas penso que consigo detectar algo desse mesmo espírito — ainda que em uma forma menos extrema

— nos homens que perseguem bestas mortais pelas selvas africanas para fotografá-las ou estudar seus hábitos. Ainda que estivéssemos semiparalisados com o terror, ardia em nosso interior a trepidante chama do espanto e da curiosidade que, por fim, triunfou.

É claro que não pretendíamos encarar aquilo — ou aqueles — que, sabíamos, estivera ali, mas sentíamos que já deveria ter ido embora. Naquele momento, o que quer que fosse já teria encontrado a outra entrada vicinal para o abismo, adentrando qualquer que fossem os fragmentos negros como a noite do passado que estariam à sua espera no golfo derradeiro — o golfo derradeiro que eles nunca viram. Se essa entrada também estivesse bloqueada, eles seguiriam em direção ao norte para encontrar outra. As coisas eram, lembramos, parcialmente independentes da luz.

Relembrando aquele momento, eu mal posso me recordar da forma precisa que nossas novas emoções tomaram — que mudança de objetivo aguçou daquela maneira nosso senso de expectativa. Certamente não queríamos encarar aquilo que temíamos — embora eu não possa negar um desejo oculto e inconsciente de espiar certas coisas a partir de algum ponto seguro que nos oferecesse alguma vantagem. Provavelmente não tínhamos desistido de nosso interesse em vislumbrar o próprio abismo, contudo um novo objetivo se interpôs na forma daquele enorme lugar circular indicado nos esboços amarrotados que encontramos. Reconhecemo-lo prontamente como a monstruosa torre cilíndrica que figurava nos entalhes mais antigos, aparecendo apenas como uma abertura redonda prodigiosa vista de cima. Alguma coisa na impressionante retratação daquela imagem, mesmo nos diagramas mais apressados, nos levou a crer que seus níveis subglaciais deviam ainda representar uma peculiar importância. Talvez as maravilhas arquitetônicas que incorporava ainda subsistissem ocultas para nós. De acordo com as esculturas que a retratavam, certamente deveria possuir uma idade inacreditável — estando, de fato, entre as primeiras construções erguidas na cidade. Seus entalhes, se preservados, seriam de enorme significância. Mais do que isso, a coisa poderia ter uma boa ligação com o mundo da superfície — uma rota mais curta do que aquela que nós tão cuidadosamente trilhamos, e provavelmente foi por esse caminho que os outros haviam descido.

De qualquer forma, estudamos os terríveis esboços — que quase perfeitamente confirmavam nossos próprios — e começamos a seguir o curso indicado até o local circular; o curso que nossos inomináveis predecessores atravessaram duas vezes antes de nós. O outro portal vicinal para o abismo devia estar além dele. Não é preciso falar de nossa jornada — durante a qual continuamos a deixar uma econômica trilha de papéis —, pois ela foi muito semelhante ao caminho que nos fez atingir o beco sem saída; exceto pela aproximação do nível do solo e até mesmo corredores subterrâneos. De vez em quando podíamos perceber certas marcas perturbadoras nos detritos ou escombros aos nossos pés; e quando ultrapassamos o raio daquele forte odor de gasolina estávamos de novo levemente conscientes — espasmodicamente — daquele odor ainda mais hediondo e persistente. Depois que o caminho se ramificou a partir de nosso curso anterior, por vezes fazíamos uma varredura furtiva nas paredes com nossa única lanterna; e notávamos em praticamente todos os casos as quase onipresentes esculturas, que, de fato, pareciam constituir a principal expressão estética dos Antigos.

Por volta das nove e meia da noite, ao atravessar um corredor tumular cujo piso em crescente glaciação parecia estar, de alguma forma, abaixo do nível do solo e cujo teto se tornava cada vez mais baixo enquanto avançávamos, começamos a perceber uma forte luz do dia à frente e pudemos desligar nossa lanterna. Aparentemente estávamos chegando ao vasto local circular e não poderíamos estar tão longe do ar da superfície. O corredor terminava num arco surpreendentemente baixo para essas ruínas megalíticas, mas vimos bastante coisa mesmo antes de atravessá-lo. Além dele se estendia um prodigioso espaço redondo — com uns sessenta metros de diâmetro — repleto de detritos e contendo várias arcadas obstruídas semelhantes àquela que estávamos prestes a atravessar. As paredes eram — nos espaços disponíveis — esculpidas ousadamente em uma faixa espiralada de heroicas proporções; e apresentavam, a despeito das intempéries destrutivas que afligiam o local através de seu ponto aberto, um esplendor artístico muito além de qualquer coisa que tenhamos encontrado antes. O chão entulhado estava pesadamente congelado, e imaginamos que o verdadeiro fundo estaria a uma profundidade realmente grande.

Porém o objeto que mais se destacava no local era a titânica rampa de pedra que, evitando as arcadas em uma acentuada curva em direção à laje aberta, subia em espiral até a estupenda parede cilíndrica; um equivalente interior daquela que se erguia no lado de fora das monstruosas torres ou zigurates da antiga Babilônia. A velocidade de nosso voo, bem como a perspectiva que fazia a espiral descendente se confundir com a parede interna da torre, nos impedira de notar essa característica do ar, e fomos obrigados a buscar outra entrada pelo nível subglacial. Pabodie poderia ser capaz de explicar que tipo de engenharia mantinha a torre no lugar, mas Danforth e eu apenas podíamos nos admirar e maravilhar. Aqui e acolá havia poderosos cavaletes e pilares, mas as coisas pareciam inadequadas para a função que realizavam. A construção estava em excepcional condição de preservação até o topo da torre — uma circunstância altamente considerável em vista de sua exposição —, e o abrigo que oferecia protegeu muito bem as bizarras e perturbadoras esculturas cósmicas nas paredes.

Enquanto adentrávamos a incrível meia-luz daquele monstruoso cilindro — com cinquenta milhões de anos de idade e, sem dúvida, a mais primitiva estrutura em que colocamos os olhos — vimos que a rampa se estendia de forma estonteante até uma altura de dezenove metros. Isso, de acordo com o nosso sobrevoo, significava uma glaciação externa de pelo menos uns doze metros de altura; já que o abismo que vimos do avião encimava uma pilha de cantaria desmoronada de aproximadamente seis metros; três quartos de sua circunferência eram, de alguma forma, protegidos por maciças paredes curvas de uma linha mais alta de ruínas. Segundo as esculturas, a torre original ficava no centro de uma imensa praça circular; e tinha talvez cento e cinquenta ou cento e oitenta metros de altura, com fileiras de discos horizontais próximos ao topo e uma linha de pináculos pontiagudos ao longo do aro superior. A maior parte da cantaria obviamente desabou mais para fora do que para dentro — um acontecimento afortunado, pois de outra forma a rampa poderia ter sido despedaçada, obstruindo todo o interior. A rampa, por sua vez, demonstrava um enorme desgaste; enquanto o estado das obstruções fazia parecer que todas as arcadas tinham sido parcialmente liberadas há pouco tempo.

Levou apenas um momento para concluirmos que esse de fato tinha sido o caminho pelo qual os outros haviam descido e que essa seria a rota lógica para a nossa própria subida apesar da longa trilha de papel que deixamos para trás. A entrada da torre não estava mais distante dos sopés e de nosso avião do que a grande construção com terraços por onde entramos, e qualquer exploração subglacial que posteriormente poderíamos realizar naquela viagem se daria, em geral, naquela região. Estranhamente, ainda estávamos pensando sobre possíveis viagens futuras — mesmo após tudo aquilo que vimos e imaginamos. Então, enquanto cautelosamente caminhávamos por entre os destroços do grande piso, surgiu uma visão que, de repente, aboliu todos os outros assuntos.

Um ordenado arranjo de três trenós sobrepostos se encontrava no ângulo mais distante do curso mais baixo e externo projetado pela rampa que tínhamos visto até então. Lá estavam — os três trenós desaparecidos do acampamento de Lake —, danificados por um uso intenso, que deve ter incluído trajetos forçados através de grandes distâncias de cantaria sem neve e repletas de destroços, bem como o transporte por lugares absolutamente intrafegáveis. Encontravam-se amarrados e carregados de maneira cuidadosa e inteligente, e continham coisas bastante familiares — o fogão a gasolina, galões de combustível, caixas de instrumentos, latas de provisões, sacos de lona obviamente cheios de livros e outros objetos menos evidentes —, todas elas pertencentes ao equipamento de Lake. Depois do que havíamos encontrado no outro cômodo, estávamos de certa forma preparados para essa descoberta. O choque realmente grande adveio quando demos um passo à frente e desembrulhamos um dos sacos cujo contorno nos inquietara especialmente. Aparentemente outras pessoas, assim como Lake, tinham se interessado pela coleta de espécimes típicos; pois ali estavam dois deles, ambos rigidamente congelados, perfeitamente preservados, com algumas feridas no pescoço recobertas com bandagens, e enrolados com paciente cuidado para evitar outros danos. Eram os corpos do jovem Gedney e do cão desaparecido.

X

Muitas pessoas provavelmente nos julgarão insensíveis ou loucos por insistirmos em pensar no túnel ao norte e no abismo logo após nossa sombria descoberta, e eu não estou preparado para dizer que teríamos revivido tais pensamentos imediatamente não fosse uma circunstância específica que recaiu sobre nós, desencadeando uma nova série de especulações. Recolocamos o saco sobre o pobre Gedney e nos encontrávamos em uma espécie de muda estupefação quando os sons finalmente atingiram nossa consciência — os primeiros sons que ouvíamos desde a nossa descida pela abertura onde o vento da montanha gemia sutilmente de suas alturas supraterrenas. Bem conhecidos e mundanos como eram, sua presença nesse remoto mundo de morte era mais inesperada e enervante do que possivelmente seria qualquer tom grotesco ou fabuloso — já que eles deram um novo sentido para todas as nossas noções de harmonia cósmica.

Se ainda fosse algum traço daquele bizarro silvo musical que poderíamos esperar ouvir daquelas criaturas, de acordo com os relatórios de Lake — e que, de fato, nossas fantasias superestimuladas sentiam em cada sopro de vento que ouvimos desde que deixamos o acampamento do horror —, teria havido algum tipo de congruência infernal com aquela região morta há éons que nos cercava. Uma voz de outras épocas pertence ao cemitério de outras épocas. O ruído, no entanto, despedaçou todas as nossas convicções profundamente assentadas — toda a nossa aceitação tácita do interior antártico como um deserto de absoluta e irrevogável ausência de qualquer vestígio de vida normal, como o estéril disco da lua. O que ouvimos não foi a nota fabulosa de qualquer blasfêmia enterrada de uma Terra ancestral, de cuja celestial dureza um sol polar renegado por eras possa ter evocado uma resposta monstruosa. Pelo contrário, era uma coisa tão zombeteiramente normal e tão inegavelmente familiar aos nossos dias no mar na Terra de Vitória e no acampamento no estreito de McMurdo que tremíamos somente de pensá-la aqui, onde tais coisas não deveriam estar. Para ser breve — era simplesmente o grasnado estridente de um pinguim.

O som abafado flutuava dos recessos subglaciais quase opostos ao corredor de onde viemos — de regiões na exata direção do outro túnel no vasto abismo. A presença de uma ave aquática viva nesse local — em um mundo cuja superfície apresentava uma uniforme ausência de vida há eras — só podia levar a uma conclusão; então nossa primeira ideia foi verificar a realidade objetiva do som. Na verdade, ele se repetia; e parecia vir, de tempos em tempos, de mais de uma garganta. Buscando sua fonte, adentramos uma arcada de onde muitos escombros tinham sido removidos; retomando nossa trilha — com um suprimento de papel retirado com curiosa repugnância de um dos sacos presos aos trenós —, deixamos a luz do dia para trás.

Enquanto o solo glacial dava lugar aos entulhos, discernimos algumas curiosas trilhas; e em certo momento Danforth encontrou uma marca distinta cuja descrição seria bastante supérflua. O curso indicado pelos gritos dos pinguins era precisamente aquele que conduzia à boca do túnel mais ao norte, de acordo com nosso mapa e a bússola, e ficamos contentes em descobrir que uma passagem sem ponte ao nível do solo e em direção aos pavimentos subterrâneos parecia desobstruída. O túnel, de acordo com o mapa, deveria começar no subsolo de uma larga estrutura piramidal que, conforme nos recordávamos vagamente de nosso sobrevoo, deveria estar bem preservada. Ao longo do caminho, nossa única lanterna mostrava a costumeira profusão de entalhes, mas não paramos para examinar nenhum deles.

De repente, uma enorme forma branca assomou à nossa frente, e acendemos a segunda lanterna. É estranho como essa nova busca desviou nossas mentes do medo que há pouco sentimos de coisas que poderiam estar nos espreitando nas proximidades. Aqueles outros, tendo deixado os suprimentos na grande construção circular, devem ter planejado retornar após sua jornada em direção ao abismo; contudo, tínhamos descartado todas as precauções relacionadas a eles, como se nunca tivessem existido. Aquela coisa branca e cambaleante possuía quase dois metros de altura, mas percebemos quase imediatamente que não se tratava de um daqueles seres. Eles eram maiores e escuros, e, de acordo com as esculturas, sua movimentação sobre a terra era célere e segura, a despeito da bizarria de seu equipamento tentacular de origem marinha. Mas seria em vão dizer que aquela coisa branca não nos apavorou profundamente. Por um instante, ficamos realmente prisioneiros de um terror primitivo quase mais agudo que o pior de nossos medos racionais em relação aos outros. Então um flash de anticlímax surgiu enquanto a forma branca atravessava furtivamente uma arcada lateral à nossa esquerda para se juntar a dois outros de sua espécie que o conjuravam com seus tons estridentes. Pois era apenas um pinguim — a despeito de ser uma espécie gigantesca, maior do que os mais grandiosos pinguins-reis conhecidos, monstruosa em sua combinação de albinismo e virtual ausência de olhos.

Quando seguimos a coisa até o interior da arcada e voltamos nossas duas lanternas para o indiferente e desatento grupo de três, vimos que nenhum possuía olhos, eram todos albinos e da mesma espécie gigante desconhecida. Seu tamanho nos lembrava alguns dos pinguins arcaicos retratados nas esculturas dos Antigos, e não demorou muito para concluirmos que descendiam da mesma linhagem — sem dúvidas sobreviveram por terem recuado para alguma região interna mais quente cuja escuridão perpétua destruiu sua pigmentação e atrofiou os olhos, tornando-os meras frestas inúteis. Que seu habitat atual era o grande abismo, não foi objeto de dúvida nem por um momento, e essa evidência de que o golfo continuava aquecido e habitável nos encheu das mais curiosas e sutis fantasias.

Questionávamo-nos, também, o que teria levado aquelas três aves a se aventurarem fora de seu domínio ordinário. As condições e o silêncio da grande cidade morta deixavam claro que o lugar não era uma colônia sazonal, enquanto a manifesta indiferença do trio à nossa presença fazia parecer estranho que a passagem do grupo daqueles outros os tenha assustado. Seria possível que eles tenham tomado alguma atitude agressiva ou tentado aumentar seu suprimento de carne? Duvidamos que aquele odor pungente que os cães odiavam tenha causado igual antipatia nos pinguins; seus ancestrais tinham, obviamente, vivido em excelentes termos com os Antigos — uma relação amigável que deve ter sobrevivido no abismo inferior quando ainda restavam alguns dos Antigos. Lamentamos — numa onda daquele velho espírito da ciência pura — não ser possível fotografar tais criaturas anômalas e logo as abandonamos aos seus grasnados e nos colocamos em direção ao abismo cuja abertura estava agora tão positivamente comprovada para nós e cuja direção exata fora evidenciada pelas ocasionais pegadas dos pinguins.

Não muito depois uma descida íngreme num corredor longo, baixo, sem portas ou esculturas nos levou a acreditar que, por fim, estávamos nos aproximando da entrada do túnel. Passamos por mais dois pinguins e ouvimos outros imediatamente à frente. Então, o corredor terminou em um prodigioso espaço aberto que nos fez prender a respiração involuntariamente — um hemisfério perfeitamente invertido, obviamente no profundo subterrâneo; com trinta metros de diâmetro e quinze de altura, e arcadas baixas se abrindo em todas as partes da circunferência, exceto num ponto, que se escancarava cavernosamente, com uma arcada negra que quebrava a simetria da cripta, subindo até uma altura de aproximadamente cinco metros. Era a entrada para o grande abismo.

Nesse vasto hemisfério, cujo teto côncavo era impressionante, ainda que decadentemente entalhado à semelhança do domo celestial primitivo, alguns poucos pinguins cambaleavam — alienados, porém indiferentes e cegos. O túnel negro se abria indefinidamente por uma descida acentuada, adornado com jambas e lintéis grotescamente cinzelados. Vindo daquela boca abobadada, imaginamos ter sentido uma corrente de ar suavemente aquecido e talvez mesmo uma suspeita de vapor; e nos perguntamos que outras entidades vivas, além dos pinguins, o ilimitado vazio abaixo, os alvéolos contíguos da terra firme e as montanhas titânicas poderiam ocultar. Também nos questionávamos se o traço de fumaça no topo da montanha, como de início suspeitara Lake, bem como a estranha névoa que tínhamos percebido em torno do pico coroado de rampas, não poderiam ter sido gerados pela elevação tortuosamente canalizada de algum vapor oriundo das inconcebíveis regiões do centro da Terra.

Adentrando o túnel, vimos que seu contorno apresentava — ao menos de início — cerca de cinco metros em cada lado; as laterais, o piso e o teto arqueado eram compostos da usual cantaria megalítica.

As laterais eram esparsamente decoradas com cartuchos de desenhos convencionais em um estilo tardio e decadente; e toda a construção e os entalhes estavam maravilhosamente bem preservados. O piso estava bem limpo, a não ser por alguns detritos que indicavam a saída dos pinguins e a entrada dos outros. Quanto mais avançávamos, mais subia a temperatura; então logo estávamos desabotoando nossos casacos pesados. Perguntávamo-nos se realmente haveria alguma manifestação ígnea abaixo, e se as águas daquele mar carente de sol seriam quentes. Após uma pequena distância, a cantaria deu lugar a um local de rocha sólida, embora o túnel mantivesse as mesmas proporções e apresentasse os mesmos aspectos regulares. Ocasionalmente suas diferenças de nível eram tão íngremes que sulcos foram abertos no chão. Várias vezes percebemos as bocas de pequenas galerias laterais que não foram apontadas em nossos diagramas; nenhuma delas era capaz de complicar o problema de nosso retorno, e todas se mostraram bem-vindas como possíveis refúgios no caso de encontrarmos entidades indesejadas em seu caminho de volta para o abismo. O odor inominável de tais coisas era bem distinto. Indubitavelmente, era de uma estupidez suicida se aventurar naquele túnel sob as conhecidas circunstâncias, mas a tentação do desconhecido ecoa mais forte em certas pessoas do que a maioria poderia suspeitar — de fato, foi exatamente tal tentação que nos conduzira àquele deserto polar extraterreno. Vimos vários pinguins enquanto passávamos e tentamos calcular a distância que ainda teríamos de atravessar. Os entalhes nos fizeram prever uma abrupta descida de cerca de um quilômetro e meio até o abismo, mas nossas perambulações anteriores mostraram que não devíamos confiar completamente nas escalas dos mapas.

Depois de uns quatrocentos metros o odor inominável se acentuou profundamente, e mantivemos atenção cautelosa nas várias aberturas laterais pelas quais passamos. Não havia sinais de vapor como aquele na entrada, mas isso se devia, sem dúvida, à ausência de ar mais frio para efeitos de contraste. A temperatura subiu de repente, e não nos surpreendemos quando encontramos um amontoado desleixado de materiais horripilantemente familiares para nós. Era composto de peles e lonas que foram retiradas do acampamento de Lake, mas não nos detivemos para estudar os tecidos, que haviam sido rasgados nas mais bizarras formas. Logo além desse ponto notamos um decisivo aumento no tamanho e no número das galerias laterais e concluímos que a região densamente alveolada abaixo dos sopés mais altos devia ter sido alcançada. O cheiro inominável se misturava agora com outro odor levemente menos ofensivo — de cuja natureza não conseguíamos suspeitar, ainda que tenhamos pensado em organismos em decomposição e talvez algum fungo subterrâneo desconhecido. Então surgiu uma impressionante expansão do túnel para a qual os entalhes não nos haviam preparado — uma caverna de natural aparência elíptica ao nível do solo, mais larga e elevada; com cerca de vinte metros de comprimento e quinze de largura, além de várias passagens laterais que conduziam às trevas crípticas.

Apesar de natural em sua aparência, uma inspeção na caverna com ambas as lanternas sugeria que o lugar fora formado pela destruição artificial de várias paredes entre os alvéolos adjacentes. As paredes eram rústicas, e o elevado teto tumular, repleto de estalactites; mas o piso de rocha sólida havia sido polido e se encontrava livre de destroços, de detritos ou mesmo pó, em uma extensão absolutamente anormal. Exceto pelo caminho por onde viemos, essa condição também se aplicava ao piso de todas as grandes galerias que se abriam a partir dali; e a singularidade dessa condição era tal que nos pusemos a elucubrar em vão. O novo odor curioso que se somava ao cheiro inominável estava excessivamente pungente aqui; tanto que eliminou qualquer traço do outro. Algo sobre aquele lugar, com seu chão polido e quase brilhante, pareceu-nos mais desconcertante e horrível do que qualquer uma das coisas monstruosas que tínhamos encontrado anteriormente.

A regularidade da passagem imediatamente à nossa frente, bem como a maior proporção de excrementos de pinguim, impediram qualquer confusão a respeito do curso certo a se tomar em meio àquela pletora de bocas de grutas iguais em tamanho. Contudo, resolvemos retomar nossa trilha de papel caso alguma complexidade surgisse; já que não podíamos mais, é claro, contar com pegadas. Ao retomar nossa caminhada direta lançamos um facho da lanterna sobre as paredes do túnel — e nos detivemos brevemente maravilhados diante da radical mudança suprema que assomava dos entalhes nessa parte da passagem. Percebemos, obviamente, a grande decadência das esculturas dos Antigos na época da escavação dos túneis; e notamos também o trabalho inferior das faixas de arabescos atrás de nós. Mas agora, naquela seção mais profunda além da caverna, surgiu uma repentina divergência que transcendeu completamente qualquer explicação — uma diferença de natureza básica e também de simples qualidade, envolvendo de forma tão profunda e calamitosa uma degradação de habilidades que nada na extensão do declínio até então observado poderia nos levar a esperar por aquilo.

Esse novo e degenerado trabalho era grosseiro, ousado e completamente carente de refinamento de detalhes. Eram relevos de profundidade exagerada em faixas que seguiam a mesma linha que os cartuchos esparsos das seções anteriores, mas a altura dos relevos não atingia o nível da superfície geral. Danforth levantou a hipótese de que poderia se tratar de um segundo entalhe — uma espécie de palimpsesto formado após a obliteração de um desenho prévio. Sua natureza era completamente decorativa e convencional; e consistia de cruas espirais e ângulos que seguiam toscamente o quintil da tradição matemática dos Antigos, ainda que se parecessem mais com uma paródia do que com a perpetuação dessa tradição. Não conseguíamos tirar de nossas mentes que um sutil, embora profundo, elemento alienígena fora adicionado ao sentimento estético que a técnica envolvia — um elemento alienígena, Danforth sugeriu, responsável por aquela substituição manifestamente laboriosa. Assemelhava-se — ainda que fosse perturbadoramente diferente — com o que reconhecíamos ser a arte dos Antigos; e eu era lembrado persistentemente de iguais coisas híbridas, tais como as desajeitadas esculturas palmirenas feitas ao estilo romano. Uma bateria de lanterna no chão, em frente a um dos desenhos mais característicos, nos sugeriu que os outros poderiam ter recentemente observado aquele cinturão de entalhes.

Como não pudemos empenhar um tempo considerável em estudos, retomamos nosso avanço após uma observação perfunctória; ainda que frequentemente iluminássemos as paredes para checar se algumas mudanças decorativas ulteriores haviam se desenvolvido. Nada do tipo se notou, embora os entalhes estivessem agora mais esparsos por causa das numerosas entradas de túneis laterais cujos pisos haviam sido polidos. Vimos e ouvimos alguns poucos pinguins, apesar de termos captado uma vaga suspeita de um coro em algum lugar infinitamente distante, no interior profundo da Terra. O novo e inexplicável odor estava abominavelmente forte, e mal podíamos detectar um sinal do inominável cheiro dos outros. Lufadas de vapor visível à frente denunciavam um aumento do contraste de temperaturas e a proximidade relativa dos penhascos do mar sem sol do grande abismo. Então, repentinamente, vimos certas obstruções no chão polido mais adiante — obstruções que certamente não eram os pinguins — e acendemos nossa segunda lanterna após nos assegurarmos de que as coisas permaneciam inertes.

XI

Outra vez atinjo um ponto a partir do qual é muito difícil prosseguir. Já deveria estar mais indiferente agora; mas existem certas experiências e sugestões que cicatrizam fundo demais para permitir uma cura completa, deixando apenas alguma sensibilidade para que a memória inspire novamente todo o horror original. Como eu disse, vimos algumas obstruções no chão polido diante de nós; e devo adicionar que nossas narinas foram assaltadas quase que simultaneamente por uma intensificação muito curiosa do estranho odor preponderante, agora bem misturado ao indefinível miasma daqueles outros que nos precederam. A luz da segunda lanterna não deixou dúvidas em relação ao que poderiam ser as obstruções, e ousamos nos aproximar delas apenas porque percebemos, mesmo à distância, que eram incapazes de nos prejudicar, pois eram tão inofensivas quanto os seis espécimes similares que haviam sido desenterrados das monstruosas covas no acampamento do infeliz Lake.

Estavam, de fato, tão incompletos quanto a maioria daqueles que desenterramos — embora a espessa poça verde-escura que se formava ao redor deixasse evidente que sua incompletude era infinitamente mais recente. Parecia haver apenas quatro deles, o que contrastava com os relatórios de Lake, que nos levaram a supor que o grupo que nos precedeu seria formado por pelo menos oito dessas criaturas. Encontrá-los naquele estado foi completamente inesperado, e imaginamos que tipo de luta monstruosa poderia ter ocorrido naquela escuridão subterrânea.

Pinguins, quando atacados em conjunto, retaliam selvagemente com seus bicos; e nossos ouvidos confirmavam agora a existência de uma colônia distante. Teriam aqueles outros perturbado tal colônia, despertando um impulso assassino? As obstruções não sugeriam isso, já que bicos de pinguins contra os rígidos tecidos que Lake dissecara dificilmente poderiam causar um dano tão terrível, conforme pudemos perceber após uma observação mais atenta. Ademais, as enormes aves que vimos pareciam ser singularmente pacíficas.

Teria havido, então, uma luta entre aqueles outros e os quatro ausentes seriam os responsáveis? Em caso positivo, onde eles estariam? Estariam próximos e poderiam representar uma ameaça imediata contra nós? Olhamos ansiosamente para algumas das passagens laterais enquanto continuávamos nossa lenta e francamente relutante aproximação. Qualquer que tenha sido o conflito, certamente foi isso o que aterrorizou os pinguins e iniciou aquele perambular inabitual. A coisa, então, deve ter começado perto da colônia quase inaudível na garganta insondável mais além, pois não havia sinais de que alguma ave tenha habitado aquele local. Talvez, refletimos, houvera uma hedionda luta durante uma fuga, e a parte mais fraca possivelmente tentara alcançar os trenós amontoados quando seus perseguidores acabaram com eles. Podíamos imaginar o atrito demoníaco entre entidades inomináveis e monstruosas surgindo do abismo de trevas com grandes nuvens de pinguins frenéticos grasnando e cambaleando adiante.

Digo que nos aproximamos daquelas obstruções incompletas e espalhadas lenta e relutantemente. Quisera os céus que nunca tivéssemos nos aproximado deles afinal, mas abandonado o mais rápido possível o blasfemo túnel com seus pisos escorregadios e murais degenerados troçando e zombando das coisas que haviam suplantado — voltar, antes de ter visto o que vimos, antes que nossas mentes ardessem com algo que nunca mais nos deixaria respirar aliviados!

Ambas as lanternas estavam direcionadas para os objetos prostrados, de forma que logo percebemos o fator dominante em sua incompletude. Mutilados, esmagados, retorcidos e rasgados como estavam, todos tinham em comum uma completa decapitação. De cada um deles, a cabeça tentacular em formato de estrela-do-mar tinha sido removida; e enquanto nos aproximávamos vimos que a forma de remoção teria sido mais provavelmente uma dilaceração infernal ou sucção que qualquer forma ordinária de clivagem. O nauseabundo icor verde-escuro formava uma grande poça que se espalhava; mas seu miasma fora meio obliterado por um novo e ainda mais estranho odor, mais pungente naquele local que em qualquer outro ponto de nossa rota. Apenas quando chegamos muito perto das obstruções estiradas é que fomos capazes de associar o segundo e inexplicável fedor a uma fonte imediata — e no instante em que fizemos isso, Danforth, relembrando certas esculturas muito vívidas da história dos Antigos no período Permiano de cento e cinquenta milhões de anos atrás, pronunciou um grito de nervos torturados que ecoou histericamente pela críptica e arcaica passagem entalhada com aquele maligno palimpsesto.

Estive a um átimo de ecoar eu mesmo o seu grito; porque eu também vi aquelas esculturas primais e me arrepiei, admirado pela maneira como o artista inominável sugerira aquele hediondo lodo que encontramos em alguns dos incompletos e prostrados Antigos — aqueles que os horrendos shoggoths haviam caracteristicamente matado e sugado até uma decapitação atroz na grande guerra que subjugou a todos novamente. Eram esculturas infames e pesadelares, ainda que se referissem a coisas de outrora; pois os shoggoths e seu trabalho não deveriam ser vistos por seres humanos ou retratados por nenhuma outra espécie. O louco autor do *Necronomicon* tentou jurar, nervosamente, que nenhum deles fora parido neste planeta e que apenas drogados sonhadores poderiam tê-los concebido. Protoplasmas amorfos capazes de imitar e assumir todas as formas, órgãos e processos — viscosas aglutinações de células túrgidas — borrachudos esferoides com quase cinco metros de diâmetro infinitamente plásticos e dúcteis — escravos da sugestão, construtores de cidades — mais e mais intratáveis, mais e mais inteligentes, mais e mais anfíbios, mais e mais imitativos — Grande Deus! Que loucura teria levado aqueles blasfemos Antigos a usar e retratar tais coisas?

E agora, quando Danforth e eu vimos o brilho novo e a refletividade iridescente do visco escuro que pingava espesso daqueles corpos decapitados, emitindo aquele odor obsceno cuja causa apenas uma imaginação doentia poderia conceber... grudando-se àqueles corpos e reluzindo com menos intensidade em uma parte lisa da parede amaldiçoadamente reesculpida em *uma série de pontos agrupados —*, nós pudemos compreender a qualidade do medo cósmico em sua mais extrema profundidade. Não era medo daqueles outros quatro que desapareceram — pois, após ponderarmos, suspeitávamos que eles não machucariam mais ninguém. Pobres-diabos! No fim das contas, eles não eram criaturas malévolas. Eram apenas homens de outra época e de outra ordem do ser. A natureza lhes havia pregado uma peça infernal — como pregará em quaisquer outros cuja loucura humana, insensatez e crueldade os arrastem para aquele hediondo e morto deserto de sono polar —, e tal foi sua trágica volta para casa. Não foram sequer selvagens — pois o que realmente tinham feito? O terrível despertar no frio de uma época desconhecida — talvez um ataque por parte dos quadrúpedes peludos que latiam freneticamente, e uma defesa confusa contra esses animais e os igualmente frenéticos símios brancos com a estranha cobertura e parafernália... pobre Lake, pobre Gedney... e pobres Antigos! Cientistas até o fim — o que eles fizeram que não teríamos feito em seu lugar? Deus, quanta inteligência e persistência! Como encararam o inacreditável, como seus parentes e antepassados das cavernas encararam coisas apenas um pouco menos inacreditáveis! Radiários, vegetais, monstruosidades, crias estelares — o que quer que tenham sido, eram homens!

Eles atravessaram os picos gelados, em cujos templos um dia cultuaram, e perambularam entre as samambaias. Encontraram sua cidade morta aninhada sob sua maldição e leram sobre seus últimos dias nas cavernas, como nós fizemos. Tentaram alcançar seus companheiros vivos em um abismo fabuloso de escuridão que nunca haviam visto — e o que encontraram? Tudo isso percorreu em uníssono nossos pensamentos enquanto desviávamos o olhar daquelas formas decapitadas cobertas de visco para as odiosas esculturas no palimpsesto e então em direção aos grupos diabólicos de pontos com o visco ainda fresco na parede próxima — olhamos e compreendemos o que deve ter triunfado e sobrevivido ali, naquela ciclópica cidade aquática do noturno abismo repleto de pinguins, de onde, mesmo agora, uma sinistra névoa ondulada era vomitada como se em resposta aos histéricos gritos de Danforth.

O choque causado pelo reconhecimento daquela viscosidade monstruosa e acéfala nos congelou até nos transformar em estátuas imóveis e mudas, e apenas por meio de conversas posteriores é que fomos capazes de compreender a completa identidade de nossos pensamentos naquele momento. Parecia que estávamos ali há éons, mas na verdade não podem ter se passado mais de dez ou quinze segundos. Aquela névoa odiosa e pálida se ondulava adiante como se impelida por alguma massa mais remota em movimento — e então ouvimos um som que perturbou muitas das decisões que já havíamos tomado, quebrando o feitiço que nos paralisava e permitindo que corrêssemos como loucos, ultrapassando os confusos pinguins grasnadores em direção ao nosso caminho de volta para a cidade, atravessando megalíticos corredores cobertos de gelo até o grande círculo aberto e enfim aquela rampa arcaica espiralada, num frenético impulso automático em direção ao sadio ar exterior e rumo à luz do dia.

O novo som, como já declarei, desestabilizou muito do que havíamos decidido; porque era aquele que a dissecação do pobre Lake nos levara a atribuir aos seres recentemente dados como mortos. Era, Danforth depois me contou, precisamente o som que ele captara em uma forma infinitamente mais abafada naquele ponto além do beco recurvado acima do nível glacial; e certamente se assemelhava muito aos assovios do vento que ambos ouvimos ao redor das altas cavernas nas montanhas. Correndo o risco de ser pueril, digo mais; e isso em virtude da forma surpreendente com que a impressão de Danforth coincidiu com a minha. Obviamente foi uma leitura em comum o que nos preparou para uma interpretação desse tipo, embora Danforth tenha sugerido algumas estranhas ideias a respeito das fontes insuspeitas e proibidas às quais Poe possa ter tido acesso enquanto escrevia, um século atrás, seu *Arthur Gordon Pym*. É de se lembrar que, naquele conto fantástico, é citada uma palavra de desconhecido, embora terrível e prodigioso, significado, um termo ligado à Antártida e eternamente gritado pelas gigantes e espectrais aves nevadas do centro daquela região maligna. "*Tekeli-li! Tekeli-li!*"[8] Isso, eu admito, foi exatamente o que pensamos ter ouvido naquele repentino som atrás da névoa branca que avançava — aquele insidioso assovio musical em uma frequência singularmente extensa.

Já estávamos correndo a toda velocidade antes que três notas ou sílabas tivessem sido emitidas, mas, tendo em vista a destreza dos Antigos, nós sabíamos que qualquer sobrevivente da matança que tivesse sido despertado pelo grito seria capaz de nos alcançar em um momento se assim desejasse. Tínhamos, contudo, a vaga esperança de que uma conduta não agressiva e uma demonstração de racionalidade semelhante à deles pudesse levar tal criatura a nos poupar em caso de captura; mesmo que apenas por curiosidade científica. Afinal de contas, caso não houvesse motivo para temer, não haveria motivo para nos ferir. Como qualquer tentativa de nos escondermos seria inútil naquela conjuntura, utilizamos nossa lanterna para um rápido vislumbre às nossas costas e percebemos que a neblina se espessava cada vez mais. Veríamos, finalmente, um espécime vivo e completo daqueles outros? Novamente ouvimos aquele insidioso assovio musical — "*Tekeli-li! Tekeli-li!*". Então, notando que estávamos de fato superando nosso perseguidor, ocorreu-nos que a entidade poderia estar ferida.

---

8   O grito também é um elemento retirado da obra
A Narrativa de Arthur Gordon Pym, de Edgar Allan Poe.

Não poderíamos nos arriscar, entretanto, já que obviamente ela estava se aproximando em resposta ao grito de Danforth, e não para fugir de qualquer outra criatura. Os instantes estavam próximos demais para admitir qualquer dúvida. Quanto à localização do pesadelo menos concebível e menos mencionável — aquela fétida e opaca montanha de viscoso protoplasma cuja raça conquistara o abismo e enviara os pioneiros à terra para reesculpir e se contorcer pelos buracos dos montes —, não podíamos conjecturar; e abateu-se sobre nós uma genuína angústia por sermos obrigados a abandonar aquele Antigo provavelmente ferido — talvez o único sobrevivente — ao risco de ser recapturado e entregue a um destino inominável.

Graças aos céus não diminuímos nossos passos. A névoa ondulada ficou espessa novamente e avançava com crescente velocidade; enquanto os dispersos pinguins à nossa retaguarda grasnavam e berravam, demonstrando sinais de um pânico realmente surpreendente em vista da relativa quietude que demonstraram quando passamos por eles. Uma vez mais se fez ouvir o sinistro silvo de alta frequência — "*Tekeli-li! Tekeli-li!*". Estávamos equivocados. A coisa não estava ferida, mas simplesmente se detivera quando encontrou os corpos dos seus semelhantes e a inscrição infernal de visco acima deles. Nós jamais soubemos o que aquela demoníaca mensagem significava — mas aqueles enterros no acampamento de Lake demonstravam a grande importância que os seres atribuíam aos seus mortos. Nossa lanterna usada de maneira imprudente revelava logo à frente a caverna de larga abertura por onde vários caminhos convergiam, e estávamos felizes de deixar aquelas mórbidas esculturas em palimpsesto — as quais quase podíamos sentir, embora estivessem pouco visíveis — para trás.

Outro pensamento que a chegada à caverna inspirou foi a possibilidade de despistar nosso perseguidor na junção confusa das largas galerias. Havia muitos dos vários pinguins albinos cegos no espaço aberto, e nos parecia que seu pavor em relação àquela entidade era tão extremo que chegava a ser inexplicável. Se naquele ponto diminuíssemos a luz de nossa lanterna apenas o suficiente para enxergar a passagem, mantendo o facho estritamente à nossa frente, os horríveis movimentos grasnantes das grandes aves na névoa poderiam abafar nossas passa-das, encobrindo nosso curso verdadeiro e de alguma forma lançando uma falsa pista. Em meio à neblina turbulenta e ondulante, o piso en-tulhado e baço do túnel principal além desse ponto, diferente de outras grutas morbidamente polidas, dificilmente poderia compor uma forma distinguível; mesmo para, até onde podíamos conjecturar, aqueles sen-tidos especiais que tornaram os Antigos parcialmente, ainda que im-perfeitamente, independentes da luz em caso de emergência. De fato, estávamos um tanto apreensivos com a possibilidade de perder o cami-nho em nossa pressa. Pois tínhamos, é claro, decidido manter a direção até a cidade morta, já que as consequências de se perder naqueles sopés alveolares e desconhecidos seriam inimagináveis.

O fato de termos sobrevivido e emergido é prova suficiente de que a coisa escolheu uma galeria errada enquanto nós, providencialmente, escolhemos a correta. Sozinhos, os pinguins não poderiam nos salvar, mas, com a névoa, parece que assim o fizeram. Apenas um fado ben-dito manteve os ondulosos vapores espessos o bastante no momento certo, já que eles mudavam constantemente e ameaçavam esvaecer. De fato, eles se dissiparam por um segundo logo depois de atravessar-mos o túnel nauseantemente reesculpido em direção à caverna; assim, em verdade, captamos um primeiro e único relance da entidade imi-nente enquanto lançávamos uma mirada desesperadamente temerosa para trás antes de diminuir a luz da lanterna e nos misturar aos pin-guins na esperança de despistar o perseguidor. Se foi benigno o des-tino que nos acobertou, aquele que nos permitiu esse relance se mos-trou infinitamente oposto; pois àquele vislumbre podemos atribuir uma boa parte do horror que desde então nos assombra.

O que exatamente nos levou a olhar para trás foi o instinto imemo-rial do perseguido de avaliar a natureza e o curso de seu perseguidor; ou talvez tenha sido uma tentativa involuntária de responder alguma questão subconsciente levantada por um de nossos sentidos. Em meio à nossa fuga, com todas as nossas faculdades centradas nas maneiras de escapar, não estávamos em condições de observar e analisar detalhes; ainda assim, nossas células cerebrais latentes devem ter se questionado a respeito da mensagem que receberam através de nossas narinas. Por fim, compreendemos do que se tratava — uma vez que nosso afastamento do revestimento viscoso daquelas obstruções acéfalas e a coincidente aproximação da entidade perseguidora não trouxeram a mudança de odores logicamente esperada. Na vizinhança das coisas prostradas, aquele fedor novo e inexplicável tinha predominado; mas agora deveria ter dado lugar à fedentina inominável associada àqueles outros. Tal não ocorreu — pelo contrário, o novo e menos suportável cheiro era virtualmente homogêneo e se tornava mais e mais insistente a cada segundo.

Então olhamos para trás — simultaneamente, ao que parece; embora não haja dúvidas de que o incipiente movimento de um impulsionou a imitação do outro. Enquanto assim fazíamos, apontamos ambas as lanternas em potência máxima para a névoa momentaneamente enfraquecida; isso se deu por pura ansiedade primitiva de ver qualquer coisa que pudéssemos, ou por um menos primitivo, embora igualmente inconsciente, esforço de confundir a entidade antes de diminuir a luz das lanternas e seguirmos por entre os pinguins que estavam no centro do labirinto adiante. Ato infeliz! Nem o próprio Orfeu, ou a mulher de Lot, pagaram mais caro por ter olhado para trás. E novamente ouvimos o assovio chocante e em alta frequência — *"Tekeli-li! Tekeli-li!"*.

Posso pelo menos ser franco — embora não suporte a ideia de ser muito direto — ao afirmar o que vimos; embora, naquele momento, sentíamos que não seríamos capazes de admitir nem mesmo um para o outro. As palavras que agora alcançam o leitor nunca serão capazes de sequer sugerir a atrocidade da visão em si. Nossa consciência foi tão completamente maculada que me pergunto como foi possível ter restado bom senso para diminuirmos nossas lanternas como planejado e então atravessarmos o túnel certo em direção à cidade morta. Fomos tão somente carregados pelo instinto — talvez melhor do que a razão poderia ter feito; ainda que essa tenha sido a nossa salvação, pagamos um alto preço. Certamente não nos restava muita razão.

Danforth estava totalmente debilitado, e a primeira coisa que me lembro do resto da viagem foi ouvi-lo entoar, delirantemente, uma fórmula histérica na qual apenas eu, entre toda a humanidade, seria capaz de identificar algo além de insana irrelevância. Reverberava, em ecos falseados, entre o grasnar dos pinguins; reverberava através das abóbadas à frente e — graças a Deus — através das abóbadas agora vazias atrás de nós. Ele não poderia ter começado aquilo imediatamente — senão não estaríamos vivos e correndo cegamente. Estremeço ao pensar o que uma sombra de diferença em suas reações nervosas poderia ter ocasionado.

"South Station — Washington — Park Street — Kendall — Central — Harvard..." O pobre coitado entoava as familiares estações do túnel Boston-Cambridge escavadas em nossa pacífica terra natal a milhares de quilômetros dali, na Nova Inglaterra, ainda que para mim o ritual não tivesse nada de irrelevante nem trouxesse o conforto do lar. Havia apenas o horror, porque eu conhecia precisamente a monstruosa e nefanda analogia que o cântico sugeria. Ao olhar para trás, esperávamos ver, caso a névoa estivesse dispersa o suficiente, uma terrível e inacreditável entidade se movendo; mas daquela entidade havíamos formado uma clara ideia. O que vimos — pois a névoa estava de fato malignamente fina — foi algo totalmente diferente e imensuravelmente mais hediondo e detestável. Tratava-se da incorporação absoluta e objetiva da "coisa que não deveria ser" do novelista fantástico; e a imagem análoga mais próxima do compreensível seria a de um enorme trem de metrô, tal como pode ser visto em sua plataforma na estação — a grande fronte negra assomando colossalmente de uma infinita distância subterrânea, constelada por estranhas luzes coloridas e preenchendo o prodigioso túnel como um pistão preenche um cilindro.

Mas não estávamos em uma plataforma de estação. Estávamos nos trilhos mais adiante, enquanto a *marônica*[9] coluna plástica de negra iridescência escorria firmemente, lançando-se para a frente sobre seu sínus de quase cinco metros, reunindo uma velocidade blasfema e comandando à sua frente uma nuvem em espiral de espesso e pálido vapor abissal. Era uma coisa terrível, indescritível, maior que qualquer trem — um acúmulo informe de bolhas protoplasmáticas, tenuemente autoluminosas, e uma miríade de olhos temporários que se formavam e se deformavam

---

9 Para referenciar o uso do termo *nightmare* como adjetivo por Lovecraft, optamos por um neologismo, empregando o radical germânico *maron*, que deu origem ao termo.

como pústulas de luz esverdeada, tomando toda a fronte que preenchia o túnel e disparava atrás de nós, esmagando os pinguins frenéticos e deslizando sobre o piso reluzente que aquela coisa e sua laia haviam deixado tão malignamente livre de entulhos. E ainda podíamos ouvir o perturbador grito zombeteiro — *"Tekeli-li! Tekeli-li!"*. Por fim, recordamos que os demoníacos shoggoths — cuja vida, pensamento e o padrão plástico dos órgãos foram atribuídos pelos Antigos, e que não possuíam linguagem a não ser aquela expressa pelos grupos de pontos — *tampouco tinham voz, salvo pelos tons imitados de seus mestres de outrora.*

XII

Danforth eu guardamos lembranças do momento em que emergimos no grande hemisfério repleto de esculturas, refazendo então nossa trilha através dos salões ciclópicos e corredores da cidade morta; embora sejam puramente fragmentos oníricos que não envolvam memória ou volição, detalhes ou empenho físico. Era como se flutuássemos em um mundo nebuloso ou numa dimensão sem tempo, causa ou orientação. A fraca luminosidade acinzentada do dia que irradiava no vasto espaço circular de alguma forma nos deixou sóbrios; mas não nos aproximamos daqueles trenós amontoados nem olhamos novamente para o pobre Gedney e o cão. Tinham eles um estranho e titânico mausoléu, e eu espero que o fim deste planeta os encontre ainda imperturbados.

Foi enquanto enfrentávamos a colossal inclinação espiralada que primeiro sentimos a terrível fadiga e falta de ar causadas pela nossa corrida através do platô de atmosfera rarefeita; mas nem mesmo o receio de um colapso poderia nos fazer parar antes de atingir o normal domínio exterior de sol e céu. Havia algo vagamente apropriado em nossa partida daquelas épocas enterradas; pois enquanto abríamos nosso caminho arquejante pelo cilindro de vinte metros de cantaria primordial vislumbramos ao nosso lado uma procissão contínua de esculturas heroicas que guardavam o estilo das técnicas iniciais e ainda não decadentes da raça extinta — uma despedida dos Antigos, escrita há cinquenta milhões de anos.

Quando finalmente desembocamos no topo, nos encontramos sobre um grande amontoado de blocos tombados; as paredes curvas de alta cantaria se elevavam a oeste, e os reconfortantes picos das grandes montanhas surgiam além de outras estruturas demolidas na direção leste. O baixo sol antártico da meia-noite mirava rubro do horizonte sulista, atravessando as fendas nas ruínas entalhadas, e a idade terrível e a mortificação da cidade marônica pareciam ainda mais marcantes em contraste com coisas relativamente conhecidas e costumeiras como as formas da paisagem polar. O céu acima de nós era uma massa turbulenta e opalescente de tênues vapores de gelo, e o frio se entranhava em nossos órgãos vitais. Exaustos, descansamos as mochilas de equipamentos às quais nos tínhamos agarrado instintivamente durante nossa fuga desesperada e reabotoamos nossas indumentárias, preparando-nos para a estonteante descida do monte e para a caminhada através do labirinto de pedra de éons de idade até os sopés onde nosso avião aguardava. Nada dissemos a respeito daquilo que nos pôs a fugir da escuridão das secretas e arcaicas goelas da Terra.

Em menos de um quarto de hora encontramos um aclive para os sopés — provavelmente o terraço antigo —, pelo qual descemos, e então pudemos ver o volume escuro de nosso grande avião em meio às ruínas esparsas na encosta que se erguia adiante. Na metade da subida até nossa meta paramos para uma momentânea tomada de ar e nos voltamos para olhar novamente em direção ao fantástico emaranhado paleógeno de incríveis formas em pedra abaixo de nós — mais uma vez delineado misticamente contra o oeste desconhecido. Enquanto isso vimos que o céu além perdera sua nebulosidade matinal; e os incansáveis vapores de gelo subiram até o zênite, onde seus contornos zombeteiros pareciam a ponto de formar algum padrão bizarro que temiam tornar definido ou conclusivo.

Jazia agora, revelada na brancura absoluta do horizonte por trás da grotesca cidade, uma linha difusa e élfica de pináculos violeta cujas alturas pontiagudas assomavam oniricamente contra o aceno róseo do céu ocidental. Em direção a esse arco cintilante inclinava-se o antigo platô tabular, e o profundo curso do rio de outrora atravessava-o como um irregular laço de sombra. Por um segundo suspiramos em admiração à beleza extraterrenamente cósmica da cena, e então um vago horror começou a rastejar em nossas almas. Pois aquela distante linha violeta não poderia ser nada mais que as terríveis montanhas da terra proibida — os mais altos picos da Terra e o local de concentração da maldade terrena; hospedeiros de horrores inomináveis e segredos arqueanos; evitados e louvados por aqueles que temem escavar seu significado; inexplorados por qualquer coisa viva na Terra, mas visitados pelos relâmpagos sinistros e enviando estranhos raios através das planícies na noite polar — sem dúvida o arquétipo desconhecido daquela temível Kadath no Deserto Gelado além do abominável Leng, mencionado de maneira evasiva por lendas primevas. Éramos os primeiros humanos a contemplá-los — e peço a Deus que sejamos os últimos.

Se os mapas esculpidos e as imagens da cidade pré-humana disseram a verdade, aquelas crípticas montanhas violeta não podiam estar a menos de quinhentos quilômetros de distância; não obstante, sua essência diáfana e élfica encimava aquele arco remoto e nevado, como a extremidade serrilhada de um monstruoso planeta alienígena prestes a se erguer em céus inabituais. Sua altura, então, devia ser tremenda, além de qualquer comparação — levando-as a camadas de tênue atmosfera povoadas por gases espectrais aos quais aviadores imprudentes dificilmente poderiam sobreviver para contar após quedas inexplicáveis. Olhando para elas, pensei nervosamente em certas sugestões esculpidas daquilo que o grande rio de outrora teria levado até a cidade a partir de suas encostas malditas — e me perguntei quanto bom senso e quanta loucura residira nos medos daqueles Antigos que as entalharam tão discretamente. Relembrei que seu extremo setentrional devia estar próximo da costa da Terra da Rainha Mary, onde, naquele momento, a expedição de Sir Douglas Mawson sem dúvida trabalhava, a pouco mais de um quilômetro e meio de distância; e espero que nenhum fado maligno forneça a Sir Douglas e a seus homens um vislumbre do que pode estar além do alcance protegido da cordilheira litorânea. Tais pensamentos davam uma medida de minha condição geral naquele momento — e Danforth parecia estar ainda pior.

Mesmo antes de ultrapassarmos a grande ruína em forma de estrela e alcançar nosso avião, nossos medos se transferiram para a menor, embora suficientemente vasta, cordilheira cuja travessia novamente se antecipava. Daqueles sopés, as negras encostas incrustadas de ruínas se empinavam resoluta e hediondamente contra o leste, lembrando-nos mais uma vez daquelas estranhas pinturas asiáticas de Nikolai Rerikh; e quando pensamos nos alvéolos execráveis em seu interior, e nas horríveis entidades amorfas que podem ter traçado seu fétido e retorcido caminho até os mais altos pináculos ocos, não podíamos encarar sem pânico o prospecto de sobrevoar novamente aquelas sugestivas bocas de caverna voltadas para o céu, onde o vento soprava como um maligno assovio musical em alta frequência. Para piorar tudo, vimos distintos traços da névoa local em torno de vários cumes — como deve ter visto o pobre Lake quando inicialmente cometera seu equívoco em relação ao vulcanismo da região — e pensamos, temerosos, naquela névoa semelhante da qual tínhamos acabado de escapar; nela e no abismo blasfemo que aninhava horrores e que era a fonte de tais vapores.

Estava tudo bem com o avião, e vestimos desajeitadamente nossas peles mais pesadas para o voo. Danforth deu a partida no motor sem maiores problemas, e fizemos uma decolagem bem suave sobre a cidade marônica. Abaixo de nós, a ciclópica cantaria primitiva se espalhava da mesma forma de quando a vimos pela primeira vez — em um tempo tão recente, ainda que infinitamente distante —, e começamos a subir e manobrar a fim de testar o vento para a travessia do desfiladeiro. Em um nível bem alto deve ter havido grande turbulência, já que as nuvens de pó de gelo do zênite faziam todo tipo de coisas fantásticas; porém, a mais de sete quilômetros, a altura que precisávamos para a travessia, encontramos a navegação bem praticável. Enquanto nos aproximávamos dos picos protuberantes o estranho silvo do vento novamente se tornou manifesto, e pude ver as mãos de Danforth trêmulas nos controles. Embora fosse um amador, pensei que naquele momento eu poderia ser um navegador melhor do que ele ao efetuar a perigosa travessia entre os pináculos; e quando me movi para trocar de assentos e assumir sua tarefa, não houve protestos. Tentei preservar toda a minha habilidade e autocontrole e fitei o setor de céu avermelhado entre as paredes do desfiladeiro — recusando-me resolutamente a prestar atenção nas lufadas de vapor no topo das montanhas e desejando possuir tampões de ouvido como os de Ulisses na Ilha das Sereias para afastar aquele perturbador vento sibilante de minha consciência.

Mas Danforth, livre da pilotagem e preso a uma perigosa tensão nervosa, era incapaz de ficar quieto. Percebia-o se retorcendo e se contorcendo enquanto olhava para trás, em direção à terrível cidade que se afastava; adiante, as cavernas enigmáticas e picos tomados por cubos; ao lado, o ermo mar de sopés enevoados cobertos de muralhas; e acima, o céu fervilhante, grotescamente nublado. Foi então, justamente quando tentava guiar com segurança através do desfiladeiro, que seu tremor enlouquecido quase nos conduziu a um desastre ao desmantelar meu frágil autodomínio, fazendo-me tatear desamparadamente os controles por um momento. Um segundo depois minha resolução triunfou e concluímos incólumes a travessia — embora eu tema que Danforth nunca mais será o mesmo.

Já disse que Danforth se recusara a falar sobre aquele último horror que o fez gritar tão insanamente — um horror que, tenho penosa certeza, é o principal responsável por seu atual colapso. Conversamos intercaladamente, aos berros, tentando vencer o assovio do vento e o rosnar do motor, enquanto atingíamos o lado seguro da cordilheira e descíamos lentamente em direção ao acampamento, mas falamos sobretudo a respeito dos votos de sigilo que fizemos quando nos preparávamos para deixar a cidade de pesadelos. Certas coisas, concordamos, não poderiam ser conhecidas e tampouco discutidas pelas pessoas — e eu não estaria falando a respeito delas agora, não fosse a necessidade de desestimular a expedição Starkweather-Moore, e outras, a qualquer custo. É absolutamente necessário, em nome da paz e da segurança da humanidade, que alguns cantos caliginosos e mortos da Terra e certas profundezas insondáveis sejam deixados em paz; de outra forma, as anormalidades adormecidas podem acordar para uma vida ressurgente, e pesadelos de blasfema sobrevivência poderão se retorcer e ascender de seus covis assombrosos rumo a novas e maiores conquistas.

Danforth apenas sugeriu que o último horror fora uma miragem. Não era, declarou ele, nada ligado aos cubos e cavernas dos ecoantes, vaporosos e vermiformes alvéolos das montanhas da loucura que atravessamos; mas um único, fantástico e demoníaco vislumbre, entre as turbulentas nuvens do zênite, do que jazia lá atrás, naquelas outras montanhas violeta no ocidente que os Antigos evitaram e temeram. É bem provável que a coisa tenha sido uma simples ilusão nascida da angústia que havíamos experimentado e da verdadeira, porém irreconhecível, miragem da morta cidade transmontana que presenciamos nos arredores do acampamento de Lake no dia anterior; mas era tão real para Danforth que ele ainda sofre seus efeitos.

Em raras ocasiões ele sussurrava coisas desconjuntadas e irresponsáveis sobre "o fosso negro", "o círculo entalhado", "proto-shoggoths", "os sólidos sem janelas com cinco dimensões", "o cilindro inominável", "os faróis ancestrais", "Yog-Sothoth", "a geleia branca primordial", "a cor que veio do espaço", "as asas", "os olhos no escuro", "a escadaria para a lua", "o original, o eterno, o imortal", e outras concepções bizarras; mas quando voltava a si repudiava tudo isso e atribuía seus delírios à sua curiosidade e às leituras macabras da juventude. Danforth, de fato, é conhecido por ser um dos poucos que ousaram ler na íntegra o carcomido exemplar do *Necronomicon*, que foi trancado à chave na biblioteca da universidade.

Enquanto cruzávamos a cordilheira, o céu estava bastante vaporoso e turbulento; e embora não tenha visto o zênite, posso bem imaginar que seus redemoinhos de pó de gelo devem ter tomado formas estranhas. A imaginação, sabendo quão vividamente cenas distantes podem às vezes ser refletidas, refratadas e ampliadas por tais camadas de nuvens incansáveis, pode ter facilmente suprido o restante — e é claro que Danforth não se referiu a nenhum daqueles horrores específicos, exceto depois que sua mente começara a sugerir as leituras de outrora. Ele nunca poderia ter visto tanto em um relance instantâneo.

Naquele momento seus gritos estavam confinados à repetição de uma única palavra insana, de origem muito evidente: *"Tekeli-li! Tekeli-li!"*.

A Sombra Vinda do Tempo

H.P. Lovecraft • 1936 – Astounding Stories

I

Após vinte e dois anos de pesadelo e terror, em que me salvei apenas por uma desesperada convicção da origem mítica de algumas impressões, é com desgosto que confirmo a verdade daquilo que acredito ter encontrado na Austrália Ocidental, na noite entre 17 e 18 de julho de 1935.[1] Há motivos para crer que minha experiência, em sua totalidade ou parcialmente, tenha sido uma alucinação — já que, de fato, existem muitas razões para tanto. Mas, ainda assim, tão hediondo era seu realismo que algumas vezes é impossível ter esperanças.

Se a coisa ocorreu, deve então o homem estar preparado para aceitar noções do cosmos, e de seu próprio lugar no turbulento vórtex do tempo, cuja simples menção é paralisante. Deve também se colocar em

---

[1] Publicado a primeira vez em *Astounding Stories* 17, n. 4, em 1936.

guarda contra um perigo específico à espreita e que, embora jamais venha a engolfar toda a raça humana, é capaz de infligir horrores monstruosos e inimagináveis a alguns de seus virtuosos membros.

É por essa última razão que anseio, com todas as forças do meu ser, o total abandono de toda e qualquer tentativa de desencavar aqueles fragmentos de desconhecida e primordial cantaria que foram os objetos de investigação de minha expedição.

Presumindo que eu estivesse são e desperto, minha experiência naquela noite foi algo que jamais ocorreu a homem algum. E mais do que isso, uma confirmação pavorosa de todas as coisas que eu buscava desacreditar, classificando-as como mitos e sonhos. Piedosamente, não há provas, pois perdi, em meu pavor, o extraordinário objeto que — se fosse real e pudesse ser resgatado daquele abismo asqueroso — comporia uma evidência irrefutável. Estava sozinho quando venci o horror e até agora não disse nada a respeito a ninguém. Não pude impedir os outros de escavar em sua direção, mas o acaso e a areia mutável puderam poupá-los, até o momento, de encontrá-lo. Devo, agora, formular algum pronunciamento definitivo — não apenas em nome do meu próprio equilíbrio mental, mas para alertar as pessoas que possam levá-lo a sério.

Estas páginas — cujos parágrafos iniciais serão familiares aos leitores atentos da imprensa geral e científica — estão sendo escritas na cabine do navio que me conduz de volta ao lar. Devo entregá-las ao meu filho, o professor Wingate Peaslee da Universidade Miskatonic — o único membro da família que se manteve ao meu lado após uma estranha amnésia que me acometeu há muito tempo, e o homem mais bem informado sobre os fatos ocultos de meu caso. De todas as pessoas vivas, ele seria o último a ridicularizar o meu relato a respeito daquela fatídica noite. Não o esclarecera oralmente antes de partir, pois creio que seja melhor fazer a revelação por escrito. A leitura e a releitura nos momentos mais oportunos poderão incutir nele uma imagem mais convincente do que se esperaria que minha língua confusa formulasse. Ele poderá fazer o que achar melhor com este relato — revelando-o, com os comentários adequados, em qualquer lugar onde possa fazer o bem. É em nome dos leitores não familiarizados com as fases iniciais do meu caso que prefacio minha revelação, apresentando-lhes um resumo adequadamente amplo de seu cenário.

Meu nome é Nathaniel Wingate Peaslee, e aqueles que se lembram das histórias jornalísticas de uma geração atrás — ou cartas e artigos publicados em jornais de psicologia há seis ou sete anos — saberão quem e o que eu sou. A imprensa estava recheada de detalhes a respeito da minha estranha amnésia, que se deu entre os anos 1908 e 1913, e muito foi feito das tradições de horror, loucura e bruxaria que espreitam por detrás da antiga cidade do estado de Massachusetts, meu atual local de residência. Contudo, eu deveria saber que não há nada de louco ou sinistro em minha hereditariedade e vida pregressa. Esse é um fato importante, tendo em vista a sombra que recaiu tão subitamente sobre mim, oriunda de fonte *externas*. Pode ser que séculos de uma escuridão insistente tenham dado à arruinada e assombrada Arkham uma vulnerabilidade peculiar em relação a tais sombras — embora mesmo isso pareça duvidoso à luz daqueles outros casos que mais tarde eu estudaria. Mas o ponto principal é que minha própria ancestralidade e formação são completamente normais. O que se seguiu sobreveio de *algum outro lugar* — o qual, mesmo agora, eu hesito em explicar por meio de simples palavras.

Sou o filho de Jonathan e Hannah (Wingate) Peaslee, ambos provenientes da boa e velha estirpe de Haverhill. Nasci e fui criado em Haverhill — na velha casa na Boardman Street, nos arredores de Golden Hill — e não estive em Arkham até ingressar na Universidade Miskatonic, aos dezoito anos de idade. Isso foi em 1889. Após minha graduação estudei economia em Harvard, retornando à Miskatonic como instrutor de economia política em 1895. Por mais de treze anos, minha vida correu leve e feliz. Casei-me com Alice Keezar em 1896, nascida em Haverhill, e meus três filhos, Robert K., Wingate e Hannah, nasceram em 1898, 1900 e 1903, respectivamente. Em 1898 tornei-me um professor associado, e em 1902, professor pleno. Em momento algum tive o menor interesse em ocultismo ou psicologia antinatural.

Foi numa quinta-feira, em 14 de maio de 1908, que sobreveio a estranha amnésia. A coisa foi bastante repentina, embora mais tarde eu tenha percebido que certas visões breves e parcelares nas diversas horas anteriores — visões caóticas que me perturbaram profundamente por serem tão sem precedentes — devem ter formado sintomas premonitórios. Minha cabeça doía, e eu carregava o sentimento singular — completamente novo para mim — de que alguém estava tentando tomar posse de meus pensamentos.

O colapso se deu por volta das 10h20 da manhã, enquanto ministrava uma aula de Economia Política VI — história e tendências atuais da economia — para calouros e alguns veteranos. Comecei a ver estranhas formas diante de meus olhos e a sentir que me encontrava num cômodo grotesco que não era a sala de aula. Meus pensamentos e fala se afastavam de meu tema, e os estudantes perceberam que algo estava gravemente errado. Então eu caí inconsciente em minha cadeira, tomado por um estupor do qual ninguém foi capaz de me tirar. E durante cinco anos, quatro meses e treze dias, minhas faculdades corretas não voltaram a buscar a luz do dia de nosso mundo normal.

Foi, é claro, por meio de outros que eu soube do ocorrido. Não demonstrei sinal algum de consciência por dezesseis horas e meia, ainda que tenha sido levado para minha casa no número 27 da Crane Street e recebido a melhor atenção médica possível.

Às três da madrugada do dia 15 de maio meus olhos se abriram e eu comecei a falar, mas bem antes os médicos e minha família estavam verdadeiramente apavorados com a tendência de minha expressão e linguagem. Estava claro que eu não me lembrava de minha identidade ou de meu passado, ainda que, por alguma razão, eu tenha parecido ansioso em suprir essa lacuna de conhecimento. Meus olhos fitavam estranhamente as pessoas ao meu redor, e as flexões dos meus músculos faciais eram completamente estranhas.

Mesmo minha fala parecia esquisita e estrangeira. Usava meus órgãos vocais trôpega e desastradamente, e minha dicção possuía uma qualidade curiosamente artificial, como se eu tivesse aprendido a língua inglesa laboriosamente através de livros. A pronúncia era barbaramente alienígena, enquanto o idioma parecia incluir vestígios de um curioso arcaísmo, além de expressões totalmente incompreensíveis. Dessas últimas fui potencialmente — até mesmo de forma aterradora — lembrado pelo mais jovem dos médicos, vinte anos depois. Pois, num período mais tardio, uma determinada frase começou a circular — primeiro na Inglaterra e então nos Estados Unidos — e, a despeito de sua grande complexidade e indisputável novidade, reproduzia, nas menores particularidades, as mistificantes palavras de um estranho paciente de Arkham, que lá esteve em 1908.

A força física retornou de uma vez só, embora tenha sido necessária uma tremenda reeducação no uso das minhas mãos, pernas e aparatos corporais no geral. Por causa disso e de outras deficiências inerentes ao lapso mnemônico, fui mantido por algum tempo sob estritos cuidados médicos. Quando percebi que minhas tentativas de preencher o lapso falharam, eu o admiti abertamente, tornando-me ansioso por informações de todo tipo. De fato, parecia aos doutores que eu havia perdido o interesse em minha própria personalidade tão logo aceitei o caso de amnésia como algo natural. Perceberam que eu me esforçava sobretudo para dominar certos aspectos da história, ciência, artes, linguagem e folclore — alguns deles tremendamente abstrusos e outros infantilmente simples —, que permaneciam, muito estranhamente em diversos casos, externos à minha consciência.

Ao mesmo tempo eles perceberam que eu inexplicavelmente dominava diversas áreas quase desconhecidas do conhecimento — um domínio que eu parecia querer esconder mais do que expor. Referia-me, inadvertidamente, e com segurança casual, a eventos específicos de eras obscuras e fora do alcance da história reconhecida — tratando tais referências como piada quando percebia a surpresa que criara. E falava do futuro de uma maneira que duas ou três vezes provocou efetivo terror. Esses lampejos incríveis logo cessaram, ainda que alguns observadores atribuam seu esvaecer mais a certos cuidados furtivos de minha parte do que a qualquer redução de um estranho conhecimento oculto. De fato, eu parecia anormalmente ávido por absorver a fala, costumes e perspectivas da época ao meu redor; como se eu fosse um viajante estudioso de uma terra muito distante.

Tão logo me foi permitido, voltei a frequentar a biblioteca da universidade por horas inteiras, logo iniciando os preparativos para aquelas estranhas viagens e visitas especiais a universidades americanas e europeias que evocariam tantos comentários durante os anos que se seguiram. Naquele tempo eu não carecia de contatos ilustres, pois meu caso atingiu uma moderada notoriedade entre os psicólogos da época. Fui estudado como um exemplo típico de personalidade secundária, embora ocasionalmente eu confundisse os especialistas com algum sintoma bizarro ou algum traço estranho de troça cuidadosamente velada.

Contudo, encontrei poucas amizades verdadeiras. Algo em meu aspecto e fala parecia despertar medos vagos e aversões em todas as pessoas que encontrava, como se eu fosse um ser infinitamente destituído de tudo o que é normal e sadio. A ideia de um obscuro e secreto horror, conectado a incalculáveis golfos de algum tipo de *distância*, era estranhamente difundida e persistente. Minha própria família não era uma exceção. No momento de meu estranho despertar minha esposa me recebeu com extremo horror e asco, jurando que eu era algo completamente alienígena usurpando o corpo de seu marido. Em 1910 ela obteve o divórcio judicial e nunca mais aceitou me ver, mesmo após meu retorno à normalidade, em 1913. Tais sentimentos foram partilhados por meu filho mais velho e por minha caçula, os quais não vejo desde então.

Apenas Wingate, meu segundo filho, pareceu capaz de superar o terror e a repulsa despertados por minha mudança. De fato, ele me percebia como um estranho, mas mesmo com apenas oito anos de idade foi capaz de se apegar com força à fé de que meu verdadeiro eu voltaria. Quando isso aconteceu ele me procurou, e os tribunais me conferiram sua custódia. Nos anos seguintes ele me ajudou com os estudos que me inspiravam e hoje, aos trinta e cinco anos, é professor de psicologia na

Miskatonic. Mas não me admira o horror que causei — pois, com certeza, a mente, a voz e a expressão facial do ser que despertou em 15 de maio de 1908 não eram de Nathaniel Wingate Peaslee.

Não procurarei contar muito de minha vida no período de 1908 a 1913, pois os leitores podem obter todos os detalhes essenciais — assim como eu mesmo precisei fazer tantas vezes — em arquivos de jornais antigos e periódicos científicos. Concederam-me acesso ao meu patrimônio, o qual despendi lenta e, em geral, sabiamente em viagens de estudo a vários centros de pesquisa. Minhas viagens, entretanto, foram extremamente singulares, envolvendo visitas a locais remotos e desolados. Em 1909 passei um mês nos Himalaias, e em 1911 uma viagem a camelo pelos desconhecidos desertos da Arábia chamou muita atenção.[2] Nunca fui capaz de descobrir o que se passou nessas jornadas. Durante o verão de 1912 fretei um barco e naveguei em direção ao Ártico, ao norte da Spitzbergen, retornando com sinais de desapontamento. Mais tarde naquele ano passei uma semana sozinho num ponto além dos limites de explorações, realizadas ou a realizar, do vasto sistema de cavernas de granito da Virgínia Ocidental — labirintos negros tão complexos que nenhuma possibilidade de refazer meus passos poderia ser considerada.

Minhas estadias nas universidades foram marcadas por uma assimilação anormalmente rápida, como se a personalidade secundária tivesse uma inteligência enormemente superior à minha própria. Descobri, também, que minha capacidade de estudo e leitura solitária era fenomenal. Podia dominar cada detalhe de um livro apenas vislumbrando-o tão rapidamente quanto era capaz de virar as páginas, e minha habilidade de interpretar figuras complexas em um instante era de fato incrível. De vez em quando surgiam notícias quase repulsivas a respeito do meu poder de influenciar os pensamentos e atos dos outros, ainda que eu tenha tomado o cuidado de minimizar as demonstrações dessa faculdade.

Outros relatos desagradáveis se relacionavam à minha íntima ligação com líderes de grupos ocultistas, e estudiosos suspeitavam de uma

---

2   Uma viagem similar é narrada no conto "A Cidade sem Nome".

conexão com bandos inomináveis de terríveis hierofantes da Antiguidade. Esses rumores, ainda que não provados à época, foram indubitavelmente estimulados pelo conhecido tom de minhas leituras, já que as consultas a livros raros em bibliotecas não se davam secretamente. Existem provas tangíveis — na forma de notas marginais — de que eu tenha percorrido minuciosamente volumes como *Cultes des Goules*, do conde d'Erlette, *De Vermis Mysteriis*, de Ludvig Prinn,[3] *Unaussprechlichen Kulten*, de Von Junzt, os fragmentos sobreviventes do confuso *Livro de Eibon* e o pavoroso *Necronomicon*, de Abdul Alhazred, o árabe louco. Também é inegável que uma onda nova e maléfica de atividades relacionadas a cultos obscuros tenha se iniciado na época de minha estranha mutação.

No verão de 1913, comecei a dar sinais de irritação e perda de interesse, sugerindo a várias pessoas próximas que uma mudança em mim poderia ser esperada para logo. Falei de memórias da minha vida pregressa que retornavam — ainda que a maior parte dos meus ouvintes me julgasse insincero, pois as lembranças que eu partilhava eram casuais e poderiam ter sido apreendidas de meus antigos documentos privados. Em meados de agosto retornei a Arkham e reabri minha casa, há muito fechada, na Crane Street. Ali instalei um mecanismo do mais curioso aspecto, que fora construído aos poucos por diferentes fabricantes de aparatos científicos na Europa e na América e se manteve cuidadosamente protegido das vistas de qualquer um inteligente o bastante para analisá-lo. Aqueles que o viram — um operário, um empregado e a nova governanta — afirmaram que se tratava de uma estranha mistura de engrenagens, roldanas e espelhos, embora tivesse somente cerca de um metro de altura, trinta centímetros de largura e trinta centímetros de profundidade. O espelho central era circular e convexo. Tudo foi corroborado por todos os fabricantes de peças que pude localizar.

---

3 *De Vermis Mysteriis* é um livro ficcional criado por Robert Bloch (1917-1994) para o conto "The Shambler from the Stars" (1935). Bloch foi o mais jovem autor a fazer parte do chamado "círculo lovecraftiano", sendo um correspondente assíduo de Lovecraft e tendo hospedado o amigo mais velho durante uma viagem. Lovecraft contribuiu com um texto de um encantamento em latim para a história de Bloch e faria referências ao conto em outras histórias.

Na noite de sexta, 26 de setembro, dispensei a governanta e a empregada até o meio-dia do dia seguinte. Luzes brilharam na casa até tarde, e um homem esguio e taciturno, de aparência curiosamente estrangeira, chegou num automóvel. Por volta da uma hora da madrugada as luzes foram vistas pela última vez. Às 2h15, um policial observou o local tomado pela escuridão, mas o carro do estranho ainda estava estacionado na calçada. Por volta das quatro horas, o estranho já tinha ido embora. Às seis da manhã uma voz estrangeira e hesitante ao telefone pediu ao dr. Wilson que acorresse à minha casa para me resgatar de um acometimento peculiar. Essa chamada — de longa distância — foi mais tarde rastreada até uma cabine telefônica na North Station, em Boston, mas sinal algum do magro estrangeiro foi descoberto.

Quando o doutor chegou à minha casa ele me encontrou na sala de estar — em uma poltrona com uma mesa colocada à frente. No tampo polido da mesa havia arranhões indicando que ali estivera algum objeto pesado. A estranha máquina se fora, e tampouco se ouviu algo a respeito dela depois disso. Sem dúvida o esguio estrangeiro a levara embora. Na lareira da biblioteca havia cinzas abundantes deixadas evidentemente pela incineração de cada pedaço de papel no qual eu tivesse escrito desde o advento da amnésia. O dr. Wilson achou minha respiração bem peculiar, mas foi estabilizada após uma injeção hipodérmica.

Às 11h15 da manhã de 27 de setembro, ergui-me vigorosamente e meu rosto, até então semelhante a uma máscara, começou a mostrar sinais de expressão. O dr. Wilson notou que a expressão não era aquela da minha personalidade secundária, mas se parecia muito com a do meu eu normal. Por volta das 11h30 resmunguei algumas sílabas muito curiosas — sílabas que não pareciam relacionadas à nenhuma fala humana. Parecia também que eu lutava contra algo. Então, após o meio-dia — a governanta e a empregada já tinham retornado nesse meio-tempo — comecei a balbuciar em inglês.

"... entre os economistas ortodoxos daquele período, Jevons foi aquele que tipificou a tendência principal em direção à correlação científica. Sua tentativa de relacionar o ciclo comercial de prosperidade e depressão com o ciclo físico dos pontos solares forma, talvez, o ápice da..."

Nathaniel Wingate Peaslee retornara — um espírito que, na escala do tempo, ainda se encontrava naquela manhã de quinta-feira de 1908, com a classe de economia olhando em direção à surrada mesa sobre o tablado.

II

Minha reabsorção na vida normal foi um processo doloroso e difícil. A perda de mais de cinco anos cria mais complicações do que se possa imaginar, e em meu caso existiam incontáveis questões para resolver. O que ouvi de minhas ações desde 1908 me impressionou e perturbou, mas tentei considerar a questão tão filosoficamente quanto pude. Enfim obtendo a custódia de meu segundo filho, Wingate, me estabeleci com ele na casa da Crane Street e me esforcei para voltar a ensinar — minha antiga disciplina me fora gentilmente oferecida pela faculdade.

Comecei a trabalhar no fim de fevereiro de 1914 e assim continuei por um ano. Na época percebi quão fortemente minha experiência me abalara. Ainda que perfeitamente são — eu esperava — e sem apresentar qualquer falha em minha personalidade original, não possuía a vigorosa energia dos velhos tempos. Sonhos vagos e ideias estranhas me assombravam continuamente, e quando irrompeu a Guerra Mundial minha mente se voltou para a história, então me vi pensando em períodos e eventos da forma mais estranha possível. Minha concepção de *tempo* — minha habilidade de distinguir entre consecutividade e simultaneidade — parecia sutilmente desordenada; assim, formei quiméricas noções a respeito de viver em uma era e lançar a mente sobre toda a eternidade para adquirir o conhecimento de eras passadas e futuras.

A guerra me dava a estranha impressão de *lembrar* algumas das suas *consequências* mais distantes — como se eu soubesse como o episódio acabaria e pudesse vê-la em retrospecto sob a luz de informações futuras. Essas quase-memórias vinham acompanhadas de muita dor e do sentimento de que alguma barreira psicológica artificial tinha sido erguida contra elas. Quando timidamente sugeri minhas impressões a outras pessoas, encontrei respostas variadas. Alguns me olhavam desconfortavelmente, mas membros do departamento de matemática falaram de novos desenvolvimentos nas teorias da relatividade — até então discutidas apenas em círculos eruditos — que mais tarde ficariam famosas. O dr. Albert Einstein, diziam, estava rapidamente reduzindo o *tempo* ao status de mera dimensão.

Mas os sonhos e os sentimentos perturbadores me venceram, então precisei abandonar meu trabalho regular em 1915. Certas impressões estavam tomando uma forma irritante — dando-me a noção persistente de que minha amnésia fizera algum tipo profano de *troca*; de que a personalidade secundária era, de fato, uma força intrusa oriunda de regiões desconhecidas e de que minha própria personalidade sofrera um deslocamento. Então fui guiado por especulações vagas e pavorosas relacionadas ao paradeiro de meu verdadeiro eu durante os anos que o outro tomara meu corpo. O curioso conhecimento e a conduta estranha do último ocupante do meu corpo me intrigavam cada vez mais, conforme eu recolhia novos detalhes de pessoas, jornais e revistas. Esquisitices que deixaram outras pessoas perplexas pareciam harmonizar terrivelmente com algum respaldo ou conhecimento obscuro que se alojava nos meandros do meu subconsciente. Comecei a pesquisar fervorosamente, procurando extrair qualquer fiapo de informação sobre os estudos e viagens *daquele outro* durante os anos sombrios.

Nem todos os meus problemas eram tão semiabstratos quanto esse. Havia os sonhos — e esses pareciam aumentar em vividez e concretude. Sabendo como a maioria reagiria a eles, raramente os mencionava a alguém além de meu filho ou certos psicólogos de confiança, mas enfim comecei um estudo científico sobre outros casos com o intuito de checar quão típicas ou atípicas eram tais visões entre as vítimas de amnésia. Meus resultados, auxiliados por psicólogos, historiadores, antropólogos e especialistas em saúde mental de larga experiência, bem como por um estudo que incluía todos os registros de personalidades divididas desde a época das lendas de possessão demoníaca até a realidade médica atual, a princípio incomodaram mais do que me consolaram.

Logo descobri que meus sonhos de fato não encontravam correlações no volume massivo de casos verídicos de amnésia. Pude encontrar, entretanto, um pequeno resíduo de relatos que durante anos me impressionaram e chocaram em virtude de seu paralelismo com minha própria experiência. Alguns deles eram trechos retirados de antigos relatos folclóricos; outros casos históricos foram encontrados em anais de medicina; um ou dois foram anedotas obscurecidas pela história canônica. Assim parecia que, enquanto meu tipo especial de aflição era prodigiosamente raro, casos parecidos ocorreram em longos intervalos, desde o início dos registros do homem. Alguns séculos podem conter um, dois ou três casos; outros, nenhum — ou ao menos nenhum cujos registros sobreviveram.

A essência era sempre a mesma — uma pessoa de aguçado raciocínio é dominada por uma estranha vida secundária, sendo então conduzida por um período maior ou menor a uma existência absolutamente alienígena inicialmente caracterizada por estranheza vocal e corporal, e mais tarde por uma aquisição completa de conhecimento científico, histórico, artístico e antropológico; uma aquisição levada a cabo com entusiasmo febril e um poder de absorção totalmente anormal. Então, um retorno repentino à consciência plena, sempre contaminada de forma intermitente por vagos sonhos incabíveis com sugestões de fragmentos de alguma memória hedionda e laboriosamente borrada. E a clara lembrança dos meus próprios pesadelos — ainda que em algumas de suas menores particularidades — não deixou dúvidas em relação ao significado de sua típica natureza. Um ou dois casos possuíam uma aura mais intensa de uma tênue e blasfema familiaridade, como se eu já tivesse ouvido falar sobre eles antes, através de algum canal cósmico mórbido e pavoroso demais para se contemplar. Em três instâncias havia menções específicas de uma máquina desconhecida semelhante àquela que estivera em minha casa antes da segunda mudança.

Outra coisa que nebulosamente me preocupou durante minhas pesquisas foi uma grande frequência de casos nos quais um lampejo breve e elusivo dos pesadelos típicos era concedido a pessoas que não foram visitadas por um caso bem definido de amnésia. Tais pessoas geralmente possuíam uma mente medíocre ou inferior — algumas tão primitivas que dificilmente poderiam ser pensadas como veículos para uma escolaridade anormal e aquisições mentais sobrenaturais. Durante um segundo eles seriam inflamados por uma força alienígena — e então um lapso de retorno, seguido por uma memória fátua e tênue de horrores inumanos.

Houve ao menos três desses casos durante o último meio século — um há apenas quinze anos. Haveria algo *tateando cegamente através do tempo*, vindo de algum abismo insuspeito da natureza? Seriam esses casos monstruosos experimentos cujo tipo e autoria estariam muito além da crença sã? Tais eram algumas das especulações informes de meus momentos de maior fraqueza — fantasias estimuladas por mitos revelados em meus estudos. Pois eu não poderia duvidar que certas lendas persistentes de antiguidade imemorial, aparentemente desconhecidas pelas vítimas e médicos ligados aos mais recentes casos de amnésia, formassem uma intrincada e incrível elaboração de lapsos de memória como os meus.

Ainda quase receio falar a respeito da natureza dos sonhos e das impressões que cresciam com tanto clamor. Pareciam saborear a loucura, e por vezes acreditei que de fato eu estava enlouquecendo. Haveria algum tipo especial de ilusão afligindo aqueles que sofreram de lapsos de memória? Concebivelmente, os esforços da mente subconsciente em preencher um perplexo vazio com pseudomemórias pode ter dado asas às estranhas perambulações da imaginação. Isso, de fato (ainda que uma teoria folclórica alternativa finalmente parecesse ser mais plausível), era a crença de muitos dos alienistas que me ajudaram em minha busca por casos paralelos e partilharam da minha perplexidade sobre as perfeitas semelhanças ocasionalmente descobertas. Não chamaram a condição de verdadeira insanidade, mas classificaram-na entre as desordens neuróticas. Eles cordialmente endossaram meu curso ao tentar defini-la e analisá-la, em vez de buscar em vão abandoná-la ou esquecê-la, de acordo com os melhores princípios psicológicos. Valorizei especialmente os conselhos desses médicos que me estudaram durante a possessão pela outra personalidade.

Minhas primeiras perturbações não foram em nada visuais, mas ligadas às questões mais abstratas já mencionadas. Havia, também, um sentimento de horror profundo e inexplicável a *mim mesmo*. Desenvolvi um estranho medo de ver minha própria forma, como se meus olhos fossem encontrar algo absolutamente alienígena e inconcebivelmente horrendo. Quando olhava para baixo e contemplava a familiar forma humana em sóbrias roupas cinza ou azuis, sempre sentia um curioso alívio, ainda que para atingi-lo fosse necessário vencer um pavor infinito. Evitava espelhos o máximo possível, e sempre me barbeava na barbearia. Isso aconteceu muito antes de eu começar a correlacionar qualquer um desses sentimentos decepcionantes com as impressões visuais fugidias que começaram a surgir. De início tais correlações tinham a ver com a estranha sensação de que havia um controle externo e artificial sobre minha memória. Senti que as visões furtivas que experimentei possuíam um significado profundo e terrível, e que guardavam uma pavorosa conexão comigo mesmo, mas alguma determinada influência me impedia de perceber esse significado e essa conexão. Então sobreveio a estranheza em relação ao elemento do *tempo*, acompanhada de esforços desesperados para encaixar os lampejos oníricos no padrão cronológico e espacial.

Os próprios lampejos foram, a princípio, mais estranhos que horríveis. Tinha a impressão de me encontrar numa enorme câmara abobadada cujas arestas eram obscurecidas pelas sombras. A cena poderia se localizar em qualquer tempo ou lugar, pois o princípio arquitetônico do arco era completamente conhecido e extensivamente utilizado pelos romanos. Havia colossais janelas redondas e altas portas arqueadas, além de pedestais ou mesas que possuíam a altura de um cômodo comum. Vastas prateleiras de madeira escura seguiam pelas paredes, suportando o que pareciam ser volumes de imenso tamanho com hieróglifos estranhos em suas lombadas. As pedras expostas apresentavam uma curiosa cantaria, sempre em padrões curvilíneos e matemáticos, e haviam inscrições cinzeladas com os mesmos caracteres que os grandes livros carregavam. A enorme cantaria de granito negro era de um tipo megalítico monstruoso, trazendo linhas de blocos com o topo convexo que se encaixavam em fileiras de fundo côncavo logo acima deles. Não havia cadeiras, mas os topos de vastos pedestais estavam recobertos de livros, papéis e o que parecia ser material de escrita — recipientes de um metal púrpura estranhamente desenhados e bastões com as pontas manchadas. Embora os pedestais fossem altos, às vezes eu tinha a impressão de ser capaz de vê-los de cima. Em alguns deles havia grandes globos de um cristal luminoso que serviam como lâmpadas, e máquinas inexplicáveis constituídas de tubos vítreos e bastões de metal. As janelas eram envidraçadas e gradeadas por robustas barras. Ainda que eu não ousasse me aproximar para espiá-las, podia ver de onde eu estava as formas protuberantes que lembravam samambaias. O piso era composto de massivas pedras octogonais, e não havia qualquer tapete ou adorno.

Mais tarde tive visões nas quais eu percorria ciclópicos corredores de pedra, subindo e descendo gigantescos planos inclinados da mesma cantaria monstruosa. Não havia escadas em lugar algum, nem qualquer passagem com menos de nove metros de largura. Algumas das estruturas por onde flutuei deviam subir aos céus por milhares de metros. Havia múltiplos níveis de câmaras escuras abaixo e alçapões jamais abertos, selados com tiras de metal e trazendo diáfanas sugestões de algum perigo em especial. Parecia que eu era um prisioneiro, e que o horror residia em tudo o que via. Sentia que os jocosos hieróglifos curvilíneos nas paredes iriam despedaçar minha alma com sua mensagem se eu não estivesse protegido por uma piedosa ignorância.

Ainda mais tarde meus sonhos incluíam vistas de grandes janelas redondas e de uma titânica laje plana com seus curiosos jardins, uma ampla área infértil e um elevado parapeito de pedra arrematada, para onde a maior parte dos planos inclinados conduzia. Havia ligas quase infinitas de prédios gigantes, cada um em seu jardim, estendendo-se na distância de estradas pavimentadas com completos sessenta metros de largura. Diferenciavam bastante em aspecto, mas poucos tinham mais do que cento e cinquenta metros quadrados ou trezentos metros de altura. Muitos pareciam tão ilimitados que deviam ter uma fachada de vários metros de altura, enquanto alguns se lançavam à montanhosas altitudes no céu vaporoso e cinza. Pareciam ser principalmente de pedra ou concreto, e a maioria incorporava o estranho tipo curvilíneo de alvenaria do prédio em que eu estava. As lajes eram planas, cobertas de jardins e costumavam apresentar parapeitos escalpados. Algumas vezes havia terraços e níveis mais altos, além de amplos espaços claros entre os jardins. As grandes estradas traziam sugestões de movimento, mas nas visões iniciais eu não pude verificar detalhadamente essa impressão.

Em certos lugares contemplei enormes torres, negras e cilíndricas, que se erguiam muito acima de quaisquer outras estruturas. Pareciam ser de uma natureza completamente distinta, revelando sinais de prodigiosa idade e dilapidação. Suas construções apresentavam um tipo bizarro de alvenaria de basalto cortada em quadrados, levemente afunilada ao redor dos topos arredondados. Em lugar algum desses edifícios era possível encontrar os mínimos traços de janelas ou outras aberturas, exceto por enormes portas. Também notei algumas construções mais baixas — tudo desmoronando sob as intempéries de éons — que se assemelhavam às torres negras na arquitetura básica. Ao redor desses pilares aberrantes de alvenaria pairava uma aura inexplicável de ameaça e medo, como aquela cultivada pelos alçapões selados.

Os jardins onipresentes eram quase aterrorizantes em sua estranheza, com formas de vegetação bizarras e pouco familiares brotando sobre canteiros largos alinhados a monólitos curiosamente entalhados. Predominavam brotos parecidos com samambaias, anormalmente vastos; alguns verdes e outros de uma palidez fantasmagórica e fúngica. Entre eles surgiam enormes coisas espectrais que lembravam calamites, cujos troncos parecidos com bambus subiam a alturas fabulosas. Havia também outras formações vegetais que lembravam fabulosas palmeiras, grotescos arbustos verde-escuros e árvores de aspecto conífero. As flores, pequenas, incolores e irreconhecíveis, brotavam em canteiros geométricos entre a vegetação. Em alguns poucos terraços e jardins nos topos das lajes havia brotos mais largos e vívidos com contornos quase ofensivos e sugerindo cultivo artificial. Fungos de tamanho, silhueta e cores inconcebíveis se espalhavam pela cena, evidenciando padrões de alguma tradição de horticultura desconhecida, porém bem estabelecida. Nos jardins térreos mais largos parecia haver alguma tentativa de preservar as irregularidades da natureza, mas nas lajes havia mais seletividade e maiores evidências de poda.

Os céus eram quase sempre úmidos e enevoados, e algumas vezes eu teria testemunhado tremendas chuvas. De vez em quando, contudo, havia lampejos da luz do sol — que parecia anormalmente amplo — e da lua, cujas marcas apresentavam algumas diferenças em relação ao satélite natural, as quais eu nunca pude compreender totalmente. Quando — muito raramente — o céu noturno apresentava alguma claridade, era possível contemplar constelações praticamente irreconhecíveis. Assemelhavam-se às vezes a contornos conhecidos, mas raramente os imitavam; e a partir da posição dos poucos grupos que fui capaz de reconhecer, julguei que deveria estar no hemisfério sul da Terra, próximo ao Trópico de Capricórnio. O horizonte distante era sempre vaporoso e indistinto, mas eu via as enormes selvas de samambaias desconhecidas, calamites, *lepidodendra* e *sigillaria* fora da cidade, com sua folhagem fantástica ondulando jocosamente nos vapores mutantes. Às vezes parecia haver sugestões de movimento no céu, mas essas minhas primeiras visões nunca puderam confirmar ao certo.

No outono de 1914 comecei a sonhar esporadicamente com estranhas flutuações que pairavam sobre a cidade e nas regiões ao redor. Vi estradas intermináveis atravessando medonhas florestas com árvores de troncos malhados, canelados e listrados, e passei por outras cidades tão estranhas quanto aquela que me assombrava persistentemente. Vi monstruosas construções de pedra negra ou iridescente em vales e clareiras onde reinava um crepúsculo eterno, e atravessei longas trilhas em pântanos tão escuros que pouco se podia dizer do que estaria além de sua vegetação úmida e alta. Certa vez vi uma área de incontáveis quilômetros, repleta de ruínas basálticas destruídas há eras cuja arquitetura apresentava as mesmas características daquelas torres sem janelas de topo arredondado que encontrei na cidade fantasma. E uma vez vi o mar — uma extensão vaporosa e sem limites, além dos colossais píeres de pedra de uma enorme cidade de domos e arcos. Grandes sugestões deformadas de sombras se moviam pela água, e aqui e acolá a sua superfície era perturbada por jorros anômalos.

III

Como eu disse, essas loucas visões não apresentaram imediatamente sua qualidade terrificante. Por certo, muitas pessoas sonharam coisas intrinsecamente estranhas — coisas compostas de trechos alheios à vida cotidiana, imagens e leituras, arranjadas em formas fantasticamente novas pelos caprichos incontroláveis do sono. Por algum tempo aceitei as visões como naturais, ainda que nunca tivesse sido um sonhador extravagante. Muitas das vagas anomalias, argumentei, devem ter vindo de fontes triviais numerosas demais para serem estabelecidas; enquanto outras pareciam refletir um conhecimento comumente encontrado em livros sobre plantas e outras características do mundo primitivo de cento e cinquenta milhões de anos atrás — o mundo do período Permiano ou Triássico. No curso de alguns meses, entretanto, o elemento de terror surgiu com força acumulada. Isso aconteceu quando os sonhos começaram infalivelmente a possuir o aspecto de *memórias* e quando minha mente se pôs a conectá-los com minhas crescentes perturbações abstratas — o sentimento de controle mnemônico, as impressões curiosas em relação ao *tempo*, o sentido de uma troca horrenda com minha personalidade secundária presente entre 1908 e 1913 e, consideravelmente mais tarde, o horror inexplicável em relação a mim mesmo.

Conforme determinados detalhes mais definidos começaram a penetrar os sonhos, o horror cresceu mil vezes mais — até que em outubro de 1915, eu senti que devia tomar alguma providência. Foi então que comecei um estudo intensivo a respeito de outros casos de amnésia e visões, sentindo que assim eu poderia objetivar meu problema e desfazer seu apelo emocional. Entretanto, como já mencionei, o resultado foi, a princípio, quase o exato oposto. Perturbou-me vastamente descobrir que meus sonhos tinham sido duplicados com tanta exatidão; especialmente porque alguns dos relatos eram recentes demais para admitir qualquer conhecimento geológico — e portanto qualquer ideia de paisagens primitivas — por parte dos sujeitos. E mais, muitos desses relatos forneciam detalhes bastante horríveis e explanações que encontravam alguma ligação com as visões dos grandes prédios e da selva de jardins — entre outras coisas. As visões reais e as vagas impressões eram suficientemente ruins, mas as sugestões ou afirmações de alguns dos outros sonhadores tinham gosto de loucura e blasfêmia. E o pior de tudo, minha própria pseudomemória evocava sonhos ainda mais insanos e pistas de revelações vindouras. Mas ainda assim meus médicos consideravam meu método, no geral, recomendável.

Realizei estudos sistemáticos em psicologia, e meu filho Wingate foi constantemente estimulado a fazer o mesmo — seus estudos finalmente conduzindo-o ao seu atual magistério. Entre os anos 1917 e 1918, fiz cursos especiais na Miskatonic. Enquanto isso meus exames de registros médicos, históricos e antropológicos se tornou infatigável, envolvendo viagens à livrarias distantes e finalmente incluindo até mesmo a leitura dos tenebrosos livros de antiga tradição velada pelos quais minha personalidade secundária demonstrou tanto interesse. Alguns desses volumes eram as cópias que eu consultara em meu estado alterado, e fiquei bastante perturbado com certas anotações nas margens e *correções* ostensivas do hediondo texto, registradas numa escrita e idioma que, de alguma forma, pareciam estranhamente inumanos.

Essas marcações eram escritas, em sua maioria, na mesma língua dos vários livros, os quais o autor parecia conhecer com idêntica porém obviamente acadêmica facilidade. Uma nota apensada ao *Unaussprechlichen Kulten*, de Von Junzt, contudo, era alarmantemente diferente. Consistia de certos hieróglifos curvilíneos grafados com a mesma tinta das correções germânicas, mas não seguiam nenhum padrão humano reconhecível. E esses hieróglifos eram inequivocamente semelhantes aos caracteres constantemente presentes em meus sonhos — caracteres cujo significado eu momentaneamente fantasiava conhecer ou estava prestes a me lembrar. Para completar minha obscura confusão, os bibliotecários me asseguraram que, considerando exames prévios e registros de consultas dos volumes em questão, todas essas anotações devem ter sido feitas por mim mesmo em meu estado secundário. Isso a despeito do fato de que eu não dominava e ainda não domino três das línguas envolvidas.

Reunindo os registros esparsos, antigos e modernos, antropológicos e médicos, descobri uma mistura bastante consistente de mito e alucinação cujo alcance e selvageria me deixaram absolutamente atordoado. Apenas uma coisa me consolava — o fato de que os mitos eram de uma existência bem primordial. Que conhecimento perdido pôde levar imagens da paisagem Paleozoica ou Mesozoica para essas fábulas primitivas não posso nem mesmo especular, mas as imagens estavam lá. Assim, existia uma base para a criação de um tipo fixo de ilusão. Casos de amnésia sem dúvida recriavam um padrão mítico geral — mas, logo após, o acúmulo de mitos pode ter causado uma reação nos amnésicos, colorindo suas pseudomemórias. Eu mesmo li e ouvi todos os contos antigos durante meu lapso de memória — minha busca provou isso amplamente. O que haveria, então, de não natural, para que meus sonhos subsequentes e impressões emocionais vindouras fossem coloridos e moldados por aquilo que minha memória sutilmente manteve de meu estado secundário? Alguns dos mitos possuíam conexões significativas com outras lendas nebulosas do mundo pré-humano, especialmente aqueles contos hindus envolvendo golfos estupefacientes de tempo que formavam parte da tradição dos modernos teosofistas.

O mito primal e a ilusão moderna se reuniram na suposição de que a humanidade é apenas uma — talvez a mais inferior — das raças altamente evoluídas e dominantes no longo e largamente desconhecido percurso deste planeta. Coisas de forma inconcebível, sugeriam eles, ergueram torres que tocavam o céu e investigaram cada segredo da natureza antes que o primeiro anfíbio ancestral do homem rastejasse para fora do mar quente há três milhões de anos. Alguns desceram das estrelas; alguns eram tão velhos quanto o próprio cosmos; outros se ergueram rapidamente a partir de germes terrenos tão distantes dos primeiros germes de nosso ciclo vital quanto aqueles germes estão distantes de nós mesmos. Intervalos de milhares de milhões de anos e ligações com outras galáxias e universos eram livremente discutidos. De fato, não havia tal coisa como o tempo em seu sentido humanamente aceito.

Mas a maioria das histórias e impressões fazia referência a uma raça relativamente recente, uma espécie estranha e complexa que não se assemelhava a nenhuma forma de vida conhecida pela ciência e que teria vivido até apenas cinquenta milhões de anos antes do advento do homem. Essa, eles sugeriam, era a maior de todas as raças; pois apenas ela foi capaz de conquistar o segredo do tempo. Essa raça aprendeu todas as coisas que já foram conhecidas *ou que poderiam ser conhecidas* na Terra, pois suas mentes privilegiadas tinham o poder de se projetar no passado e no futuro, mesmo por períodos de milhões de anos, e estudar a tradição de cada época. Das conquistas dessa raça surgiram todas as lendas dos *profetas*, incluindo aquelas que compõem a mitologia humana.

Em suas vastas bibliotecas havia volumes de textos e imagens contendo os anais completos da Terra — histórias e descrições de cada espécime que já existiu ou que viria a existir, registros completos de suas artes, aquisições, linguagens e psicologias. Com seu conhecimento que abarca éons, a Grande Raça escolhia os pensamentos, artes e processos de cada era e forma de vida que pudessem se encaixar melhor em sua própria natureza e situação. O conhecimento do passado, assegurado por algum tipo de projeção mental que está além dos sentidos conhecidos, era mais difícil de se obter que o conhecimento a respeito do futuro.

No último caso, o caminho se mostrava mais fácil e material. Com ajuda mecânica adequada uma mente poderia se lançar adiante no tempo, sentindo seu caminho tênue e extrassensorial até se aproximar do período desejado. Então, após julgamentos preliminares, a coisa dominaria o melhor representante que pudesse encontrar entre as mais elevadas formas de vida daquele período; então penetraria o cérebro do organismo e alojaria ali suas próprias vibrações enquanto a mente deslocada retornaria ao período do deslocador, permanecendo no corpo deste último até que um processo reverso ocorresse. A mente projetada, já no corpo do organismo do futuro, se comportaria como um membro da raça de cuja forma externa ela usurpava; aprendendo tão rápido quanto possível tudo o que podia ser absorvido da era escolhida, seu acúmulo de informações e técnicas.

Enquanto isso a mente deslocada, lançada em direção à era e ao corpo do deslocador, estaria cuidadosamente guardada. Seria impedida de ferir o corpo que ocupava, e todo o seu conhecimento seria drenado por interrogadores treinados. Com frequência essa mente poderia ser interrogada em sua própria língua, caso missões anteriores no futuro tivessem possibilitado a recuperação de registros desse idioma. Se a mente fosse oriunda de um corpo cujo idioma não pudesse ser falado pela Grande Raça, máquinas inteligentes seriam construídas, por meio das quais a fala alienígena poderia ser reproduzida como um instrumento musical. Os membros da Grande Raça eram imensos cones rugosos de três metros de altura, cuja cabeça e demais órgãos se conectavam a espessos membros distensíveis que se estendiam a partir do ápice. Para se comunicar, estalavam ou batiam enormes pinças ou garras que pendiam de dois de seus quatro membros, e caminhavam por meio da expansão e contração de uma camada viscosa presa às suas enormes bases de três metros.

Quando a surpresa e o ressentimento da mente cativa se exauriam, e tão logo (assumindo que ela vinha de um corpo que em muito diferia da constituição da Grande Raça) ela superasse o horror de sua estranha forma temporária, lhe era permitido estudar seu novo ambiente e experimentar maravilhas e uma sabedoria similares àquelas de seu substituto. Com precauções adequadas e em troca de serviços apropriados, poderia flutuar sobre todo o mundo habitável em aeronaves titânicas ou em enormes veículos atômicos semelhantes a barcos que atravessavam as enormes estradas, e investigar livremente as bibliotecas que guardavam os registros do passado e do futuro do planeta. Isso reconciliava muitas mentes cativas com seus fados, pois eram dotados de intelectos argutos; e, para tais mentes, desvelar os mistérios ocultos da terra — capítulos fechados de passados inconcebíveis e atordoantes vórtices do tempo futuro que incluem os anos posteriores a sua própria era natural — sempre será, a despeito dos horrores abismais frequentemente desvelados, a suprema experiência da vida.

Vez ou outra alguns cativos eram autorizados a encontrar outras mentes cativas capturadas no futuro — para trocar pensamentos com consciências que viviam a centenas, milhares ou milhões de anos antes de suas próprias épocas. E todos eram incitados a escrever copiosamente, em sua própria linguagem, sobre si mesmos e seus respectivos períodos; tais documentos eram arquivados nos grandes arquivos centrais.

Também é importante observar que havia um triste tipo especial de cativo cujos privilégios eram muito maiores que os da maioria. Esses eram os moribundos exilados *permanentemente*, cujos corpos no futuro foram dominados por ansiosas mentes dos membros da Grande Raça que, diante da morte, buscavam escapar da extinção mental. Tal exílio melancólico não era tão comum quanto se poderia esperar, já que a longevidade da Grande Raça diminuía seu amor pela vida — especialmente entre aquelas mentes superiores capazes de se projetar. Desses casos de projeção permanente de mentes anciãs surgiram várias das mudanças duradouras de personalidade percebidas na história mais recente — incluindo as da humanidade.

Quanto aos casos ordinários de exploração — quando a mente substituta já aprendera o que desejava do futuro, ela construiria um aparato semelhante àquele utilizado em seu voo inicial e então reverteria o processo de projeção. Assim voltava para o seu corpo e para sua própria era, enquanto a última mente cativa retornaria para o seu corpo do futuro ao qual propriamente pertencia. Essa restauração não era possível apenas nos casos em que um dos corpos viesse a morrer durante a troca. Nessas circunstâncias, é claro, a mente exploradora — como as mentes daqueles que fugiam da morte — viveria sua vida num corpo alienígena do futuro; e a mente cativa — como os moribundos exilados permanentemente — seria obrigada a terminar seus dias na forma e na época da Grande Raça.

Esse destino era menos horrível quando a mente cativa também pertencia à Grande Raça — uma ocorrência não infrequente, pois em todos os períodos aquela raça fora intensamente preocupada com o seu próprio futuro. O número de moribundos da Grande Raça em exílio permanente era muito pequeno — em virtude das tremendas penalidades ligadas à substituição das mentes futuras da Grande Raça pelos moribundos. Através das projeções, foram realizados alguns arranjos a fim de infligir essas penalidades às mentes que foram injuriadas em seus corpos futuros — e por vezes destrocas compulsórias eram efetuadas. Casos complexos de substituição da mente exploradora ou já cativa por mentes de várias regiões do passado eram conhecidos e cuidadosamente retificados. Em cada era desde a descoberta da projeção mental, uma parcela mínima mas bem reconhecida da população consistia das mentes da Grande Raça oriundas de eras passadas, que permaneciam numa situação temporária por um período mais ou menos longo.

Quando uma mente cativa de origem alienígena retornava para seu próprio corpo no futuro, ela era purgada, por uma complexa hipnose mecânica, de tudo o que aprendera na época da Grande Raça — isso em virtude de certas consequências problemáticas inerentes à aquisição de conhecimento em enormes quantidades. As poucas instâncias existentes de clara transmissão causaram, e causariam nos tempos futuros conhecidos, enormes desastres. E foi principalmente em consequência de dois casos desse tipo (dizem os mitos antigos) que a humanidade aprendeu o que sabe a respeito da Grande Raça. De todas as coisas sobreviventes, *psíquica* e *diretamente*, desse mundo de éons distantes, permaneceram apenas certas ruínas de grandes pedras em lugares distantes e sob o mar, além de trechos dos pavorosos Manuscritos Pnakóticos.

Assim a mente que retornava alcançava sua própria época mantendo apenas as visões mais sutis e fragmentárias do que ocorrera desde sua captura. Todas as memórias que poderiam ser erradicadas eram erradicadas, então na maioria dos casos apenas um vazio de onírica sombra retornava ao tempo da primeira troca. Algumas mentes guardavam mais lembranças que outras, e a ocasional conjunção de memórias fornecia, em raros casos, pistas do passado proibido para as eras futuras. Provavelmente nunca houve um tempo em que grupos ou cultos não tenham protegido algumas dessas pistas. No *Necronomicon* era sugerida a presença de um desses cultos entre os seres humanos — um culto que às vezes ajudava mentes a viajar pelos éons até os dias da Grande Raça.

E à medida que a própria Grande Raça aperfeiçoava sua quase onisciência, ela se voltava para a tarefa de obter as trocas com mentes de outros planetas a fim de explorar seus passados e futuros. O objetivo era sondar os anos passados e a origem daquele orbe negro e morto há éons do espaço distante de onde derivava sua própria herança mental — pois a mente da Grande Raça era mais antiga que sua forma corpórea. Os seres de um antigo mundo moribundo, que dominavam os segredos absolutos, enxergaram mais adiante um novo mundo e seus espécimes, os quais lhe permitiram ter uma vida longa; e enviaram suas mentes em massa em direção a essa raça futura melhor adaptada para acolhê-las — as coisas cônicas que povoaram nossa terra há um bilhão de anos. Assim a Grande Raça veio a existir, enquanto a miríade de mentes enviadas para o passado eram entregues à morte no horror de estranhas formas. Mais tarde a raça encararia novamente a morte, embora tenha sobrevivido através de outra migração de suas melhores mentes para os corpos de outras espécies que possuíam um período de vida mais longo.

Tal era o cenário de confluência entre lenda e alucinação. Quando, por volta de 1920, realizei minhas pesquisas de forma coerente, senti uma leve diminuição da tensão que a princípio havia crescido. Por fim, a despeito das fantasias promovidas por emoções cegas, meu fenômeno não estava quase totalmente explicado? Alguma mudança direcionou minha mente para estudos obscuros durante o período de amnésia — e então eu li as lendas proibidas e encontrei os membros dos cultos antigos e pouco conhecidos. E estes apenas serviram para alimentar os sonhos e os sentimentos perturbadores que vieram após o retorno da memória. Em relação às notas marginais nos hieróglifos oníricos e em línguas desconhecidas por mim, embora tenham sido praticamente deixadas na minha porta pelos bibliotecários — eu poderia facilmente ter coletado fragmentos dessas línguas durante meu estado secundário, enquanto os hieróglifos teriam sido indubitavelmente cunhados por minha fantasia a partir de descrições encontradas em lendas antigas, e *depois de tudo* esses elementos foram tecidos em meus sonhos. Tentei verificar alguns aspectos através de conversas com líderes de cultos conhecidos, mas nunca consegui estabelecer as conexões certas.

Nessa época o paralelismo de tantos casos em eras tão distantes continuava a me preocupar como a princípio, mas, por outro lado, refleti que o empolgante folclore era indubitavelmente mais universal no passado que no presente. Provavelmente todas as demais vítimas cujos casos se pareciam com o meu conheciam muito bem os contos que aprendi apenas em meu estado secundário. Quando essas vítimas perderam suas memórias, elas teriam se associado com as criaturas de seus mitos domésticos — os fabulosos invasores que supostamente substituíam as mentes humanas — e assim embarcaram em buscas por conhecimentos que acreditavam ser capazes de devolvê-las a um passado fantástico e inumano. Então, quando a memória retornava, elas revertiam o processo associativo e pensavam em si mesmas como as antigas mentes cativas, e não como os substitutos. Dessa forma os sonhos e as pseudomemórias seguiam o padrão mítico convencional.

A despeito da aparente complexidade dessas explicações, elas finalmente suplantaram todas as demais questões em minha mente — sobretudo em virtude da falta de substância encontrada nas teorias rivais. E um número considerável de eminentes psicólogos e antropólogos gradualmente concordou comigo. Quanto mais eu refletia, mais convicta parecia minha razão; até que por fim eu possuía uma defesa efetiva contra as visões e impressões que ainda me assaltavam. Eu via coisas estranhas à noite? Era apenas resultado do que eu ouvira e lera. Sentia um estranho asco e tinha estranhas perspectivas e pseudomemórias? Esses também eram apenas ecos de mitos absorvidos em meu estado secundário. Nada que eu pudesse sonhar nem nada que eu pudesse sentir poderia ter um real significado.

Fortificado por essa filosofia, fui capaz de melhorar muito meu equilíbrio mental, ainda que as visões (mais que as impressões abstratas) tenham se tornado firmemente mais frequentes e mais perturbadoramente detalhadas. Em 1922 me senti capaz de assumir novamente um trabalho regular e atribuí um uso prático ao meu conhecimento recém-obtido ao aceitar uma tutoria em psicologia na universidade. Minha antiga cadeira de Economia Política já tinha sido preenchida há muito — e além disso os métodos de ensino de economia tinham mudado bastante desde o meu tempo. Meu filho, nessa época, tinha acabado de iniciar os estudos de pós-graduação que conduziriam ao seu presente magistério, e trabalhamos bastante juntos.

IV

Continuei, contudo, a manter registros cuidadosos dos sonhos incomuns que me invadiam tão tangível e vividamente. Tais registros, defendi, possuíam um valor real enquanto documentos psicológicos. Os lampejos ainda se pareciam desgraçadamente com *memórias*, ainda que eu tenha conseguido combater essa impressão com uma boa medida de sucesso. Ao escrever, tratava as fantasmagorias como coisas que foram vistas; mas nos outros momentos eu as dispensava como qualquer ilusão tênue trazida pela noite. Nunca mencionei essas questões em uma conversa corriqueira; ainda que relatos a respeito delas, que foram vazados, como é próprio de tais coisas, tenham feito surgir rumores relacionados à minha saúde mental. É divertido pensar que esses rumores estavam inteiramente confinados a leigos, não havendo sequer um destacado médico ou psicólogo entre eles.

De minhas visões após 1914, mencionarei aqui apenas algumas, pois relatos mais completos e registros estão à disposição dos estudantes mais dedicados. É evidente que, com o tempo, as curiosas inibições enfraqueceram, pois o escopo de minhas visões cresceu bastante. Entretanto, elas nunca foram mais que fragmentos desconjuntados sem nenhuma motivação clara. Dentro dos sonhos, eu aparentemente adquiri de forma gradual uma maior liberdade de perambular. Flutuava por vários prédios estranhos de pedra, indo de um para o outro através de enormes passagens subterrâneas que pareciam formar as habituais avenidas de trânsito. Por vezes encontrei aqueles alçapões gigantescos num nível mais baixo, ao redor dos quais pendia uma aura de medo e proibição. Vi enormes piscinas ornadas, e cômodos repletos de utensílios curiosos e inexplicáveis de uma miríade de tipos. Havia então cavernas colossais com uma complexa maquinaria cujos contornos e objetivos eram inteiramente estranhos para mim, e cujo *som* apenas se manifestou depois de muitos anos de sonhos. Devo destacar aqui que a visão e a audição foram os únicos sentidos que eu exercitei naquele mundo visionário.

O horror real começou em maio de 1915, quando vi as *coisas vivas* pela primeira vez. Isso foi antes de meus estudos revelarem o que, diante dos mitos e casos reais, eu deveria esperar. Enquanto as barreiras mentais caíam, contemplei enormes massas de vapor fino em vários pontos nos prédios e nas ruas abaixo. O vapor se tornava mais sólido e distinto, até que finalmente pude traçar monstruosas silhuetas com uma desagradável facilidade. As coisas pareciam enormes cones iridescentes, com cerca de três metros de altura e uma base de três metros de largura, e eram compostas de alguma matéria rígida, escamosa e semielástica. De suas extremidades se projetavam quatro membros flexíveis e cilíndricos, cada um com trinta centímetros de espessura, de uma substância tão dura quanto a dos próprios cones. Esses membros estavam completamente contraídos em alguns momentos, e em outros se estendiam a qualquer distância acima dos três metros. Nas terminações de dois deles havia enormes garras ou pinças. Na ponta de um terceiro havia quatro apêndices vermelhos no formato de trompetes. O quarto terminava em um globo irregular amarelado com cerca de sessenta centímetros de diâmetro, que possuía três olhos negros ao longo de sua circunferência central. Encimando essa cabeça estavam quatro caules cinza e esguios portando apêndices parecidos com flores, enquanto oito antenas ou tentáculos esverdeados pendiam de seu lado mais baixo. A grande base do cone central apresentava uma substância borrachuda e acinzentada que movia toda a entidade através de expansão e contração.

Suas ações, ainda que inofensivas, me horrorizavam mais que sua aparência — pois não é saudável contemplar objetos monstruosos fazendo o que apenas humanos fazem. Esses objetos se moviam inteligentemente por cômodos enormes, pegando livros das prateleiras e os depondo em mesas imensas, ou vice-versa, e por vezes escrevendo de maneira diligente com um bastão peculiar sustentado pelos tentáculos esverdeados na cabeça. As pinças colossais eram usadas para carregar livros e se comunicar — a fala consistia de um tipo de estalar e arranhar. As coisas não traziam roupa, mas usavam bolsas ou sacolas suspensas no topo do tronco cônico. Eles comumente carregavam sua cabeça e seus membros de suporte na altura do topo do cone, ainda que fossem frequentemente elevados ou abaixados. Os outros três grandes membros tendiam a jazer na parte inferior das laterais do cone, contraídos até um metro e meio quando não estavam em uso. Pela quantidade de leitura, escrita e operação de maquinário (aqueles na mesa pareciam de alguma forma conectados por meio do pensamento), conclui que sua inteligência era vastamente superior a do homem.

Depois disso, passei a vê-los em todos os lugares; como um enxame nas grandes câmaras e corredores, cuidando de máquinas monstruosas em criptas arqueadas e correndo pelas vastas estradas em veículos gigantescos em forma de barcos. Deixei de temê-los, pois eles pareciam formar uma parte natural de seu ambiente. Diferenças individuais entre eles começaram a se manifestar, e alguns pareciam estar sob algum tipo de restrição. Esses últimos, ainda que não demonstrassem nenhuma variação física, apresentavam uma diversidade de gestos e hábitos que os separava não apenas da maioria, mas uns dos outros. Eles escreviam muito no que parecia ser, para minha visão nevoada, uma enorme variedade de caracteres — nunca os hieróglifos curvilíneos típicos da maioria. Alguns, imaginei, usavam nosso próprio alfabeto. A maioria deles trabalhava bem mais lentamente do que a massa geral de entidades.

Durante todo esse tempo *minha própria participação* nos sonhos parecia ser aquela da consciência desencarnada, mas com um alcance de visão mais amplo que o normal; flutuava livremente, ainda que confinado às avenidas comuns e limites de velocidade. Nenhuma sugestão de existência corpórea me atingiu até agosto de 1915, porque a primeira fase foi uma associação puramente abstrata, embora infinitamente terrível, de meu asco corporal previamente notado com as cenas de minhas visões. Por um tempo minha principal preocupação durante os sonhos foi evitar olhar para mim mesmo, e me recordo de quão grato eu era pela ausência total de grandes espelhos nos cômodos estranhos. Estava muito confuso pelo fato de que sempre via as enormes mesas — cuja altura não podia ser inferior a três metros — na altura de suas superfícies.

E então a tentação mórbida de olhar para mim mesmo foi se tornando cada vez maior, até que, numa noite, eu não pude resistir. De início minha mirada para baixo não revelou nada de mais. Um momento depois percebi que isso se dava porque minha cabeça jazia na ponta de um pescoço flexível muito comprido. Retraindo esse pescoço e olhando bruscamente para baixo, pude ver a massa escamosa, rugosa e iridescente de um vasto cone de três metros de altura, com uma base de três metros de largura. Foi quando despertei metade de Arkham com meu grito enquanto me lançava feito louco para fora dos abismos do sono.

Apenas depois de semanas de hedionda repetição foi que me reconciliei um pouco com as visões de mim mesmo em forma monstruosa. Nos sonhos, eu agora me movia entre outras entidades desconhecidas, lendo livros terríveis retirados de prateleiras intermináveis e escrevendo por horas em enormes mesas com um bastão manejado pelos tentáculos verdes que pendiam de minha cabeça. Trechos do que eu lia e escrevia permaneceriam em minha memória. Havia lembranças horríveis de outros mundos e universos, e de vidas perturbadoras e disformes alheias a qualquer um dos universos. Havia registros de estranhas espécics de seres que povoaram o mundo em passados esquecidos e crônicas pavorosas de inteligências grotescamente encarnadas que continuarão povoando-o milhões de anos após a morte do último ser humano. E descobri capítulos da história humana cuja existência nenhum estudioso de hoje jamais suspeitou. A maioria desses escritos figurava na linguagem de hieróglifos, a qual eu estudei de uma forma esquisita com a ajuda de máquinas falantes e que era evidentemente uma linguagem aglutinativa,[4] com sistemas bem diferentes de qualquer um encontrado nos idiomas humanos. Outros volumes foram estudados em outras línguas desconhecidas da mesma forma estranha. Bem poucos se encontravam escritos em idiomas que eu conhecia. Pinturas muito inteligentes, inseridas nos registros e formando coleções separadas, me auxiliaram imensamente. E durante todo o tempo eu tinha a impressão de estar organizando uma história de minha própria época em inglês. Ao despertar, pude lembrar apenas de fragmentos diminutos e sem sentido de línguas desconhecidas que meu ser onírico dominava, ainda que frases inteiras da história tenham permanecido comigo.

Aprendi — mesmo antes de meu ser desperto estudar os casos paralelos ou os mitos antigos de onde os sonhos indubitavelmente surgiram — que as entidades ao meu redor eram a raça mais evoluída do mundo, que conquistou o tempo e enviou mentes exploratórias para cada época. Soube, também, que fui surrupiado de minha época enquanto *outro* usava meu corpo durante aquele período, e que algumas das outras formas estranhas domiciliavam mentes capturadas de forma similar. Aparentemente eu conversei, na linguagem estranha do estalar de garras, com intelectos exilados de cada canto do sistema solar. Havia uma mente oriunda do planeta que conhecemos como Vênus, que viveria em incalculáveis épocas vindouras, e outra de uma lua externa de Júpiter que possuía seis milhões de anos no passado. Entre as mentes terrestres havia algumas da raça alada de cabeça estrelada e semivegetal oriunda da Antártida paleógena;[5] uma do povo réptil da fabulosa Valúsia; três dos peludos hiperboreanos pré-humanos adoradores de Tsathoggua; uma dos completamente abomináveis Tcho-Tchos; dois dos habitantes aracnídeos da última era da Terra; cinco das resistentes espécies de coleópteras que se seguiram imediatamente à humanidade, para as quais a Grande Raça um dia transferiria suas

---

4 Línguas aglutinativas são aquelas em que a junção de algumas palavras possuem o sentido de uma frase completa. Entre as línguas aglutinativas, temos o japonês e o turco.

5 Os Antigos descritos em *As Montanhas da Loucura*.

mais agudas mentes em virtude de um perigo horrível; e várias das diferentes filiações da humanidade.

Conversei com a mente de Yiang-Li, um filósofo do cruel império de Tsan-Chan, que existiria em 5000 d.C.; com a de um general do povo marrom de grandes cabeças que dominou a África do Sul em 50000 a.C.; com a de um monge florentino do século XII chamado Bartolomeo Corsi; com a de um rei de Lomar que governou aquela terrível terra polar cem anos antes que os atarracados e amarelos inuítes partissem do oeste para engolfá-la; com a de Nug-Soth, um mágico dos conquistadores negros de 16000 d.C.; com a do romano chamado Titus Sempronius Blaesus, que foi um questor nos tempos de Sulla; com a de Khephnes, um egípcio da décima quarta dinastia que me contou o hediondo segredo de Nyarlathotep; com a do sacerdote do reino médio da Atlântida; com a de James Woodville, um cavalheiro Suffolk da época de Cromwell; com a de um astrônomo da corte peruana pré-Inca; com a do médico australiano Nevil Kingston-Brown, que morreria em 2518 d.C.; com a de um arquimago da esvaída Yhe no Pacífico; com a de Theodotides, um oficial greco-bactriano de 200 a.C.; com a de um velho francês da época de Luís XIII, chamado Pierre-Louis Montmagny; com a de Crom-Ya, um chefe cimério[6] de 15000 a.C.; e com tantos outros que meu cérebro não foi capaz de conter os segredos chocantes e as maravilhas estonteantes que aprendi.

Acordava com febre todas as manhãs e às vezes, freneticamente, tentava verificar ou desacreditar tais informações ao alcance do conhecimento humano moderno. Fatos tradicionais tomavam novos e duvidosos aspectos, e muito me admirava que um sonho delirante pudesse trazer tantas novidades surpreendentes para os campos da história e da ciência. Arrepiava-me pensar nos mistérios que o passado poderia ocultar, e eu tremia diante das ameaças que o futuro poderia trazer. Aquilo que a fala das entidades pós-humanas ocultava a respeito da sina da humanidade produziu tal efeito em mim que eu sou incapaz

---

6   A Ciméria é uma terra fictícia criada por Robert E. Howard para as histórias de seu personagem Conan, o Bárbaro. Crom é a mais importante divindade ciméria.

de descrever aqui. Após o homem haverá a poderosa civilização de besouros, cujos corpos a nata da Grande Raça dominará quando o destino monstruoso recair sobre o mundo antigo. Mais tarde, quando se encerrar o tempo de vida da Terra, as mentes transferidas novamente migrarão pelo tempo e espaço — para outra parada nos corpos de entidades vegetais bulbosas em Mercúrio. Mas haverá raças depois deles, que se adaptarão pateticamente ao planeta frio e escavarão até seu núcleo repleto de horror, antes do fim definitivo.

Enquanto isso, em meus sonhos, eu escrevia sem parar sobre a história de minha própria época, preparando-a — voluntariamente, mas também incitado pelas promessas de uma biblioteca maior e oportunidades de viagem — para os arquivos centrais da Grande Raça. Os arquivos ficavam em uma estrutura subterrânea colossal próxima ao centro da cidade, que eu viria a conhecer bem por meio de trabalhos frequentes e consultas. Construído para durar tanto quanto a raça e para resistir à mais feroz das convulsões terrestres, esse repositório titânico ultrapassava todos os demais prédios na firmeza massiva e montanhosa de sua construção.

Os registros, escritos ou impressos em enormes folhas de um tecido de celulose curiosamente resistente, eram reunidos em livros que se abriam a partir do topo, mantidos em caixas individuais feitas de um metal inoxidável estranho, extremamente leve, de uma tonalidade acinzentada, decorado com desenhos matemáticos e trazendo o título impresso nos hieróglifos curvilíneos da Grande Raça. Essas caixas eram estocadas em séries de câmaras retangulares — como prateleiras fechadas e trancadas — constituídas do mesmo metal inoxidável e lacradas com fechaduras de complexas combinações. Minha própria história era guardada num local específico entre as câmaras do nível mais baixo, designado aos vertebrados — a seção devotada à cultura da humanidade e às raças peludas e reptilianas que imediatamente a precedeu no domínio terrestre.

Mas nenhum dos sonhos jamais me concedeu uma imagem completa da vida cotidiana. Tudo eram meros fragmentos, nebulosos e desconectados, e certamente esses fragmentos não eram revelados em sua sequência correta. Eu tinha, por exemplo, uma ideia muito imperfeita do meu próprio estilo de vida no mundo onírico; ainda que, aparentemente, ocupasse sozinho um enorme cômodo de pedra. Minhas restrições de prisioneiro desapareceram gradualmente, então algumas das visões incluíam vívidas viagens pelas majestosas estradas da selva, estadias em cidades estranhas e explorações de algumas das enormes ruínas negras e sem janelas que a Grande Raça evitava com um medo curioso. Também havia longas viagens marítimas em enormes barcos com muitos deques e de incrível destreza, e expedições a regiões selvagens em aeronaves seladas na forma de projéteis que se erguiam e se moviam por repulsão elétrica. Além do oceano amplo e aquecido, havia outras cidades da Grande Raça, e num continente distante eu vi as rudes vilas das criaturas aladas e de focinho negro que evoluiriam como espécie dominante depois que a Grande Raça enviasse suas melhores mentes para o futuro a fim de escapar do horror paralisante. Planaltos e exuberante vida verde sempre dominavam a cena. As montanhas eram baixas e esparsas, revelando sinais de forças vulcânicas.

A respeito dos animais que vi, eu poderia escrever volumes inteiros. Todos selvagens; pois a cultura mecanizada da Grande Raça há muito se livrara das bestas domésticas, enquanto os alimentos eram vegetais ou sintéticos. Estranhos répteis de grande volume se debatiam em brejos vaporosos, flutuavam no ar pesado ou pululavam nos mares e lagoas; e entre eles acreditei ter reconhecido vagamente protótipos menores e arcaicos de várias formas — dinossauros, pterodáctilos, ictiossauros, labirintodontes, ranforrincos, plesiossauros e espécies semelhantes — tornadas conhecidas pela paleontologia. Não discerni nenhum pássaro ou mamífero.

O solo e os pântanos apresentavam uma vida abundante, com cobras, lagartos e crocodilos, enquanto insetos zuniam incessantemente entre a vegetação luxuriante. E ao longe, no mar, monstros ocultos e desconhecidos jorravam colunas monstruosas de espuma no céu vaporoso. Uma vez fui levado para o fundo do oceano em uma embarcação submarina gigantesca equipada com holofotes, e pude vislumbrar alguns horrores vivos de incrível magnitude. Também testemunhei as ruínas de incríveis cidades afundadas, além de uma riqueza de vidas crinoide, braquiópode, coral e ictíica que abundavam por todos os lados.

Da fisiologia, psicologia, dos modos populares e da história detalhada da Grande Raça, nada foi preservado além de poucas informações, e muitos dos pontos esparsos que apresento aqui foram obtidos do estudo das antigas lendas e de outros casos, e não de meus próprios sonhos. Pois à época, é claro, minhas leituras e pesquisas captaram e repassaram os sonhos em fases diversas; assim, certos fragmentos oníricos foram explicados antecipadamente, formando a verificação daquilo que eu havia aprendido. Isso estabeleceu definitivamente minha crença de que leituras e pesquisas similares realizadas pelo meu eu secundário compunham a fonte da terrível teia de pseudomemórias.

O período de meus sonhos, aparentemente, era de algum modo inferior a cento e cinquenta mil anos atrás, quando a era Paleozoica cedia lugar à Mesozoica. Os corpos ocupados pela Grande Raça não representavam nenhuma linha de evolução terrestre sobrevivente — ou mesmo conhecida cientificamente —, mas eram de um tipo orgânico peculiar, bastante homogêneo e altamente especializado que tendia tanto para o estado vegetal quanto para o animal. A ação celular era de uma espécie única que praticamente impedia a fadiga, dispensando totalmente a necessidade de sono. A nutrição, assimilada pelos apêndices em forma de trompete localizados em um dos grandes membros flexíveis, era sempre semifluida e em muitos aspectos completamente diferente da comida dos animais existentes. Os seres apresentavam apenas dois dos sentidos reconhecidos — visão e audição, e este último se dava através dos apêndices em forma de flor encontrados nos caules cinzentos sobre suas cabeças —, mas possuíam muitos outros sentidos incompreensíveis (os quais as mentes alienígenas cativas não conseguiam utilizar bem enquanto habitavam seus corpos). Seus três olhos estavam situados de forma a conceder-lhes uma amplitude de visão maior que a normal. Seu sangue era um tipo de icor verde-escuro muito viscoso. Não possuíam sexo, mas se reproduziam através de sementes ou esporos que se agrupavam em suas bases e se desenvolviam apenas embaixo d'água. Enormes tanques rasos eram utilizados para o crescimento de seus jovens — que eram, contudo, criados apenas em pequenos números em virtude da longevidade dos indivíduos; quatro ou cinco mil anos era a expectativa de vida comum.

Indivíduos notadamente defeituosos eram prontamente descartados assim que seus defeitos eram percebidos. Doenças e a aproximação da morte eram, na ausência de um sentido de tato ou dor física, reconhecidas apenas por sintomas puramente visuais. Os mortos eram incinerados em cerimônias dignificantes. De vez em quando, como já mencionei, uma mente especial escaparia da morte através de uma projeção no tempo futuro; mas tais casos não eram numerosos. Quando um deles ocorria, a mente exilada do futuro era tratada com o máximo de cuidado até a dissolução de seu receptáculo alienígena.

A Grande Raça parecia formar uma única nação mais ou menos unida ou uma liga com instituições principais em comum, embora existissem quatro divisões definitivas. O sistema político e econômico de cada unidade era uma espécie de socialismo fascista, com os principais recursos sendo racionalmente distribuídos, e o poder era delegado a um pequeno gabinete de governo eleito pelos votos de todos aqueles que fossem aprovados em determinados testes educacionais e psicológicos. A organização familiar não era muito enfatizada, ainda que fosse possível reconhecer os laços entre pessoas de descendência comum e os jovens fossem comumente criados por seus pais.

Semelhanças às atitudes e instituições humanas eram, claro, mais notáveis naquelas áreas em que, por um lado, encontravam-se elementos altamente abstratos ou, por outro, havia um domínio de urgências básicas e não especializadas da vida orgânica. Algumas outras semelhanças surgiram através da adoção consciente da Grande Raça, que testou o futuro e copiou o que julgou de seu agrado. A indústria, altamente mecanizada, demandava pouco tempo dos cidadãos; e o tempo livre em abundância era preenchido com atividades intelectuais e estéticas de vários tipos. As ciências foram conduzidas a um inacreditável patamar de desenvolvimento, e a arte era uma parte fundamental da vida, ainda que no período de meus sonhos já tivesse ultrapassado seu auge. A tecnologia era estimulada enormemente através da luta constante pela sobrevivência, bem como para manter vivo o tecido físico das grandes cidades, imposta pelas prodigiosas revoltas geológicas daqueles dias primais.

O crime, surpreendentemente escasso, era administrado por um policiamento altamente eficiente. As penas variavam entre a privação de privilégios e a prisão perpétua, ou mesmo uma grande perturbação emocional, e nunca eram administradas sem um estudo cuidadoso das motivações criminais. O armamento, infrequente mas infinitamente devastador, tinha sido largamente controlado nos últimos milênios, embora fosse utilizado às vezes contra os invasores reptilianos e octópodes, ou contra os Antigos alados de cabeça estrelada que habitam a Antártida. Um enorme exército, portando armas parecidas com câmeras que produziam efeitos elétricos tremendos, era mantido à disposição para propósitos raramente mencionados, mas obviamente relacionados ao medo incessante das ruínas escuras e sem janelas e dos alçapões colossais nos mais baixos níveis subterrâneos.

Esse medo das ruínas de basalto e dos alçapões era uma questão sobre a qual não se falava — ou, no máximo, era mencionada em sussurros furtivos. Significativamente, detalhes específicos não podiam ser encontrados nos livros nem nas prateleiras comuns. Era o único assunto que permanecia um tabu completo para a Grande Raça, aparentemente conectado às horríveis lutas de outrora e com aquele perigo vindouro que um dia os forçaria a enviar suas melhores mentes para o futuro. Como as outras coisas mostradas de maneira imperfeita e fragmentada por sonhos e lendas, essa questão era ainda mais impressionantemente oculta. Os vagos mitos antigos a evitavam — ou talvez todas as alusões foram, por alguma razão, obliteradas. E nos meus próprios sonhos e nos de outros, as sugestões eram peculiarmente escassas. Os membros da Grande Raça nunca se referiam intencionalmente ao assunto, e o que podia ser obtido vinha apenas das mentes cativas mais agudamente observadoras.

De acordo com esses fragmentos de informações, o alicerce do medo era uma horrível raça mais antiga de entidades semipoliposas totalmente alienígenas, oriundas do espaço de universos imensuravelmente distantes, que dominaram a Terra e três outros planetas solares há cerca de seiscentos milhões de anos. Elas eram apenas parcialmente materiais — da maneira como entendemos a matéria — e sua forma de consciência e meios de percepção diferiam completamente daqueles presentes nos organismos terrestres. Por exemplo, seus sentidos não incluíam a visão e seu mundo mental era composto de impressões estranhas e de um padrão não visual. Eram, entretanto, materiais o suficiente para se utilizar de implementos da matéria normal quando em áreas cósmicas que a contivessem; e eles necessitavam de abrigo — ao menos de um tipo particular. Ainda que seus *sentidos* pudessem penetrar todas as barreiras materiais, sua *substância* não chegava a tanto; e certas formas de energia elétrica podiam destruí-los. Possuíam o poder de movimento aéreo, apesar da ausência de asas ou quaisquer meios visíveis de levitação. Suas mentes apresentavam uma tal textura que a Grande Raça não era capaz de efetivar nenhuma troca com eles.

Quando essas coisas vieram para a Terra elas construíram poderosas cidades de basalto com torres sem janelas e espoliaram horrivelmente os seres que encontraram. Foi quando, então, as mentes da Grande Raça atravessaram o vazio a partir daquele obscuro mundo transgaláctico referido como Yith nos perturbadores e discutíveis Fragmentos de Eltdown.[7] Os recém-chegados, munidos dos instrumentos que criaram, subjugaram facilmente as entidades predatórias, conduzindo-as àquelas cavernas do interior da Terra que eles já haviam associado às suas residências e onde já habitavam. Então eles selaram as entradas e as abandonaram à própria sorte, ocupando depois disso a maior parte das suas enormes cidades e preservando certos prédios importantes por razões mais relacionadas à superstição do que por mera indiferença, ousadia ou zelo científico e histórico.

---

7   Outro tomo fictício cuja primeira aparição se deu no conto "The Sealed Casket", de Richard F. Searigh, publicado em 1935 na revista *Weird Tales*.

Mas conforme se passavam os éons, sobrevieram sinais vagos e malignos de que as Coisas Ancestrais estavam se tornando mais fortes e numerosas no mundo interior. Havia erupções esporádicas de um caráter peculiarmente hediondo em certas cidades pequenas e remotas da Grande Raça, e em algumas das cidades desertas mais antigas que a Grande Raça não povoou — locais onde os caminhos para os abismos subterrâneos não foram propriamente selados ou vigiados. Depois de tomadas as maiores precauções, muitos dos caminhos foram fechados para sempre — embora alguns poucos tenham sido mantidos com alçapões selados como uma estratégia no combate das Coisas Ancestrais caso elas irrompessem em lugares inesperados; além de fissuras recém-abertas pela própria mudança geológica que obstruiu algumas das passagens, diminuindo aos poucos o número de estruturas do outro mundo e as ruínas sobreviventes das entidades conquistadas.

As irrupções das Coisas Ancestrais devem ter sido chocantes para além de qualquer descrição, pois esses seres foram capazes de permear permanentemente a psicologia da Grande Raça. Tal era o clima de horror que sequer o próprio aspecto das criaturas era mencionado — em momento algum fui capaz de obter uma sugestão clara de sua aparência. Havia sugestões veladas de uma *plasticidade* monstruosa e de *lapsos temporários de visibilidade*, enquanto outros sussurros fragmentados faziam referências ao controle e uso militar de *grandes ventos*. Barulhos singulares de *assovios* e pegadas colossais compostas de cinco marcas de dedos circulares também pareciam ser aspectos associados a elas.

Era evidente que o destino vindouro tão desesperadamente temido pela Grande Raça — o destino que um dia lançaria milhões de suas melhores mentes no abismo do tempo, em direção a corpos estranhos num futuro mais seguro — estava relacionado à bem-sucedida irrupção final dos Seres Ancestrais. Projeções mentais através das eras tinham claramente antecipado tal horror, e a Grande Raça resolveu que nenhum de seus membros que fosse capaz de escapar deveria encará-lo. Que o ataque seria uma questão de vingança, e não uma tentativa de reocupar o mundo exterior, eles sabiam por meio da história posterior do planeta — pois suas projeções revelaram as idas e vindas de raças subsequentes que não foram molestadas pelas entidades monstruosas. Provavelmente essas entidades preferissem os abismos internos da Terra, e não a superfície variável e tempestuosa, pois a luz nada significava para elas. Talvez, também, eles estivessem se enfraquecendo lentamente com o passar dos éons. De fato, é sabido que eles estariam praticamente mortos na era da raça de besouros pós-humanos que as mentes fugidias ocupariam. Enquanto isso a Grande Raça mantinha sua vigilância cautelosa, com potentes armas incessantemente a postos, a despeito do banimento horrorizado do assunto da fala comum e dos registros visíveis. E a sombra do medo inominável sempre pairava sobre os alçapões selados e as escuras torres negras sem janelas.

v

Era esse o mundo cujos ecos tênues e esparsos meus sonhos traziam a cada noite. Não tenho esperanças de fornecer qualquer noção real do horror e do pavor contidos em tais ecos, pois eram de uma qualidade completamente intangível — o sentido agudo da *pseudomemória* —, da qual esses sentimentos dependem principalmente. Como disse, meus estudos gradualmente me ajudaram a criar uma defesa contra esses sentimentos, na forma de explanações psicológicas racionais; e essa influência salvadora foi aumentada pelo toque sutil do costume que se estabelece com o passar do tempo. Embora, apesar de tudo, o terror vago e paralisante retornasse momentaneamente. Não me dominava como antes, entretanto; e após o ano de 1922 vivi uma vida bem normal de trabalho e recreação.

No decorrer dos anos comecei a sentir que minha experiência — ao lado dos casos semelhantes e do folclore relacionado — deveria ser publicada para o benefício de estudantes sérios; assim, preparei uma série de artigos que abrangiam brevemente todo o terreno, ilustrados com rascunhos rústicos de algumas das formas, cenas, motivos decorativos e hieróglifos que pude recuperar de meus sonhos. Esses escritos foram publicados em diversos momentos, entre 1928 e 1929, num periódico da Sociedade Americana de Psicologia, mas não atraíram muita atenção. Enquanto isso continuei a registrar meus sonhos com cuidado minucioso, ainda que a quantidade crescente de relatos tenha atingido proporções vastamente problemáticas. Em 10 de julho de 1934 me foi encaminhada, pela Sociedade de Psicologia, a carta que iniciaria a fase culminante e mais horrível da minha louca provação. Fora postada em Pilbarra, na Austrália Ocidental, e trazia uma assinatura que, após investigações, descobri pertencer a um engenheiro de minas de proeminência considerável. Algumas fotografias curiosas estavam anexas. Reproduzirei o texto em sua inteireza, e nenhum leitor deixará de compreender o tremendo efeito que as fotografias surtiram em mim.

Por um momento, me vi quase perplexo e incrédulo; pois embora eu tenha pensado frequentemente que alguma base factual deveria subjazer em certas fases das lendas que coloriam meus sonhos, não estava menos que despreparado para algo como um sobrevivente tangível de um remoto mundo perdido cuja existência superava qualquer imaginação. Os elementos mais devastadores eram as fotografias — pois aqui, em um realismo frio e incontroverso, se erguiam, contra um cenário arenoso, certos blocos de pedra gastos pelo tempo e pela água e castigados por tempestades, cujos topos levemente convexos e fundos levemente côncavos contavam sua própria história.

E ao estudá-las com uma lupa pude ver claramente, entre escombros e lascas, os traços daqueles enormes desenhos curvilíneos e hieróglifos ocasionais cujo significado havia se tornado tão hediondo para mim. Mas eis a carta, que fala por si mesma.

Dampier Street, 49
Pilbarra, Austrália Ocidental,
18 de maio de 1934.

Prof. N.W. Peaslee,
A/C da Sociedade de Psicologia,
30 E. 41st Street
Cidade de Nova York, Estados Unidos.

Meu caro senhor,

Uma conversa recente com o dr. E.M. Boyle, de Perth, e alguns periódicos com seus artigos, que acabaram de ser enviados para mim, aconselharam-me a escrever esta carta para contar ao senhor sobre certas coisas que vi no Grande Deserto Arenoso, a leste de nossa mina de ouro. Tenho a impressão, diante das lendas peculiares sobre antigas cidades com cantaria gigantesca e estranhos desenhos e hieróglifos descritas pelo senhor, de ter me deparado com algo muito importante.

Os empregados aborígines[8] sempre foram cheios de conversa sobre "grandes pedras marcadas" e pareciam sentir um medo terrível de tais coisas. De alguma forma, eles as relacionavam com suas lendas raciais comuns sobre Buddai, o gigantesco velho que jaz adormecido há eras sob o solo com sua cabeça apoiada no braço e que um dia despertará e devorará o mundo.

Havia alguns contos muito antigos e quase esquecidos em que figuravam enormes cabanas subterrâneas de grandes pedras, nas quais haviam passagens que conduziam a níveis profundos e onde coisas horríveis aconteceram. Os aborígines alegavam que certa vez alguns guerreiros, fugindo da batalha, entraram em uma dessas cabanas e nunca mais retornaram, mas aqueles ventos pavorosos começaram a soprar do local logo após sua descida. Entretanto, geralmente não há muita coisa na fala desses nativos.

Mas o que eu tenho a dizer é mais do que isso. Dois anos atrás, quando escavava a cerca de oitocentos quilômetros a leste do deserto, me deparei com um lote de estranhas peças de pedra entalhada com talvez 90 × 60 × 60 centímetros, completamente erodidas e desgastadas. De início não pude encontrar nenhuma das marcas de que falavam os aborígines, mas quando olhei de perto pude perceber algumas linhas profundamente entalhadas, a despeito da erosão. Havia curvas peculiares, exatamente como aquelas que os aborígines tentaram

8   O termo usado por Lovecraft é *blackfellows*, uma forma pejorativa
de se referir aos aborígines muito comum no século XIX.

descrever. Imaginei que deveria haver uns trinta ou quarenta blocos, alguns quase enterrados na areia, e todos dentro de um círculo de talvez quatrocentos metros de diâmetro.

Encontrando alguns, procurei atentamente por mais ao redor e fiz um reconhecimento cuidadoso do local com meus instrumentos. Também fotografei dez ou doze dos blocos mais típicos, e anexarei as fotos para que o senhor veja. Enviei minhas informações e fotografias para o governo de Perth, mas eles não fizeram nada com elas. Então encontrei o dr. Boyle, que lera seus artigos no periódico da Sociedade Americana de Psicologia os quais, na época, mencionaram as pedras. Ele ficou muito interessado e entusiasmado quando lhe mostrei as fotografias, afirmando que as pedras e marcas eram exatamente iguais àquelas da cantaria com a qual você sonhara e pareciam estar descritas em lendas.

Ele pretendia escrever ao senhor, mas encontrou contratempos. Enquanto isso, enviou-me a maioria das revistas com seus artigos, e de imediato pude perceber, pelos seus desenhos, que minhas pedras eram certamente do tipo que seus textos mencionavam. O senhor poderá verificar isso analisando as cópias anexas. E mais tarde poderá tratar diretamente com o dr. Boyle.

Agora compreendo o quão importante tudo isso será para o senhor. Sem dúvidas nos deparamos com os resquícios de uma civilização desconhecida mais antiga que qualquer uma sonhada anteriormente, formando uma base para suas lendas.

Como um engenheiro de minas, tenho algum conhecimento geológico e posso afirmar que esses blocos são tão antigos que me assustaram. Eram constituídos principalmente de arenito e granito, embora um deles seja quase certamente composto de um tipo estranho de cimento ou concreto. Traziam evidências de ação da água, como se essa parte do mundo tivesse submergido e emergido após longas eras — desde que esses blocos foram produzidos e utilizados. É uma questão de centenas de milhares de anos — ou sabem os céus quantos mais. Nem gosto de pensar a respeito.

Considerando seu diligente trabalho prévio no mapeamento das lendas e de tudo conectado a elas, não tenho dúvidas de que o senhor desejaria liderar uma expedição ao deserto para realizar algumas escavações arqueológicas. Ambos, o dr. Boyle e eu, estamos preparados para cooperar em tal trabalho caso o senhor — ou organizações que o senhor conheça — tenha condições de fornecer os fundos. Posso reunir cerca de doze mineiros para a escavação pesada — os aborígines não terão serventia, pois descobri que eles têm um medo quase maníaco dessa área em particular. Boyle e eu não estamos dizendo nada a ninguém, pois é bem óbvio que o senhor deve ter precedência em qualquer descoberta ou crédito.

O local pode ser alcançado a partir de Pilbarra em cerca de quatro dias por tração de motor — necessária aos nossos aparatos. Está localizado em algum ponto ao oeste e ao sul do caminho trilhado por Warburton em 1873, e a cento e sessenta quilômetros ao sudeste de Joanna Spring. Podemos conduzir as coisas pelo rio De Grey em vez de partir de Pilbarra — mas tudo isso pode ser discutido posteriormente. Grosso modo, as pedras estão em um ponto a cerca de 22°3'14" de latitude sul, 125°0'39" de longitude leste. O clima é tropical, e as condições do deserto são desafiadoras. É melhor que qualquer expedição seja realizada no inverno — junho, julho ou agosto. Agradeceria uma resposta sobre esse assunto e estou absolutamente ansioso para auxiliar em qualquer plano que o senhor possa elaborar. Depois de estudar seus artigos, fiquei vivamente impressionado com o significado profundo de toda a questão. O dr. Boyle lhe escreverá depois. Se for necessária uma comunicação rápida, pode-se telegrafar para Perth.

Esperando ansiosamente por uma rápida resposta,

Acredite-me,
Mais fielmente seu,
Robert B. F. Mackenzie

Da consequência imediata dessa carta, muito pode ser conferido a partir da imprensa. Minha boa sorte em assegurar o suporte da Universidade Miskatonic foi enorme, e ambos, o sr. Mackenzie e o dr. Boyle, se mostraram inestimáveis em organizar as coisas nos extremos da Austrália. Não fomos específicos demais com o público a respeito de nossos objetivos, pois toda a questão se tornaria incômoda em virtude do tratamento sensacionalista e jocoso dispensado pelos folhetins mais baratos. Como resultado, relatos impressos foram esparsos; mas foram publicados o suficiente para tratar de nossa busca pelas ruínas australianas relatadas e para acompanhar as várias etapas preparatórias.

Os professores William Dyer, do departamento de geologia (líder da expedição da Miskatonic na Antártida que ocorreu entre 1930 e 1931), Ferdinand C. Ashley, do departamento de história antiga, e Tyler M. Freeborn, do departamento de antropologia — além de meu filho Wingate —, me acompanharam. Meu correspondente, Mackenzie, veio até Arkham no início de 1935 e auxiliou nos preparativos finais. Ele se provou um homem tremendamente competente e afável de cerca de cinquenta anos, admiravelmente versado e profundamente familiarizado com todas as condições da viagem australiana. Havia tratores esperando em Pilbarra, e fretamos um barco a vapor suficientemente leve para subir o rio até aquele determinado ponto. Estávamos preparados para escavar do modo mais cuidadoso e científico, revirando cada grão de areia, mas sem perturbar nada que parecesse estar em, ou próximo de, sua situação original.

Zarpamos de Boston, a bordo do estridente *Lexington*, no dia 28 de março de 1935, e tivemos uma viagem tranquila pelo Atlântico e o Mediterrâneo, através do canal de Suez, seguindo pelo mar Vermelho e então pelo oceano Índico até nosso destino. Não preciso dizer o quanto a vista da baixa e arenosa costa australiana me deprimiu e como detestei a rude vila mineradora e as horríveis minas de ouro onde os tratores terminaram de ser carregados. O dr. Boyle, que nos encontrou, provou-se um ancião agradável e inteligente — e seu conhecimento em psicologia o conduziu em muitas conversas com meu filho e comigo.

Desconforto e expectativa se misturavam na maioria de nós quando finalmente nossa equipe de dezoito homens seguiu pelas léguas áridas de areia e rocha. Na sexta-feira, 31 de maio, atravessamos um braço do De Grey e adentramos o reino da desolação absoluta. Certo terror positivo cresceu em mim conforme avançávamos em direção àquele sítio real do antigo mundo por trás das lendas — um terror, é claro, estimulado pelo fato de que meus sonhos perturbadores e pseudomemórias ainda me assaltavam com força inabalável.

Foi na segunda-feira, 3 de junho, que vimos o primeiro dos blocos meio enterrados. Não posso descrever com que emoções eu efetivamente toquei — em realidade objetiva — um fragmento de cantaria ciclópica igual em cada aspecto aos tijolos que compunham as paredes dos meus prédios oníricos. Havia um traço distinto na cantaria — e minhas mãos tremiam enquanto eu reconhecia parte dos esquemas decorativos curvilíneos que se tornaram infernais para mim durante os anos de pesadelos tormentosos e chocantes pesquisas.

Um mês de escavação resultou num total de mil duzentos e cinquenta blocos em estágios variados de erosão e desintegração. A maioria deles era de megalíticos entalhados com topos e bases recurvados. Uma minoria era menor, mais plana, de superfície lisa e de corte quadrado ou octogonal — como aqueles dos pisos e pavimentos em meus sonhos —, enquanto alguns poucos eram singularmente maciços e recurvados ou inclinados de forma a sugerir o uso como abóbadas ou cúpulas, ou como partes de arcos ou molduras de janelas redondas. Quanto mais fundo — e mais ao norte e ao leste — escavávamos, mais blocos encontrávamos; ainda que falhássemos em descobrir qualquer traço de arranjo entre eles. O professor Dyer estava atônito com a idade imensurável dos fragmentos, e Freeborn encontrara traços de símbolos que se relacionavam obscuramente com certas lendas da Papua e da Polinésia cuja antiguidade era infinita. A condição e a frequência dos blocos silenciosamente expressavam ciclos vertiginosos de tempo e inquietações geológicas de selvageria cósmica.

Tínhamos conosco um aeroplano, e meu filho Wingate alcançava frequentemente diferentes alturas, percorrendo o deserto de areia e rocha em busca de tênues sinais de contornos de larga escala — fossem diferenças de nível ou trilhas de blocos esparsos. Seus resultados eram virtualmente negativos; pois quando, num dia, pensava vislumbrar alguma tendência significante, na próxima viagem ele teria essa impressão substituída por outra igualmente insubstancial — um fruto das dunas alteradas pelo vento. Uma ou duas dessas efêmeras sugestões, entretanto, me afetaram estranha e desagradavelmente. De algum modo, pareciam se encaixar horrivelmente com algo que eu teria sonhado ou lido, mas de que eu não mais lembrava. Havia uma *pseudofamiliaridade* nelas — que de alguma forma me fez olhar furtiva e apreensivamente para o terreno abominável e estéril em direção ao norte e ao nordeste.

Por volta da primeira semana de julho desenvolvi um incontável conjunto de emoções variadas em relação à região Nordeste no geral. Havia horror e curiosidade — porém, mais do que isso, havia uma ilusão persistente e estupefaciente de *memória*. Tentei todos os tipos de expedientes psicológicos para arrancar essas noções da minha cabeça, mas não tive sucesso. A insônia também me venceu, mas quase a saudei, pois assim meus períodos de sonho eram reduzidos. Adquiri o hábito de fazer longas e solitárias caminhadas pelo deserto tarde da noite — geralmente em direção ao norte ou nordeste, para onde a soma de meus novos impulsos estranhos aparentemente me atraíam.

Por vezes, nessas caminhadas, trombava em fragmentos quase enterrados de alvenaria antiga. Ainda que houvesse menos blocos visíveis do que quando começamos, eu tinha certeza de que deveria haver uma vasta abundância deles sob a superfície. O solo era menos nivelado que em nosso acampamento e os ventos fortes que prevaleciam costumavam empilhar a areia em montes temporários fantásticos — expondo traços de pedras antigas enquanto cobria outros traços. Eu estava estranhamente ansioso para estender as escavações até esse território, ainda que, ao mesmo tempo, estivesse apavorado com aquilo que poderia ser revelado. Obviamente, eu estava alcançando um estado bastante ruim — e muito pior porque não podia explicá-lo.

Uma indicação de minha pobre saúde mental pode ser obtida de minha resposta a uma estranha descoberta que fiz em uma dessas perambulações noturnas. Foi na noite de 11 de julho, quando uma lua gibosa inundava as dunas misteriosas com uma palidez curiosa. Vagando um tanto além de meus limites usuais, deparei-me com uma enorme pedra que parecia se diferir notavelmente de qualquer uma que tínhamos encontrado até o momento. Estava quase totalmente coberta, mas me curvei e limpei a areia com as mãos, estudando cuidadosamente o objeto e auxiliando a luz da lua com a lanterna elétrica. Diferente das outras rochas mais largas, essa era perfeitamente quadrada, sem nenhuma superfície convexa ou côncava. Parecia, também, ser de uma substância de basalto escuro totalmente diferente do granito, do arenito e do ocasional concreto daqueles fragmentos que haviam se tornado tão familiares.

Subitamente me ergui, me virei e corri para o acampamento a toda velocidade. Foi uma fuga completamente inconsciente e irracional, e só percebi por que correra quando já estava próximo de minha tenda. Então me sobreveio. Eu havia sonhado e lido sobre aquela estranha pedra negra, que, nas lendas de antigos éons, estava relacionada aos mais extremos horrores. Era um dos blocos da ancestral cantaria basáltica que a Antiga Raça contemplava com tanto medo — as ruínas altas e sem janelas deixadas por aquelas coisas taciturnas, meio materiais e alienígenas que pululavam nos abismos mais profundos da Terra, cujas forças eólicas e invisíveis eram contidas pelos alçapões selados e sentinelas insones.

Permaneci desperto durante toda a noite, mas ao amanhecer percebi quão bobo eu fui por ter me deixado incomodar pela sombra de um mito. Em vez de apavorado, eu deveria estar entusiasmado com o meu achado. Na manhã seguinte revelei minha descoberta aos demais, então Dyer, Freeborn, Boyle, meu filho e eu partimos para ver o bloco anômalo. O fracasso, contudo, nos confrontou. Não havia formado uma ideia clara a respeito de sua localização, e um tardio vento alterara completamente as dunas mutáveis de areia.

VI

Chego agora à parte mais crucial e mais difícil de minha narrativa — ainda mais difícil por eu não ser capaz de me assegurar a respeito de sua realidade. Por vezes me sinto desconfortavelmente seguro de que eu estava sonhando ou delirando; e esse sentimento — diante das implicações estupendas que a verdade objetiva de minha experiência poderia trazer — é o que me impele a escrever este relato. Meu filho — um psicólogo instruído e com o mais completo e simpático conhecimento a respeito do meu caso — será o principal juiz do que tenho a dizer.

Primeiro deixe-me delinear as externalidades da questão, conforme eram conhecidas pelos membros do acampamento. Na noite entre os dias 17 e 18 de julho, após um dia de vento, recolhi-me cedo, mas não consegui dormir. Levantando um pouco antes das onze da noite, e afligido como de costume pelo estranho sentimento relacionado ao terreno nordestino, saí em uma das minhas típicas caminhadas noturnas; vi e cumprimentei apenas uma pessoa — um mineiro australiano chamado Tupper — enquanto deixava nossas instalações. A lua, ligeiramente menos cheia, brilhava num céu claro, lançando um brilho branco e leproso sobre as areias antigas e me parecendo, de alguma forma, infinitamente cruel. Não havia mais vento, e seus sopros não retornariam pelas próximas cinco horas, como pôde ser amplamente atestado por Tupper e pelos outros que não dormiram naquela noite. O australiano foi o último a me ver caminhando rapidamente pelas dunas pálidas e vigilantes em direção ao nordeste.

Por volta das três e meia da manhã um vento violento soprou, despertando o acampamento e derrubando três tendas. O céu estava limpo, e o deserto ainda flamejava com a leprosa luz da lua. Minha ausência foi notada enquanto a equipe lidava com as barracas, mas, em virtude das minhas caminhadas anteriores, essa circunstância não alarmou ninguém. Ainda assim três dos homens — todos australianos — pareciam sentir algo sinistro no ar. Mackenzie explicou ao professor Freeborn que esse medo era oriundo do folclore aborígine — os nativos urdiram um tecido mitológico curioso a respeito dos fortes ventos que, em longos intervalos, sopravam sobre as areias sob um céu claro. Tais ventos, sussurravam eles, vinham de grandes grutas subterrâneas nas quais coisas terríveis aconteceram — e nunca podiam ser sentidos, exceto nos locais onde grandes pedras marcadas se espalhavam. Perto das quatro horas, a ventania cessou tão subitamente quanto havia começado, deixando as dunas com formas novas e pouco familiares.

Já passava das cinco, com a lua inchada e fungoide afundando no oeste, quando voltei para o acampamento — sem chapéu, esfarrapado, com as faces arranhadas e ensanguentadas e sem a lanterna. A maior parte dos homens tinha voltado para a cama, mas o professor Dyer fumava um cachimbo em frente à sua barraca. Vendo meu estado resfolegante e quase frenético, ele chamou o dr. Boyle, então os dois me levaram para a cama e me confortaram. Meu filho, desperto pelo burburinho, logo se juntou a eles, e todos procuraram me acalmar, aconselhando-me a dormir.

Mas não houve sono para mim. Meu estado psicológico era extraordinário — diferente de tudo o que eu sofrera antes. Depois de um tempo, insisti em falar — explicando nervosa e elaboradamente minha condição. Contei-lhes que fiquei cansado e me deitei na areia para tirar uma soneca. Ali tiveram lugar sonhos ainda mais pavorosos que o normal — e quando fui acordado pelo súbito vento forte meus nervos sobrecarregados não aguentaram. Fugi em pânico, caindo muitas vezes sobre pedras semienterradas e assim obtendo meu aspecto esfarrapado e deplorável. Devo ter dormido muito — por isso estive ausente por horas.

Não mencionei nada a respeito de qualquer coisa estranha que tenha visto ou experimentado — exercitando o maior dos autocontroles para tanto. Mas falei sobre uma mudança de ideia que envolvia todo o trabalho da expedição e solicitei com vigor uma interrupção da escavação em direção ao nordeste. Meu raciocínio estava visivelmente enfraquecido — pois mencionei uma escassez de blocos, o desejo de não ofender os mineiros supersticiosos, um encurtamento dos fundos fornecidos pela faculdade e outras coisas falsas e irrelevantes. Naturalmente, ninguém prestou a mínima atenção aos meus novos desejos — nem mesmo meu filho, cuja preocupação em relação à minha saúde era bastante óbvia.

No dia seguinte me levantei e rondei o acampamento, mas não tomei parte nas escavações. Percebendo que eu não poderia deter o trabalho, decidi retornar para casa tão logo fosse possível em prol dos meus nervos, e fiz meu filho prometer que me levaria de avião até Perth — a mil e seiscentos quilômetros ao sudoeste — tão logo ele tivesse sobrevoado a região que eu gostaria de deixar em paz. Se, refleti, a coisa que eu vira ainda estivesse visível, eu poderia tentar um aviso específico, mesmo que à custa do ridículo. Apenas era concebível que os mineiros conhecedores do folclore local pudessem me apoiar. Troçando de mim, meu filho realizou o sobrevoo naquela mesma tarde; sobrevoou todo o terreno que minha caminhada poderia ter coberto. Ainda assim, nada do que eu encontrara permanecia à vista. Era novamente o caso do bloco de basalto anormal — as areias mutantes haviam apagado qualquer traço. Por um instante quase me arrependi de ter perdido tal objeto extraordinário por causa de meu pavor intenso — mas agora sei que essa perda foi misericordiosa. Posso ainda acreditar que toda a minha experiência fora uma ilusão — especialmente se, como devotamente espero, aquele abismo infernal nunca for encontrado.

Wingate me conduziu até Perth no dia 20 de julho, negando-se, contudo, a abandonar a expedição e voltar para casa. Permaneceu comigo até o dia 25, quando zarpou o navio a vapor para Liverpool. Agora, na cabine do *Imperatriz*, pondero longa e freneticamente a respeito de toda a questão e decidi que pelo menos meu filho deveria ser informado. Deve caber a ele divulgar ou não, de forma mais ampla, o assunto. Para qualquer eventualidade, preparei este resumo de minha experiência — que já era escassamente conhecida por outros — e agora contarei tão brevemente quanto possível o que aparentemente ocorreu durante minha ausência do acampamento naquela noite hedionda.

Com os nervos à flor da pele, e impelido em direção ao nordeste por um tipo de ânsia perversa causada por aquela inexplicável urgência de pavores variados e pseudomemórias, cambaleei sob a maléfica lua flamejante. Vi, aqui e ali, meio encobertos pela areia, aqueles ciclópicos blocos primais oriundos de éons inomináveis e esquecidos. A idade incalculável e o horror taciturno desse deserto monstruoso começaram a me oprimir como nunca, e não pude evitar pensar em meus sonhos enlouquecedores, nas pavorosas lendas por trás deles, nos medos presentes dos nativos e mineradores em relação ao deserto e suas pedras entalhadas.

E ainda assim perambulei em direção ao que parecia ser um bizarro encontro — cada vez mais assaltado por confusas fantasias, compulsões e pseudomemórias. Pensava em alguns dos contornos possíveis das filas de pedras vistas do céu por meu filho e me perguntava por que elas pareciam ao mesmo tempo tão ominosas e familiares. Algo tateava e arranhava as trancas da minha memória, enquanto outra força desconhecida tentava manter fechado esse portal.

Não ventava e a areia pálida ondulava como vagas congeladas no mar. Não tinha um objetivo, mas de alguma forma cambaleei como se estivesse sendo conduzido pelo destino. Meus sonhos emergiram para o mundo desperto, e assim cada megálito enterrado na areia parecia fazer parte dos cômodos sem-fim e corredores de alvenaria pré-humana, entalhada e repleta de hieróglifos cuja simbologia eu conhecia muito bem em virtude dos anos durante os quais fui uma mente cativa da Grande Raça. Em alguns momentos imaginei ter visto aqueles horrores cônicos ominosos se movendo em suas tarefas costumeiras, temendo olhar para baixo e me ver diante deles. Contudo, por todo o caminho eu via os blocos cobertos de areia, assim como os cômodos e corredores; a maléfica e flamejante lua, bem como as lâmpadas de cristal luminoso; o deserto sem-fim, assim como as samambaias e cicadófitas ondulando para além das janelas. Estava ao mesmo tempo desperto e sonhando.

Não soube por quanto tempo ou quão longe — ou de fato, em qual direção — havia caminhado quando vi pela primeira vez o topo dos blocos descobertos pelo vento diurno. Era o maior grupo reunido em um único lugar que eu vira até aquele momento, e me impressionaram tão profundamente que as visões dos éons fabulosos de repente esvaeceram. De novo havia apenas o deserto, a lua cruel e os cacos de um passado insuspeito. Aproximei-me, me detive e lancei a luz de minha lanterna elétrica sobre a pilha desmoronada. Uma duna fora soprada para longe, revelando uma massa baixa e irregularmente redonda de megálitos e fragmentos menores de uns doze metros de largura, com uma altura de um a três metros.

Pela própria disposição, eu percebi que havia uma qualidade absolutamente sem precedentes nessas pedras. Não se tratava apenas de sua quantidade sem paralelo, mas algo naquelas linhas traçadas na areia me prendeu enquanto as perscrutava sob os raios mesclados da lua e de minha lanterna. Não que alguma delas se diferenciasse essencialmente dos primeiros espécimes que encontramos. Era algo mais sutil. A impressão não me atingia quando contemplava apenas um dos blocos, mas somente quando eu corria os olhos por vários deles quase que simultaneamente. Então, por fim, a verdade recaiu sobre mim. Os padrões curvilíneos em muitos desses blocos estavam *intimamente relacionados* — partes de uma única e vasta concepção decorativa. Pela primeira vez nesse deserto revirado pelos éons eu alcançara uma massa de alvenaria em sua antiga posição — erodida e fragmentada, é verdade, mas ao menos existindo em um sentido bem definido.

Subindo em um ponto mais baixo, escalei laboriosamente sobre o topo; aqui e ali limpando a areia com os dedos e constantemente me esforçando para interpretar as variedades de tamanho, forma, estilo e relações entre os desenhos. Depois de um tempo eu podia vagamente estimar a natureza da estrutura de outrora e os desenhos que uma vez cobriram a vasta superfície da cantaria primária. Fiquei apavorado e enervado em virtude da relação perfeita do todo com alguns dos meus lapsos oníricos. Aquilo um dia fora um corredor ciclópico de nove metros de altura, pavimentado com blocos octogonais e solidamente arqueado em seu topo. Alguns cômodos teriam se aberto à direita, descendo até profundezas ainda mais baixas num ponto mais distante daqueles estranhos planos inclinados.

Detive-me violentamente enquanto essas concepções me ocorriam, pois havia mais nelas do que os próprios blocos insinuavam. Como poderia saber que esse andar estivera bem distante no subsolo? Como eu sabia que o plano que conduzia para cima deveria estar atrás de mim? Como eu sabia que a longa passagem subterrânea para a Praça dos Pilares deveria estar à esquerda, num andar logo acima de mim? Como eu sabia que a sala de máquinas e o túnel que conduzia aos arquivos centrais deveriam estar dois andares abaixo? Como eu sabia que deveria haver um daqueles alçapões horríveis com barras de metal bem no fundo, quatro andares abaixo? Confuso por essa intrusão do mundo onírico, encontrei-me tremendo e banhado em suor frio.

Então, com um derradeiro e intolerável toque, senti aquela corrente de ar frio, tênue e insidiosa, fluindo de um local mais baixo, próximo ao centro do enorme monte. Instantaneamente, como antes, minhas visões se esvaíram, e então vi novamente apenas a maléfica luz do luar, o taciturno deserto e os túmulos de cantaria paleógena espalhados. Agora algo real e tangível, ainda que repleto de sugestões infinitas de um mistério notívago, me confrontava. Pois aquela corrente de ar só podia significar uma coisa — um golfo enorme oculto pelos blocos desordenados na superfície. A princípio pensei nas lendas sinistras dos aborígines que contavam sobre as enormes cabanas subterrâneas entre os megálitos onde horrores acontecem e das quais nascem grandes ventos. Então, pensamentos oriundos de meus próprios sonhos retornaram, e senti vagas pseudomemórias penetrando minha mente. Que tipo de lugar jazia sob mim? Que fonte primária e inconcebível de antigos ciclos míticos e pesadelos assombrosos eu poderia estar prestes a descobrir? Hesitei apenas por um momento, pois algo além de curiosidade e zelo científico me conduzia e combatia o meu medo crescente.

Tinha a impressão de estar me movendo quase automaticamente, como se preso às garras de algum destino que me impelia. Guardando minha lanterna e lutando com uma força que jamais pensei possuir, desloquei um fragmento titânico de pedra e depois outro, até que surgiu uma forte brisa cuja umidade contrastava estranhamente com o ar seco do deserto. Uma fenda negra começou a gemer, e, por fim — quando eu afastara todos os fragmentos suficientemente pequenos para serem deslocados —, a leprosa luz da lua ardeu em uma abertura ampla o bastante para que eu entrasse.

Saquei minha lanterna e lancei um raio brilhante através da abertura. Abaixo de mim havia um caos de cantaria desmoronada deslizando rudemente para o norte num ângulo de cerca de quarenta e cinco graus, apresentando-se evidentemente como o resultado de algum colapso anterior ocorrido na superfície. Entre a superfície e o nível do solo havia um golfo de negrume impenetrável em cujo limite superior havia sinais de arcos gigantescos e pesados. Nesse ponto, pareceu-me, as areias do deserto jaziam diretamente sobre o piso de alguma estrutura titânica da juventude da Terra — preservada através dos éons de convulsão geológica de alguma forma que naquele momento, e mesmo agora, eu não fui capaz de estimar.

Em retrospecto, a simples ideia de uma descida súbita e solitária através de tal abismo duvidoso — e num momento em que meu paradeiro era desconhecido por qualquer alma viva — parecia o absoluto ápice da insanidade; e talvez fosse, ainda que naquela noite eu o tenha feito sem hesitação. Novamente se manifestava aquele encanto e sedução de fatalidade que por todo o tempo pareceu ter direcionado meu curso. Com a lanterna brilhando intermitentemente para economizar bateria, comecei uma louca descida pela sinistra e ciclópica inclinação sob a abertura — algumas vezes avançando quando encontrava um bom apoio para as mãos ou pés, e noutras me virando para encarar o topo dos megálitos enquanto pendia e balançava mais precariamente. Em duas direções ao meu lado, distantes paredes cavernosas de cantaria desmoronada surgiam vagamente sob os raios da minha lanterna. Adiante, entretanto, havia apenas trevas inquebrantáveis.

Não registrei o tempo durante minha descida. Minha mente estava tão fervilhante com impressionantes sugestões e imagens que todas as questões objetivas pareciam afundar em distâncias incalculáveis. As sensações físicas se esvaíram, e mesmo o medo permanecia como uma gárgula irada e imóvel me espreitando impotentemente. Finalmente alcancei o piso de um andar obstruído por blocos caídos, fragmentos disformes de pedra, areia e detritos de todo tipo. De cada lado — a uma distância de talvez nove metros — surgiam paredes maciças culminando em grandes protuberâncias. Aquelas que eram entalhadas eu apenas podia discernir vagamente, mas a natureza dos entalhes estava além da minha percepção. O que mais me detinha era a arcada no topo. A luz da minha lanterna não podia atingir o teto, mas as partes mais baixas dos arcos monstruosos apareciam distintamente. E tão perfeita era sua relação com o que eu vira em incontáveis sonhos do antigo mundo que eu tremi ativamente pela primeira vez.

Atrás de mim e no alto, um fraco borrão luminoso dava conta do distante mundo exterior iluminado pela lua. Algum resquício de cuidado me avisou que eu não deveria deixá-la longe da minha vista, já que eu não possuía ninguém para me guiar em meu retorno. Agora eu avançava em direção à parede que estava a minha esquerda, onde os traços de cantaria eram mais evidentes. O piso entulhado era quase tão difícil de atravessar quanto a descida, mas consegui superar minha dificuldade. Num determinado ponto desloquei alguns blocos e chutei alguns detritos a fim de verificar a aparência do pavimento, e tremi com a absoluta e fatídica familiaridade das grandes pedras octogonais cuja superfície arredondada se mantinha quase em sua forma original.

Alcançando uma distância conveniente da parede, lancei a luz da lanterna lenta e cuidadosamente sobre seus desgastados resquícios de cantaria. Algum influxo de água de outrora parece ter agido sobre a superfície de arenito, pois havia incrustações curiosas e inexplicáveis. Em alguns lugares a cantaria estava muito frouxa e distorcida, então me perguntei por quantos éons mais esse edifício primal e escondido poderia manter seus traços remanescentes sob o peso da terra.

Mas eram os próprios entalhes meus maiores motivos de entusiasmo. Apesar de corroídos pelo tempo, era relativamente fácil estudá-los de perto; e a familiaridade completa e íntima de cada detalhe quase colapsou minha imaginação. Que os atributos principais dessa alvenaria cinzenta fossem familiares, não estava além da credibilidade normal. Impressionando poderosamente os tecelões de certos mitos, eles se incorporaram em uma torrente de críptica erudição que, chegando de alguma forma ao meu conhecimento durante o período de amnésia, evocava imagens vívidas em minha mente inconsciente. Mas como eu poderia explicar a maneira exata e minuciosa pela qual cada linha e espiral desses desenhos estranhos se assemelhava com o que eu sonhara por mais de um punhado de anos? Que iconografia obscura e esquecida poderia reproduzir cada sutil sombreado e nuance que cercava minha visão adormecida tão persistente, exata e invariavelmente noite após noite?

Para tanto, não havia acaso ou semelhança remota. Definitiva e absolutamente, o corredor de antiguidade milenar e oculto por eras no qual eu estava era a forma original de algo que conheci durante o sono tão intimamente quanto conhecia minha própria casa na Crane Street, em Arkham. É verdade que meus sonhos revelaram o local em seu auge imperfectível; mas a identidade não era menos real por isso. Eu estava completa e assustadoramente orientado. A estrutura em que eu estava me era familiar. Assim como sua localização naquela terrível e anciã cidade dos sonhos. Percebi, com uma certeza pavorosa e instintiva, que eu poderia visitar inequivocamente qualquer ponto daquela estrutura ou daquela cidade que escapara de mudanças e devastações de eras incontáveis. O que, em nome de Deus, aquilo tudo poderia significar? Como vim a saber o que eu sabia? E que horrenda realidade poderia jazer para além daqueles contos antigos que narravam a história dos seres que teriam habitado tais labirintos de pedra primordial?

As palavras dão conta de resumir apenas de maneira fragmentada a turbulência de terror e confusão que devorou meu espírito. Eu conhecia aquele lugar. Sabia o que jazia adiante e o que se estendia acima, antes que a miríade de pisos empilhados se reduzisse a pó e detritos no deserto. Não precisava agora, pensei com um tremor, manter o fraco brilho da lua à vista. Dividia-me entre um impulso de fugir e uma mistura febril de ardente curiosidade e dominadora fatalidade. O que teria sucedido àquela monstruosa megalópole da antiguidade nos milhões de anos desde o tempo de meus sonhos? Dos labirintos subterrâneos que serviam de base para a cidade e ligavam todas as suas torres titânicas, o quanto teria sobrevivido ao contorcer da crosta terrestre?

Teria eu alcançado um mundo completamente enterrado de blasfemo arcaísmo? Poderia ainda encontrar a casa do mestre escriba, e a torre onde S'gg'ha, uma mente cativa dos vegetais carnívoros de cabeça estrelada da Antártida, cinzelara certas imagens nos espaços vazios das paredes? Estaria a passagem para o segundo andar inferior, em direção ao salão das mentes alienígenas, ainda desobstruído e trafegável? Naquele salão a mente cativa de uma entidade incrível — um habitante semiplástico do interior oco de um planeta transplutoniano desconhecido de dezoito milhões de anos no futuro — mantinha uma certa coisa que modelara do barro.

Cerrei meus olhos e levei a mão à cabeça num esforço vão e patético de guiar esses fragmentos insanos de sonhos para fora de minha consciência. Então, pela primeira vez, senti agudamente a frieza, o movimento e a umidade do ar circundante. Tremendo, percebi que uma vasta cadeia de negros golfos mortos há eras devia de fato bocejar em algum lugar mais além e abaixo de mim. Pensei nas câmaras pavorosas, corredores e declives conforme os recordava de meus sonhos. O caminho para os arquivos centrais ainda estaria aberto? Novamente a fatalidade imperiosa fazia uma pressão insistente em meu cérebro enquanto eu me lembrava dos incríveis registros que um dia jazeram guardados naqueles receptáculos retangulares de metal inoxidável.

Lá, segundo os sonhos e as lendas, repousava toda a história, passada e futura, do *continuum* espaço-tempo cósmico — escrita por mentes cativas de cada orbe e época do sistema solar. Loucura, é claro — mas então eu não estava cambaleando por um mundo notívago tão louco quanto eu? Pensava nas prateleiras trancadas de metal e nos puxadores retorcidos que abriam cada uma delas. A minha própria veio vivamente na minha consciência. Quão frequentemente atravessei aquela rotina intricada de curvas e pressões variadas na seção vertebrada da Terra em seu mais baixo nível! Cada detalhe me parecia fresco e familiar. Se havia tal câmara como eu sonhara, eu poderia abri-la em um momento. Foi então que a loucura me tomou completamente. Um instante depois, eu estava saltando e tropeçando nos detritos de rocha em direção a um declive que conduzia às profundezas abaixo e do qual eu bem me recordava.

VII

Desse ponto em diante, minhas impressões se mostram dificilmente confiáveis — de fato, ainda possuo uma esperança final e desesperada de que todas elas possam ter sido fragmentos de algum sonho demoníaco... ou ilusões nascidas de um delírio. Uma febre agredia meu cérebro, e tudo me atingia como se através de algum tipo de névoa — por vezes apenas intermitentemente. Os raios de minha lanterna se lançavam debilmente sobre a escuridão engolfante, fazendo surgir lampejos fantasmáticos de paredes hediondamente familiares e entalhes, todos danificados pela decomposição de eras. Em determinado local uma tremenda massa de arcadas desabara, então precisei escalar um portentoso amontoado de pedras que quase alcançava o teto irregular e grotescamente repleto de estalactites. Foi o ápice máximo do pesadelo, piorado pela força blasfema das pseudomemórias. Apenas uma coisa não era familiar: o meu próprio tamanho em relação à monstruosa cantaria. Sentia-me oprimido por um sentimento de pequenez incomum, como se a visão dessas paredes elevadas por um corpo meramente humano fosse algo completamente novo e anormal. Novamente olhei para mim mesmo, vagamente perturbado pela forma humana que eu possuía.

Seguindo pelo negrume do abismo, eu saltei, pulei e me arrastei — caindo frequentemente e me machucando, e certa vez quase espatifei minha lanterna. Cada pedra e canto do golfo demoníaco me eram conhecidos, e em muitos pontos me detive para lançar raios de luz sobre arcadas obstruídas e entulhadas que ainda assim eram familiares. Alguns cômodos haviam colapsado totalmente; outros estavam vazios ou repletos de detritos. Em alguns pude verificar umas massas de metal — algumas bastante intactas, algumas quebradas e outras esmagadas ou amassadas — que reconheci como os pedestais colossais ou mesas que vi em meus sonhos. O que poderiam ser de verdade, não ousei deduzir.

Encontrei o declive e iniciei a descida — ainda que, após um tempo, tenha sido detido por um abismo largo e irregular cujos pontos mais estreitos não poderiam ter muito mais que um metro de largura. Aqui o trabalho em pedra havia caído, revelando profundidades retintas incalculáveis abaixo. Eu sabia que havia ainda dois andares de celas nesse edifício titânico e tremi com um pânico renovado ao lembrar do alçapão selado no nível mais baixo. Não poderia haver guardas agora — pois o que espreitara ali já cumprira há muito seu trabalho hediondo, afundando em seu longo declínio. Quanto à raça de besouros pós-humanos, eles já estariam bem mortos. Mas ainda assim, enquanto eu pensava nas lendas nativas, tremi novamente.

Custou-me um esforço terrível atravessar aquele abismo bocejante, já que o piso entulhado impedia uma investida rápida — mas a loucura me impeliu. Escolhi um lugar próximo à parede do lado esquerdo — onde a fenda era menos ampla e o ponto de chegada estava razoavelmente livre de detritos perigosos — e depois de um momento frenético alcancei o outro lado em segurança. Por fim, atingindo o andar mais baixo, cambaleei ao atravessar a arcada da sala de máquinas, dentro da qual havia fantásticas ruínas de metal meio soterradas sob abóbadas caídas. Tudo estava onde eu sabia que estaria, então escalei confiante os topos que barravam a entrada de um vasto corredor transversal. Esse, percebi, me conduziria sob a cidade até os arquivos centrais.

Eras sem-fim pareciam se desenrolar enquanto eu cambaleava, saltava e me arrastava pelo corredor coberto de detritos. Lá e cá eu podia perceber entalhes nas paredes maculadas pelos éons — alguns familiares, outros aparentemente adicionados desde o período de meus sonhos. Já que havia uma estrada subterrânea conectando os edifícios, não encontrei arcadas, exceto quando a rota conduzia através dos níveis mais baixos dos vários prédios. Em algumas dessas interseções eu me virei o suficiente para contemplar corredores dos quais me lembrava muito bem, vislumbrando cômodos igualmente familiares. Apenas em dois momentos pude observar mudanças radicais em relação ao que eu sonhara — e em um desses casos eu era capaz de traçar os contornos selados da arcada que ainda residia em minhas memórias.

Tremi violentamente, tomado por um surto de fraqueza retardadora, enquanto tomava um curso apressado e relutante através da cripta de uma daquelas enormes torres sem janelas arruinadas cuja cantaria alienígena de basalto denunciava uma rumorosa e horrível origem. Essa câmara primal era redonda, com uma dimensão total de sessenta metros e nenhum entalhe visível sobre a cantaria escura. O piso estava completamente livre, a não ser pelo pó e areia, e era possível visualizar as aberturas que conduziam para cima e para baixo. Não havia escadas ou declives — de fato, meus sonhos tinham retratado aquelas torres antigas como construções completamente intocadas pela fabulosa Grande Raça. Aqueles que as construíram não tinham necessidade de escadas ou rampas. Nos sonhos, a abertura para a descida fora fortemente selada e guardada com um zelo exasperado. Agora ela jazia aberta — negra e escancarada, emanando uma corrente de ar frio e úmido. A respeito daquelas cavernas infinitas e tomadas por uma noite eterna que cismavam abaixo, eu jamais me permitiria pensar.

Mais tarde, abrindo meu caminho através de um ponto muito obstruído do corredor, alcancei um local onde o teto havia desmoronado completamente. Os detritos se erguiam como uma montanha, e eu escalei por ela, passando por um amplo espaço vazio onde minha lanterna não dava conta de revelar nenhum muro ou câmara. Ali, refleti, deveria ser o porão da casa dos provedores de metal, que dava para a terceira praça não muito distante dos arquivos. O que poderia ter ocorrido ali, eu não era capaz de conjecturar.

Reencontrei o corredor além da montanha de detritos e pedras, mas após uma curta distância me vi num lugar completamente obstruído, onde a abóbada caída quase tocava o teto perigosamente fragilizado. De que maneira eu fui capaz de deslocar e separar os blocos para garantir uma passagem ou como ousei perturbar os fragmentos bem compactados cuja menor mudança de equilíbrio poderia levar abaixo todas as toneladas de cantaria apoiada, me esmagando até não restar mais nada, eu simplesmente não posso explicar. Era pura loucura o que me impelia e guiava — se, de fato, toda a minha aventura subterrânea não foi, como eu espero, uma ilusão infernal ou fragmento de sonho. Mas eu consegui — ou sonhei que consegui — uma passagem através da qual eu poderia me espremer. Enquanto eu me contorcia sobre o amontoado de detritos — minha lanterna continuamente ligada e enfiada bem fundo em minha boca —, sentia-me atravessado pelas fantásticas estalactites que pendiam do teto arruinado acima de mim.

Estava agora próximo à grande estrutura subterrânea que guardava os arquivos e parecia ser o meu objetivo. Deslizando e escalando pelo lado mais distante da barreira, escolhendo com cuidado meu caminho através do corredor remanescente e acendendo a lanterna intermitentemente, alcancei por fim uma baixa cripta circular arqueada — ainda em um estado formidável de preservação — que se abria de ambos os lados. As paredes, ou o que restava de seus fragmentos, que jaziam ao alcance de minha lanterna eram densamente tomadas de hieróglifos e cinzeladas com símbolos tipicamente curvilíneos — alguns adicionados após meu período de sonhos.

Aquele, percebi, era meu destino final, então me virei subitamente em direção a uma arcada familiar à minha esquerda. Que eu poderia encontrar uma passagem livre para todos os andares sobreviventes através da rampa, restavam-me estranhamente poucas dúvidas. Essa pilha vasta, protegida pela terra, que abrigava os anais de todo o sistema solar, fora construída com habilidade e força extremas para durar tanto quanto o próprio sistema. Blocos de estupendas dimensões, encaixados com genialidade matemática e ligados por um cimento de incrível dureza, combinavam-se para formar uma massa tão firme quanto o núcleo rochoso do planeta. Aqui, após eras mais prodigiosas do que eu poderia estimar de forma sã, sua massa soterrada fora preservada em todos os seus contornos essenciais; além de seus pisos vastos e cobertos de pó escassamente marcados pelo entulho predominante.

A caminhada relativamente fácil a partir desse ponto em diante surgiu em minha cabeça de maneira singular. Toda a ânsia frenética até agora frustrada pelos obstáculos se transformava então num tipo de corrida febril, e eu literalmente corri pelas passagens monstruosamente familiares, atravessando a arcada. Já estava mais do que admirado com o reconhecimento do que eu via. Por todo canto assomavam as descomunais portas de metal das estantes, repletas de hieróglifos; algumas ainda em seus lugares, outras bem abertas e outras ainda recurvadas e tortas em virtude das tensões geológicas que não tiveram força suficiente para despedaçar a alvenaria titânica. Aqui e ali havia uma superfície coberta de pó sob uma prateleira vazia que parecia indicar o local onde uma vez estiveram os estojos então derrubados por tremores de terra. Em alguns pilares ocasionais havia grandes símbolos ou letras proclamando as classes e subclasses dos volumes.

Em certo momento me detive diante de um receptáculo aberto onde eu vi alguns dos estojos de metal ainda em sua posição entre os onipresentes grãos de poeira. Esticando-me, removi um dos espécimes mais finos com alguma dificuldade, e o coloquei no chão para estudá--lo. Estava intitulado nos hieróglifos curvilíneos prevalentes, ainda que algo no arranjo dos caracteres parecesse sutilmente incomum. O estranho mecanismo de seu fecho era perfeitamente conhecido por mim, então levantei a tampa sem sinais de ferrugem e ainda funcional, sacando o volume de seu interior. Esse último, conforme esperado, tinha cerca de cinquenta por quarenta centímetros de área e cinco centímetros de largura; as capas de metal fino se abriam a partir de sua parte superior. Entretanto, as páginas de celulose não pareciam ter sido afetadas pela miríade de ciclos de tempo que atravessaram, e estudei, com uma assombrosa memória semidesperta, as letras do texto, estranhamente pigmentadas e desenhadas com pincel — símbolos absolutamente incomuns tanto em relação aos usuais hieróglifos curvos quanto a qualquer alfabeto conhecido pela escolástica humana. Ocorreu-me que essa era a linguagem usada por uma mente cativa que eu conhecera superficialmente em meus sonhos — uma mente oriunda de um enorme asteroide que muito conservara da vida e das tradições arcaicas próprias do planeta primitivo a partir do qual se fragmentara. Ao mesmo tempo me lembrei de que esse andar dos arquivos era dedicado aos volumes de planetas não terrestres.

Quando terminei de examinar esse documento incrível, percebi que a luz da minha lanterna começava a falhar, e inseri a bateria extra que eu sempre trazia comigo. Então, munido de uma luminosidade mais forte, retomei minha corrida febril por emaranhados infinitos de passagens e corredores — reconhecendo de quando em vez alguma prateleira familiar e vagamente irritado pelas condições acústicas que faziam minhas passadas ecoarem incongruentemente naquelas catacumbas ancestrais de morte e silêncio. As próprias marcas dos meus sapatos na poeira intocada por milênios me faziam tremer. Nunca antes, se meus sonhos loucos contêm alguma verdade, pés humanos tocaram aquele pavimento imemorial. Do objetivo específico daquela corrida insana, minha mente consciente não mantém nenhum indício. Havia, contudo, alguma força de potência maligna impelindo minha vontade confusa e resgatando lembranças soterradas, fazendo-me sentir vagamente que eu não estava correndo de forma aleatória.

Deparei-me com uma rampa e desci por ela, alcançando profundezas maiores. Iluminava os pisos enquanto eu corria, mas não me detive para explorá-los. Em meu cérebro convulso começara a bater um certo ritmo que levou minha mão direita a se contrair em uníssono. Eu desejava destrancar alguma coisa, e tinha a impressão de conhecer todas as voltas complexas e pressões necessárias para tanto. Seria algo semelhante a um cofre moderno com uma fechadura de combinação. Sonho ou não, uma vez eu soube e ainda sabia. Como um sonho — ou fragmento de lenda absorvido inconscientemente — poderia ter me ensinado um detalhe tão minucioso, tão intricado e complexo, eu nem me atreveria a explicar. Estava além de qualquer pensamento coerente. Pois não era toda essa experiência — essa familiaridade chocante com um conjunto de ruínas desconhecidas e essa relação monstruosamente exata de tudo aquilo com coisas que poderiam ter sido sugeridas apenas por sonhos e trechos de mitos — um horror além de toda razão? Provavelmente eu estava convicto — como agora, durante meus momentos mais sãos — de que eu não deveria estar desperto, que toda a cidade enterrada era apenas um fragmento de uma alucinação febril.

Eventualmente alcancei o andar mais baixo e segui pelo lado direito da rampa. Por alguma sombria razão tentei suavizar meus passos, ainda que eu perdesse velocidade. Havia um espaço que eu tinha medo de atravessar nesse último piso profundamente soterrado, e conforme eu me aproximava, recordei-me do que eu temia. Era simplesmente um dos alçapões selados e cuidadosamente vigiados. Não haveria guardas agora, uma constatação que me fez tremer, então segui na ponta dos pés como eu fizera naquela câmara de basalto negro onde um alçapão similar se escancarava. Senti uma corrente de ar gélido e úmido, como eu já sentira ali, e desejei que meu caminho me conduzisse para uma outra direção. Por que exatamente eu deveria tomar aquele curso em particular, eu não sabia.

Quando alcancei o local, vi que a porta do alçapão estava totalmente escancarada. Mais adiante, as prateleiras recomeçavam, e vislumbrei no piso à frente uma pilha coberta por uma camada muito fina de pó, onde um número de estojos caíra recentemente. No mesmo momento fui tomado por uma nova onda de pânico, embora não tenha sabido imediatamente por quê. Pilhas de estojos caídos não eram incomuns, pois durante éons aquele labirinto sem luz fora estremecido pelo convulsionar da terra, que fez ecoar o clangor ensurdecedor dos objetos empilhados. Foi somente quando eu estava quase do outro lado do espaço que percebi por que eu tremera tão violentamente.

Não era a pilha, mas algo em relação à poeira do piso que me perturbava. À luz da minha lanterna parecia que o pó não estava tão homogêneo quanto deveria estar — havia lugares onde parecia mais fino, como se tivesse sido perturbado há poucos meses. Não podia ter certeza, pois até mesmo as camadas mais finas de poeira eram consideráveis; contudo alguma suspeita de regularidade na tênue heterogeneidade era altamente inquietante. Quando aproximei a luz da lanterna, iluminando um daqueles pontos mais estranhos, não gostei do que vi — pois a ilusão de regularidade se tornava cada vez maior. Era como se houvesse linhas regulares de impressões compostas — impressões feitas em agrupamentos de três, cada uma com quase um metro quadrado, consistindo de cinco marcas semicirculares de oito centímetros cada, uma mais adiante em relação às outras quatro.

Essas possíveis linhas pareciam conduzir em duas direções, como se algo tivesse ido para algum lugar e então retornado. Elas estavam, é claro, bastante apagadas e podiam ter sido ilusões ou acidentes; mas havia um elemento de sutil e diáfano terror em relação ao caminho que, pensei, elas estariam traçando. Pois na extremidade de uma delas estava a pilha de estojos que caíra recentemente, e na outra ponta se encontrava o ominoso alçapão de onde soprava o vento frio e úmido, abrindo-se desprotegido para abismos além da imaginação.

VIII

Que meu estranho senso de compulsão foi profundo e dominante é algo que pode ser demonstrado pela superação do meu medo. Nenhum motivo racional poderia ter me levado a continuar após a hedionda suspeita em relação àquelas marcas e as aterrorizantes pseudo-memórias despertadas por elas. Contudo, minha mão direita, embora trêmula de pavor, ainda convulsionava ritmicamente em sua ânsia de destrancar o fecho que esperava encontrar. Antes que eu soubesse, já tinha ultrapassado a pilha de estojos recentemente caídos, atravessando na ponta dos pés passagens empoeiradas e completamente intocadas em direção a um ponto que eu parecia conhecer mórbida e horrivelmente bem. Minha mente levantava questões cuja origem e relevância eu apenas começava a adivinhar. A prateleira poderia ser alcançada por um corpo humano? Minha mão humana seria capaz de dominar todos os movimentos memorizados por éons e necessários para destrancar o fecho? A fechadura se encontraria incólume e ainda funcional? E o que eu faria — o que eu ousaria fazer — com aquilo (como agora começo a perceber) que ao mesmo tempo eu esperava e temia encontrar? A coisa se provaria uma verdade impressionante e avassaladora de algo que ultrapassava qualquer concepção normal, ou revelaria apenas que eu estava sonhando?

Em seguida cessei minha corrida nas pontas dos pés e parei, fitando uma fileira de prateleiras repletas de hieróglifos insanamente familiares. Estavam num estado de quase perfeita preservação, e apenas três das portas nos arredores se encontravam abertas. Meus sentimentos em relação a essas prateleiras não podem ser descritos — tão absolutas e insistentes se mostravam as impressões de uma antiga experiência. Eu estava olhando para cima, para uma fileira próxima do topo e completamente fora de meu alcance, perguntando-me como eu poderia escalar de forma mais eficiente. Uma porta aberta localizada quatro fileiras acima ajudaria, e os fechos das portas trancadas formavam possíveis apoios para as mãos e os pés. Prenderia a lanterna entre os dentes como fizera em outros lugares onde ambas as mãos foram necessárias. Acima de tudo, eu não podia fazer barulho. Descer aquilo que eu desejava alcançar seria difícil, mas eu provavelmente poderia enganchar sua fechadura em meu colarinho e carregar a coisa como uma mochila. Novamente me perguntei se a trava estaria intacta. Que eu poderia repetir cada um dos movimentos familiares, eu não tinha dúvidas. Mas esperava que a coisa não se partisse ou rachasse — e que minha mão pudesse funcionar adequadamente.

Ainda que tomado por esses pensamentos, meti a lanterna na boca e comecei a escalar. As fechaduras protuberantes eram péssimos apoios; mas, conforme eu esperava, a prateleira aberta foi de enorme ajuda. Na minha subida, usei tanto a porta que dificilmente se moveria quanto a borda da própria abertura, evitando qualquer estalo mais alto. Equilibrado na borda superior da porta e me esticando para a direita, eu quase conseguia alcançar a fechadura que eu buscava. Meus dedos, meio dormentes pela escalada, estavam muito desastrados de início; mas logo percebi que eram anatomicamente adequados. E o ritmo da memória ecoava fortemente neles. Oriundos de desconhecidos golfos temporais, os complexos e secretos movimentos de alguma forma alcançavam meu cérebro, demonstrando-se corretos em cada detalhe — pois em menos de cinco minutos de tentativas, fez-se ouvir um clique cuja familiaridade foi tão atordoante porque eu não o havia antecipado conscientemente. No instante seguinte a porta de metal estava se abrindo lentamente com o mais tênue som de rangidos.

Confuso, olhei para a fileira de estojos cinzentos agora expostos e senti uma enorme onda de alguma emoção completamente inexplicável. Quase ao alcance de minha mão direita estava o estojo cujos hieróglifos curvos me fizeram tremer com sentimentos infinitamente mais complexos que o mero pavor. Ainda tremendo, consegui desalojá-lo em meio a um banho de grãos de poeira, trazendo-o facilmente para perto sem qualquer ruído violento. Como o outro estojo que eu manuseara, esse possuía cerca de cinquenta por quarenta centímetros e desenhos matemáticos curvos em baixo-relevo. Excedia, em espessura, os sete centímetros. Segurei-o rudemente entre mim e a superfície que eu escalara, remexi a trava e finalmente liberei o gancho. Levantei a tampa, transferi o pesado objeto para as minhas costas e deixei que o gancho se prendesse ao meu colarinho. Com as mãos agora livres, desci desengonçadamente até o piso poeirento e me preparei para inspecionar o meu prêmio.

Ajoelhando-me na poeira grossa, suspendi o estojo e o coloquei na minha frente. Minhas mãos tremiam, e eu temia sacar o livro quase tanto quanto ansiava — e me sentia compelido — por fazê-lo. Tornava-se gradualmente claro para mim o que eu deveria encontrar, e essa consciência quase paralisava minhas faculdades. Se a coisa estivesse lá — e se eu não estivesse sonhando —, as implicações estariam muito além do que o espírito humano seria capaz de suportar. O que mais me atormentava era minha inabilidade momentânea de sentir que meus arredores eram frutos de um sonho. O senso de realidade era hediondo — e assim me parece quando me recordo da cena.

Por fim, tremendo, retirei o livro de seu receptáculo e fitei fascinado os hieróglifos familiares na capa. Parecia estar em ótima condição, e as letras curvilíneas do título prendiam-me em um estado quase hipnotizante, como se eu pudesse lê-las. De fato, não posso jurar que eu realmente não as tenha lido em algum acesso transiente e terrível de memória anormal. Não sei quanto tempo se passou até que eu ousasse levantar aquela fina capa de metal. Temporizei e desculpei a mim mesmo. Tirei a lanterna da boca e a desliguei para economizar bateria. Então, no escuro, reuni toda a minha coragem, levantando finalmente a capa sem ligar a luz. Depois iluminei rapidamente a página exposta, preparando-me para suprimir qualquer som independentemente do que eu encontrasse.

Olhei por um instante e então quase colapsei. Rangia os dentes, mas mantive silêncio. Afundei totalmente no chão e levei uma mão à testa, em meio àquele negrume envolvente. O que eu temia e esperava encontrar estava lá. Ou eu sonhava ou o tempo e o espaço eram uma mera zombaria. Eu deveria estar sonhando — mas eu colocaria aquele horror à prova, carregando aquela coisa para mostrá-la ao meu filho se tudo aquilo fosse realidade. Minha cabeça oscilou pavorosamente, embora não houvesse objetos visíveis na sombra inquebrantável que me cercava. Ideias e imagens do mais forte terror — estimuladas pelas paragens reveladas por meu vislumbre — começaram a pesar sobre mim e a embotar meus sentidos.

Pensei naquelas possíveis pegadas na poeira e tremi diante do som de minha própria respiração. Novamente iluminei e olhei a página como a vítima de uma serpente miraria os olhos e as presas de sua destruidora. Então, com dedos vacilantes na escuridão, fechei o livro, coloquei-o em seu receptáculo e abaixei a tampa, trancando a curiosa fechadura. Aquilo era o que eu deveria trazer de volta para o mundo exterior, se de fato existisse — se todo o abismo verdadeiramente existisse — se eu, e o próprio mundo, verdadeiramente existíssemos.

Não tenho certeza de quando exatamente me pus de pé e iniciei meu retorno. Percebi estranhamente — como uma medida do meu sentido de separação do mundo normal — que eu não checara sequer uma única vez meu relógio durante aquelas hediondas horas no subterrâneo. De lanterna em punho e com o estojo ominoso debaixo do braço, encontrei-me enfim, pé ante pé, num tipo de pânico silencioso conforme ultrapassava o abismo de ventanias e aquelas sugestões agourentas de pegadas. Diminuí minhas precauções enquanto escalava as rampas sem-fim, mas não podia me desfazer de uma sombra de apreensão que eu não sentira na jornada em direção ao subterrâneo.

Aterrorizei-me ao passar novamente por aquela cripta de basalto negro mais antiga que a própria cidade, de onde subiam sopros gelados oriundos de profundezas desprotegidas. Pensei naquilo que a Grande Raça temia, e no que ainda poderia estar espreitando — mesmo que débil ou moribundo — lá embaixo. Pensei naquelas possíveis pegadas de cinco círculos e me lembrei do que meus sonhos poderiam ter contado sobre essas marcas — e refleti a respeito dos estranhos ventos e ruídos sibilantes a elas relacionados. E pensei sobre as histórias dos modernos aborígines, que relatavam o horror de grandes ventos e ruínas subterrâneas inomináveis.

Um símbolo entalhado numa parede me informou o andar em que eu deveria adentrar, então finalmente alcancei — após passar pelo outro livro que examinara — o grande espaço circular com as arcadas bifurcadas. À minha direita e imediatamente reconhecível estava o arco através do qual eu entrara. Atravessei-o, consciente de que o restante de minha jornada seria mais difícil em virtude do estado arruinado da alvenaria fora do edifício de arquivos. Meu novo fardo de metal pesava sobre mim, e me parecia cada vez mais difícil fazer silêncio enquanto cambaleava entre todas as espécies de detritos e fragmentos.

Cheguei então ao amontoado de escombros que alcançava o teto e pelo qual eu abrira uma pequena passagem. O medo que sentia de atravessá-la novamente era infinito; pois minha primeira passagem produzira algum barulho, e naquele momento — depois de ter visto aquelas supostas pegadas — eu temia, acima de tudo, o som. O estojo também tornava mais complicada a passagem por aquela estreita ranhura. Mas escalei as barreiras o melhor que pude, empurrando o estojo pela abertura à minha frente. Então, com a lanterna na boca, atravessei-a — minhas costas mais uma vez rasgadas pelas estalactites. Enquanto eu tentava agarrar novamente o estojo, a coisa caiu mais adiante e rolou pelo barranco de entulhos, produzindo um clangor perturbador e erguendo ecos que me fizeram suar frio. No mesmo momento, precipitei-me em direção ao estojo e consegui detê-lo sem fazer mais barulho — mas um momento depois o deslizar de blocos sob meus pés causou um estrondo súbito e sem precedentes.

Esses ruídos foram minha ruína. Pois, real ou não, pensei ter ouvido uma resposta terrível vindo dos espaços atrás de mim. Pensei ter ouvido um estridente assovio, como nenhum som jamais ouvido na Terra, totalmente além de qualquer descrição verbal adequada. Pode ter sido apenas minha imaginação. Sendo esse o caso, o que se seguiu foi uma macabra ironia — pois, não fosse pelo pânico dessa coisa, a segunda coisa poderia nunca ter acontecido.

Meu frenesi era absoluto e incontido. Segurando minha lanterna na mão e me agarrando debilmente ao estojo, saltei e debandei loucamente sem qualquer ideia em meu cérebro além do louco desejo de sair correndo para longe daquelas ruínas pesadelares, em direção ao mundo desperto do deserto e da luz da lua que estavam tão distantes na superfície. Mal me dei conta de ter atingido a montanha de detritos que se empilhavam no vasto negrume além do teto desmoronado, nem de ter me ferido e me cortado repetidamente ao subir essa encosta íngreme repleta de blocos e fragmentos afiados. Então veio o grande desastre. Justamente quando eu atravessava às cegas o cume, despreparado para a repentina descida adiante, meus pés escorregaram e eu me encontrei envolvido numa violenta avalanche de cantaria cujo rugido de canhão rasgou o ar da caverna negra numa série ensurdecedora de reverberações de fazer tremer a terra.

Não tenho lembranças de como emergi desse caos, mas um fragmento momentâneo de consciência revelou que, num salto, eu me lancei e corri pelo corredor em meio ao clangor — estojo e lanterna ainda comigo. Tão logo me aproximei daquela cripta de basalto que eu tanto temia, sobreveio a loucura absoluta. Pois conforme se esvaeciam os ecos da avalanche, tornava-se audível aquele assovio pavoroso e alienígena que eu pensei ter ouvido antes. Dessa vez não havia dúvidas — e o que era pior, o som vinha de um ponto não atrás de mim, mas *na minha frente*.

É provável que eu tenha gritado. Guardo uma tênue imagem de mim mesmo como se estivesse voando pela infernal câmara de basalto das Coisas Ancestrais, enquanto ouvia o maldito apito alienígena vindo daquela abertura desprotegida que conduzia à escuridão sem limites. Havia vento também — não apenas uma lufada fria e úmida, mas uma rajada violenta e determinada soprando selvagem e pavorosamente daquele golfo abominável de onde se projetava o assovio obsceno.

Também lembro de ter saltado e me lançado sobre obstáculos de todos os tipos, com a torrente de vento e o som estridente crescendo cada vez mais, contorcendo-se e ondulando constantemente ao meu redor como se investisse perversamente dos espaços atrás e abaixo de mim. Mesmo em minha retaguarda, o vento, em vez de auxiliar, estranhamente dificultava o meu progresso; agindo como um nó corrediço ou um laço ao meu redor. Descuidado em relação ao barulho, escalei uma enorme barreira de blocos e estava novamente na estrutura que conduzia à superfície. Lembro de ter vislumbrado a arcada que dava para a sala de máquinas e de quase gritar quando vi a rampa que conduzia até um daqueles blasfemos alçapões que se escancarava dois andares abaixo. Mas, em vez de gritar, resmunguei para mim mesmo repetidamente que aquilo tudo não passava de um sonho do qual eu logo deveria despertar. Talvez eu estivesse no acampamento — talvez em minha casa em Arkham. Enquanto essas esperanças robusteciam minha sanidade, comecei a subir a rampa em direção ao andar superior.

Eu sabia, é claro, que teria de atravessar novamente a fenda de pouco mais de um metro, mas eu estava muito abalado pelos outros medos para perceber o completo horror até que eu me deparasse com ele. Na minha descida, o salto não fora difícil — mas eu poderia atravessar a abertura tão prontamente na subida, afetado como estava pelo pavor e exaustão, com o peso do estojo de metal e a pressão anormal do vento demoníaco? Refleti a respeito dessas coisas no último momento, e pensei também nas entidades inomináveis que poderiam estar espreitando nos abismos negros sob a fenda.

Minha lanterna vacilante começou a ficar mais débil, mas eu estava ciente, com base em alguma obscura memória, de minha aproximação da fissura. As rajadas gélidas e os nauseantes e estridentes assovios atrás de mim surtiram, por um momento, o efeito de um opiáceo misericordioso, afastando de minha imaginação o horror do golfo escancarado mais à frente. E então me tornei consciente das rajadas e dos assovios que estavam *diante de mim* — ondas de abominação que se erguiam da própria fissura, oriundas de profundezas inimaginadas e inimagináveis.

Agora, de fato, a essência do puro pesadelo recaía sobre mim. A sanidade se fora — e ignorando tudo, exceto aquele impulso de fuga animalesco, eu simplesmente lutei e saltei sobre os escombros da rampa como se não existisse vala nenhuma. Então vi a beira do abismo, saltei freneticamente com cada gota de energia que ainda possuía e fui engolfado instantaneamente por um vórtex pandemônico de asqueroso som e materialmente tangível escuridão absoluta.

Esse foi o fim de minha experiência, até onde consigo me lembrar. Quaisquer outras impressões pertencem completamente ao domínio do delírio fantasmagórico. Sonho, loucura e memória se mesclam loucamente numa série de ilusões fantásticas e fragmentárias que não podem ter relação alguma com a realidade. Houve uma queda hedionda por léguas incalculáveis de uma escuridão viscosa e sensível, e uma babel de sons totalmente alienígenas a tudo o que conhecemos da terra e de sua vida orgânica. Sentidos adormecidos e rudimentares pareciam ter despertado dentro de mim, fazendo vir à tona poços e vácuos povoados por horrores flutuantes que conduziam a penhascos sem sol, oceanos e cidades fervilhantes de torres de basalto sem janelas sobre as quais luz alguma já brilhou.

Segredos do planeta primal e de seus éons imemoriais lampejavam por meu cérebro sem a ajuda de qualquer visão ou som, e então eu soube de coisas que nem o mais desvairado dos meus sonhos antigos sequer sugerira. E durante todo o tempo os dedos gélidos do vapor úmido me agarravam e seguravam, e aquele abominável e desgraçado assovio estridente pairava hostilmente sobre todas as alternâncias entre a babel e o silêncio nos redemoinhos daquela escuridão circundante.

Por fim, surgiram visões da ciclópica cidade dos meus sonhos — não em ruínas, mas exatamente como eu a sonhara. Eu estava em meu corpo cônico e inumano novamente, misturado às multidões da Grande Raça e de mentes cativas que carregavam livros para cima e para baixo através dos largos corredores e amplas rampas. Então, sobrepostos a essas imagens, havia pavorosos clarões momentâneos de uma consciência não visual envolvendo lutas desesperadas, contorções nos tentáculos preênseis do vento sibilante, um voo de morcego pelo ar semissólido, uma fuga febril através da escuridão açoitada por ciclones, e por fim um cambalear e um arrastar pela cantaria em ruínas.

Em certo momento houve o brilho curioso e intrusivo de um vislumbre — uma suspeita tênue e difusa de que havia uma radiância azulada bem acima de mim. Então comecei a sonhar que, perseguido pelo vento, estava rastejando e escalando — contorcendo-me sob a chama de um luar sardônico sobre um amontoado de detritos que escorregavam e colapsavam atrás de mim em meio ao mórbido furacão. Foi o pulsar maléfico e monótono do luar que por fim denunciou meu retorno ao que um dia eu conhecera como o mundo objetivo e desperto.

Arrastava-me de bruços através das areias do deserto australiano, e ao meu redor assoviava um tumulto de vento como eu nunca ouvira antes na superfície de nosso planeta. Minhas roupas estavam em farrapos, e todo o meu corpo era uma massa de hematomas e arranhões. A consciência completa retornou aos poucos, e em tempo algum eu poderia dizer quando a verdadeira memória se fora e os sonhos delirantes começaram. Parecia ter havido um amontoado de blocos titânicos, um abismo abaixo dele, uma monstruosa revelação do passado e um horror pesadelar no final — mas o quanto disso era real? Minha lanterna se fora, e da mesma forma qualquer estojo de metal que eu possa ter descoberto. Teria existido tal estojo — ou algum abismo — ou monte? Erguendo a cabeça, olhei para trás e vi apenas as areias estéreis e ondulantes do deserto.

O vento demoníaco se extinguira, e a gibosa e fungoide lua afundava avermelhada no oeste. Fiquei de pé e comecei a cambalear rumo ao sudoeste, na direção do acampamento. O que de fato acontecera comigo? Teria eu apenas colapsado no deserto, arrastando um corpo abalado pelo sonho por quilômetros de areia e blocos soterrados? Se não, como eu poderia suportar viver por mais tempo? Pois, com essa nova dúvida, toda a minha fé na irrealidade nascida do mito e de minhas visões se dissolvia uma vez mais na infernal incerteza antiga. Se fosse real esse abismo, então seria real a Grande Raça — e seus blasfemos acessos e domínios no vórtex do tempo cósmico onde não existem mitos ou pesadelos, mas uma realidade tão terrível que faria despedaçar qualquer alma.

Teria eu, na mais hedionda realidade, sido conduzido novamente ao mundo pré-humano de cento e cinquenta milhões de anos atrás onde estive naqueles dias obscuros e atordoantes de amnésia? Teria sido meu corpo o veículo de uma pavorosa consciência alienígena de golfos paleógenos do tempo? Teria eu, enquanto mente cativa daqueles horrores rastejantes, conhecido de fato a cidade de pedra em seu auge primordial e descido por aqueles corredores familiares na forma horrenda de meus captores? Seriam aqueles sonhos tormentosos de mais de vinte anos a fonte de *memórias* severas e monstruosas? Teria eu alguma vez de fato conversado com mentes oriundas de recônditos inacessíveis do tempo e do espaço, aprendido os segredos passados e futuros do universo e escrito os anais de meu próprio mundo que seriam guardados nos estojos de metal daqueles arquivos titânicos? E seriam aqueles outros — aquelas chocantes Coisas Ancestrais de loucas asas e assovios demoníacos — de fato uma ameaça remanescente à espreita, esperando e lentamente definhando nos abismos negros enquanto variadas formas de vida perfazem seus multimilenares caminhos na superfície do planeta marcada pelas eras?

Não sei. Se aquele abismo e o que ele contém forem reais, não há esperança. Então, verdadeiramente, paira sobre o mundo humano uma jocosa e incrível sombra vinda do tempo. Mas, misericordiosamente, não há provas de que essas coisas sejam algo além de momentos vívidos de meus sonhos nascidos de mitos. Não resgatei o estojo de metal que teria sido a prova, e até o momento aqueles corredores subterrâneos não foram encontrados. Se as leis do universo forem gentis, eles nunca serão. Mas devo contar ao meu filho o que eu vi ou penso ter visto, deixando que ele se utilize do seu juízo enquanto psicólogo para mensurar a realidade de minha experiência e então comunicar este relato aos demais.

Tenho dito que a verdade horrível por trás de meus anos torturados de sonhos pende, absolutamente, sobre a realidade do que eu penso ter visto naquelas ruínas ciclópicas soterradas. Foi difícil registrar literariamente a revelação crucial, ainda que leitor algum tenha falhado em adivinhá-la. É claro que ela reside naquele livro dentro do estojo de metal — o estojo que eu resgatei de seu covil esquecido tomado pela poeira incólume de milhões de séculos. Olho algum o vira, mão alguma tocara aquele livro desde o advento do homem no planeta. E ainda assim, quando o iluminei com minha lanterna naquele terrível abismo megalítico, vi que as letras estranhamente pigmentadas nas quebradiças páginas de celulose amarronzadas pelos éons não eram nenhum hieróglifo inominável da juventude da Terra. Eram, em vez disso, as letras de nosso alfabeto familiar, soletrando as palavras de nossa língua inglesa em minha própria caligrafia.

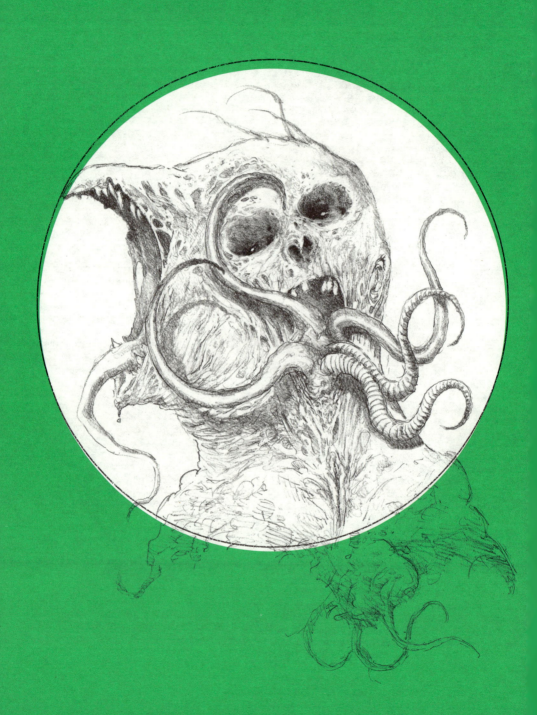

A HISTÓRIA DO Necronomicon

H.P. Lovecraft • 1927

O título original é *Al Azif* — sendo *azif*[1] a palavra usada pelos árabes para designar o som noturno (produzido por insetos) que supostamente seria o uivo de demônios.[2]

---

[1] A referência para esse nome vem da novela *A História do Califa Vathek*, escrita em francês pelo aristocrata inglês William Beckford (1760-1844) e publicada em 1782. Em 1786, Samuel Henley traduziu a história para o inglês e adicionou diversas notas. Em carta para Clark Ashton Smith, Lovecraft diz que retirou o termo *azif* dessas notas. A tradução de Herbert Grimsditch também afirma que o nome era uma referência ao som de insetos noturnos. Há um trecho da história que diz o seguinte: "Os bons muçulmanos imaginaram ouvir o sombrio zumbido dos insetos noturnos que anunciam a desgraça e suplicaram a Vathek que cuidasse de sua sagrada pessoa" (cf. William Beckford, *Vathek*, trad. Henrique de Araújo Mesquita. 3. ed. Porto Alegre: L&PM, 2007, p. 56). *Vathek* era uma das histórias favoritas de Lovecraft, por sua inspiração orientalista nas *Mil e Uma Noites* e pelo estilo gótico da narrativa. Outro grande nome da literatura, o argentino Jorge Luis Borges, também tinha a novela em alta conta e escreveu dois famosos prólogos para o texto. No segundo deles, publicado em 1984, ele diz que o inferno descrito em *Vathek* é "o primeiro inferno realmente atroz da literatura".

[2] Este pequeno ensaio compõe uma carta de Lovecraft endereçada ao amigo Clark Ashton Smith. A missiva data de 1927. A primeira publicação do ensaio se deu em 1938, editada como um panfleto pela Rebel Press.

Composto por Abdul Alhazred, um poeta louco de Sanaá, no Iêmen, cidade que teria florescido durante o período do Califado Omíada, por volta de 700 d.C. Alhazred visitou as ruínas da Babilônia e os segredos subterrâneos de Mênfis e passou dez anos sozinho no grande deserto ao sul da Arábia — o Roba el Khaliyeh ou "Espaço Vazio" dos antigos —, e "Dahna" ou deserto "Carmim" dos árabes modernos, que é conhecido por ser habitado por maléficos espíritos protetores e monstros da morte. Desse deserto, muitas maravilhas estranhas e inacreditáveis são contadas por aqueles que fingem tê-lo penetrado. Em seus últimos anos Alhazred residiu em Damasco, onde o *Necronomicon* (*Al Azif*) foi escrito, e de sua morte ou desaparecimento (em 738 d.C.) muitas coisas terríveis e conflitantes são ditas. Diz Ebn Khallikan (biógrafo do século xii) que ele teria sido dominado por um monstro invisível em plena luz do dia e devorado horrivelmente diante de um grande número de testemunhas congeladas de pavor. De sua loucura muito se conta. Ele dizia ter visto a fabulosa Irem, a Cidade dos Pilares, tendo encontrado sob as ruínas de certa cidade inominável do deserto os chocantes registros e segredos de uma raça mais antiga que a humanidade. Ele era apenas um muçulmano indiferente que adorava entidades desconhecidas as quais denominava Yog-Sothoth e Cthulhu.

Em 950 d.C., o *Azif*, que obtivera uma circulação considerável, embora supersticiosa, entre os filósofos da época, foi traduzido secretamente para o grego por Theodorus Philetas de Constantinopla sob o título de *Necronomicon*. Por um século, a obra impelira certos experimentadores à provas terríveis, até ser suprimida e queimada pelo patriarca Miguel. Depois disso, ouviu-se dela apenas furtivamente, mas (em 1228) Olaus Wormius fez uma tradução para o latim na Idade Média tardia, e o texto latino foi impresso duas vezes — uma no século xv em letras góticas (evidentemente na Alemanha) e outra no xvii (provavelmente na Espanha) — ambas as edições sem marcas de identificação, e com suas épocas e locais de impressão percebíveis apenas pelas evidências tipográficas internas. A obra, na versão latina e na grega, foi banida pelo papa Gregório ix em 1232, logo após a tradução para o latim, que chamara sua atenção. O original árabe foi perdido no início da época de Wormius, conforme indicado por uma nota de seu prefaciador; e nenhum sinal da cópia grega — que foi impressa na Itália entre 1500 e 1550 — foi reportado desde o incêndio ocorrido na biblioteca de um certo homem em Salém, no ano de 1692. Uma tradução inglesa feita pelo dr. Dee nunca foi impressa, e figura apenas em fragmentos resgatados do manuscrito original. Dos textos latinos, atualmente há um (século xv) que se sabe estar trancado no Museu Britânico, enquanto outro (século xvii) se encontra na Bibliothèque Nationale em Paris. Uma edição do século xvii pode ser encontrada na Biblioteca de Widener, em Harvard, e outra na Biblioteca da Universidade Miskatonic, em Arkham. Há outra ainda na Biblioteca da Universidade de Buenos Aires. Numerosas outras cópias provavelmente resistem em segredo, e há um rumor persistente de que uma cópia do século xv faz parte da coleção de um famoso milionário norte-americano. Um rumor ainda mais vago credita a preservação de um texto grego do século xvi à família Pickman, de Salém; mas, se este foi preservado, esvaiu-se com o artista R.U. Pickman, que desapareceu no início de 1926. O livro é rigidamente proibido pelas autoridades da maioria dos países e por todas as vertentes eclesiásticas organizadas. A leitura conduz a consequências terríveis. Foi a partir dos rumores sobre esse livro (conhecido por uma parcela relativamente pequena do público geral) que se diz que R.W. Chambers derivou a ideia de sua primeira novela, "O Rei de Amarelo".[3]

---

3   Texto que compõe uma coletânea homônima de contos escritos por Robert W. Chambers (1865-1933), publicada pela primeira vez em 1894. Os quatro primeiros contos do livro são ligados por uma espécie de peça de teatro, chamada justamente *O Rei de Amarelo*, que transforma radicalmente a vida de quem a lê. Em seu ensaio "O Horror Sobrenatural em Literatura", Lovecraft é bastante elogioso ao livro de Chambers, afirmando que a obra "atinge alturas notáveis de medo cósmico".

CRONOLOGIA

Al Azif foi escrito por volta de 730 d.C.,
em Damasco, por Abdul Alhazred.
Traduzido para o grego em 950 d.C. como
Necronomicon por Theodorus Philetas.
Queimado pelo patriarca Miguel, 1050
(isto é, o texto grego). O texto árabe se perde.
Olaus traduz do grego para o latim em 1228.
1232: as edições em latim e grego são proibidas pelo
papa Gregório IX.
14—: Edição impressa em letra gótica (Alemanha).
15—: Texto grego impresso na Itália.
16—: Reimpressão espanhola do texto latino.[4]

---

4 Em novembro de 1927, Lovecraft escreve outra carta para Smith em que trata novamente do *Necronomicon* contando a história acima relatada. "Não tive chance de produzir novo material neste outono, além de notas de classificação e sinopses para alguns contos monstruosos que estão por vir. Em particular, tracei alguns dados sobre o celebrado e indizível *Necronomicon*, do árabe louco Abdul Alhazred! Parece que essa blasfêmia chocante foi produzida por um nativo de Sanaá, no Iêmen, que floresceu por volta de 700 d.C. e fez muitas peregrinações misteriosas para as ruínas babilônicas, às catacumbas de Mênfis e às vastidões assombradas por demônios e intocadas pelo homem dos grandes desertos ao sul da Arábia — o Roba el Khaliyeh, onde ele diz ter encontrado registros de coisas mais antigas que a humanidade e descoberto o culto de Yog-Sothoth e Cthulhu. O livro era um produto da velhice de Abdul, passada em Damasco, e seu título original era *Al Azif* — *azif* (ver as notas de Henley para *Vathek*) é o nome que se dá aqueles estranhos ruídos (de insetos) que os árabes atribuem ao uivar de demônios. Alhazred morreu — ou desapareceu — sob circunstâncias terríveis no ano de 738. Em 950 *Al Azif* foi traduzido para o grego pelo bizantino Theodorus Philetas sob o título de *Necronomicon*, e um século mais tarde foi queimado por ordem de Miguel, patriarca de Constantinopla. Foi traduzido para o latim por Olaus em 1228, mas colocado no *Index Expurgatorius* pelo papa Gregório IX em 1232. O original árabe foi perdido na época de Olaus e a última cópia grega conhecida desapareceu em Salém no ano de 1692. A obra foi impressa nos séculos XV, XVI e XVII, mas poucas cópias sobraram. Caso existam, estão guardadas cuidadosamente para o bem da felicidade e da sanidade do mundo. Uma vez um homem leu a cópia da biblioteca da Universidade Miskatonic, em Arkham — leu e fugiu com um olhar louco para as montanhas... mas essa é uma outra história!". Em 1936, em uma carta para James Blish e William Miller, Lovecraft brinca sobre o livro, com datas de publicação diferentes daquelas apresentadas para Clark Ashton Smith: "Vocês têm a sorte de conseguir cópias do infernal e aberrante *Necronomicon*. São elas os textos latinos impressos na Alemanha no século XV, a versão grega impressa na Itália em 1567, ou a tradução espanhola de 1623? Ou essas cópias seriam textos diferentes?".

Lovecraft e a Cultura Pop

Fernando Ticon & Ramon Mapa • Novembro de 2017

Ele expandiu seus tentáculos por todo o universo da cultura pop. E criou raízes. Seja assistindo a um desenho animado, jogando no celular, ou dançando ao som de música eletrônica, é cada vez mais difícil não termos nenhum contato com alguma das criações de H.P. Lovecraft. Um dos maiores escritores americanos de terror e "ficção estranha" (*Weird Fiction*) do século xx, Lovecraft foi responsável por disseminar o cosmicismo, que explora a insignificância humana diante da imensidão do tempo e espaço, criando entidades que atravessam as esferas da realidade e se manifestam indiferentes em relação a nossa existência, causando todo tipo de calamidade. Com seu gigantismo blasfemo e quase onipotência, elas nos fazem sentir o medo ao encarar nossa absurda irrelevância perante o universo.

Após sua morte, o que salvou sua obra constituída de contos, poemas e ensaios, espalhados por revistas amadoras, foram suas amizades. August Derleth e Donald Wandrei, correspondentes próximos, preservaram sua história e dignidade, criando a editora Arkham House com o intuito de publicar seu trabalho. Assim, seus contos se tornaram disponíveis em livros, traduzidos para dezenas de idiomas. Mas o uso que Derleth fez das criações de Lovecraft, tentando estabelecer uma mitologia coesa onde o bem e o mal se enfrentam, acabou conferindo um tom maniqueísta e simplista à obra de Lovecraft. Essa mitologia, durante anos, serviu de alvo para os que viam em Lovecraft apenas um autor menor. O reconhecimento tardio do talento literário de Lovecraft se deve muito, ironicamente, ao sucesso da versão derlethiana dos *mythos*, que popularizou, de maneira infeliz, um Lovecraft criativo mas de reduzida capacidade literária. Muito do material original de Lovecraft está disponível publicamente, e cada vez mais estudiosos mergulham na complexidade das suas criações e concepções, lendo o autor como alguém que percebeu, como poucos, a *era dos extremos* que seria o século xx. Essa investigação está longe de acabar, mas sua influência póstuma garantiu seu espaço na história da literatura norte-americana e também mundial.

Outro aspecto notável do autor era a sua produção volumosa de cartas, reunindo correspondentes dos mais diferentes círculos literários. Foi de onde surgiu sua grande influência secundária, quando muitos destes admiradores colaboraram com suas histórias. Entre seus amigos mais famosos estão Robert E. Howard, criador de *Conan, o Bárbaro*, e Robert Bloch, autor de *Psicose*. Lovecraft escrevia tantas cartas, que na coletânea de cinco volumes denominada *Selected Letters* (*Cartas Selecionadas*), publicada em 1965 pela Arkham House, foram reunidas cerca de 2 mil páginas que representam menos de 1% das missivas enviadas pelo autor — o conteúdo variava desde cartões-postais até dissertações de mais de quarenta páginas, com contos inteiros sendo escritos nas bordas dos envelopes.

Com isso, muitos autores foram incentivados a utilizar elementos das histórias do filho de Providence em suas próprias criações. Alguns faziam referências diretas à mitologia cósmica de Lovecraft, enquanto outros aproveitavam a temática e a ambientação, sem especificar a referência. Há quem diga que Lovecraft é, junto a Edgar Allan Poe, o autor mais influente do terror moderno. Essa é uma constatação que fica mais evidente no final do século xx, onde diversas interpretações e referências aos seus trabalhos começaram a surgir na cultura pop, muitas delas com foco no Mito de Cthulhu.

Suas obras foram adaptadas para o teatro, radiodrama, quadrinhos, games, séries e filmes. Alguns destaques marcantes do cinema são os filmes *O Enigma de Outro Mundo* (*The Thing*, 1982), que apresenta o terror do isolamento na Antártida com um monstro desconhecido, ou a criação de H.R. Giger para o cenário e a criatura de *Alien: O Oitavo Passageiro* (*Alien*, 1979); Giger que, aliás, intitulou o primeiro livro compilando suas pinturas e litografias como *Necronomicon*. O *Necronomicon* foi utilizado também no clássico cult *A Morte do Demônio* (*The Evil Dead*, 1981), de Sam Raimi. Um filme que faz referência direta ao mestre é *No Limite da Loucura* (*In the Mouth of Madness*, 1994); a trilogia *Re-Animator* é uma famosa adaptação da série de contos publicadas entre 1921 e 1922. Em 2001, *The Shadow over Insmouth* foi adaptada para o cinema com o título de outro conto de Lovecraft, *Dagon*. Insmouth foi substituída por uma vila de pescadores na Espanha, que recebeu o nome bastante pitoresco de Imboca. O *Cloverfield* de 2008 e mesmo a versão de 2014 de *Godzilla* possuem também muitos elementos lovecraftianos, com a ambientação sendo mais importante que a revelação dos monstros.

Os desenhos animados não ficaram de fora, trazendo referências em episódios como "The Terror Beyond", da *Liga da Justiça*, em que o *"Old One" Icthultu* surge; de *South Park,* que mescla engenhosamente *Cthulhu* com *Meu Amigo Totoro*, tocante animação de Hayao Miyazaki; entre outras animações como *Digimon*, *Scooby-Doo*, *Os Simpsons*, *As Aventuras de Billy e Mandy*, *Os Caça-Fantasmas* e *As Tartarugas Ninja*. Cthulhu também persegue Rick e Morty nos créditos de abertura do desenho animado, muito embora esse plot não tenha sido explorado profundamente nos episódios da série. Nas séries de TV com elementos sobrenaturais, temos o símbolo amarelo em *True Detective*, uma criação original de Robert W. Chambers popularizada por Lovecraft. Muitos fãs da série especulam que toda a primeira temporada dialoga com o mito de Cthulhu. Na sexta temporada de *Supernatural* há também uma aparição do próprio H.P. Lovecraft.

A música foi fortemente influenciada por Lovecraft e as homenagens vão do Black Sabbath, com "Behind the Wall of Sleep", em *Black Sabbath* (1970), passando pelo Metallica, que já prestou seus tributos ao mestre três vezes: a primeira com a instrumental "The Call of Ktulu", no álbum *Ride The Lightning* (1984), a segunda em "The Thing that Should not Be", do disco *Master of Puppets*, de 1986 e em seu mais recente álbum, *Hardwired... to Self-Destruct* com a pesada "Dream no More". O falecido baixista da banda, Cliff Burton, era um grande fã de Lovecraft, tendo apresentado os contos do autor para o restante do grupo. Dream Theater também fez sua parte em "The Dark Eternal Night", do álbum *Systematic Chaos* (2007), e Deadmau5 levou o monstro com cabeça de polvo para a música eletrônica em "Cthulhu Sleeps", no disco *4x4=12* (2010). Uma banda de rock psicodélico adotou o nome do autor, produzindo dois álbuns entre 1967 e 1968. A banda sueca Year of the Goat lançou em 2014 o EP *The Key and the Gate*, com três músicas em homenagem a Lovecraft, e no ano seguinte o álbum *The Unspeakable* com dez músicas também orbitando os temas obscuros do mestre.

Inúmeros jogos eletrônicos convidam os curiosos a explorar simulações do universo lovecraftiano, seja na aventura em texto *The Lurking Horror* (1987), com investigadores poligonais em *Alone in the Dark* (1992), cenários retorcidos pela insanidade em *Eternal Darkness* (2002), no clássico survival horror *Call of Cthulhu: Dark Corners of the Earth* (2005), renascendo incessantemente no pesadelo vitoriano *Bloodborne* (2015), ou na exploração da Antártida dentro da realidade virtual em *Edge of Nowhere* (2016).

A imersão ao tema foi ainda maior nos jogos de tabuleiro, se popularizando com o RPG de mesa *Call of Cthulhu*, lançado pela Chaosium em 1981. Os jogadores agora tinham ferramentas para criar seus próprios cenários, histórias e personagens dentro do Mito de Cthulhu. Não demorou muito para surgir suplementos que trazem os horrores inomináveis para cenários contemporâneos, bem como para castelos durante a Idade Média, ou mesmo sob a mitologia da Grécia Antiga. O amplo número de personagens, cenários e entidades permitiram uma grande adesão da temática às mecânicas dos *boardgames* modernos, expandindo as aventuras para jogos de cartas num conflito de cultos, onde é possível perder a sanidade ao rolar dados, viajar pelo mundo para fechar portais antes que a entidade acorde, ou investigar mansões geradas pelo celular a cada partida.

O maior escritor de quadrinhos de todos os tempos, Alan Moore, já prestou suas homenagens a Lovecraft incontáveis vezes. Em sua série *A Liga Extraordinária,* as criações do Cavaleiro de Providence aparecem com frequência. Moore participou do livro *Starry Wisdom,* um livro de contos organizado pela Oneiros Books com histórias de autores contemporâneos inspiradas em Lovecraft, com o conto *O Pátio* (*The Courtyard*). Essa participação inspirou Moore a escrever contos e poemas baseados no ciclo lírico de Lovecraft conhecido como *Fungi from Yuggoth,* mas Moore esqueceu os originais que vinha escrevendo em um táxi e desistiu do projeto. Ainda assim, os poemas em prosa *Recognition* e *Zaman's Hill,* que faziam parte do plano original, foram publicados. *O Pátio* foi adaptado para os quadrinhos e ganhou uma sequência polêmica, *Neonomicon.* E, depois, uma série de doze edições chamada *Providence* traz o próprio Lovecraft como personagem e relaciona toda a inspiração lovecraftiana de Moore em seu trabalho desde *O Pátio.*

Também na coletânea *Starry Wisdom,* o quadrinista britânico Grant Morrison escreveu o conto *Lovecraft in Heaven.* Morrison, em 2016, publicou a minissérie *Nameless,* em que se utilizou de mitologias naturais, como as mitologias maias e da Polinésia vistas pelo prisma do cosmicismo lovecraftiano. Temos ainda influências proeminentes em obras como *Only The End of the World Again*, de Neil Gaiman, além de *Hellboy* e *Batman: The Doom That Came to Gotham*, de Mike Mignola. Vale destacar ainda as adaptações *Haunt of Horror: Lovecraft*, publicada pela Marvel em 2008, e *The Chronicles of Dr. Herbert West*, de Joe Brusha e Ralph Tedesco. No Oriente, as obras de Junji Ito possuem uma das maiores influências, visíveis principalmente na série *Uzumaki,* em que o horror cósmico se manifesta através de *espirais*! E histórias curtas como "O Enigma de Amigara Fault" e "Pássaro Negro" — uma história horripilante que é destaque da coletânea de Junji Ito, *Fragmentos do Horror,* publicada pela DarkSide® Books em 2017. Ainda no Japão, o mangaká Gou Tanabe adaptou diversos contos de Lovecraft para o traço japonês, como "O Cão de Caça" e "A Cidade Sem Nome", ambos presentes neste primeiro volume da coleção Medo Clássico que você tem em mãos.

Finalmente, na literatura moderna de terror, diversos autores produziram obras baseadas em elementos de Lovecraft, como Caitlín R. Kiernan, Ramsay Campbell, Sarah Monette, Laird Barron, Charles Stross e Jeff Vandermeer, para citar alguns. Vandermeer, aliás, é um dos principais autores de um movimento literário conhecido como *New Weird*, que atualiza as influências de Lovecraft unindo-as com a de autores como Jorge Luis Borges e Mervyn Peake, escritor da monumental trilogia de *Gormenghast*. No Brasil, Fábio Fernandes e Jacques Barcia são autores que trazem essa influência *new weird* para sua literatura, flertando, é claro, com Lovecraft;e Carlos Orsi soma o time dos autores nacionais que podemos classificar como lovecraftianos. Thomas Ligotti, um dos maiores nomes da literatura de terror desde Stephen King e Clive Barker, se utiliza de algumas marcas do escritor em todas as suas obras, relacionando-os com a influência de autores como Kafka e Camus. Em seu livro de não ficção, *The Conspiracy Against Human Race,* Ligotti se dedica a pensar o cosmicismo de Lovecraft dentro da tradição filosófica do pessimismo, demonstrando que o seu horror é muito maior do que geralmente consideramos.

O primeiro volume de *H.P. Lovecraft: Medo Clássico* que a DarkSide® Books apresenta é uma oportunidade para conhecermos os relatos de Herbert West, Randolph Carter e tantos outros personagens que sobreviveram tempo suficiente para registrar seus relatos em cartas, artigos e diários a respeito de coisas que a humanidade não deveria experienciar. Personagens que nos ajudam a lembrar da nossa condição, a olhar para o abismo e trazer à tona o medo primordial que nos garantiu a sobrevivência até aqui: o medo do desconhecido.

Edgar Allan Poe
&
H.P. Lovecraft
por ROBERT BLOCH

Comparações entre Edgar Allan Poe e Howard Phillips Lovecraft são, suponho, inevitáveis; aparentemente, em anos recentes, elas também são intermináveis.[1] Não devo, portanto, repetir o costumeiro recital de similaridades que se encontra em seus trabalhos — não haverá menções a gatos negros, *ressurretos*, ou cenários antárticos *per se*. Mas, ao mesmo tempo, não tenho a intenção de realizar uma manobra para angariar atenção afirmando deliberadamente, como já declararam alguns, que não existem semelhanças reais além do emprego superficial da guarnição de personagens e temas comuns à, virtualmente, todas as histórias do *gênero*.

Para mim, essa é uma afirmação insustentável: Lovecraft, como qualquer escritor de fantasia e ficção de horror subsequente a Poe, foi, necessariamente, influenciado por seu predecessor — e, sob certa medida, o seu trabalho precisava ser derivativo em algum sentido. Na verdade, a homenagem de Lovecraft para Poe em seu ensaio *O Horror Sobrenatural na Literatura* indica o grau de apreciação e admiração que não deixa dúvidas quanto à profunda impressão deixada nele pelo primeiro mestre.

Mas, para mim, a mais frutífera área de comparações reside no exame das experiências e personalidades dos próprios escritores.

Considere os fatos. Tanto Poe quanto Lovecraft nasceram na Nova Inglaterra. Eram ambos, para todos os intentos e propósitos, órfãos de pai desde tenra idade. Ambos desenvolveram uma longeva afinidade pela poesia e por elementos de uma educação clássica. Ambos se utilizavam de arcaísmos em seus estilos de escrita e foram afetados por excentricidades pessoais que, com o tempo, tornaram-se conscientemente cultivadas.

Apesar de Poe ter passado uma parte de sua juventude na Inglaterra e viajado pela costa atlântica no fim da vida — enquanto Lovecraft arriscara subir para o Canadá e descer até a Flórida de férias poucos anos antes de sua morte —, nenhum dos dois homens jamais se aventurou a oeste dos Allegheny.[2] Lovecraft, em uma ocasião, os margeou para visitar brevemente E. Hoffman Price em sua casa em New Orleans,

---

1 Publicado originalmente em *Ambrosia* n. 2, ago. 1973.
2 Os montes Allegheny fazem parte da Cordilheira dos Apalaches, que percorre os Estados Unidos e parte do Canadá.

mas, essencialmente, Poe e ele eram "orientais".[3] Sua perspectiva era, em grau notável, provinciana; até mesmo paroquial.

Ambos desconfiavam de "estrangeiros" em geral e mantinham uma profunda admiração pela Inglaterra. Tais atitudes eram bastante evidentes em seus trabalhos, que, consideradas suas muitas particularidades, se afastavam da principal corrente da vida americana.

Um leitor tentando capturar algum lampejo dos Estados Unidos no período entre 1830-1850 obteria pouca luz da poesia e ficção de Poe. Daquela época, quando toda a nação estava engajada em um impulso para o Oeste, começando com as peregrinações dos montanheses e terminando com a Corrida do Ouro[4] no ano da morte de Poe, se buscaria em vão por um veio que aparentemente nem mesmo existia em seu compasso literário.

Os seus heróis byronianos[5] sequestrados em localidades britânicas e continentais, pouco refletem as atitudes e aptidões americanas na era de Old Hickory,[6] Davy Crockett,[7] a Queda do Álamo,[8] a Guerra do México[9] e a turbulência crescente em torno da escravidão.

O leitor tampouco encontraria protagonistas mais tipicamente americanos entre os pedantes, professores e reclusos bairristas dos contos de Lovecraft, nos quais alusões às maneiras e *modos* dos loucos anos 1920 ou da Grande Depressão que acompanharia a década seguinte pouco aparecem. Não obstante algumas poucas observações em

---

3   A Nova Inglaterra se situa na região Nordeste dos Estados Unidos, fazendo fronteira, a Oeste com o estado de Nova York.

4   A Corrida do Ouro americana teve início em 1848, com a descoberta de ouro na Califórnia. Estima-se que mais de 300 mil pessoas dos EUA e de outras partes do mundo acorreram ao estado em busca de fortuna. Esse movimento durou até 1855 quando o ouro da região começou a escassear.

5   Referência a Lord Byron (1788-1824), poeta inglês que marcou o romantismo literário.

6   "Velha Nogueira", apelido do presidente americano Andrew Jackson, que denotava sua firmeza e convicção.

7   Famoso político e militar americano, conhecido também por sua habilidade como atirador e caçador de ursos. Morreu em 1836 durante a batalha do Álamo.

8   Batalha decisiva da Revolução Texana que terminou com a morte de todos os defensores da Missão Álamo após um cerco de treze dias.

9   Guerra entre os Estados Unidos e o México que durou entre 1846 e 1848, terminando com uma agressiva expansão territorial americana. A doutrina do Destino Manifesto — a crença que os Estados Unidos possuiriam o direito divino de expandir suas fronteiras — foi o grande impulso ideológico para a guerra, mas as razões práticas foram, principalmente, a necessidade de novos territórios e a descoberta de riquezas minerais em solo mexicano.

relação ao influxo migratório e a concomitante destruição das antigas tradições populares e fronteiras terrestres, além de breves menções do (intelectualmente) "louco" cenário universitário, Lovecraft ignora a Era do Jazz pós Primeira Guerra Mundial em sua inteireza: Coolidge, Hoover,[10] FDR,[11] Lindbergh,[12] Babe Ruth,[13] Al Capone,[14] Valentino,[15] Mencken[16] e os protótipos de Babbit não existiam nos domínios de HPL. É difícil acreditar que Howard Phillips Lovecraft era um contemporâneo literário de Ernest Hemingway.[17]

E mais uma comparação entre Lovecraft e Poe permanece; uma de profunda importância para qualquer consideração de seus trabalhos, pois suaviza as acusações de que os dois escritores eram completamente desconhecedores do mundo real e irrealistas no trato de suas épocas.

Refiro-me, é claro, ao seu interesse mútuo pela ciência. Tanto Poe quanto Lovecraft foram argutos observadores dos desenvolvimentos científicos e pseudocientíficos de seus respectivos dias, e ambos se utilizaram das teorias e descobertas mais recentes em seus escritos. Basta citar o uso que Poe faz da hipnose, seu emprego do *hoax* do balão,[18] seu detalhamento de dados na novela *A Narrativa de Arthur Gordon Pym*, para provar esse ponto.

---

10 Herbert Clark Hoover foi o 31º presidente americano, estando à frente do país no momento da Grande Depressão. Tentou várias alternativas para resgatar a economia americana, mas todos os seus esforços apenas aumentaram a dívida pública e o abismo social no país, que seria resgatado da crise apenas com o *New Deal* do presidente Roosevelt.

11 Franklin Delano Roosevelt, 32º presidente americano.

12 Charles Lindbergh foi um aviador americano que em 1927 impetrou o primeiro voo solo sobre o Atlântico Norte.

13 George Hermann Jr, Babe Ruth, foi um jogador de beisebol americano, famoso rebatedor dos New York Yankees.

14 Gângster americano que liderou o crime americano durante os anos de Lei Seca no país.

15 Rodolfo Valentino, ator italiano radicado nos Estados Unidos e que atingiu fama após o filme de 1921, Os Quatro Cavaleiros do Apocalipse.

16 Henry Louis Mencken, jornalista e escritor norte-americano, é autor de *O Livro dos Insultos* (Companhia das Letras, 1988. Trad. e org. Ruy Castro), obra que reúne alguns dos seus polêmicos artigos.

17 Um dos mais importantes escritores americanos, conhecido pelo estilo direto e sem adjetivações, bem o oposto de Lovecraft, ficou famoso com obras como For Whom the Bells Tolls, The Sun also Rises e The Old Man and the Sea.

18 O hoax do balão é um conjunto de artigos de jornal escritos por Poe sobre uma viagem de balão que teria atravessado o Oceano Atlântico em apenas três dias. A história posteriormente foi desmentida como um factoide, um hoax, mas já havia ganhado fama.

Lovecraft, de sua parte, fia-se em material científico de apoio em sua "pymnesca" *Nas Montanhas da Loucura*, em "A Sombra Vinda do Tempo" e em outros esforços; notável é sua adoção imediata do, então, recentemente descoberto nono planeta[19] em "O que Sussurra nas Trevas".

O interesse de Lovecraft por astronomia indubitavelmente o levou a um crescente interesse por outros campos da empreitada científica, tal como as primeiras experiências de Poe em West Point devem ter incentivado sua preocupação com códigos e cifras. E ambos, enquanto escritores profissionais, leram bem e amplamente os trabalhos de seus contemporâneos: Poe, como crítico profissional, demonstrava seu conhecimento em seus esforços não ficcionais e Lovecraft, em sua correspondência, provava não desconhecer Proust,[20] Joyce,[21] Spengler[22] e Freud.[23]

Mas o ponto é que Poe e Lovecraft optaram deliberadamente por dar as costas aos estilos contemporâneos e questões subjetivas e criaram seus próprios mundos. Nisso, acima de qualquer coisa, eles foram similares.

E nisso, acima de qualquer coisa, nós, leitores de Poe e Lovecraft somos, de fato, afortunados. Nunca saberemos, e nunca nos importaremos, com o que pensara Edgar Allan Poe sobre o *"kitchen cabinet"*[24] de Andy Jackson ou como H.P. Lovecraft encarava o escândalo do Teapot Dome.[25] Pequenas perdas, quando ambos nos deram, peculiar e provocativamente, lampejos de seus próprios mundos.

Pois essa é a similaridade final — Poe e Lovecraft são nossos dois gênios americanos da fantasia, comparáveis um com o outro, mas incomparavelmente superiores a todos que seguiram seu rastro.

---

19 Plutão foi descoberto em 1930 por Clyde Tombaugh, e, à época, foi considerado um planeta, o nono a partir do sol.

20 Marcel Proust, escritor francês, falecido em 1922 e autor de *Em Busca do Tempo Perdido*.

21 James Joyce, escritor irlandês, autor de *O Retrato do Artista enquanto Jovem*, *Os Dublinenses* e *Ulisses*. Ficou conhecido por suas experimentações com a língua inglesa e pela dificuldade de tradução de seus romances.

22 Oswald Spengler, filósofo e escritor alemão, falecido em 1936, autor de *O Declínio do Ocidente* que postulava que a civilização, como um organismo vivo, possuía uma expectativa de vida e que a do Ocidente já estava chegando ao fim.

23 Sigmund Freud, médico austríaco, falecido em 1939, criador da Psicanálise, ficou conhecido pela publicação de obras como *A Interpretação dos Sonhos*, *Totem e Tabu*, *Moisés e o Monoteísmo* e *O Mal-estar na Civilização*.

24 O gabinete de conselheiros do presidente Andrew Jackson.

25 Um escândalo de corrupção e suborno entre o governo americano e empresas petrolíferas que obtiveram a exploração de poços de petróleo a preços baixos e sem processos licitatórios.

H. P. LOVECRAFT ~~10 BARNES STREET~~ 66 COLLEGE ST.

PROVIDENCE, R. I.

My dear Bloch:— Yes, I am moved, but the worst part is yet to come. I refer to the sorting & placing of my 2000 books, which are now piled in the vacant room which will be my aunt's living-room when she moves in on June 1st. In the intervening week I must get that room clear — a fearful job, since the proper arrangement of my shelves is always a very slow process. I have bought 4 small extra bookcases, which will be needed to take care of the books that occupied built-in shelves at 10 Barnes. This place is certainly splendid, & my furniture makes it ineffably homelike. Having 2 rooms all my own, & having an attic to overflow into, I shall not be forced to crowd my quarters as I did at #10, where I had only one room & alcove. The accompanying sketch gives a rough idea of the house — whose location in a court beside the John Hay Library I think I described to you. The more I see of it, the more fascinating it seems — & I can hardly believe that I am actually living here. It is so much like like the old houses open as museums that I keep wondering whether a guard will appear & kick me out at 5 o'clock closing time. The views from the various windows are delightful. My bedroom commands an ancient steeple

---

Carta • Lovecraft & Robert Bloch

while this desk overlooks the sunset as it flames behind venerable roofs & elm boughs. Easterly windows overlook the Brown Univ. campus & its great clock tower. Each hour the chiming of many belfries brings a pleasing harmony. The rear wing is even quainter than the front of the house — there being a three-step difference between floor levels. And the attic, with its wide outlook, is ~~~~ superlatively glamourous. In furnishing my study I have tried to live up to the Georgian architecture, & have avoided an excess of ornament. Many of my things are old enough to be congruous, & I am having 2 pictures re-framed to get rid of obvious Victorianism. The central attraction is the fine old fireplace & mantel — on which I have a venerable clock, candlestick, & vases, & above which is hung a marine picture painted by my mother. I certainly hope I can hang on to this place as long as possible!

I think you'll find the N·A·P·A· a very enjoyable & encouraging organisation when you join it. I expect to attend its convention in N·Y· next July. Glad to hear that your orchestral activities are prospering, & certainly hope you will be able to extract some financial profit (a rare thing in these days!) from the enterprise. The tawdry atmosphere of cabarets would be well worth enduring for the sake of anything like a regular job!

Glad you survived the stories. Here are all the rest of those on your list, except "The Shunned House", of which I have no copy at the ~~~ present.

A 566262617

Carta • Lovecraft & Robert Bloch

II.

Of this batch the worst items are probably the naïve & melodramatic "Tree" & the ineffably mawkish "Quest of Iranon" — though some of the others are pretty bad indeed. All this stuff is about a decade or more old — except "Cool Air", which dates from '25 or '26. I note with interest your opinion of the precious batch of tales, & am sorry that "Randolph Carter" cuts the ground from under the feet of your new story. But let me see "The grave" none the less. Often several stories can successfully revolve around the same subject-matter — differences in mood & treatment giving to each an adequate individuality. As for the synthetic myth-cycle — I suppose I got the idea from Poe's allusions to fabulous lands of his own dreaming, from Dunsany's artificial pantheon, & from Machen's portentous references to "Aklo letters", "Voorish domes", &c. "Nyarlathotep" is a horrible messenger of the Evil gods to earth, who usually appears in human form. "Kadath" is a lofty & terrible mountain in an unknown cold waste, atop which inconceivable secret things brood. "Leng" is a cold & horrible plateau inhabited by a nameless race of priests who dwell in windowless stone towers & traffick with Outside powers. Human beings who seek out Leng never return.

"Innsmouth", as I possibly mentioned last time, is an exaggeration of Newburyport, Mass. Yes — there is to me something evilly fascinating in the decadent types which evolve in ancient &

Carta • Lovecraft & Robert Bloch

neglected backwaters. Reversion to primitive farms always inspires terror, & the terror is double when the 'stock concerned is close at hand & related to one's own civilisation. Decadence always holds a horror which mere primitiveness does not. An African tribe may be repulsive, but it is not 'horrible' — but an American community lapsing from civilisation to a state like that of an African tribe is infinitely horrible.

During the upheaval of moving I discovered at last a duplicate of my "Supernatural Horror in Literature", & am herewith sending it under separate cover. Return it some time, but no hurry. Parts of it may seem verbose & tiresome, & if I were to re-write it today the style would be considerably different. I would also perhaps revise some of my judgments at least slightly. Also, I would have to add mention of a great many excellent things which have appeared since 1926, when I wrote this sketch. But possibly the thing will give you a few helpful reading suggestions.

Well — the sunset deepens, & I must get to work at my book-sorting. For the first time I am assembling all my weird volumes in one place, & they certainly cover an astonishing amount of shelf footage. I didn't buy any too many extra cases! With best wishes —

Yours cordially — HPL

10 BARNES STREET
PROVIDENCE, R I
H. P. LOVECRAFT

Carta • Lovecraft & Robert Bloch

Seguindo os passos de
HOWARD PHILLIPS
em
PROVIDENCE
por CLEMENTE PENNA

Providence, Rhode Island • Novembro de 2017

A feliz sincronicidade entre a preparação da publicação das obras de Howard Phillips Lovecraft pela DarkSide® Books com o período que passei na Brown University, permitiu não só que eu pesquisasse naquele que é o maior de acervo de cartas e manuscritos de Lovecraft, mas também me deu a oportunidade de conhecer de perto a cidade e os lugares que serviram de inspiração para algumas das melhores histórias de terror do século xx.

A ligação de Lovecraft com Providence foi quase absoluta. O autor era visto com frequência caminhando pelas ruas de sua cidade natal, capital do estado norte-americano de Rhode Island, e as vívidas descrições de lugares e construções da cidade que vemos em sua obra são uma prova de que essas caminhadas foram uma parte importante de seu processo criativo.

Lovecraft nasceu no bairro de College Hill, que abriga as renomadas Brown University e Rhode Island School of Design (RISD), e foi nele que o autor viveu durante toda sua infância e boa parte de sua vida adulta. As casas e personagens de sua vizinhança serviram de cenário e inspiração para muitas de suas histórias. O trajeto de quinze minutos a pé que faço todos os dias para ir de casa, no final de College Hill, até Brown, é literalmente uma caminhada pela obra do mestre do terror. Minha jornada seguindo os passos de Lovecraft por College Hill começa no Ladd Observatory, na Hope Street, localizado a poucos metros da casa em que alugo meu quarto, na Doyle Avenue, onde o autor, fascinado por astronomia, passou muitas horas de sua adolescência:

> O falecido prof. Upton, de Brown, um amigo da família, deixou que eu frequentasse livremente o observatório da universidade (o Ladd Observatory) & eu ia para lá sempre que quisesse em minha bicicleta. O observatório fica num aclive considerável distante cerca de um quilômetro lá de casa. Eu costumava subir a pé empurrando minha bicicleta pela Doyle Avenue, mas a volta era uma gloriosa descida ladeira abaixo.[1]

---

1   Correspondência para Rheinhart Kleiner, 16 nov. 1916. In: H.P. Lovecraft, *Letters to Rheinhart Kleiner*. S.T. Joshi e David E. Schultz (org.). Nova York: Hippocampus Press, 2005.

No fim dessa gloriosa descida pela Doyle Avenue e virando à esquerda chegamos a North Main Street e, poucos metros depois, a uma bifurcação que nos leva à rua mais famosa do imaginário lovecraftiano: a Benefit Street. A rua favorita de Lovecraft em Providence é repleta de construções em estilo georgiano datando do século XVIII e XIX. O próprio autor, que se via e se vestia como um homem do passado, tinha especial admiração por tudo que remetesse ao século XVIII, o que certamente deve ter contribuído para sua ligação com a Benefit, rua que abriga as mais antigas construções da cidade. A casa de número 187 foi o último lugar, acima de sete palmos da terra, que abrigou o autor. Foi na antiga funerária de Horace B. Knowles que o corpo de Lovecraft foi velado — a casa atualmente serve de alojamento para os alunos da RISD. A Benefit é uma rua arborizada e com calçadas irregulares feitas de tijolos avermelhados. A rua se mantém praticamente inalterada desde a época em que o autor caminhava por ela. O trajeto a pé pela Benefit Street é especialmente lovecraftiano quando feito a noite: seus postes baixos e de uma luz fraca e amarelada projetam sombras fantasmagóricas sobre seus antigos casarões (a decoração para o Halloween ajudou a imprimir um clima ainda mais soturno à caminhada). No número 135 da Benefit nos deparamos com a Stephen Harris House, construída em 1763 (a Sociedade Histórica de Rhode Island colocou placas em boa parte das construções históricas de Providence com as datas em que as casas foram construídas e o nome de seus primeiros proprietários), que serviu de inspiração para o conto "A Casa Abandonada":

> A casa pertencia (e, aliás, pertence ainda) àquela espécie destinada a atrair a atenção dos curiosos. Construída em estilo rural, ou semi-rural, obedecia ao risco médio do estilo colonial da Nova Inglaterra — o teto pontiagudo que indicava prosperidade, com dois andares e sótão sem água-furtada, o portal georgiano e o interior de lambris, ditado pelo gosto da época. Dava para o sul, com uma empena chegando às janelas inferiores na colina de leste, e a outra exposta para os alicerces, na direção da rua. Sua construção, que datava de mais de século e meio, havia acompanhado o aclive e o endireitamento da rua naquele local; isto porque a Benefit Street — de início denominada

Back Street — dispunha-se como uma viela que serpenteava entre os túmulos dos primeiros colonizadores e só fora retificada quando a remoção dos restos mortais para o Cemitério do Norte tornou-lhe decentemente possível cortar os velhos jazigos de família.

Próximo a casa abandonada nos deparamos com uma longa escada que leva até o Prospect Terrace, uma pequena praça, na verdade um mirante, conhecida como a "joia da cidade", de onde podemos observar o centro de Providence e o rio que o separa de College Hill a partir de uns dos pontos mais altos da cidade. Este era um dos locais favoritos de Lovecraft e onde ele costumava passar horas contemplando as torres das muitas igrejas de Providence, a bela Rhode Island State House, construção neoclássica que abriga a sede do governo estadual e o prédio mais alto da região, o antigo Bank of America Building, também conhecido como "Superman Bulding", por sua semelhança com o edifício do diário *Daily Planet*, das histórias em quadrinhos da DC Comics. Pouco depois do Terrace chegamos a Prospect Street, lar de muitos personagens de nosso mestre do terror. Em seu número 140, encontramos a Halsey House, construída em 1840 pelo coronel Thomas Loyd Halsey, a casa tinha fama de ser assombrada e foi habitada pelo personagem principal de *O Caso de Charles Dexter Ward*:

> Um táxi levou-o rapidamente através da praça do Correio com a vista rápida do rio, o antigo edifício do Mercado e a ponta da enseada, subindo pela curva íngreme de Waterman Street até Prospect, onde a vasta cúpula resplandecente e as colunas jônicas banhadas pelo poente da Igreja da Ciência Cristã acenavam ao norte. E, depois de oito quadras, as belas mansões antigas que seus olhos de criança haviam conhecido, e as exóticas calçadas de tijolos tantas vezes percorridas por seus pés juvenis. E finalmente a pequena casa branca da fazenda que havia sido invadida à direita, à esquerda a clássica varanda Adam e a imponente fachada com as janelas salientes do casarão de tijolos onde havia nascido. Era o crepúsculo, e Charles Ward estava de volta.

A mansão se encontra hoje subdividida em quatro apartamentos, o menor deles pode ser alugado por 1.500 dólares por mês, aquecimento e água quente inclusos.

Poucos metros depois nos deparamos com o belíssimo campus da Brown University, ou Universidade Miskatonic, como Lovecraft costumava se referir a ela em suas histórias. O campus de Brown fica no coração de College Hill e uma de suas entradas desemboca na Angel Street, onde ficava a casa de número 454 (demolida em 1960), berço do autor.

> Eu nasci em 20 de agosto de 1890, no número 454 (na época número 194) da Angel Street, na cidade de Providence. Cidade natal da família de minha mãe; mas a residência de meus pais naquela época ficava, na verdade, em Dorchester, Massachusetts... Em meados da década de 1870, meu avô transferiu todos os seus negócios para Providence (onde sempre esteve seu escritório) & construiu uma das mais belas residências da cidade — para mim a mais bela —, a amada casa onde vim ao mundo! Essa casa espaçosa, erguida em um alto terraço verde dá vista para um terreno que é praticamente um parque, com calçadas sinuosas, arbustos, árvores e uma agradável fonte.[2]

Descendo pela Angel Street, novamente em direção a Benefit, alcançamos a Thomas Street, e sua famosa casa de número 7, ou Fleur-de-Lys, como é conhecida, lar do protagonista de "O Chamado de Cthulhu":

> Seu cartão de visitas trazia o nome Henry Anthony Wilcox, e meu tio o reconhecera como o filho mais novo de uma excelente família que ele pouco conhecia, o qual, no momento, estudava escultura na Escola de Design de Rhode Island e morava sozinho no edifício Fleur-de-Lys, próximo à instituição.

A casa, construída em 1885 por Sidney Richmond Burleigh, é decorada por painéis de madeira esculpidos em relevo, um deles traz uma figura semelhante aquela que Lovecraft descreve como tendo sido criada por Wilcox:

---

2   Correspondências de H.P. Lovecraft para Rheinhart Kleiner, 16 nov. 1916.

Sobre esses hieróglifos aparentes estava uma figura de evidente intenção pictórica, ainda que sua execução impressionista impedisse uma ideia muito clara de sua natureza. Parecia ser um tipo de monstro, ou um símbolo representando um monstro, de uma forma que apenas uma fantasia doentia poderia conceber.

"O Chamado de Cthulhu," talvez a mais conhecida história do autor, já gerou algumas controvérsias quanto a sua pronúncia, mas o próprio Lovecraft tranquiliza os fãs em uma carta escrita para Duane Rimel, em 23 de julho de 1934:

> Eu provavelmente expliquei para Wandrei [durante uma entrevista] como o fiz para outras pessoas, que o termo representa uma malfadada tentativa humana de pronunciar a fonética de uma palavra *absolutamente não humana*. O nome da entidade diabólica foi cunhado por seres cujos órgãos vocais não são parecidos com os humanos, por isso ela não tem nenhuma relação com a fala humana. As sílabas foram determinadas por um sistema fisiológico completamente diferente do nosso, de modo que elas *jamais poderão ser perfeitamente pronunciadas pelas gargantas humanas*. Na história, temos seres humanos que se utilizam da palavra da melhor maneira que podem; mas o máximo que eles são capazes é uma pequena aproximação.[3]

Deixando as esculturas de Wilcox para trás e subindo novamente a rua em direção ao campus de Brown chegamos à John Hay Library. A suntuosa biblioteca, construída em 1910, e que já foi a maior de Brown, abriga hoje a coleção de obras raras da universidade — nela encontramos o maior acervo de manuscritos originais e cartas de Lovecraft. O autor, além das histórias de terror, foi também um prolífico escritor de cartas. Estima-se que ele tenha redigido cerca de impressionantes 80 mil cartas para amigos e colaboradores. Ao lado da biblioteca fica o H.P. Lovecraft Memorial, um pequeno gramado onde foi erguida uma placa em sua homenagem, algo impensável para o próprio Lovecraft.

---

3   Correspondências de H.P. Lovecraft para Duane Rimel, 23 jul. 1934.

Eu temo que vocês estejam superestimando o valor de minha obra por que vocês gostam de ler as porcarias que eu escrevo — eu lhes asseguro que não há nada de fenomenal a respeito de minhas histórias, a maioria delas é apenas o resultado de uma vívida imaginação.[4]

Lovecraft chegava mesmo a ver sua própria altura como motivo de descrédito literário:

[...] Você deve ter se dado conta de que os grandes homens sempre foram os mais baixos — Newton era praticamente um anão, Pope, minúsculo, Poe era pequeno e delicado — para que continuar? Essa lista é interminável. Algumas vezes sou provocado pela minha própria enormidade — tenho quase 1,80 metro de altura e meu peso varia entre 68 e 79 quilos de acordo com meu imediato estado de saúde. Eu tenho a impressão que sou muito grande para figurar entre os verdadeiros *literati* — embora os mais de dois metros de altura de Dunsany me sirvam de alento![5]

O sujeito esquisitão, alto, magro e de queixo protuberante certamente não imaginava que um dia seria colocado no mesmo patamar de seu maior ídolo, Edgar Allan Poe:

Eu costumava escrever histórias de detetives com frequência, a obra de A. Conan Doyle me serviam de modelo, principalmente quando o assunto era a trama. Mas Poe era o Deus da Ficção. Eu adorava o horrível e o grotesco — muito mais do que agora — e me lembro das histórias de assassinatos, espíritos, reencarnações, metempsicoses e os mais atemorizantes objetos conhecidos na literatura![6]

Poe passou um breve período em Providence, onde teve um relacionamento com a poetisa Sarah Helen Whitman, e ambos costumavam frequentar o Providence Athenaeum, uma biblioteca abrigada numa construção em estilo greco-romano de 1773 que lembra um mausoléu

---

4 *Rhode Island on Lovecraft*. Donald M. Grant e Thomas G. Hadley (org.). Providence: Grant-Hadley Enterprise, 1945.
5 Correspondências de H.P. Lovecraft para Frank Belknap Long, 26 jan. 1921.
6 Correspondências de H.P. Lovecraft para Rheinhart Kleiner, 2 fev. 1916.

e local do qual Lovecraft era frequentador assíduo. O ateneu fica a poucos metros da John Hay Library e logo que entramos nele nos deparamos com um busto em bronze de Lovecraft. Morgan Ross, o simpático funcionário do local que me atendeu, contou a seguinte história, que se passara havia poucos dias: duas senhoras, aparentando seus noventa anos de idade, ao chegarem para uma visita ao Athenaeum pararam ao lado do busto e após observá-lo por alguns instantes, se entreolharam e sacudindo a cabeça, uma disse para a outra: "O louco do Howard, dá para acreditar?". As senhoras, muito provavelmente contemporâneas de Lovecraft, custavam a crer que aquele sujeito estranho que elas costumavam ver perambulando pelas ruas de Providence se tornaria um dos ícones da literatura de terror e ficção científica no século xx e que atrairia legiões de fãs à cidade.

A emblemática frase "Eu sou Providence", vista em muitas das numerosas cartas que ele escreveu, e que figura em sua lápide, no Swan Point Cemitery, foi escrita pela primeira vez em uma carta que ele escreveu para o escritor anarquista e ativista político James Ferdinand Morton em 1926, com quem HPL manteve constante correspondência:

> Eu sou Providence, & Providence sou eu — juntos, indissoluvelmente como um só, transcorremos pelas eras; um monumento erguido sob as sombras eternas dos picos nevados de Durfee![7]

Ao caminhar pelas ruas da cidade temos a nítida impressão que a recíproca é verdadeira. Se como numa das histórias de Lovecraft a cidade fosse envolta por uma fumaça vinda das profundezas e adquirisse vida, não tenho dúvidas de que Providence diria:

> "Eu sou Lovecraft, & Lovecraft sou eu."[8]

---

7   Correspondências de H.P. Lovecraft para James Ferdinand Morton, 16 maio 1926.

8   As cartas de Lovecraft podem ser encontradas em: H.P. Lovecraft Collection, John Hay Library: <http://library.brown.edu/collatoz/info.php?id=73>; Brown Digital Repository: <https://repository.library.brown.edu/studio/collections/id_680/>; e H.P. Lovecraft Selected Letters (5 v.). August Derleth, Donald Wandrei e James Turner (org.) Sauk City: Arkham House Publishers, 1965, 1968, 1971 e 1976. Vale conferir o mais completo repositório on-line de informações sobre o autor: <http://www.hplovecraft.com/>.

– ORIGENS –
Anotações
RARAS
&
INÉDITAS
BROWN
UNIVERSITY
LIBRARY

Howard P. Lovecraft collection • Brown University Library

squid — same technique
sculptures   (D 2)

odour — X + gasoline
dead bodies &c [housledges?]
[squid ways?] — [strings of dots]
proceed to N. tunnel
find spiral ramp leading
to outer air on way
very ancient (route of
tunnel mouth. sledges
eyeless albino penguins
current of warmer air
advance through.

vapours (¼ mile on
pile of curiously
[slashed?] furs & tent cloth
[large?] cover 3/4 mile in
hellish sight —
corpses killed — headless
— black slime —

    PIPING SOUNDS
                    GROUPS
                    OF
like Subway train? DOTS
flight up spiral & to place
— rise diff. in altitude
at which he sees in sky
— over cuts — PIPING?
VAPOURS? . . . EW

At the Mountains of Madness
----
parte.1

slaves of
subararine
Things

(Helped build houses.
Bore Things
used wings to
raise blocks)

Pictures of Things
hunting — animals of
cretaceous & tertiary,
& Things at bottom of sea.

Was in city below
Eyeless Things stave
off hideous giant luminous
strangely intelligent
protoplasm — masses
conquered — plastic
jet black — iridescent
iridescent bubbles
+ capable of forming
temporary organs
adaptable to any medium
— air, water, aether
spawn of inner earth.
Musical piping voices.
15 ft diameter as
sphere, but viscous like
Sattogg oa. Finally conquer
Things & learn their
language.

At the Mountains of Madness
parte.2

Lovecraft Howard Phillips

H.P.Lovecraft Papers

March 31 Days

10

TUESDAY

69—297 A 32500 [146] (1) 1931

At the Mountains of Madness
----
parte,3

Latest Version

Narr. try flight over
Mts. in light red plane.
Delay 7 - noon. one to air.
Hard ascent. Blocks, ramparts
& caves &c. Crumpled strata.
Curious disparity of blocks.
Survey of architecture land passage
noticed they possible by own cuts.
included in lake of glare ice
on plateau 2 & 300 ft high
& the image still less
complete. A few towers
project above ice, tops
open revealing vast yawning
holes down. Wind frees upon
of snow. Look down through
ice. All windows shuttered so
if to exclude water.
opening see top of line of
projections that may be ladder
tho' not well adapted to human
feet & hands. What is this
region? No ordinary glaciation.
flooded suddenly by
bursting of glacier dam in
mountains, or is this a lake
formed after desertion of city?
A few vast rifts -
Descend - see cracks of
water presence on stone
walls - connecting passages.
odd proportions. Whole city
penetrable like labyrinth. Air
faintly warm
seems to rise from below. Rooms
shew signs of deliberate desertion.
To prevent loss of direction,
tear up pocket notebook & scatter

carv'd PYLONS where rivers hets berries
as in hare & hounds. Slow
current not too strong to disturb.
Work downward as far as possible
across bridges & steep &
slopes corresponding to staircases.
mostly five-pointed known &
Principle of arch known &
used. Tiling here & there -
Recesses of unknown purpose.
Everything on vast scale.
Stone blocks of huge size
cracks from pressure - but massive
of various kinds - like pave
later than inscription.
A few in scriptions
groups of data in cartouches
certain bas-reliefs of conventional
art tradition shew various
antient animals including
the Mirys. Conclusion - crowds
on beasts & inhabitants. No human
due to inhabitants. certain
being. degraded mammals
suggests. Presence of fishes
in juxtaposition with buildings
suggests Enigma. Art indicates
mature culture. geometrical designs.
Finally as share down
rooms more spacious & decorated.
ground floor? Piping sound low.
Pit well leading far down
underground.
desert later.
Explore more
shaft reaching clean to top
in centre of floor
ledges. Hasty retreat
camp - fire area buried.
Profile to lurk. camp in mountain
sleep. Dream of piping music
notes. Back to old S. base
then to outside
Piping over mountains?
designs like proplanes &
Wegener coat. Bones on
sea bottom indifferently.

At the Mountains of Madness
----
parte,5

STOVES · BOOKS · TABLES

Every thing windswept —
(5 or 6 au. from base of higher foothills)
law DOGS DISTURBED diffusion + horror
cut bodies + men rummaged provisions
— salt, sugar, bacon, + other
uncanned staples missing. All
3 sledges gone also tents furs + at
clothing found disordered + frantic at
oddly slashed single camp tools gone — also
10 or so suits navigation tools
missing Snow bloodstained
charts, books, in lee of remaining
note, + data tents (2) queer
missing prints? but all
terrain wind lashed

Effects on camp — No trail away
6 graves over 8 feet long. One
opened — a thing (defective)
recall aspect GROUPS OF suggest
written high!! DOTS IN voice
DOGS FRANTIC ATTACK SNOW
All machinery — aeroplanes
+ derricks — curiously +
specifically middled with — beyond
power of wind to harm.

Further mystery + horror noon / pm.
no clue guarded radios to
Narrator + outside
plane + lay flight over unto Jan
Delay due to wind. Hard 26
ascent. Blocks, ramparts, + caves
noted. Crumpled strata. Curious
disparity of blocks &c. Fly over
unto — see hid fantastic city — or only
city on plateau 20,000 ft high
foot hills, between sledge
down a crevasse. Returning — see
lost (fallen off sledge) sledge
on high barren slope of mountain
30,000 ft up. above snow line 5 pm
amidst ramparts near mouth of cave. 6 pm. back to
camp + plan for foot climb to unto.

At the Mountains of Madness

parte, 6.

At the Mountains of Madness
part.7

Lovecraft (Howard Phillips)

A 32500 =3027 HP Lovecraft Papers

NEWS

FROM THE CENTURY CO.
353 FOURTH AVENUE
NEW YORK, N.Y.

H. P. Lovecraft
10 Barnes Street
Providence
Rhode Island

Point-cluster markings

shaped by irate

Stone of diff. strat.

Narrator on transportation — told that wind is too high.
Nobody drink
resting or returning.
Buoyed up by excitement

Find moss, ash + soot
gasoline or shade-growing
point (do not reveal nature)
marking like one NEC symbol   9 p.m.
Dogs uneasy

animal or vegetable?

Come on thing partly damaged   10 p.m.
identified at
dogs frantic thing   5 more for inspection
Contact Pabodie Atwood
to this mighty thing   older than stratigates of data?
Come on clusters   11 p.m.   13
many intact
Bring to surface no more near   often leading dogs off
man-drawn sledges freeing dogs.

Transport to camp all 3 sledges as useful
apparatus   14 bodies 8 intact

Report description
effect of sunlight old
thawing-out actions

Dogs brought near camp for feeding convenience, Sullen.

Dissection attempt on perfect specimen —
material tough — impossible to cut material without violent means
(that would damage specimen.   1:30 a.m.

Photographing off

Sawing on damaged specimen reveals strange leathery organs (dry) in remarkable state of preservation. Type of tissue curiously non-deteriorative
certain inner sacs reveal moist material — green in odor — nearly dogs frantic
Sap — not blood

Decide rest   2:30 a.m. Jan 24
Lake signs off Arkham for relaying
Narrator gives final messages (as already

myth of Cosmic thing in NEC. alive creates Earth life as joke
12:30 a.m. Jan 24

1:30 a.m.

congratulatory talk with Pabodie — his device unearthed Things

Meanwhile

Snow corral now paved

Winds flow increasingly

(Violet Jany 24 at S. Base
gale by wire)

10 am. — Pam. & Pabodie
awaken by wireless flickering
Think it must be Lake
exciting, but is Arkham.
They've tried in vain to
get Lake (since he did not
send message at appointed
10 am.) & cannot raise
him. Efforts continue.
Nor wind at Blkblardo
but heavy at S. Base. Fresh
All hands fancy gale at
Lake's location intervals
radio tho' some static
condition. Plane radio
damaged? How when
all 4 have sets?

The
hamer
occurid
8 a.m.

burst.
about
noon
with
after effets
2 pm.

Worry grows. Freq.
calls to Lake. Wind
at base abates.

By 6 p.m. decide
to investigate.

Fifth plane at
barrier cache ordered

to S. Base. Arrives
with Pilot & 2 sailors
midnight Jan 24–5.
Discussion & brief rest.
Start 6 a.m. Jan 25.
Vain calls to Lake.
Load plane with fuel, food,
sledge, 7 dogs, 10 men, radio,
&c. set out for Lake. (7 hrs.
snow
Winds— 4½ ters. (rockfalls & snow
rolling)

See cuts — cave — note
block effect —
Mirage of terrible &
fantastick city in zenith
See dark blue hills
table-lan on lower foothills
Camp 7 planes — derrick
off to right — descend to
camp. Dog enclosure.

Mojesky
harror

11: 30 am
Jan 25

H.P.Lovecraft,
66 College St.,
Providence, R.I.

follow copy

THE NAMELESS CITY
By H. P. Lovecraft.

When I drew nigh the nameless city I knew it was accursed. I was travelling in a parched and terrible valley under the moon, and afar I saw it protruding uncannily above the sands as parts of a corpse may protrude from an ill-made grave. Fear spoke from the age-worn stones of this hoary survivor of the deluge, this great-grandmother of the eldest pyramid; and a viewless aura repelled me and bade me retreat from antique and sinister secrets that no man should see, and no man else had ever dared to see.

Remote in the desert of Araby lies the nameless city, crumbling and inarticulate, its low walls nearly hidden by the sands of uncounted ages. It must have been thus before the first stones of Memphis were laid, and while the bricks of Babylon were yet unbaked. There is no legend so old as to give it a name, or to recall **that it was ever alive;** but it is told of in whispers around campfires and muttered about by grandams in the tents of sheiks, so that all the tribes shun it without wholly knowing why. It was of this place that Abdul Alhazred the mad poet dreamed on the night before he sang his unexplainable couplet:

"That is not dead which can eternal lie,
And with strange aeons even death may die."

I should have known that the Arabs had good reason for shunning the nameless city, the city told of in strange tales but seen by no living man, yet I defied them and went into the untrodden waste with my camel. I alone have seen it, and that is why no other face bears such hideous lines of fear as mine; why no other man shivers so horribly when the night wind rattles the windows. When I came upon it in the ghastly stillness of unending sleep it looked at me, chilly from the rays of a cold moon amidst the desert's heat. And as I returned its look I forgot my triumph at finding it, and stopped still with my camel to wait for the dawn.

THE NAMELESS CITY
By H. P. Lovecraft.

(6)

interminably when my failing torch died out. I do not think I noticed it at the time, for when I did notice it I was still holding it high above me as if it were ablaze. I was quite unbalanced with that instinct for the strange and the unknown which has made me a wanderer upon earth and a haunter of far, ancient, and forbidden places.

In the darkness there flashed before my mind fragments of my cherished treasury of daemoniac lore; sentences from Alhazred the mad Arab, paragraphs from ~~the apocryphal nightmares of Cazalius~~ *The apocryphal nightmares of Damascius, + infamous lives from the delirious "Image du Monde*" of Gauthier de Metz. I repeated queer extracts, and muttered of Afrasiab and the daemons that floated with him down the Oxus; later chanting over and over again a phrase from one of Lord Dunsany's tales --- "the unreverberate blackness of the abyss". Once when the descent grew amazingly steep I recited something in sing-song from Thomas Moore until I feared to recite more:

> "A reservoir of darkness, black
> As witches' cauldrons are, when fill'd
> With moon-drugs in th' eclipse distill'd.
> Leaning to look if foot might pass
> Down thro' that chasm, I saw, beneath,
> As far as vision could explore,
> The jetty sides as smooth as glass,
> Looking as if just varnish'd o'er
> With that dark pitch the Sea of Death
> Throws out upon its slimy shore."

Time had quite ceased to exist when my feet again felt a level floor, and I found myself in a place slightly higher than the rooms in the two smaller temples now so incalculably far above my head. I could not quite stand, but could kneel upright, and in the dark I shuffled and crept hither and thither at random. I soon knew that I was in a narrow passage whose walls were lined with cases of wood having glass fronts. As in that palaeozoic and abysmal place I felt of such things as polished wood and glass I shuddered at the possible implications. The cases were apparently ranged along each side of the passage at regular intervals, and were oblong and horizontal, hideously like coffins in shape and size. When I tried to move two or three for further examination, I found they were firmly fastened.

I saw that the passage was a long one, so floundered ahead rapidly in a

THE STATEMENT OF RANDOLPH CARTER

By H.P.Lovecraft

I repeat to you, gentlemen, that your inquisition is fruitless. Detain me here for ever if you will; confine or execute me if you must have a victim to propitiate the illusion you call justice; but I can say no more than I have said already. Everything that I can remember, I have told with perfect candour. Nothing has been distorted or concealed, and if anything remains vague, it is only because of the dark cloud which has come over my mind---that cloud and the nebulous nature of the horrors which brought it upon me.

Again I say, I do not know what has become of Harley Warren, though I think---almost hope---that he is in peaceful oblivion, if there be anywhere so blessed a thing. It is true that I have for xxxxx five years been his closest friend, and a partial sharer of his terrible researches into the unknown. I will not deny, though my memory is uncertain and indistinct, that this witness of yours may have seen us together as he says, on the Gainsville pike, walking toward Big Cypress Swamp, at half past xixx eleven on that awful night. That we bore electric lanterns, spades, and a curious coil of wire with attached instruments, I will even affirm; for these things all played a part in the single hideous scene which remains burned into my shaken recollection. But of what followed, and of the reason I was found alone and dazed on the edge of the swamp next morning, I must insist that I know nothing save what I have told you over and over again. You say xxxx to me that there is nothing in the swamp or near it which could form the setting of that frightful episode. I reply that I know nothing beyond what I sawx. Vision or nightmare it may have been---vision or nightmare I fervently hope it was---yet it is all that my mind retains of what took place inx those shocking hours after we left the sight of men. And why Harley Warren did not return, he or his shade---or some nameless <u>thing</u> I cannot describe--- alone can tell.

As I have said before, the weird studies of Harley Warren were well known to me, and to some extent shared by me. Of his vast collection of strange, rare books on xxxjxxxx forbidden subjects I have read all that are written in the languages of which I am master; but these are few as compared with those in languages I cannot understand. Most, I believe, are in Arabic; and the fixxdixx fiend-inspired book which brought on the end--- the book which he carried in his pocket out of the world---was written in characters whose like I xxd never saw elsewhere. Warren would never tell me just what was in that book. As to the nature of our studies---must I say again that I no longer retain full comprehension? It seems to me that rather merciful that I do not, for they were terrible studies, which I pursued more through reluctant fascination than through actual inclination. Warren always dominated me, and sometimes I feared him. I remember how I shuddered at his facial expression on the night before the awful happening, when he talked so incessantly of his theory, <u>why certain corpses never decay, butxxxx rest firm and fat in their tombs for a thousand years</u>. But I do not fear him now, for I suspect that he has known horrors beyond my ken. Now I fear <u>for</u> him.

Once more I say that I have no clear idea of our object on that night. Certainly, it had much to do with something in xxxx the book which Warren carried with him---that ancient book in undecipherable characters which had come to him from India a month before---but I swear I do not know what it was that we expected to find. Your witness says he saw us at half past eleven on the Gainsville pike, headed for Big Cypress Swamp. This is probably true, but I have no distinct memory of it. The picture seared into my soul is of one scene only, and the hour must have been long after midnight; for a waning

THE HOUND

By H. P. Lovecraft

In my tortured ears there sounds unceasingly a nightmare whirring and flapping, and a faint, distant baying as of some gigantic hound. It is not dream---it is not, I fear, even madness---for too much has already happened to give me these merciful doubts. St.John is a mangled corpse; I alone know, why, and such is my knowledge that I am about to blow out my brains for fear I shall be mangled in the same way. Down unlit and illimitable corridors of eldritch phantasy sweeps the black, shapeless Nemesis that drives me to annihilation.

May heaven forgive the folly and morbidity which led us both to so monstrous a fate! Wearied with the commonplaces of a prosaic world, where even the joys of romance and adventure soon grow stale, St.John and I had followed enthusiastically every aesthetic and intellectual movement which promised respite from our devastating ennui. The enigmas of the symbolists and the ecstasies of the pre-Raphaelites all were ours in their time, but each new mood was drained too soon of its diverting novelty and appeal. Only the sombre philosophy of the decadents could hold us, and this we found potent only by increasing gradually the depth and diabolism of our penetrations. Baudelaire and Huysmans were soon exhausted of thrills, till finally there remained for us only the more direct stimuli of unnatural personal experiences and adventures. It was this frightful emotional need which led us eventually to that detestable course which even in my present fear I mention with shame and timidity---that hideous extremity of human outrage, the abhorred practice of grave-robbing.

I cannot reveal the details of our shocking expeditions, or catalogue even partly the worst of the trophies adorning the nameless museum we prepared in the great stone house where we jointly dwelt, alone and servantless. Our museum was a blasphemous, unthinkable place, where with the satanic taste of neurotic virtuosi we had assembled an universe of terror and decay to excite our jaded sensibilities. It was a secret room, far, far underground; where huge winged daemons carven of basalt and onyx vomited from wide grinning mouths weird green and orange light, and hidden pneumatic pipes ruffled into kaleidoscopic dances of death the lines of red charnel things hand in hand woven on voluminous black hangings. Through these pipes came at will the odours our moods most craved; sometimes the scent of pale funereal lilies, sometimes the narcotic incense of imagined Eastern shrines of the kingly dead, and sometimes---how I shudder to recall it!--- the frightful, soul-upheaving stenches of the uncovered grave.

Around the walls of this repellent chamber were cases of antique mummies alternating with comely, lifelike bodies perfectly stuffed and cured by the taxidermist's art, and with headstones snatched from the oldest churchyards of the world. Niches here and there contained skulls of all shapes, and heads preserved in various stages of dissolution. There one might find the rotting, bald pates of famous noblemen, and the fresh and radiantly golden heads of new-buried children. Statues and paintings there were, all of fiendish subjects and some executed by St.John and myself. A locked portfolio, bound in tanned human skin, held unknown and unnamable drawings of Clark Ashton Smith. There were nauseous musical instruments, stringed, brass, and wood-wind, on which St.John and I sometimes produced dissonances of exquisite morbidity and cacodaemoniacal ghastliness; whilst in a multitude of inlaid ebony cabinets reposed the most incredible and unimaginable variety of tomb-loot ever assembled by human madness and perversity. It is of this loot in particular that I must not speak---thank God I had the courage to destroy it long before I thought of destroying myself.

The predatory excursions on which we collected our unmentionable treasures were always artistically memorable events. We were no vulgar ghouls, but worked only under certain conditions of mood, landscape, environment,

[handwritten margin note:] which I was [?] but dared not acknowledge. had perpetrated [?]

THE HOUND

By H. P. Lovecraft

The Call of Cthulhu

by

H. P. Lovecraft

.P.Lovecraft,
6 Sallege St.,
rovidence, R.I.

THE CALL OF CTHULHU

(Found Among the Papers of the Late Francis

By H. P. Lovecraft

H.P.Lovecraft,
66 College St.,
Providence, R.I.

THE CALL OF CTHULHU

(Found Among the Papers of the Late Francis Wayland Thurston, of Boston)

By H. P. Lovecraft

"Of such great powers or beings there may be conceivably a
survival.....a survival of a hugely remote period when.....
consciousness was manifested, perhaps, in shapes and forms long
since withdrawn before the tide of advancing humanity.....forms
of which poetry and legend alone have caught a flying memory and
called them gods, monsters, mythical beings of all sorts and
kinds....."
-----Algernon Blackwood.

I.
The Horror in Clay.

The most merciful thing in the world, I think, is the inability of the
human mind to correlate all its contents. We live on a placid island of
ignorance in the midst of black seas of infinity, and it was not meant that
we should voyage far. The sciences, each straining in its own
direction, have hitherto harmed us little; but some day the piecing together of
dissociated knowledge will open up such terrifying vistas of reality, and of
our frightful position therein, that we shall either go mad from the
revelation or flee from the deadly light into the peace and safety of a new
dark age.

Theosophists have guessed at the awesome grandeur of the cosmic cycle
wherein our world and human race form transient incidents. They have hinted
at strange survivals in terms which would freeze the blood if not masked
by a bland optimism. But it is not from them that there came the single
glimpse of forbidden aeons which chills me when I think of it and maddens me
when I dream of it. That glimpse, like all dread glimpses of truth, flashed
out from an accidental piecing together of separated things---in this case an
old newspaper item and the notes of a dead professor. I hope that no one
else will accomplish this piecing out; certainly, if I live, I shall never
knowingly supply a link in so hideous a chain. I think that the professor,
too, intended to keep silent regarding the part he knew, and that he would

land Thurston, of Boston)

History of the Necronomicon

To the Vaults Curator of the Cathedral of Yok-Vombis, compliments Cthulhu's — HPL

Original title *Al Azif* — azif being the word used by the Arabs to designate that nocturnal sound (made by insects) suppos'd to be the howling of daemons.

Composed by Abdul Alhazred, a mad poet of Sanaá, in Yemen, who is said to have flourished during the period of the Ommiade caliphs, circa 700 A.D. He visited the ruins of Babylon & the subterranean secrets of Memphis & spent ten years alone in the great southern desert of Arabia — the Roba El Khaliyeh or "Empty Space" of the ancients — & "Dahna" or "Crimson" desert of the modern Arabs, which is held to be inhabited by protective evil spirits & monsters of death. Of this desert many strange & unbelievable marvels are told by those who pretend to have penetrated it. In his last years Alhazred dwelt in Damascus, where the Necronomicon (Al Azif) was written, & of his final death or disappearance (738 A.D.) many terrible & conflicting things are told. He is said by Ebn Khallikan (12th cent. biographer) to have been seized by an invisible monster in broad daylight & devoured horribly before a large number of fright-frozen witnesses. Of his madness many things are told. He claimed to have seen the fabulous Irem, or City of Pillars, & to have found beneath the ruins of a certain nameless desert town the shocking annals & secrets of a race older than mankind. He was only an indifferent Moslem, worshipping unknown Entities whom he called Yog-Sothoth & Cthulhu.

In A.D. 950 the Azif, which had gained a considerable tho' surreptitious circulation amongst the philosophers of the age, was secretly translated into Greek by Theodorus Philetas of Constantinople under the title Necronomicon. For a century it impelled certain experimenters to terrible attempts, when it was suppressed & burnt by the patriarch Michael. After this it is only heard of furtively, but (1228) Olaus Wormius made a Latin translation later in the Middle Ages, & the Latin text was printed twice — once in the 15th century (evidently in Germany) & once in the 17th — (prob. Spanish) both in black-letter   (over)

History of the Necronomicon

Editions being without identifying marks, & located as to time & place by internal typographical evidence only.) The Arabic original was lost as early as Wormius' time, as indicated by his prefatory note; & no sight of the Greek copy — which was printed in Italy bet. 1500 + 1550 — has been reported since the burning of a certain Salem man's library in 1692. [A translation made by Dr. Dee was never printed, & exists only in fragments recovered from the original MS.] Of the Latin texts now existing one (15th cent.) is known to be in the British Museum under lock & key, while another (17th cent.) is in the Bibliothèque Nationale at Paris. A 17th cent. edition is in the Widener Library at Harvard, & in the library of Miskatonic University at Arkham. Also in the library of the Univ. of Buenos Ayres. Numerous other copies probably exist in secret, & a 15th cent. one is persistently rumoured to form part of the collection of a celebrated American millionaire. A still vaguer rumour credits the preservation of a 16th cent. Greek text in the Salem family of Pickman; but if it was so preserved, it vanished with the artist R.U. Pickman, who disappeared early in 1926. The book is rigidly suppressed by the authorities of most countries, & by all branches of organised Ecclesiasticism. Reading leads to terrible consequences. It was from rumours of this book (of which relatively few of the general public know) that R.W. Chambers is said to have derived the idea of his early novel "The King in Yellow."

H.P. Lovecraft

(both Latin & Gk)

The work was banned by Pope Gregory IX in 1232, shortly after its Latin translation, which called attention to it.

CHRONOLOGY

Al Azif written circa 730 A.D. at Damascus by Abdul Alhazred
Tr. to Greek 950 A.D. as Necronomicon by Theodorus Philetas
Burnt by Patriarch Michael 1050 (i.e. Greek text)
Arabic text now lost
Olaus translates gr. to Latin 1228
1232 suppressed by Pope Gregory IX
14.... black-letter edition (Germany)
15.... gr. text printed in Italy
16.... Spanish reprint of Latin text

[left margin, vertical] Lovecraft Howard Phillips History of Necronomicon

[typed letter, inverted:]

April 27, 1927

Mr. H. P. Lovecraft
10 Barn Street
Providence, Rhode Island

My Dear Mr. Lovecraft:

I have inclosed your questionnaire with the letter to Dr. Fisher of Brown University with a request that he fill it out and return it to me. As soon as I get it, I will send it to you.

Dr. Fisher no doubt has all the information you wish as he told me he has been visiting most of the localities and knows far more about them than I do as yet. I have only lived here two years and have not had a chance to see many of the outcrops.

With kind regards

Yours very truly,

William J. Bryant
William L. Bryant
Director of the Museum.

[typed letterhead, inverted:]
PARK MUSEUM
ROGER WILLIAMS PARK
PROVIDENCE, R.I.
CITY OF PROVIDENCE
WILLIAM L. BRYANT, Director
PARK COMMISSIONERS
EDWARD B. HOUGH, Chairman
JOSEPH E. C. FARNHAM
FREDERIC P. GORHAM

Coleção Medo Clássico • Minibios • DarkSide

HOWARD PHILLIPS LOVECRAFT nasceu em 20 de agosto de 1890 na cidade de Providence, Rhode Island, nos Estados Unidos. Desde pequeno, Lovecraft apresentava uma saúde delicada, com casos agravados por constantes mudanças ao longo da vida e, ainda que não tivesse frequentado a escola com regularidade, foi uma criança intelectualmente precoce. Sua juventude foi dedicada à poesia, e apenas aos 27 anos de idade que começou a se aventurar pelo terror, pela fantasia e pela ficção científica, gêneros que o consagraram como um dos mais talentosos autores do planeta. Seus contos e novelas, inspirados constantemente por pesadelos, são discutidos até hoje por uma legião de leitores impactados pela sua mitologia repleta de simbolismos. Pai de inúmeras entidades monstruosas, Lovecraft foi responsável por disseminar o cosmicismo ao explorar a indiferença do universo em relação à existência humana, que pode ser varrida da História a qualquer momento. Em 1937, sofrendo com a progressão de um câncer no intestino, Lovecraft se internou no Hospital Memorial Jane Brown, morrendo cinco dias depois, em 15 de março, aos 46 anos de idade. O jazigo da família Phillips, no Swan Point Cemetery, em Providence, ainda guarda seu túmulo.

RAMON MAPA é professor universitário e autor de livros e artigos acadêmicos sobre filosofia, literatura e direito. Quando pode, traduz do inglês e do alemão textos de literatura ou filosofia. Fã de Lovecraft desde que leu, por acaso, as primeiras linhas de *Dagon*, de vez em quando fala sobre literatura de terror na página Leitorto-Literatura de Terror, em uma rede social aí. Mora em uma cidade do interior de Minas Gerais em uma casa cheia de cachorros e livros em línguas arcanas enquanto tenta escrever uma tese de doutorado.

WALTER PAX é o ilustrador gaúcho responsável pelos desenhos da edição brasileira do RPG *Chamado de Cthulhu* (Terra Incógnita, 2014). Adorador da obra de H.P. Lovecraft, é de sua autoria o artbook *LOVE*, inspirado na obra do mestre. Também fez parte da antologia em quadrinhos *TWENTY SEVEN* v. 2 (Image Comics), indicada ao Eisner Awards. Ilustrou para editoras brasileiras, como Companhia das Letras e Abril. Além de ilustrar livros e HQs, atua como *storyboarder* e *concept designer* para cinema, TV e publicidade. **walterpax.daportfolio.com**

CLEMENTE PENNA nasceu em São José dos Campos em 1978, mas se considera um cidadão de Floripa (SC), onde vive desde os 3 anos de idade. É graduado em História pela UDESC, mestre em História Cultural pela UFSC e doutorando em História Social pela UFRJ com bolsa sanduíche no Center for Study of Slavery and Justice da Brown University, onde pesquisa as relações entre escravidão e mercado de crédito no Rio de Janeiro do século XIX. Fã de Edgar Allan Poe, dos Beatles e de história em quadrinhos, considera que Calvin & Haroldo e Asterix & Obelix são merecedores de uma tatuagem.

FERNANDO TICON é fã de terror desde que se conhece por gente e foi apresentado ao universo assombrado de H.P. Lovecraft muito cedo. Mantém o canal Hora do Terror no YouTube e um site dedicado ao mestre. **hplovecraft.com.br**